룩센의 연인

룩센의 연인 I

초판 1쇄 인쇄일 2016년 03월 26일
초판 1쇄 발행일 2016년 03월 29일

지은이 | 임혜
펴낸이 | 김기선
편집장 | 김은지

펴낸곳 | 와이엠북스(YMBOOKS)
출판등록 | 2012년 7월 17일 (제382-2012-000021호)
주소 | 서울시 도봉구 노해로 379, 1005호(창동, 대성빌딩)
전화 | 02)906-7768 / **팩스** | 02)906-7769
E-mail | ymbooks@nate.com

ISBN 979-11-322-3687-0 04810
ISBN 979-11-322-3686-3 (set)

값 9,000원

룩셴의 연인 I

:시간의 사막을 건너다

임혜 장편소설

YMBOOKS
ROMANCE STORY

BOOKS

차 례

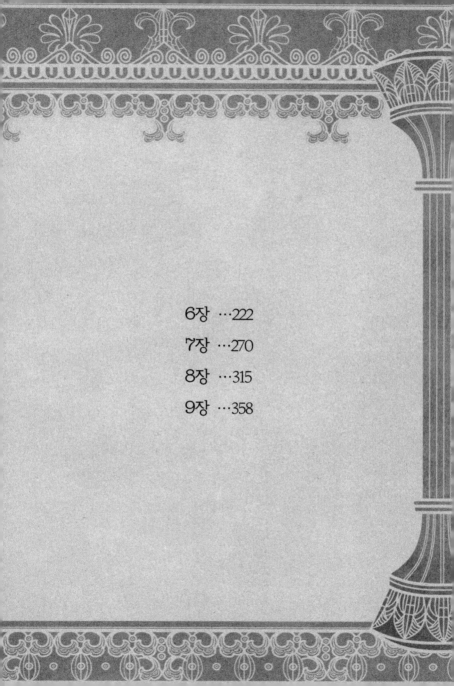

1장

아, 덥다.

얼굴을 가리고 있는 천이 입과 코에서 나오는 바람을 막고 있었다. 그 덕분에 뜨거운 기운이 되돌아와 숨이 턱턱 막혀 답답했다.

룩센의 서민 여자들은 보통 히잡을 쓰고 다니지만 내 것은 히잡과 다르게 눈만 겨우 보이도록 만들어진 니캅의 형태였다.

피부가 흰 편도 아닌데 이 나라에서는 백인 수준이라 어디를 가도 주목받아 어쩔 수가 없었다. 가끔 얼굴로 이득을 보는 면도 있으나 수캐처럼 덤벼들 듯 이글거리는 남자들의 눈길을 피해야 했다.

하루 종일 무거운 짐을 들고 걸어 다녔더니 진이 빠져 팔 하나 들어 올리기도 힘겨웠다. 아침에 과일 한 조각 먹은 게 전부라 허기에 지친 배도 한몫했다. 물이라도 한 모금 마시든가 해야지, 이대로 길에 쓰러져 누군가 내 얼굴을 감싸고 있는 천을 벗겨낸다면 큰일이었다.

우선은 인적이 드문 그늘진 곳을 찾았다.

허름한 흙집이 모여 있는 곳을 발견하고는 발걸음을 빠르게 옮겨 한쪽에 자리를 잡고 앉았다.

얼굴을 덮고 있는 천을 거칠게 벗겨내자 더운 공기가 훅 덮었다. 그러나 곧 얕게 불어오는 바람에 땀이 씻겨 시원한 기운이 느껴졌다.

하아, 살 것 같다.

허리춤에 달린 물통을 꺼내 조심스럽게 입에 댔다. 얼굴에 쏟아붓고 싶었지만 남아 있는 물이 얼마 안 되어 목을 축이는 것으로 만족했다.

아으, 젠장. 더운 것도 정말 지긋지긋하다. 집에 갈 일이 막막하네.

한숨 겨우 돌리고 있는데 인기척이 느껴져 재빨리 천을 뒤집어 썼다.

이런 씨! 꼭 이렇게 쉬려고만 하면 사람들이 나타나서 짜증이 났다.

룩센에 온 뒤론 하루에도 몇 번씩 겪는 이런 상황에 욕부터 나왔다. 그나마 다행인 건 사람들이 내가 하는 말이 욕인지 모른다는 것. 그래도 한때는 아이들을 가르쳐서 말도 제법 예쁘게 했는데 말이다.

고개를 절레절레 흔들며 일어서려는 찰나, 인기척의 주인공들이 눈에 들어왔다. 키가 큰 두 명의 남자가 내 쪽으로 걸어오고 있었다.

앞서 걷는 남자의 머리카락이 백색에 가까운 금발이라 눈에 금방 띄었다. 룩센에서 보기 드문 머리카락 색인데, 넓은 어깨 위로 찰랑거리는 웨이브 진 머릿결이 좋아 보였다. 백금발을 보니 1년 전에 잠깐 알고 지냈던 남자가 생각나 입가에 미소가 지어졌다. 그를 생각하면 기분이 좋았다.

옛 기억의 남자를 떠올리며 내 앞으로 다가오는 남자를 살펴봤다.

고급스러운 옷을 입은 남자는 귀족처럼 보였지만 그보다 내 눈을 번쩍 뜨이게 하는 건 짧은 바지 아래로 보이는 긴 다리와 근육이었다. 알맞은 크기로 잡힌 근육 때문에 구릿빛 피부가 더욱 빛을 발하고 있었다.

그의 섹시한 다리에 나도 모르게 마른 입술을 혀로 축였다. 이럴 땐 얼굴에 천을 두르고 있는 것이 도움이 되었다. 마음껏 구경할 수 있으니까.

성큼성큼 긴 다리로 다가온 그는 멀리서 봤던 것보다 키가 훨씬 컸다. 왼쪽 허리춤에 있는 칼집을 보고 놀랐지만 귀족들 중에는 도둑을 만났을 때를 대비해 가지고 다닌다는 말을 들은 적이 있었다.

가까이 다가오는 남자의 얼굴이 익숙했다. 그가 나를 지나치며 힐끔 보는 순간 눈이 마주쳤다. 황금색과 붉은색이 오묘하게 조화를 이룬 그의 눈동자를 보는 찰나 머리에 섬광처럼 스쳐 지나가는 한 사람이 있었다.

"칸!"

이미 저만큼 멀리 가버린 그의 이름을 다급하게 불렀다. 나의 부름에 자리에 우뚝 선 그가 천천히 뒤를 돌아봤다. 그의 옆에 있던 다른 남자의 눈이 커지며 나와 그를 번갈아 봤다.

"칸! 칸 맞죠?"

거의 달리는 것처럼 그의 곁으로 다가갔다. 백금발을 보는 순간 떠오른 남자. 설마 그일까 싶었지만 그가 맞았다.

1년 전, 며칠 동안의 인연이 있었던 그 남자를 다시 보게 되다니! 너무 반가워서 꿈꾸는 것 같았다.

"나를 아는가?"

낮게 깔리며 정확하게 발음하는 그의 목소리에 지난날이 스쳐 갔다. 온몸이 찌릿했다. 나를 몰라보는 듯해 잠시 서운했지만, 나도 그를 단번에 알아보지 못했으니 피차일반이었다.

"나 기억 안 나요? 시아예요!"

"시아? 그 이름은 기억에 없는데……. 그나저나 얼굴을 보여야 내가 알아보지 않겠어?"

아차! 얼굴을 두르고 있던 천을 서둘러 벗겨내고 그에게 미소를 지어 보였다.

하지만 여전히 나를 알아보지 못하는 눈빛이었다. 고개를 한쪽으로 기울이며 싸늘하게 내려앉은 눈동자가 나를 위아래로 훑으며 옮겨 다녔다.

이 남자가 왜 이래.

그의 눈길에 마치 벌거벗겨진 것처럼 불쾌해지기 시작했다. 즐거운 추억으로 가득한 그인데, 이런 반응이라면 나도 아쉬울 것 없었다. 잊어버리면 그만이지.

"기억 안 나면 말아요."

천을 머리에 다시 뒤집어썼다.

"아냐, 기억나. 시아, 바로 떠올리지 못해서 미안하다. 오랜만이야."

입가에 부드러운 호선을 그리며 가벼운 미소를 짓는 그를 한참 동안 흘겨봤다. 정말 기억이 나는 건지, 아니면 기억이 나는 척하는 건지 도무지 저 미소의 의미를 알 수가 없었다. 침묵이 길어지자 칸의 옆에 있는 남자가 안절부절못하는 것이 보였다.

시종인가? 눈길을 다시 칸에게 돌렸다.

"정말…… 기억나요?"

허리에 손을 걸치고 몸을 삐딱하게 튼 채로 그에게 물었다.

"미안. 그렇지만 너도 날 한 번에 알아보지 못했잖아?"

흐음, 틀린 말은 아니었다. 그런데 그가 미안하다는 말을 뱉어내도 내가 지고 들어가는 이 느낌은 아무래도 찜찜했다.

그리고 칸이 나에게 말을 저렇게 낮던가? 존대했던 것 같기도 하고. 그때엔 서로 편하게 대했던 건 같은데……. 아, 이놈의 기억력! 나이를 먹으니 별게 다 가물거린다. 주먹으로 머리를 가볍게 내리쳤다.

"왜 그래?"

"아뇨, 그냥 좀."

'당신이 내게 말을 낮던가' 하는 문제가 기억이 안 난다고 하면 이번에는 내가 미안하다고 사과를 해야 되는 상황이 올지도 몰랐다. 그래서 어색하게 웃음만 지었다. 전세가 역전되면 안 된다.

알 수 없는 가느다란 긴장감이 우리 사이에서 흐르고 있었다. 불편하지도 않지만, 그렇다고 편안하지도 않는 그런 정도의 긴장감.

"그동안 어떻게 지냈어요?"

"여러 일이 있었지. 이렇게 서서 이야기하기엔 좀 길어질 것 같은데 시원한 곳으로 옮기지. 바쁜가? 카투스에서 간단하게 한잔 어때?"

"바쁘지는 않아요. 카투스라면, 당신이 사는 건가요?"

한 푼이라도 아쉬운 입장이니 그에게 미안하지만 얻어먹을 수밖에 없었다. 게다가 그는 나보다 훨씬 부자이지 않은가.

염치없어 거절할 수도 있으나 더위에 지쳐 있는 내게 시원한 곳으로 옮기자는 말은 다른 생각을 송두리째 날려버리기에 충분했다. 시원한 곳이라니, 그런 제안이라면 열 일 제쳐두고 간다고 했으리라.

솔직히 말하자면, 다른 사심도 없진 않았다. 그와 함께 있고 싶은 마음이 반을 차지했다고 해도 과언은 아니겠지. 처음에는 그가 날 못 알아봐서 자존심이 상했고, 이상한 눈길에 기분도 살짝 상했지만, 그는 역시 내게 좋은 추억의 사람이었다. 미안하다는 말에 마음이 이렇게 금방 풀어져버릴 줄이야.

그를 따라 고급 술집이자 여관인 카투스로 갔다. 참 오랜만이었다. 그래, 1년 전 옆 나라인 코아쿤의 카투스에서 칸을 만났지. 역시 나를 기억하고 있었던 거야.

여러 개의 방으로 이뤄진 이곳은 주로 귀족이나 돈 많은 상인이 이용하는 술집이자 여관으로, 여기 룩센과 코아쿤을 비롯한 주변국 여러 곳에도 있다고 들었다.

가격이 어마어마하게 비싼 이곳을 예전에도 칸과 함께 찾았었다. 물론 그때도 나는 돈 없는 가난뱅이였지만.

그 뒤론 지나가는 길에 카투스를 보며 그를 추억하기만 했을 뿐 감히 다시 찾을 수 없었다.

고급스러운 방으로 안내된 우리는 커다란 원형 테이블에 앉았다. 시종인 듯한 남자를 내보낸 칸은 뒤이어 들어온 종업원에게 술과 먹을 것을 주문하고는 내게 물을 따라줬다.

"이제 그만 그 천 좀 벗어버리지?"

"알잖아요. 함부로 벗고 다닐 수 없다는 거."

나도 이 천 조각을 두르고 싶지 않지만 어쩔 수 없지 않은가. 개 떼처럼 달려드는 남자들의 눈빛에서 나를 보호하기 위한 최상의 무기였다.

차라리 더워 죽는 게 낫지. 번질거리는 더러운 얼굴과 욕정으로 벌겋게 충혈된 눈, 시큼한 땀 냄새를 풍기며 다가오는 남자들은 토가 나올 만큼 최악이었다.

더워서 쓰기 싫다는 내게 그렇게 써야 한다고 강조하던 사람이 누군데 그러시나. 쳇.

쓰고 있던 천을 벗자 천장에서 돌아가는 나무 팬의 바람이 느껴졌다. 에어컨에 비할 바는 못 되지만 밖에 비해 실내는 시원한 천국이었다.

살랑이는 머리카락 사이로 들어오는 서늘한 기운에 기분이 상쾌해졌다. 머리카락을 손으로 말아 머리 꼭대기로 들어 올렸다.

"아, 시원해."

눈을 감고 바람에 정신을 맡기고 있는데 따끔한 시선이 느껴졌다. 눈을 뜨니 날 바라보는 그가 보인다.

한쪽 눈썹의 꼬리가 올라가며 가늘게 접힌 그의 눈빛이 낯설었다.

"당신, 정말 그사이 일이 많았나 봐요?"

"왜?"

"내가 아는 당신은 나를 그렇게 바라본 적이 없으니까."

"그랬나? 사람은 누구나 변해."

칸과 헤어진 지 꼬박 1년. 아니, 1년인지는 정확하지 않고 어림 짐작으로 그쯤 되었을 것이다.

어떤 일을 겪었는지 모르겠으나 그때는 따뜻하고 부드러웠다. 그래서 간간이 보이는 저 눈빛이 처음 본 사람처럼 적응이 안 됐다.

"나는 어때요? 변했나요?"

내가 질문을 했을 때 밖에서 노크 소리가 들렸다.

"들어와."

칸의 허락에 들어온 종업원은 제 몸의 세 배쯤 되어 보이는 쟁반을 어깨에 얹고 한 손으로 받치고 있었다. 능숙하게 쟁반 위의 술과 음식들을 테이블에 내려놓고는 가벼운 묵례를 한 뒤 방을 나갔다.

"술 먼저?"

칸이 술병을 들며 권하자 나는 고개를 저었다.

"나는 음식 먼저. 따라줘요?"

"응, 그러지."

"그동안 무슨 일이 있었던 거예요?"

그의 말간 유리잔에 레몬빛 술을 넘치도록 부었다.

"궁금한가?"

잔을 타고 흘러내리는 술을 보던 그는 이해하지 못하겠다는 표정을 지으며 피식 웃더니 강렬한 시선을 내게 고정한 채 잔을 입에 대고 술을 넘겼다.

그가 무엇을 말하고 싶은지 나는 잘 알고 있었다. 룩센에선 술을 술잔의 3분의 2 정도만 채워서 마신다. 나머지 공간은 그들이 섬기는 신의 축복을 담기 위해 비워둔다나 뭐라나.

이런 사실을 아는 내가 일부러 그랬다는 것을 그는 알까. 묘하게 변한 그를 도발하고 싶은 이 마음은 뭐지? 뒤늦게 반항심을 키우는 것도 아니고. 이유야 어찌 됐든 지금은 마음 가는 대로 해볼 작정이었다.

"칸, 당신 원래 음식 먼저 먹었는데…… 1년 사이에 식성도 변했나요?"

"그랬나 보군."

무관심한 듯 대답했지만 여전히 나를 향해 시선을 고정한 그가 비릿하게 웃었다.

칸의 시선을 피하지 않고 즐기는 쪽을 택한 나는 음식을 입에 잔뜩 넣었다.

"당신 때문에 항상 술보다는 음식을 먼저 먹었는데, 당신은 나를 자신처럼 바꿔놓고 당신은 나처럼 바뀌었네요."

그의 미간에 약간의 주름이 갔다. 음식을 입에 담은 채로 말하니 미관상 별로인 모양이었다. 이것 봐, 역시 변했다. 귀엽다고 좋아할 때는 언제고.

제때 음식을 못 먹어 항상 굶었던 내게 칸은 안쓰러워하며 음식을 넘치도록 사줬었다.

좋은 남자였다. 좀 변하긴 했지만, 오랜만에 먹는 맛있는 음식에 그를 도발하고자 했던 마음이 누그러졌다. 어쨌거나 칸은 여러모로 날 행복하게 해주는 쪽이라 좋게 생각하기로 했다.

"너도 변한 거 아나?"

"뭐가요?"

"내가 이렇게 술을 가득 따라 마셨던가?"

"당연히 아, 니, 죠."

'그럼 왜?'라고 묻는 칸에게 손으로 잠깐 기다리라는 표현을 하자 그가 실소를 지었다. 나에게는 허기진 배를 채우는 것이 먼저였다. 정신없이 음식을 먹는 동안 칸의 술잔이 여러 번 채워졌다 비워지기를 반복했다.

만족하게 배를 채운 나는 물을 한 번 마시고는 그에게 술잔을 내밀었다.

"드디어 끝났군."

"네. 당신이야 매일 먹는 거라 이 맛있는 음식을 보고도 별 감흥이 없겠지만 나는 다르잖아요?"

고개를 갸웃하며 그가 나의 잔을 채웠다. 오랜만에 술을 보니 침이 꼴깍 넘어갔다. 술잔이 반 이상으로 차오르자 그가 술병을 내려놨다.

"나는 너처럼 유치하지 않아."

"뭐가 유치해요?"

"너, 일부러 내 잔을 넘치게 채운 거잖아."

"이런, 눈치챘네?"

혀를 샐쭉하고 내밀었다.

술잔을 코끝에 갖다 대니 정신을 홀릴 듯한 향기가 비강을 타고 들어와 폐부를 찔렀다. 이런 고급술을 얼마 만에 마셔보는 건지 술의 향만으로도 설레었다. 입맛을 다신 나는 단숨에 잔을 들이켰다.

"그렇게 마시면 취한다."

"알아요. 나 술 잘 마시는 거 알면서 그래."

그에게 다시 술잔을 내밀자 재미있다는 듯이 웃으며 술을 따라주었다.

"그런데 얘는 좀 많이 독한가 보네."

한 잔을 스트레이트로 마셔서 그런가. 나는 이 정도로 취하지 않는데, 이건 한 잔에 정신이 몽롱해졌다.

"설마, 약 넣은 건 아니죠?"

"이봐, 난 멀쩡하잖아. 나도 같은 술병에 담긴 술을 마셨어. 고급술일수록 독한 거 몰랐나. 이 집에서 가장 비싼 거니 가장 독하겠지."

'그리고 내가 약을 왜 넣어?' 하며 중얼거리는 그의 목소리가 멀어진 듯했다. 벌써 취기가 올라오나 싶어 고개를 세차게 저었다.

"하긴, 향이 예사롭지 않았어요. 약처럼 취하게 만드네."

이번엔 살짝 입안으로 조금만 술을 밀어 넣고 혀로 굴리며 음미했다. 입안을 화르르 태우는 작열감에 정신이 번쩍 들었다.

술을 느끼며 음미하는 내 모습을 묘한 눈길로 바라보는 그가 보였다. 황금색과 붉은색이 얽혀 있는 그의 눈동자가 붉게 타오르고 있었다.

이제야 그다웠다. 나를 원할 때는 항상 그런 눈빛을 보내곤 했었는데.

하지만 오늘 더 이상의 진도는 내 쪽에서 거절이다. 1년 전, 당신을 끝으로 남자를 만나지 않아서 나름대로 고프기는 한 상태지만 더 기다려야 할 거야.

뭐랄까, 그의 변한 모습에 나도 기대감이 상승하고 있는 중이었다. 그에게는 특별히 유혹의 몸짓이나 눈길을 보내지 않아도 됐다. 나라면 좋아죽는 그는 마치 나와 신경이 하나로 연결된 것처럼 내가 그를 원할 땐 그도 나를 원하곤 했었다.

"이제 우리, 지난 이야기 좀 해보죠?"

가슴 아래로 팔짱을 끼고 탁자 위로 상체를 당겨 올렸다. 탁자가 좀 더 작았으면 가까워서 좋았을 텐데 아쉬웠다. 하지만 가슴이 탁자에 걸쳐진 이 정도도 그를 애태우는 데는 좋을 것이다. 딱히 지금 그를 유혹할 마음은 없었다. 단지 예전처럼 흔들리는 모습이 보고 싶었다.

"당신 혹시 여기 다쳤어요?"

내 머리를 검지로 툭툭 치며 물었다. 칸은 술을 단숨에 훅 털어 넣고는 뜨거운 눈길로 나를 봤다.

"글쎄, 그럴지도."

'아니다.'라는 답도 아니고 '그렇다.'도 아닌 '그럴지도.'란다. 애매모호한 답이 가지고 있는 뜻을 파악하기 어려웠다.

"그런 말이 어디 있어요."

"사실대로 말하자면 난 너에 대해 거의 기억이 나지 않아. 시아라는 이름 빼놓고는."

"그래요? 그런데 왜 알은척했어요?"

"이름은 기억났으니까."

"거짓말하지 말아요."

그는 자신이 불렀던 내 이름도 제대로 기억하지 못하고 있었다. 잠깐 당황한 듯 그의 눈동자가 흔들렸지만 다시 제자리를 찾았다.

"왜 거짓말이라는 거지?"

"당신은 날 시아라고 부르지 않았거든요."

"그럼?"

"말 안 해. 아, 기분 되게 나쁘네. 정말 날 기억 못 하는 거예요?"

그렇게 뜨거운 밤을 보내놓고 기억을 못 한다고 하니 조금 실망스러웠다. 그에 반해 나는 가끔 생각나는 좋은 기억이라 칸의 반응이 아쉽기도 했다.

"온전한 내 이름은 신시아예요. 당신은 나를 시아가 아닌 신시아라고 불렀구요."

"후우."

그가 낮게 한숨을 쉬며 손으로 머리를 짚었다. 하지만 생각이 많아 보이는 사람치고는 날카로운 눈빛이 나의 미세한 표정 하나까지도 살피고 있었다.

"그래. 다 털어놓지, 뭐. 기억 안 나, 하나도."

두꺼우면서도 긴 그의 검지가 자신의 턱을 긁었다.

"얼마 전에 내가 잠시 병을 앓았는데, 그때 고열로 고생한 탓인지 너뿐만이 아니라 인생 중간의 기억들이 지워진 부분이 있다. 널만났을 때 깜짝 놀랐어. 모르는 사람이 날 불러서."

"언제 아팠어요?"

"몇 달 안 되었지."

"기억을 잃을 정도로 아주 아팠던 사람치고는 지금 너무 건강해 보이는데요?"

섹시하게 반짝이는 그의 그을린 피부가 충분히 건강함을 증명하고 있었다. 거기다 운동을 열심히 한 모양인지 1년 전보다 어깨가 더 벌어졌고 탄탄하게 근육이 붙었다. 그래서 키나 덩치가 커진 듯한 느낌을 받았다.

눈빛은 또 어떤가. 금방이라도 잡아먹을 포식자처럼 나를 보고 있었다. 돈을 벌기 위해 일을 하며 매일 더운 거리를 돌아다니고, 제때 먹지 못한 내가 도리어 아픈 사람에 가까웠다.

"도대체 너는 뭐지?"

눈빛이 더욱 매서워진 그가 묻자 나도 그를 쏘아봤다. 같이 지낸 시간이 길지 않았다지만 그가 나를 이렇게 본 적이 없었다. 그의 눈빛은 언제나 상냥하고 자상했으며 부드러웠다. 1년 전의 그는 귀여운 고양이였다면 지금은 사자 같았다. 뭐, 이렇게 날이 선 모습도 싫지 않았다. 남성미가 넘치니까.

"무슨 질문이 그래요?"

"기억이 안 나니까. 너와 내가 무슨 일이 있었어?"

"알고 싶어요?"

기억이 없는 그에게 말해주면 온전히 믿을 수 있으려나. 지금은 그가 어떤 모습으로 살아가고 있는지 알 수 없어 알려주기가 망설여졌다. 만약 그때와는 달리 금욕적이고 모범적인 생활을 하고 있다면 우리가 보냈던 시간을 받아들이기 어려울 수도.

"……음, 그냥 관두죠."

짜증이 밀려왔다. 나는 즐거웠는데 상대가 듣고 싫어한다면 그것처럼 기분 나쁜 일도 없지.

하필 왜 기억을 잃어서 이렇게 일이 꼬였을까 싶다. 며칠 안 되는 시간이었지만 어떻게 잊어버릴 수 있는지 원망스럽기도 했다.

물론 잊을 수도 있는 잠깐의 인연이었으나 그렇게나 나를 원했고, 사랑한다고 말했던 그에게 기대를 너무 크게 했었나 보다. 그래, 남녀 간의 농도 깊은 애정 행각 중에 무슨 말인들 못 하겠어. 그래도 이건 그저 내가 스쳐가는 여자밖에 안 됐다는 생각이 든다. 그를 만나 나만 좋아하고 있나 싶어 조금 억울하기도 했다. 우연히 지나가다 그와 마주치는 기대는 안 했어도 좋은 추억으로 간직하다 가끔 꺼내본 내가 바보 같았다.

"굳이 말할 필욘 없을 것 같네요. 잘 먹었어요."

"가려고?"

"덕분에 한 끼 해결했네요. 아! 혹시 초상화 필요하면 말해요. 얻어먹은 값은 해야죠. 저번에 그리다 말기도 했고."

그의 얼굴이 작게 일그러졌다.

시간이 흘러도 답이 없이 나를 바라만 보고 있자 의자를 밀어내며 자리에서 일어섰다. 이제 더 이상 나눌 대화가 없어 보였다.

"어?"

일어서는 순간 핑그르르 머리가 돌았다.

젠장, 술 때문이다.

중심을 잃고 휘청거리는 나를 칸이 재빠르게 달려와 안았다. 앞에 있는 탁자를 잡는다는 것이 그의 팔을 잡고 말았다.

"이 술이 보기와는 달라. 나나 되니까 이겨내는 거지, 아무리 네가 술을 잘 마신다고 한들 여자에겐 힘들다. 어차피 지금은 걸어서 못 나가니까 쉬었다 가도록 해."

당신은 그때도 그랬지. 카투스에서 좋은 음식과 잠자리를 선뜻 제공해줬었는데 그것도 기억 못 할 것은 뻔했다.

귓가에 속삭이는 그의 음성 때문에 그렇잖아도 어지러운 머리가 더 어지러웠다.

1년이나 시간이 지났는데도 몸은 어제처럼 지난날의 기억에 반응했다. 등에서 느껴지는 단단한 가슴과 팔뚝을 파고드는 손가락에 심장이 미친 듯이 뛰기 시작했다.

심장아, 그만 뛰어. 너를 기억 못 한다잖아.

"괜찮으니까 놔요."

몸을 빼내려는데 그가 더 단단히 나를 잡았다.

"안 돼. 나는 네가 누군지 알아야겠어."

역시 배려가 아닌 다른 목적이 있었다.

"풉!"

"왜 웃어?"

"우린 몸으로 아는 사이였어요. 그걸 어떻게 알아보시게요?"

놀란 그의 황금빛 눈동자가 일렁였다. 기억이 없는 그로선 당연히 놀랄 수밖에 없다고 이해하면서도 공연히 심술이 나기 시작했다.

"이제 나에게 아무 감정도 없는 남자랑 내가 뭘 하겠어요."

"내가 널 사랑하기라도 했나?"

"사랑한다고 말했었죠. 하지만 진심이란 생각은 안 했어요."

"그럼 그때와 지금, 다를 게 뭔데?"

최대한 힘을 가해 그에게서 빠져나왔다. 여전히 어지러웠지만 다리에 힘을 주고 정면으로 그를 응시했다.

마주 보는 시선이 허공에서 부딪쳐 부서졌고 나지막이 내뱉는 서로의 숨소리가 미묘하게 엉켰다.

부드러운 그의 머리카락을 쥐고 싶다는 충동에 사로잡혔다가 이내 정신을 차렸다.

"……적어도 그때의 당신은 나를 원했으니까."

"기억이 안 나. 그때의 내가 어땠는지 모르겠지만 지금 이 순간 너를 원하는 건 똑같아."

거침없이 나를 원한다는 말에 조금 마음이 풀릴 것도 같았다. 좀 전에 술을 마시는 내 모습에 그의 눈동자가 잠깐 정염으로 붉게 타올랐었다. 솔직히 지금 내 몸의 반응도 무시하지 못하겠다.

그러나 나를 기억을 전혀 못 하는 이 남자랑은 뭘 하고 싶지 않았다. 원나잇이랑 다름없잖아. 비록 지금은 꼴이 이렇긴 하지만, 나도 나름대로의 원칙이 있는 사람이다. 하긴 1년 전에 칸과 처음 만났을 때도 원나잇이었지. 그래도 두 번은 안 된다.

칸에게서 떨어지기 위해 한 걸음 떼려던 순간 그가 손을 뻗어 나를 끌어당겼다.

강렬한 눈빛을 피해 고개를 돌리자 자잘한 근육이 붙어 있는 강인한 팔이 보였다. 까무잡잡한 피부 위로 선명하게 드러나 있는 파란 핏줄이 불쑥 튀어 오름과 동시에 그의 품에 안겼다. 밀착되는 순간 심장이 세차게 뛰기 시작했고, 그 바람에 나의 다짐은 물거품처럼 사라졌다.

그동안 남자를 만나지 않아서 이러는 거야.

스스로를 위로하며 그에게서 빨리 벗어나려고 몸을 틀었다. 생각보다 그의 팔 힘이 약해 완전히 돌아갔다. 지금이 아니면 오늘 밤 절대 벗어나지 못하리라.

"아무튼 나는 가요."

한 걸음 떼자 또다시 휘청. 으악, 몸이 도와주지를 않는다.

탁! 팔목을 세게 잡은 그가 마주 보도록 나를 돌려세웠다.

"너도 지금 날 원하잖아?"

눈치챘구나. 내가 잠시 잊고 있었다. 우리는 서로가 원하는 타이밍을 너무 잘 알고 있었다는 걸.

"아, 아니에요. 난 아니야."

그의 한쪽 팔이 내 허리를 단단히 안고, 나머지 팔로 어깨를 감싸자 꼼짝도 못 하게 되었다. 그가 내 몸을 들어 올려 움직이더니 벽 쪽에 세웠다. 뱀처럼 몸을 감았던 그의 팔이 떨어졌지만 움직일 수가 없었다. 그의 시선에 온몸에 마비가 왔다.

그가 이런 남자였던가.

다시 한 번 기억 속의 그를 떠올렸다. 같은 얼굴인데 그때의 칸은 여리고 예쁜 느낌이라면 지금의 칸은 날것 그대로의 남자였다.

이편도 좋기는 하다. 다만 짐승 같은 눈빛 하나로 나를 옭아매는 그에게 적응되지 않았다.

칸은 한 손으로 벽을 짚고, 다른 한 손으로는 나의 머리카락을 매만지며 바짝 다가왔다.

"지난 시간보단 지금이 중요하지."

그의 손가락의 움직임에 따라 흔들리는 머리카락에서 느껴지는 기운이 몸을 나른하게 했다.

찌르르하는 전기의 흐름이 몸 구석구석 퍼져 나가 신경을 모두 일깨우는 느낌이었다. 이러면 안 된다고 머릿속에서 외치지만 몸은 자꾸 다음을 기대하며 저도 모르게 스르르 열렸다.

"왜 내가 이 머리카락을 기억하지 못할까."

머리카락에 키스하며 속삭이는 그와 달리 나는 다 기억하고 있어서 미치겠다.

그의 달콤한 속삭임, 부드러운 입술, 내 안을 파고들어 쾌감의 끝자락까지 몰고 갔던 그를 모두 기억하고 있었다.

머리카락을 매만지던 손가락이 나의 얼굴선을 따라 내려오며 입술에 머물렀다. 아랫입술을 살짝 벌렸다 놨다 하자 몸에서 적극적인 반응이 오기 시작했다.

아아! 안 돼. 안 돼. 이러면 안 돼, 신시아!

하지만 여전히 이것은 머리에서만 울리는 외침일 뿐 몸은 그의 호흡에 맞춰 따라가고 있었다.

"왜 내가 이 눈을 기억하지 못하지?"

느릿하게 입술을 매만지던 손가락이 앞머리를 옆으로 쓸어 넘기고 눈꺼풀 위에서 멈췄다.

이번에는 뺨을 만지작거리며 손가락으로 부드럽게 살살 긁기 시작했다. 쿠키 샌드 사이에 묻은 크림을 이로 살살 긁는 것처럼 자극하는 손가락에 숨을 멈췄다.

귓가 바로 옆에서 들리는 뜨거운 숨결이 금방이라도 이로 피부를 긁을 것만 같았다.

"이 살결을 기억하지 못하다니…… 내가 정말……."

'미쳤나 보군.' 하며 작게 신음하던 그가 내 턱을 손으로 잡으며 입술을 덮쳐왔다.

조심스럽게 한 번, 두 번째는 좀 더 세게, 세 번째에는 입술을 물었다 놨다. 나는 그의 행동에 가만히 있기만 할 뿐 손가락 하나 마음대로 할 수 없었다.

술을 몇 잔 더 마신 것처럼 머릿속이 뱅글뱅글 돌아가고 아랫배가 간질거렸다. 다리에 힘이 풀려 주저앉으려고 하는 몸을 겨우 벽에 기대 지탱했다.

입술만 빨아대던 그의 혀가 치열을 가르며 매끄럽게 들어와 천장을 쓸고 여린 볼의 안쪽 점막을 쓸었다. 거침없이 파고드는 살덩이 때문에 잠깐 놀랐지만 곧 그의 움직임에 맞춰 함께 움직였다.

칸이 기어이 나를 무너뜨리고 말았다.

말캉한 감촉과 달리 꼿꼿하게 때로는 부드럽게 춤을 추는 혀를 따라 좇아가려고 하자 그가 쑥 빠져나갔다.

아쉬워 한 손으로 그의 옷깃을 잡았다. 아마 지금 내 눈은 빛을 잃고 흐리멍덩하게 그를 바라보고 있을 것이다.

"넌 가만히 있어."

입술을 뗀 그가 말하자 나도 모르게 고개를 끄덕였다. 평소와 다르게 얌전한 사람이 되어 그의 뜻대로 움직였다.

그의 혀가 다시 입안으로 들어와 헤집고 다녔다. 혀 밑에 고인 타액을 퍼 올리다가 목구멍 안쪽으로 밀어 넣기도 했다.

혀가 엉키며 감았다 풀어지기를 몇 번 했을까. 아까와는 달리 점차 거칠어진 그의 움직임에 코가 뭉개지고 입이 막혀 숨 쉬기가 불편해 반사적으로 그의 어깨를 주먹으로 두드렸다. 살짝 그가 입술을 떼었지만 거의 붙어 있는 거나 다름없었다. 미세한 틈만 잠시 허락했던 그가 다시 침입했다. 목마른 사람이 물을 마시는 것처럼 급박하게 몰아붙였다.

예전에 그와 지냈던 며칠 동안 늘 부드러운 키스를 선사했기에 조금 낯설기도 했지만 흥분의 강도가 높아져 키스만으로 속옷이 젖어갔다.

그가 내 목덜미를 향해 내려가며 키스를 하자 몸이 파르르 떨려오고 아래가 움찔거려 나도 모르게 허리와 엉덩이가 들썩였다.

가쁜 숨소리를 아무리 진정시키려 해도 가슴은 터질 것처럼 더 세차게 뛰었다.

목덜미를 할짝 핥는 느낌에 나도 모르게 '으응.' 하는 신음이 나오자 그가 고개를 들어 눈을 맞췄다. 역시 그의 눈빛이 붉게 타오르고 있었다.

가슴에 있는 그의 손이 느껴졌다.

"하아."

세게 움켜쥐는 힘에 또다시 신음이 터졌다.

풍만한 가슴살이 그의 손가락 사이로 빠져나갔고, 그가 단단하게 일어선 예민한 끝을 건드리자 헐떡이는 호흡을 막을 길이 없었다.

"세차게 뛰고 있군."

귓가에 대고 속삭이는 음성.

녹일 듯이 뜨거운 음성에 그만 눈을 감고 말았으나 곧 다시 급하게 뜰 수밖에 없었다.

이게 뭐지? 가슴에서 뭔가 뾰족한 것이 누르고 있는 느낌이 났기 때문이었다. 서늘한 기운이 천 너머로 스며들었다.

칼이었다. 그가 나의 심장에 칼을 겨누고 있었다. 칸의 칼끝은 내 심장을 겨누고 있고, 한 손으로는 나의 목을 죄었다.

이런 상황이 놀랍지는 않았다. 룩센에서 지내는 2년 동안 죽을 고비를 여러 번 경험했다. 물론 나에게 이렇게 하고 있는 상대가 칸이라는 사실이 조금 충격이었다. 늘 남자에 대해 경계를 하고 지냈어도 그였기에 안심했었다.

하지만 칸이 예전의 그가 아니라는 사실을 염두에 두고 있었어야 했다.

"뭐예요?"

칼을 바라보며 심드렁하게 말했다.

겁먹은 티를 내봤자 좋은 먹잇감만 될 뿐, 소용이 없다는 것을 그동안의 경험을 통해 깨달았다.

게다가 여전히 붉게 타오르고 있는 눈동자를 보니 나를 갈망하고 있는 것은 분명한데, 기억에도 없는 여자를 막상 안게 돼서 혼란스러운가 싶었다. 그렇다고 칼이라니.

흥분했던 몸이 빠르게 식으며 취기가 가셨다.

"네가 누군지 말해."

그가 칼끝을 더 세게 누르는지 압박감이 더해왔다.

"시아, 신시아라고 했잖아요."

"네 정체가 뭐야. 어디에서 왔어?"

"말하면 당신이 알아요? 예전에 말해줘도 몰랐잖아요!"

"내 이름이 칸인 건 어떻게 알지?"

"그거야 당신이 알려줬으니까 그렇지. 내가 어떻게 알았겠어!"

자리에서 팔짝팔짝 뛰고 싶은 심정이었다.

기억을 못 하는 건 자기면서 나한테 왜 이러는데! 이 남자, 사람 미치게 하네.

1년 전, 그러니까 정확하게 말하자면 내가 룩센에 온 지 1년쯤 지났을 때 칸을 만났다. 물론 그때가 정확하게 1년 전이 맞는지는 알 수 없다. 단순한 머리로 일일이 날짜를 세고 있을 성격이 아니어서 대충 세다가 말았다.

내가 룩센에 오게 된 이유부터 말하자면, 나도 모른다.

미대 나와서 할 줄 아는 게 그림 그리기뿐이라 작은 미술 학원을 운영하며 평범하게 살았다.

그 생활을 10년 가까이 하니 신물이 났다. 아이들 가르치는 일에 자부심도 느끼고 즐거웠지만 아무리 좋은 일이라 해도 지겨워지는 건 어쩔 수 없었다.

휴식이 필요하기도 했다. 부모님이 돌아가시고 동생과 나, 둘이 서만 살아가야 하는 현실은 몸이 열 개여도 모자랐다. 그랬기에 살기 위해서 열심히 달려왔던 나에게 주는 선물이 필요했다.

그래서 학원을 정리하고 여행에 나섰다. 새로운 세상을 보고 돌아와 새로운 마음으로 시작하자 마음먹었다. 모아놓은 돈도 여유 있겠다, VVIP 여행으로 이집트에 갔는데 이 모양이 된 거다.

동생인 주아의 말을 들었어야 했다.

차라리 유럽이나 북미 쪽의 여행이 어떠냐며 권유했지만, 어렸을 적부터 사막에 대한 동경과 환상이 있던 터라 결국 내 의지대로 사막 여행을 택했다.

왜 많고 많은 곳 중에 사막이냐고 묻는다면 글쎄, 뭐라고 답해야 할까. 낯설지만, 반대로 언젠가 먼 옛날 겪어봤던 곳처럼 익숙한 느낌이었다.

여행길에 올라 사흘째 되는 날, 사막을 경험하는 프로그램에 따라 사람들과 함께 나섰다. 사륜 구동차를 타고 광활한 사막 위 오프로드를 신 나게 달렸다. 놀이기구를 타면서도 소리 지르지 않던 나인데 신이 나 즐거운 비명을 질렀다.

저녁에는 텐트를 치고 맛있는 음식도 많이 먹으며 사막여우를 구경하는 재미가 쏠쏠했다.

오길 정말 잘했다고 만족하며 잠들었다. 잠들기 전에 이곳에서 길을 잃거나, 갑작스레 기상악화가 된다거나, 혹은 누가 나쁜 마음을 먹으면 무섭겠다는 생각이 퍼뜩 떠올랐지만 피곤한 탓에 이내 잠들고 말았다.

그러다 텐트가 세차게 흔들리는 느낌이 들어서 잠이 깼다. 순간 겁이 났다. 다행히 옆에 사람들이 있어 놀란 가슴을 쓸어내렸다.

하지만 그것도 잠시, 찢어질 듯이 흔들리며 버티고 있던 텐트가 날아가 버렸고, 한 치 앞도 볼 수 없는 모래바람에 말려들어 몸이 이리저리 움직였다. 들리는 건 웅웅대는 바람 소리와 멀어지는 사람들의 비명뿐.

머리를 팔로 감쌌다. 그 자리에 몸을 웅크리고 앉았지만 작은 모래 알갱이가 섞인 바람이 세차게 몸을 때렸다. 버틴다고 버텼으나 그만 정신을 잃고 말았다.

그렇게 정신을 잃었다가 깨어나 보니 룩센이었다. 새로운 세상을 보자 다짐했는데 정말 말 그대로 새로운 세상으로 오고 말았다.

하늘이 도왔는지 가난하지만 착한 자매에게 발견되어 험한 일은 겪지 않았다. 그러나 한동안 정신을 놓고 살며 어딘지도 모르는 이 나라를 미친 듯이 헤매고 다녔다.

그때 몇 번이나 목숨의 위협을 받으며 현실을 직시하기 시작했다. 본래 성격이 불가능한 일엔 포기가 빠르고 주어진 조건에 순응하는 편이라 가능했을 것이다.

물론 한국으로 돌아가는 건 포기하지 않았다. 냉정하게 이성을 찾고 현재 있는 곳이 어딘지를 파악했다.

하지만 한국으로 돌아갈 방법은 없었다. 애석하게도 여긴 내가 살던 21세기가 아닌, 과거의 낯선 이국의 땅이었다.

낯선 땅에서 살아남아 돌아갈 방법을 찾기 위해서라도 이 나라에 적응하기로 했다. 그나마 불행 중 다행인지 이상하게도 의사소통에는 문제가 없었다. 글을 읽거나 쓰는 건 불가능했지만.

의문을 가졌었다. 한 번도 배운 적이 없는 전혀 다른 언어가 모두 이해되고, 입에서 술술 나왔다.

누가 나에게 마법이라도 걸어놨나, 하는 말도 안 되는 상상도 했더랬다. 이것도 곧 받아들였다.

적응하기도 바쁜데 고민하고 있어봤자 하나도 도움이 안 된다고 결론지었다.

나를 발견한 자매는 꼭 히잡 같은 천을 얼굴에 두르고 다니라고 신신당부를 했었는데, 한동안은 더운 날씨에 적응하지 못해 얼굴을 내놓고 활보했다. 그러다 그녀들의 말을 듣게 된 것은 또다시 살벌한 이 나라 남자들의 눈빛을 느끼고부터였다.

처음 룩센에 와서 목숨의 위협을 받았을 때는 내 외모가 그 이유라는 사실을 인지하지 못했었다. 하지만 곧 남자들뿐만 아니라 여자, 남자, 애, 어른 구분할 것 없이 자신들과 다른 나의 생김새에 강한 적대감과 욕망을 드러내는 것을 보고 깨달았다. 그 뒤로는 어떤 일이 있어도 얼굴에 천을 두르는 것을 잊지 않았다.

그리고 무엇으로 수입을 만들까 고민하다가 역시 전공을 바탕으로 그림을 그려서 팔았다.

돈벌이가 될지 물어보는 내게 자매는 귀족들이나 부자들의 초상화라면 가능하다고 알려줬다. 그러려면 이름이 알려져야 하는데 그렇게 되기까지가 어려워 문제라고 했다. 어떻게 될지는 모르겠으나 시도는 해보기로 마음먹었다.

물감 살 돈이 없어 자매에게 돈을 빌렸다. 룩센에서 사용하는 펜이 있기는 했지만, 비싸서 엄두도 낼 수 없었고 만들어진 목탄도 가격이 높았다. 나무와 그림 그릴 종이 역시 비쌌다. 그나마 가장 저렴

한 것으로 구입해 직접 목탄을 만들어 인물화와 풍경화를 그렸다.

처음엔 시장에 앉아 지나가는 사람들에게 공짜로 그려줬다. 막 시작했을 때는 반응이 없더니 조금씩 찾는 사람이 많아져 나중엔 푼돈이라도 받고 팔았다.

나에 대한 소문은 예상보다 빨리 돌았다. 내 실력을 알아본 상인들이 그것을 사기 시작했고, 그들 사이에서 꽤 괜찮은 화가로 알려졌다. 이웃 나라인 코아쿤에서 그림을 부탁하러 올 정도였다.

가끔 초상화의 오랜 보존을 위한 방법을 들었다며 캔버스와 같은 천을 구비해놓고 그려달라는 귀족들도 있었다. 유화물감으로 그릴 수 있도록 처리가 된 캔버스만큼은 제대로 된 것이었지만 물감이 없어 말짱 헛것이었다. 이왕 준비할 거 유화물감까지 구했으면 얼마나 좋아. 룩센에서는 아쉽게도 구할 수 없는 품목이었다.

그러다 어렵게, 어렵게 유화물감을 구한 상인들이 부탁을 하고는 했다. 덕분에 내 인건비가 올라가 소개해준 상인들의 수수료도 올라갔다.

돈이 오가는 관계라 그들과의 관계를 차갑게 싹둑싹둑 자를 때도 있었지만 몇몇 상인들과는 제법 친분을 쌓았다. 대신 내 얼굴은 절대 보이지 않았다.

"왜 그렇게까지 가리는 거요? 밖에서 만나도 모르겠구먼."

언젠가 귀족의 초상화를 그릴 수 있도록 다리를 놔준 상인이 물었었다.

"제가 워낙 못생긴 얼굴이라서요. 얼굴 내놓고 다니면 초상화 그려달라는 의뢰도 들어오지 않을 거예요."

상인은 알았다고 고개를 끄덕였다. 귀족을 소개해주고 수수료를 떼어가는 그에게 일감이 줄어드는 건 나 못지않게 큰 문제가 되기 때문이었다.

가끔 코아쿤 귀족들의 부름으로 초상화를 그리러 가기도 했다. 거기서 만난 사람이 바로 칸이었다.

코아쿤 어느 귀족의 초상화를 그리고 돌아가던 날, 무거운 화구 박스와 그 외 잡다한 도구를 들고 움직이니 너무 더웠다. 인적 드문 길가에 앉아 천을 벗고 한숨 돌릴 때 나를 바라보는 한 남자를 발견했다.

아 씨! 다급하게 천을 들어 얼굴을 가리려 했지만 급한 나머지 입구를 찾지 못해 허둥대다가 대충 얼굴을 밀어 넣었다.

남자가 다가오는 소리가 들렸다. 몸이 바짝 긴장하며 꼿꼿해졌다.

"혹시 나 때문에 놀란 거예요? 나 나쁜 사람 아닌데…… 겁먹지 말아요."

그는 엉망으로 씌워진 천을 위로 쑥 빼내어 들더니 좋게 모양을 잡아 나에게 넘겼다.

흰색에 가까운 금빛 머리카락이 바람에 작게 일렁였다. 휘어지는 눈이 참 예쁘다는 생각이 들었다.

"다른 곳에서 오셨나 봐요. 특이한 얼굴이라 그렇게 가리고 다니나요?"

그의 말에 대꾸도 하지 않고 천을 뒤집어쓰고는 도구를 챙겨 자리에서 일어났다.

"이런, 제가 쉬는 걸 방해했나 보군요. 미안해요. 내가 갈 테니까 쉬어요."

그는 양손으로 가만히 내 어깨를 눌러 앉혔다.

"인연이 된다면 또 봤으면 좋겠어요."

다시 내게 고운 미소를 지으며 사라지는 그를 멍하니 바라봤다. 착한 남자일지도 모르는데 그냥 이야기나 주고받을 걸 그랬나, 후회가 됐다.

내가 지금 무슨 생각을 하는 거야.

코아쿤이든 룩센이든 남자들이 얼마나 위협적인지 잊었나 보다.

가버린 남자는 잊고, 시간이 많이 늦어 서둘러 여관을 잡았다. 꽤 많은 거리를 걸어 몸이 땀으로 절어 있었지만 너무 피곤한 나머지 씻지도 못하고 침대에 털썩 누웠다. 하지만 배에서 밥 달라고 아우성이라 곧 일어났다.

하루에 한 끼라도 제대로 먹어야지. 식욕의 본능이 피로를 저 멀리 달아나게 했다.

대부분의 여관은 1층에 식당을 운영하며 술도 팔았다. 잠을 자려다가 잠깐 술 생각이 나기도 하고, 무엇보다 배가 고파서 도저히 참지 못하고 식당으로 내려갔다.

저녁 시간, 남자들로 북적이는 곳에 여자가 나타나니 시선이 집중되었다. 얼굴에 천을 두르기는 했지만 여자인 것은 드러나는 차림이라 어쩔 수 없었다.

그들의 눈길에 곧바로 다시 방으로 올라갈까 고민하다가 이왕 이렇게 내려온 거 음식을 달라고 해서 방으로 가지고 가기로 했다. 이럴 땐 음식만 가지고 사라지면 남자들의 관심은 곧 사그라들고는 했으니까.

주문을 하고 값을 치렀다. 한쪽 탁자에 앉아 음식이 나오기를 기다리는 순간이 초조했다. 평소와는 다르게 오늘따라 유난히 남자들의 눈길이 집요해 긴장됐다. 뒤통수고 옆통수고 가리지 않으며 꽂히는 통에 그들 앞에 몸을 적나라하게 보이는 기분이었다.

손가락을 부딪치며 조마조마한 마음을 안정시키고 있는데 술에 얼큰하게 취한 한 사내가 나를 향해 다가오고 있었다.

제발 저리 가라, 저리 가라.

중얼거렸지만 그의 목표가 나임에는 확실했다. 흐끅! 얼마나 마셨는지 딸꾹질 소리가 들렸다.

"이 괴상한 꼬락서니 하곤, 쯧쯧. 대체 뭣 땜에 이렇게 다니실까나?"

제발 저리로 가라. 하지만 바람과는 달리 남자는 자신의 자리로 돌아갈 의향이 없어 보였다.

음식이고 뭐고 얼른 일어나서 몸을 돌리자 남자가 거칠게 잡아끌었다.

"이거 놔요!"

"요것 봐라? 목소리 앙칼진 것 좀 보게. 흐흐흐흐."

우악스러운 남자의 손에서 벗어나기 위해 몸부림을 쳤지만 꼼짝도 하지 않았다.

그는 '어디 좀 볼까?' 하며 내 얼굴을 가린 천을 벗기기 위해 손을 뻗쳤고, 주위의 남자들은 흥미롭다는 듯이 구경을 할 뿐이었다. 대체 왜 이 많은 남자들 중에 정상인 놈은 없는 건지.

"도와주세요!"

주인에게 애원했지만 그는 모른 척 돌아섰다. 망할 놈의 자식! 내가 다시는 이 여관에 오나 봐라. 남자가 손이라도 대면 물어버리고 달아나야겠다고 생각하던 참이었다.

"으윽!"

그 순간 남자가 고통스런 비명을 질렀다. 누군가 남자의 팔목을 잡은 것이다. 그 누군가의 정체는 아까 본 백금발의 남자였다.

"이분이 싫다잖아."

"이 새끼가 어디서 수작질이야!"

사내가 그에게 주먹을 날렸지만 많이 취했는지 헛스윙을 했다. 몇 번을 해도 마찬가지였다.

"수작은 네놈이 부리고 있는 거지!"

퍽! 백금발의 남자가 사내의 얼굴을 가격했다. 그러자 사내의 친구들인 것 같은 남자 다섯 명이 테이블에서 일어나 우르르 몰려들었다.

"아, 숫자가 너무 많네."

그가 나의 손목을 잡고 달릴 태세를 하자 사내의 친구들이 금세 다가오며 외쳤다.

"어딜 도망가려고!"

금발의 남자가 몸을 낮추고 자세를 잡았다.

"내 뒤에 꼭 붙어 있어요."

그가 다시 주먹을 날렸다.

"으윽!"

남자 한 명이 다른 손님의 테이블 위로 날아가 음식과 술을 난장판으로 만들었다. 싸움을 구경하며 술을 마시던 남자들이 덩달아 화를 냈다. 그들도 가담할 태세였다.

"이게 뭐 하는 짓이야!"

순식간에 사람들이 엉겨 붙었다. 테이블과 의자가 뒹굴고 접시와 음식이 공중으로 날아다녔다.

"아이고~ 이를 어째! 다들 그만둬요!"

가게가 난장판이 되자 주인이 고래고래 소리를 질렀지만 이미 싸움이 불붙은 그들의 귀에 들어갈 리가 만무했다. 도와달래도 모르는 척하더니 조금 고소했다.

달려드는 서너 명의 사내들을 주먹으로 쳐낸 백금발의 남자는, 다들 정신없는 틈을 타 사람들을 헤치며 밖으로 나를 끌어냈다.

그에게 손목이 잡힌 채 한참을 뛰었다. 숨이 턱 끝까지 차오르는데 갑자기 까르르 웃음이 터졌다. 얼마 만에 크게 웃는지 모르겠다.

"하하하! 잠깐, 잠깐만요! 헉헉."

달려서 숨은 차지, 웃음은 쉼 없이 나오지. 동시에 호흡이 곤란해져 숨을 헐떡였다.

"괜찮아요?"

거친 숨을 내쉬며 웃느라 그에게 답할 기운도 없어 대충 고개만 끄덕였다.

"뭐가 그렇게 재미있어요?"

그가 예쁘게 웃으며 물었다. 남자가 곱기도 하다. 벌써 몇 번째 감탄하는 건가.

"하우, 숨차. 웃기잖아요. 왜 남의 싸움에 자기들이 더 난리야. 음식 날아다니는 거 봤어요?"

숨을 고르며 답하는 동안 아직 내 손이 그에게 잡혀 있는 것을 발견했다.

"이거나 좀 놔줘요."

그에게 잡혀 있는 손목을 들어 보이자 백금발의 남자는 내 손을 얼른 놓았다가 다시 잡았다.

"너무 세게 잡았나. 빨갛네. 아픈가요?"

그는 걱정스러운 눈빛으로 내 손목을 이리저리 돌려가며 살펴봤다. 자상함이 몸이 배어 있는 남자였다.

"괜찮아요, 괜찮아. 그나저나 내 짐이 그 여관에 있는데……."

중요한 화구박스와 종이가 들어 있는 원통, 기타 짐들과 여벌이 모두 거기에 있었다. 아, 돈도 거기 있다!

"아침에 가지러 가야 해요. 지금 가면…… 알죠?"

확실히 지금 간다면 얼굴을 맞은 사내와 그의 친구들이 기다리고 있을 것이 뻔했다. 하지만 재물을 손해 본 여관 주인이 내 짐과 돈을 잘 보관할지는 의문이었다.

"돈이 거기 들어 있어요. 그래서……."

"아마 여관 주인도 손해 본 값을 받으려고 할 테니까 며칠 동안은 잘 보관하고 있을 거예요. 기다려보고 안 오면 그때 처분하겠죠. 지금 갔다간 정말 큰일 당해요."

무슨 뜻인지 잘 알기에 고개는 끄덕였지만, 걱정되는 건 어쩔 수 없었다. 게다가 돈도 없는데 밤을 어디서 보내느냐가 문제였다. 밤이 깊어갈수록 기온이 더 떨어질 텐데 큰일이었다.

"나 때문에 일이 이렇게 커져 미안해요. 쉴 수 있게 다른 곳을 알아봐드릴게요."

내 고민이 얼굴에 드러났나. 용케도 내 마음을 알아차린 그가 미안함이 가득한 표정을 지었다.

"아니에요. 내가 오히려 미안하죠. 괜찮아요."

꼬르륵. 눈치 없이 배에서 천둥이 쳤다. '나 배고파요.' 하며 소리를 지르는데, 민망해져 열이 오르는 볼을 손가락으로 긁어대니 그가 미소를 지었다.

"밥도 못 먹은 거 같은데, 얼른 먹고 쉬어요."

이 남자는 다정함을 타고났나 보다. 좀 믿음직스러워 보이나 낯선 남자를 믿는 것이 좋을지 잠깐 고민했다. 그러다 배도 너무 고프고 피곤이 몰려와 어쩔 수 없다고 스스로 핑계를 대며 그를 따라나섰다.

남자와 함께 들어간 곳은 카투스였다. 고급스러운 이곳을 밖에서만 봤지 직접 들어오니 별천지가 따로 없었다.

작은 방으로 들어가자 그가 음식을 주문했고, 나는 말없이 앉아 있었다. 어색한 침묵이 흐르자 그가 '흠흠' 헛기침을 하더니 나를 향해 웃어 보였다.

"우리 둘밖에 없는데, 그거 벗어도 되지 않을까요? 음식도 먹어야 하고."

조금 망설였지만 맞는 말 같아서 천천히 천을 벗었다. 나를 바라보는 그의 눈동자가 반짝 빛났다.

"당신은 정말 특이하네요. 그 머리카락도, 눈동자도. 제일 아름다운 건 피부예요. 참, 이런 말 실례인가요?"

"아니요. 괜찮아요."

"당신은 어디서 왔어요?"

"잘 모를 텐데. 한국이라고."

그가 고개를 갸우뚱했다. 알 턱이 있을까. 이 시대에 존재하지 않는 나라인데.

"음…… 한국. 정말 모르겠네. 그럼 이름은?"

"신시아."

"얼굴만큼이나 예쁜 이름이네요."

댁이 더 예쁘네요, 라고 말하고 싶었지만 꾹 참았다.

"당신 이름은 뭐예요?"

그가 잠시 머뭇거리더니 곧 입을 열었다. 여전히 입가에 부드러운 미소를 머금고.

"카르카노. 그냥 칸이라 불러요."

카르카노. 처음 들어보는 이름인데 친숙하게 다가왔다. 하지만 어디서 들어본 적이 있는지 아무리 기억을 더듬어봐도 떠오르지 않았다. 그리고 갑자기 가슴 언저리가 묵직하게 눌리는 느낌에 옅게 심호흡을 하며 진정시켰다.

왜 이러지. 아까 너무 오랜만에 전속력으로 달리기를 해서 그러나.

"……칸."

그의 이름을 나지막이 불러봤다. 카르카노, 칸. 이름이 입에 착착 감기는 것 같았다.

다시 어색한 침묵이 흐르려던 찰나 마침 노크 소리가 들리고 종업원이 들어왔다. 곧이어 끝없이 음식이 나오자 눈이 휘둥그레졌다. 종류별로 나온 갖가지 음식 냄새가 식욕을 자극해 배의 아우성은 점점 더 커지고, 입에 침이 고였다.

와아, 술도 있다!

석류알 같은 빨간색 과육이 동동 떠 있는 그 맛이 정말 궁금해져 입맛을 다셨다.

얼마 만에 보는 술인지 빨리 마시고 싶은 마음에 술병을 냉큼 잡다가 칸의 손에 저지당했다. 살며시 내 손목을 감싸고 고개를 절레절레 흔든다.

"빈속이잖아요. 음식 먼저."

그가 내 앞으로 수프가 담긴 접시를 밀었다.

"딱 한 잔 마시고 먹으면 안 되나요?"

검지를 그의 눈앞에 세워 보이며 애원했다. 룩센에 와서 남자에게 이렇게 애교 섞인 음성으로 부탁한 것은 처음이리라.

"우선 뭐 좀 먹는 게 좋겠어요."

부드러웠으나 단호한 말투여서 아쉬운 눈빛으로 술병을 자리에 놔뒀다.

똑똑. 술병으로만 향해 있는 나의 관심을 돌리기 위해 칸이 테이블을 두들겼다.

"나 신경 쓰지 말고 맘껏 먹어요."

그의 말이 떨어지기 무섭게 수프를 떠 입에 집어넣었다.

"우와! 이거 뭘로 만든 수프예요? 향도 좋고, 맛도 너무너무 좋아요!"

"달리 선인장이라고 있는데, 그 선인장 과육으로 만든 수프예요. 달리 수프라고 불러요. 꽁꽁 숨어서 자라는 녀석이라 찾기 힘든 만큼 맛이 좋아요."

"그렇구나."

고개를 끄덕이고 수프를 흡입했다. 그 뒤 다른 음식을 손을 집어

맛있게 먹는 나를 물끄러미 바라보다가 칸도 음식을 먹기 시작했다.

그는 생긴 것처럼 먹는 모습도 우아했다. 나와 비교가 돼서 좀 부끄럽기도 했지만, 어차피 그와 나는 전혀 다른 삶의 방식을 가지고 있으니 신경 쓰지 않기로 했다.

그는 지루하지 않게끔 즐거운 대화를 유도했다. 말을 많이 하는 것 같지만 수다스럽지 않고, 풍부한 지식과 함께 유머러스한 부분도 있어서 간간이 웃음을 터뜨렸다.

"자, 받아요."

어느 정도 음식으로 배를 채우자 그가 내게 술을 권했다. 투명한 잔에 빨간 술이 작은 파도처럼 일렁이며 채워졌다. 담기는 모습만으로 호기심을 크게 자극했다.

'흐읍.' 하고 향을 맡자 과일 특유의 향과 적당히 숙성된 알코올의 향이 조화를 이뤄 그 맛을 상상하는 것만으로도 취하는 것 같았다.

"아…… 끝내주는 향이다."

"술 좋아해요?"

"네!"

맥주나 소주는 싫지만 이런 과일주는 너무 좋다. 이 세계에 와서 좋은 점을 굳이 뽑으라면 바로 술. 다양한 과일로 만든 이곳 술의 향은 심장이 뛰도록 향긋했고, 맛은 머리가 아플 정도로 달콤했다. 대신 많이 독했다. 그래도 이 정도쯤이야 가뿐하지.

"천천히 즐겨요. 그 술은 꽤 독해요."

약간의 염려가 섞여 눈썹이 팔(八) 자로 모인 칸의 모습이 제법 귀여워 보였다.

아직 술을 마시지도 않았는데 벌써 취했나? 아무렴 어떠리. 잘생겼고, 친절하고, 무엇보다도 위험에서 나를 구해주지 않았던가. 이미 술 때문에 기분이 좋아진 나는 한껏 상기된 목소리로 대답했다.

"으음~ 괜찮아요. 기분이 좋을 정도로만 취하면 되니까요."

주거니 받거니 하며 마시는 동안에도 나누는 그와의 대화는 즐거웠다. 술 때문에 마음이 느슨해진 건지 그가 오래된 친구처럼 편안했다.

"말도 마요. 자기 배가 이~렇게 나왔으니까 똑같이 그린 건데 왜 배가 나왔냐고 화를 내는 거 있죠. 그래서 그냥 늘씬하게 그려줬어요. 그럴 거면 초상화를 왜 그리나 몰라. 상상화를 그려야지."

"초상화 그려주는 데 돈 많이 받아요?"

"많이 받는 편인데 소개해주는 상인들이 떼어가는 수수료가 워낙에 많아서 내 손에 들어오는 건 적어요. 거기다 물감값도 비싸고. 아! 답례도 초상화 그려줄까요?"

좋은 음식에 고급 술, 숙박료가 비싼 카투스에 객실을 잡아줬으니 이 정도는 보답해야지 싶어서 한 제안이었다.

"답례라뇨. 이건 제 실례를 갚기 위한 거였습니다. 일은 일이니 값을 치러야죠. 그려주신다면, 값은 섭섭하지 않게 치를게요."

그의 말에 눈이 번쩍 뜨였다. '섭섭하지 않게 치를게요.'라는 말이 귀에 박혔다. 물론 처음부터 이런 목적으로 그에게 제안했던 것은 아니었지만 말이다.

"저, 정말요?"

믿기지 않아 말을 더듬거렸다.

"그럼요. 시간이 오래 걸리나요?"

금방 끝나지는 않지. 목탄으로만 그린다면 모를까.

"목탄만으로 그리면 금방 되기는 하죠. 펜값을 주신다면 펜도 가능해요. 하지만 채색을 원한다면 그림의 질이 높아지니까…….최대한 빨리하도록 노력해보겠지만, 하루 이틀 만에는 불가능해요. 더구나 물감 마를 시간도 필요하고."

"아, 그런 뜻은 아니니 오해 말아요. 최대한 정성 들여서 그려달라고 부탁하려던 참이었어요. 숙식도 제공할게요."

숙식을 제공한다는 그의 말에 머리가 더욱 맑아졌다. 내가 상상하는 장소를 제공한다는 말은 아니겠지 생각하면서 물었다.

"설마 여기는 아니겠죠?"

손가락으로 테이블을 두드리며 물었다.

"이곳이 불편하신가요?"

불편할 리가 있겠는가! 다만 카투스 하루 객실값이 장난이 아니니까 그렇지. 놀라서 벌어진 입을 얼른 다물었다. 너무 좋아하는 모습도 추태다.

"돈 걱정은 하지 않아도 돼요. 그러니까, 초상화값도 넉넉하게 불러요."

내 마음을 읽었는지 친절하게도 돈 많으니 괜찮다고 얘기해주다니. 이게 어디서 굴러온 호박인가 싶었다. 아주 예뻐서 쪽쪽 소리 나게 뽀뽀해주고 싶을 정도였다.

"그럼 계약한 겁니다."

놀라서 어버버 하며 답을 못 하는 사이에 계약이 체결됐다. 그가 술을 마시며 유리잔 너머로 지그시 나를 보자 나 역시 눈빛으로 화답했다.

계약 축하주로 칸과 나는 계속 술을 마셔댔다. 끝내 술병의 바닥을 보고는 나는 딱 기분이 좋을 만큼 취해서 테이블에 엎드렸다. 슬슬 잠도 쏟아지고 몸이 노곤해져 왔다.

아, 목욕하고 싶네. 오늘도 땀 많이 흘렸는데.

"졸려요? 방에 바래다줄까요?"

그의 낮고 부드러운 음성이 귀에 간질거리듯 들려왔다.

"으응, 네⋯⋯."

그가 나를 일으켜 세웠다. 부축받을 만큼 취한 건 아니었지만 나름 편안해서 그에게 기댔다.

"여기는 카투스니까 목욕도 할 수 있죠?"

카투스에서 꼭 해보고 싶었던 것. 집에서 목욕하려면 먼 곳에서 물을 길어 와야 해서 하고 싶을 때 마음대로 할 수 없었다.

"물론이죠. 준비하라고 할까요?"

"고마워요, 칸."

그에게 씩 웃어 보이자 그도 따라 웃는다.

"술이 많이 취한 것 같은데 목욕해도 괜찮을지 모르겠네요."

"에이, 얼마 마시지도 않았어요."

이 정도로 많이 취했다고 하면 안 되지. 몸을 가누는 것이 약간 불편해도 목욕을 못 할 정도는 아니다.

"안 될 거 같은데?"

그가 걱정스럽게 물으며 객실로 데려다줬다.

예상보다 큰 방이었다. 내 집보다 훨씬 넓은 방은 커다란 침대와 소파, 테이블이 놓여 있고, 한쪽에는 옷을 갈아입을 수 있도록 파티션이 세워져 있었다. 테라스로 나가는 큰 창 옆으로 욕실처럼 보이는 문이 보였다.

그가 시중 들어줄 사람을 불러줄까 했지만, 다른 사람 앞에서 벌거벗은 몸을 보이는 것은 내키지 않아 거절했다.

"나 정말 괜찮으니까 칸도 그만 가서 쉬어요."

억지로 그를 밖으로 밀어내고 방문을 닫으려고 하자 그가 문을 밀고 들어왔다. 여전히 눈에 걱정을 한가득 담은 채로.

"신시아, 목욕 끝날 때까지 내가 기다릴게요. 아무리 생각해도 위험해서 안 되겠어요."

"괜찮다니까 그러네. 뭐, 알았어요. 금방 하고 나올게요."

잠깐 고민하다가 칸의 염려하는 마음을 더 이상 물리치지 못하고 기다리라고 했다.

욕실에 들어가 옷 벗기도 귀찮아 그냥 되는대로 벗어 던졌다. 바닥에 툭툭 떨어지는 옷은 상관하지 않고 따뜻한 욕조 안으로 들어갔다.

좌르륵. 내 무게만큼 욕조 밖으로 물이 흘러내렸다.

"으으, 좋다!"

좋다는 소리가 연신 저절로 나왔다.

물에서 올라오는 따뜻한 김이 몸을 감싸자 정신이 몽롱해져왔다. 손을 들어 올리니 손가락 사이로 물이 쪼르르 빠져나가는 걸 보니 키득키득 웃음이 나왔다.

내가 취하긴 취했나 보구나. 별게 다 재미있네.

예상치 못한 호사를 누리고 있었다.

만약 칸과 같은 남자와 사랑에 빠져 결혼한다면 어떨까. 이곳에서도 살 만하겠다는 생각이 들었다. 주아만 아니라면 눌러앉아도 좋겠다.

그러다 고개를 저었다. 너무 앞서 나갔다. 우선 순간이었지만 주 아를 배제시켰다는 미안함이 앞섰다.

아무리 칸이 잘생긴 데다 친절하고 일거리도 줬다지만, 솔직히 그에 대해 뭘 안다고 그런 상상을 하나. 나 혼자 김칫국 마시는 것 도 웃기는 일이었다. 무작정 내게 호의를 베푸는 그를 의심해봐야 하는데 뭐에 홀린 것처럼 그를 따라나섰다 결국 이리되었다.

이제라도 정신을 차려야지.

손으로 물을 떠 어깨에 천천히 뿌렸다. 어깨를 타고 흘러내리는 따뜻함에 조금 전의 다짐은 금세 잊었다.

얼마나 몸을 담그고 있었을까.

밖에 칸이 기다린다는 생각이 갑자기 떠올라 욕조에서 얼른 일 어났다.

몸에서 물이 좌르륵 흘러내렸다.

서둘러 밖으로 내민 발이 바닥에 닿자 약간 현기증이 났다.

다행히 금방 몸의 균형을 잡고 옷을 찾는데, 생각 없이 벗어 던 진 옷들이 바닥으로 떨어져 다 젖어 있었다.

이 일을 어쩐다? 수건으로 가리고 나갈 수도 없고. 내가 나가지 않으면 칸이 계속 기다릴 텐데, 이걸 어찌한다?

고민 끝에 한 손을 이용해 수건으로 앞만 겨우 가렸다. 다른 한 손으로는 문이 활짝 열리지 않도록 문고리만 잡고서 겨우 얼굴만 내밀었다.

"저…… 칸?"

소파 앉아에 머리를 기댄 채 눈을 감고 있던 그의 눈이 나를 향 했다.

"옷이 다 젖어서 입고 나갈 수가 없어서요. 목욕은 다 끝났으니까 그만 가서 쉬어요. 봐요, 나 멀쩡해요."

"그래요. 내일 꼭 짐을 찾아와야겠네요. 잘 자요."

순간 잘 자라는 그의 인사에 나도 모르게 '안녕.' 하며 손을 흔들고 말았다. 문고리를 잡고 있던 손을 든다는 것을 착각해 수건을 잡고 있는 손을 들어 흔들었다.

이미 수건은 몸을 떠나 바닥으로 떨어졌고 놀란 눈이 된 칸의 얼굴이 보였다. 무슨 일이 벌어진 건지 전신에 닿는 횅함과 그의 눈을 보고 알았다.

허겁지겁 수건을 주우려 몸을 숙였는데 그만 중심을 잃고 갸우뚱했다.

이대로 얼굴이 바닥으로 박히나 싶던 찰나 칸이 재빠르게 다가와 나를 잡아줬다. 실오라기 하나 걸치지 않은 맨살에 그의 손과 팔이 닿자 가슴이 두근거렸다.

"꺅!"

나의 짤막한 비명에 그가 낮은 한숨을 내쉬었다. 얼른 칸에게서 몸을 떼자 그가 바닥의 수건을 집어 고개를 돌리며 나에게 넘겼다.

수건을 받아 빨리 가렸지만, 이제 와서 가리나 마나였다. 이미 다 봤는데.

아아, 얼굴이 화끈거려서 그를 볼 수가 없다. 창피해서 쥐구멍이라도 찾아 들어가고 싶었다.

"잘 자요. 문 꼭 잠가요."

그의 음성에서 떨림이 느껴졌다. 당신도 잘 자라, 내일 보자 등등 이런 인사를 나도 해야 하는데 입이 떨어지지 않았다.

탁. 그가 문을 닫고 나가자 자리에 주저앉아 두 손으로 얼굴을 가렸다.

"창피해 죽겠네."

으힝! 초상화 그려주기로 했는데 내일부터 어떻게 그를 본담. 얼굴에 철판을 잘 까는 편이었지만 그래도 이번 건 심했다.

양팔로 머리를 감싸고 자책했다. 그런데 다시 문이 열리는 소리가 들려 고개를 들었다.

칸이었다. 나와 눈이 마주친 그가 눈길을 돌린 채 방 안으로 들어왔다. 문 앞에 서 있는 칸을 발견한 나는 그에게 몸이 보이지 않도록 최대한 웅크렸다.

왜 다시 온 거지.

그는 말없이 침대로 가서 얇은 이불을 걷어내더니 나에게 다가와 덮어줬다.

"얘기하고 싶어요."

등에 덮인 이불로 몸을 돌돌 말고 멋쩍게 일어서자 그가 눈짓으로 소파를 가리켰다.

먼저 자리를 잡은 그는 자신의 옆자리에 앉으라 했다. 저길 가서 앉아야 하나 말아야 하나 망설이다가, 결국 멀찍이 앉는 쪽을 선택했다.

가라앉으며 삐걱이는 소파 소리가 유별나게 컸다.

그의 한숨이 들렸다. 이런 상태로 남자 옆에 있는 것이 불안할 법도 하건만, 이상하다. 불안함보다는 그저 민망함밖에 없었다. 단지 잘생기고 돈 많다는 이유로 신뢰를 하는 건가.

한심해, 신시아.

아니면 도와줘서? 뭐가 됐든 지금의 상황은 가히 좋지 않다. 가슴까지 감싸고 있는 이불깃을 세게 쥐었다.

몇 번 입술을 달싹인 그가 먼저 말을 꺼냈다.

"처음 당신을 봤을 때 머리를 얻어맞은 것처럼 멍했어요. 웃기죠? 그때 바로 내 마음을 전하고 싶었지만 당신 눈이 너무 겁에 질려 있어서 참았어요. 또 한편으로는 첫눈에 반했다고 말하면 당신이 믿어줄까 싶기도 했고……."

눈앞에 있는 작은 테이블만 바라보며 그의 이야기를 듣고 있었다.

첫눈에 반해서 내게 그런 호의를 베풀었구나. 그 말은 믿을 만했다. 이곳 대부분의 남자들은 나를 보게 되면 첫눈에 반했다며 고백하곤 하였다.

나의 옆모습을 뚫어져라 보고 있는 그의 눈길이 느껴졌으나 고개를 돌릴 수 없었다.

그가 가만히 옆에 붙어 앉으며 젖은 내 머리카락을 귀 뒤로 넘겨줬다. 손길이 닿는 자리마다 찌릿했다.

2장

세차게 뛰는 심장을 진정시키고 싶지만, 칸이 눈치챌까 봐 편하게 숨을 내쉬는 것조차 어려웠다.

"당신을 따라서 그 여관에 간 거예요. 아, 오해는 마요. 멀리서라도 보고 싶어서 그랬어요. 당신이 방에 들어가고 혼자 무료해서 술이나 마시자 하고 내려와 있었는데, 당신이 나타났어요. 내가 얼마나 기뻤는지 당신은 모를 거야. 그리고 이건 좀 미안한 말인데……."

미안한 말이라는 소리에 고개를 돌려 그를 바라봤다. 언뜻 그의 눈동자는 황금색처럼 보이지만 묘하게 얽혀 있는 붉은색과 조화를 이루고 있었다.

서로 말없이 보고 있기를 잠시, 그의 황금색 눈동자가 어느 순간 붉게 물들어가고 있었다.

"뭐가 미안해요?"

길어진 침묵을 깬 건 나였다. 너무 조용해서 침도 삼킬 수 없어서였다.

"그 남자, 여관에서 당신에게 다가가서 얼굴의 천을 벗기려 했던 남자. 그자가 당신에게 다가가는 걸 보고 얼마나 속으로 기뻐했는지 몰라요."

"그게 무슨 말……."

"웃기는 말이지만 당신 앞에 다시 나타날 기회, 멋진 남자로 보일 수 있는 기회가 왔으니까."

목소리가 차분하게 가라앉은 듯했으나 말을 잇기가 힘들어 보였다.

붉게 물들어가던 눈동자가 이제는 불처럼 타올랐다. 내 눈을 가만히 바라보던 그의 눈이 나의 얼굴을 따라 움직이더니 내 입술에서 멈춘 것이 보였다.

"당신이 너무 좋아요, 신시아. 마음이 말도 안 되게 흔들려."

사근사근했던 칸의 목소리가 갈라졌다.

두근거리는 심장 때문에 호흡이 가빠져 가슴이 쉴 새 없이 오르락내리락했다. 칸의 고백에 어찌해야 할지 몰라 아랫입술을 슬그머니 깨물었다. 그러자 그의 손이 내 입술을 매만졌다. 물고 있던 입술을 빼낸 그의 엄지가 촉촉하게 입술 안쪽의 젖은 살을 건드렸다.

"당신은 어떤가요."

"아, 나, 난……."

대답을 하기도 전에 그는 제 입술로 내 입을 막아버렸다.

목덜미를 감싸 안은 손가락의 감촉에 나도 모르게 입이 벌어졌다. 서두르지 않고 천천히 입안으로 혀가 들어왔다.

다른 한 손으로 나의 몸을 바짝 당겨 자신에게 밀착시킨 뒤, 부드럽게 입안을 탐하기 시작했다. 싫지 않았다. 그냥 이대로 내 몸이 사라진대도 좋을 기분이었다.

"아, 이렇게 급하게 하고 싶지 않았는데……."

내게서 입술을 뗀 그가 나지막이 말하며 한숨을 내뱉는다. 그 말에 이번에는 내가 그의 목덜미를 끌어당겨 입을 맞췄다. 키스를 한 뒤에도 고민하는 그를 위한 내 선택이었다.

나도 철칙이 있는 여자였다. 지금 이 상황이 사실 썩 내키지는 않았다. 아마 친구가 이런 일이 있었다고 상담해온다면 미쳤냐며 핀잔을 줬을지도 모르겠다.

하지만 지금 그는 너무 유혹적이었다. 마음에서 뭔지 모르는 소리가 들려왔다. 익숙한 느낌? 처음 보는 남자인데 몸이 기억하고 있는 듯한 기분?

모르겠다. 뭐가 되어도 좋았다. 얌전치 못한 여자가 되더라도 지금 이 순간 이 남자를 느끼고 싶어 적극적으로 혀를 움직였다.

나의 선공에 놀란 듯 그가 흠칫하더니 이내 다시 키스를 즐겼다.

손가락에서 힘이 빠져나가자 잡고 있는 이불이 스르르 떨어져 허벅지 위로 내려갔다. 가슴에서 배로, 배에서 다리로 미끄러지는 이불을 느끼면서도 잡지 못했다. 감도가 높아진 몸이 그것마저도 자극으로 느끼고 있었다.

칸의 손이 조심스럽게 내 배를 쓰다듬더니 위로 올라와 가슴 언저리를 돌았다. 가슴이 그의 손에 쥐였고 그의 입술은 어느새 나의 목덜미를 빨고 있었다. 머리가 빙글빙글 도는 것 같았다. 욕실에서 느꼈던 현기증은 지금과 비교도 되지 않았다.

순간 몸이 붕 떴다. 나를 안아 든 그가 침대로 향하고 있음이 보였다.

칸은 나를 살며시 침대에 눕히고 내 허리 위에서 다리를 벌리고 자리를 잡았다. 손가락을 다급하게 놀리며 옷을 벗는 그의 눈길은 나를 향해 있었다.

그의 몸은 내가 좋아하는 스타일이었다. 자잘한 근육이 알맞은 위치에 자리 잡아서 움직일 때마다 약간씩 볼록거리는 구릿빛 피부가 그를 더욱 섹시하게 보이게 해줬다. 잘생겼으면서도 예쁘장한 얼굴처럼 나신이 아름다웠다. 그의 몸을 감상하고 있을 때 허리 아래로 감싸여 있던 이불이 벗겨져 나가는 것이 느껴졌다.

우리 둘은 온전히 적나라하게 드러난 서로의 몸을 볼 수 있었다.

"처음, 아니죠?"

어떻게 알았지? 너무 쉽게 허락해서 그런 건가.

빙그레 웃으며 고개를 젓는 내게 그는 '다행이다.'라고 작게 말했다. 알고 물었으면서 다행이라고 말하는 그가 귀여웠다.

"처음이라면 난 아무것도 못 했을 거야. 당신을 고통스럽게 하고 싶지 않아요."

"근데 칸."

키스하려고 고개를 숙이는 그를 불렀다.

"나 너무 오랜만이라 아플지도 모르겠어요. 그러니까……."

몇 년 만인지 기억이 안 날 정도였다. 두 번의 연애를 했지만 마지막이 벌써 어언, 음…… 모르겠다.

어쨌든 그동안 좁아졌다거나 굳어졌을 수도 있다는 생각에 약간 두려움이 생겼다.

"부드럽게, 당신이 행복할 수 있게 해줄게요."

그가 볼에 붙은 내 머리카락을 옆으로 넘기고는 키스해왔다.

정신을 차릴 수 없는 시간이었다. 눈앞이 하얗게 변할 때쯤 내 허리가 만족감에 크게 휘어졌고, 그 순간 그가 내 안에 벗어나 배 위에 자신의 흔적을 뿌렸다. 생각보다 빨리 끝나 좀 아쉽지만 좋았으니 됐다.

그의 몸이 힘없이 가슴 위로 쓰러졌다. 그는 내가 무거워할 것이라 여긴 건지 옆으로 굴러가 나를 품으로 끌어당겨 이마에 입을 맞췄다.

"아프지 않았어요?"

거칠게 내쉬던 숨을 고른 그가 먼저 내게 물었다. 이미 몸의 대화를 나눈 사이인데도 부끄러워 고개를 숙였다. 그렇게 직접적으로 물어보면 어쩌라는 거야.

멋쩍었다. 눈동자를 옆으로 굴리며 고개를 끄덕였다.

"즐…… 거웠어요."

"나도 많이 즐거웠어요."

그가 웃으며 눈꼬리에 입을 맞췄다.

"나 원래 이렇지 않아요, 칸"

"뭐가요?"

"처음 본 남자랑 이렇게…… 오늘 같은 경우는 처음이라구요."

"알아요. 다 아니까 그런 걱정 말아요. 사랑해요, 신시아. 당신은 정말 사랑스러워."

'사랑해요.'라는 그의 말은 듣기 좋은 속삭임이었다. 오늘 처음 봤는데 사랑을 느끼고 할 틈이 어디 있었을까. 그의 말이 진심이 아니라는 걸 알지만 이 순간만큼은 나도 그를 사랑하는 연인으로 생각하고 싶었기에 미소 지으며 바라봤다.

이제야 그의 얼굴이 자세하게 눈에 들어왔다. 눈, 코, 입. 모든 것이 알맞은 위치에 알맞은 크기로 자리 잡아 완벽한 조화를 이루고 있었다. 특히 하얀색에 가까운 그의 백금발은 곧 없어질 듯 빛이 나서 아름다웠다.

그의 머리카락 사이에 손가락을 넣고 배배 꼬았다가 풀었다. 부드럽게 빠져나가는 느낌이 좋았다. 턱 선을 따라 움직여 그의 볼을 매만졌다. 건강한 구릿빛 피부는 눈으로 봤을 때보다 훨씬 좋았다. 날렵한 콧날을 검지로 쓸어보고, 입술의 위아래를 살짝 눌렀다. 나를 말없이 지켜보던 그의 눈동자가 붉게 물들어가더니 진한 입맞춤을 해왔다.

카투스에서 칸과 함께 지낸 지 닷새가 흘렀다.

그의 초상화 그리기를 시작은 했지만 진도가 영 나가지 않았다. 열심히 그리기에 집중하는 내 앞에서 모델을 하는 그는 틈만 나면 나를 안아 들고 침대로 향했다. 처음에는 당황스러웠지만 가끔은 내가 먼저 그에게 원한다는 눈길을 보내기도 했다.

도저히 그림의 진척이 없기에 밖으로 나가자고 했다. 초상화를 그려주기로 했으니 스케치라도 끝내야겠다는 심산이었다. 도구를 들고 따라온 그는 자신이 잘 아는 장소가 있다면 안내했다.

오아시스의 가장 안쪽에 자리 잡은 집이었다. 많은 사람이 모여 사는 건조한 지역과는 너무나도 달랐다. 집이라고 하기에는 많이 커서 대저택이라는 표현이 맞을 듯싶었다.

"여기가 칸의 집?"

"아니요. 내 집이면 왜 카투스에 머물겠어요. 그냥 잠깐 빌렸다고 해두죠."

"집이 맞긴 한 거예요? 사람이 안 보이네."

"주인은 멀리 여행 갔고, 아마 안에는 일하는 사람이 몇 명 있을 거예요."

풀밭이 넓게 깔린 정원이 있는 집에 나무가 무성하게 자라고 있어 괜히 오아시스 안쪽이 아니구나 했다. 집 안을 구경하고 싶었지만 잠깐 빌렸다는 그의 말에 포기했다. 나무 밑에 자리를 잡은 그가 가져온 넓은 천을 펼치더니 벌러덩 누웠다.

"초상화 그리러 온 거지, 놀러 온 거 아니에요!"

내 말에 그가 몸을 모로 세우고 한 손으로 머리를 받치며 나를 바라봤다.

"좀 쉬었다 하죠."

칸이 자신의 옆에 누우라는 듯이 손짓했다.

넘어가면 안 되는데 생각하다가, 설마 밖에서 그러겠냐 싶어 옆 자리에 풀썩 누웠다. 오아시스 안쪽은 바람마저도 축복받았는지 산들거리는 바람이 시원했다.

나의 얼굴을 물끄러미 바라보던 그가 입술에 입을 맞췄다.

"당신, 놓치고 싶지 않아요."

입안으로 들어오는 그의 진한 향기가 취할 듯이 독했다.

나를 놓치고 싶지 않다니. 진심이 아니라고 해도 듣기에는 좋은 말이었다.

잘생기고 멋진, 거기다 돈까지 많은 호감 가는 남자가 감동에 눈물겨울 정도로 잘해주는 것으로도 모자라 자신을 놓치지 않겠다고 하는데 싫을 여자가 어디 있겠는가.

그는 지난 시간 동안 사랑한다는 말을 자주 했다. 그 역시 진심인지 아닌지는 모르겠다. 하지만 나도 그와 함께하는 동안에는 그를 '사랑한다'고 생각하려고 했다.

숨 막힐 듯이 이어지는 키스는 끝날 기미가 보이지 않았다. 눈을 떠서 숨 좀 쉬게 해달라고 눈짓하자 그가 잠깐 입술을 떼었다.

"하아, 하아."

칸과 나의 거친 숨소리가 귀를 자극했다. 그는 아주 짧은 시간만 여유를 주더니 다시 입술을 덮치며 치마 안으로 손을 집어넣었다. 놀라서 어깨를 밀어내자 그가 싱긋 웃었다.

"집 안에 사람 있다면서요!"

"보이지 않아요. 그러니까 우리가 소리를 내지 않으면 괜찮아요."

그가 다시 키스를 해오며 허벅지를 쓰다듬다가 속옷 안으로 들어왔다. 그와 키스를 시작하면서부터 알고 있었다. 이미 그곳이 젖어 있다는 걸.

칸이 다시 웃었다.

어루만지는 그의 부드러운 손길이 민감한 봉오리를 슬쩍 건들자 옅은 신음 소리가 나왔다.

"쉬이. 소리 내면 안 돼요."

속옷 안에서 지분거리던 그의 손이 이제는 입구에 머물면서 빙빙 돌고 있었다. 환락의 시간이 이어졌다.

입안을 휘젓고 다니는 혀와 몸 안에서 움직이는 그의 것 때문에 미칠 듯한 쾌감이 몰려왔다. 그의 움직임에 맞춰 허리가 저절로 움직였다. 그가 멈칫하더니 입술을 떼며 나를 봤다. 반쯤 감긴 눈 사이로 붉게 물든 눈동자가 들어왔다.

"신시아, 당신은 어쩜 이렇게 사랑스럽지?"

순간 풀려 있던 그의 눈동자에서 번쩍하는 날카로운 빛이 보였다. 동시에 음험한 미소를 머금었다. 잘못 봤나. 전혀 그답지 않은 표정에 어리둥절했다.

내가 잠시 딴생각에 잠긴 걸 아는지 갑자기 칸의 허리놀림이 급해지자 머릿속이 텅 비었다. 그의 움직임에 맞춰 나도 다시 움직이기 시작했다. 아무래도 내가 허리를 움직여서 그런지 그의 신음 소리가 점점 커졌다. 스스로 허리를 움직인 것은 처음이었다.

"칸, 소리 내면 안 된다니까요."

이번에는 내가 목을 끌어당겨 키스를 퍼부었다. 당신이 날 놓치고 싶지 않다고 했지? 나도 당신을 놓치고 싶지 않아.

발목에 걸려 있는 속옷을 발로 밀어 벗겨내고는 다리로 그의 허리를 감싸며 세게 당겼다. 그는 내게 더욱 밀착된 채 안으로 들고 나기를 반복했다.

절정의 순간이 다가오고 있었지만 소리를 낼 수 없어 서로의 입을 막은 탓에 살결이 부딪혀 질척이는 소리만 들렸다.

뜨거움이 휘몰아쳤던 시간이 끝난 후, 평소보다 다리에 힘이 풀려 초상화를 그리기는커녕 서 있기도 힘들었다.

밖에서 하는 거라 긴장한 건지 아직도 허벅지와 종아리가 당겼다. 나무 그늘에 누워 늘어진 나를 안고 있는 칸이 머리카락에 짧은 키스를 하고 손가락 하나하나에도 키스를 해줬다.

그는 평소는 물론이고 관계 전에도, 관계 중에도, 관계 후에도 소중하게 대했다. 가끔 알 수 없는 눈빛을 했지만, 흥분이 심해지면 그럴 수도 있다고 생각했다.

그러다 문득 궁금했다. 만난 지 겨우 닷새 되었는데, 나는 그에게 어떤 사람일까.

"칸은 내게 왜 이렇게 잘해줘요?"

"사랑하니까."

"이런 말 기분 상하게 할 수도 있겠지만 만난 지 닷새밖에 안 됐는데 날 사랑해요?"

마지막으로 열 번째 손가락에 키스를 하기 위해 입술을 대던 그가 마저 키스하고는 나를 바라봤다.

"첫눈에 반했다고 말하지 않았나요?"

"그건 그렇지만."

"믿지 않는구나."

"아니, 칸을 믿지 않는다기보다는 난 첫눈에 반하는 사랑을 믿지 않아요. 예전에……."

예전에 만났던 남자 친구란 작자가 첫눈에 반했다고 다가와서는 한 달 만에 바람나서 쫑났다고 말하려다 말았다.

썩을 놈. 그 인간 생각은 다시 하기 싫었는데 왜 하필 이런 순간에 떠오르냐.

"예전에 왜? 말해봐요."

"……아니, 됐어요. 별로 생각하고 싶지 않아."

"신시아에게 첫눈에 반했다고 말한 남자가 또 있었나 봐요."

"아니, 뭐."

정확하게 짚어내는 그의 말에 나는 말을 얼버무렸다.

"그 남자가 당신을 떠났군요. 난 그러지 않을 테니 걱정하지 마요."

걱정 말라니. 몸을 세워 그를 똑바로 봤다. 그가 '왜?'라는 눈빛을 보냈다.

"나랑 살기라도 할 참이에요?"

"처음부터 그러려고 했어요. 당장에 살자고 하면 당신이 허락했을까요. 나는 초상화가 필요 없는 사람인데 왜 당신에게 초상화를 부탁했을까요?"

그의 말에 한숨부터 나왔다. 이 사람 정말 나를 사랑하는 건가. 정말 나와 살고 싶은 건가.

좋은 남자인 건 알지만, 함께할 수는 없는 일이었다.

"난 그럴 수 없어요."

"무슨 말이에요?"

"난 내 나라로 돌아가야 해요."

"언제?"

"여건만 된다면 당장이라도."

눈빛이 슬퍼지는 칸을 보니 마음이 약해졌다. 하지만 나는 가야 해. 주아가 기다리고 있을 테니까. 내가 떠날 때 동생은 임신 중이었다. 부모님이 안 계셔서 내가 산후 조리를 해줘야 하는데 이리되고 말았다.

동생에게는 내가 언니이자 엄마였다. 나를 찾느라 고생했을 텐데 안 그래도 몸이 약한 주아가 순산을 했을지, 산후 조리를 제대로 했을지 걱정됐다.

"그럼 가기 전까지만이라도 나와 함께 있어줄래요?"

침묵을 유지하던 칸은 설득하기를 체념한 듯 먼저 말을 꺼냈다. 그건 어렵지 않았다. 승낙의 뜻으로 고개를 끄덕이자 나를 끌어안았다.

"그래요. 그거면 된 거야. 신시아, 사랑해요."

"우리, 참 이상하죠?"

"뭐가요?"

"난 첫눈에 반하는 것도 믿지 않고, 처음 본 남자랑…… 음……. 아무튼 난 그랬어요. 그런데 이상하게 칸은 언젠가 본 사람처럼 익숙해요. 예전부터 알고 있었던 사람이란 느낌? 우리가 혹시 전생에 연인이었나?"

그가 힘없이 툭 웃음을 던졌다. 나를 안고 있는 그의 팔에 힘이 들어갔고, 황금색 눈동자가 어둡게 가라앉았다.

그렇게 보름 정도를 칸과 함께 보냈다. 초상화가 완성되면 자신의 집으로 가자고 했으나 계속되는 우리의 사랑에 초상화는 밑그림만 겨우 마친 상태였다.

그날도 늦은 밤까지 서로에게 매달리다 잠이 들어 늦은 시간에야 잠이 깼다.

"칸."

그의 이름을 부르며 안으려 했는데 침대의 옆자리가 비어 있었다. 누웠던 자리가 차가웠다. 자리를 뜬 지 시간이 꽤 지난 모양이었다. 한 번도 이런 적이 없었지만, 별다른 생각 없이 그가 금방 돌아오겠거니 했다.

다음 날이 되어서야 그가 돌아오지 않으리란 것을 인지했을 때 조금 허망한 마음이 들었다. 수도 없이 사랑한다 말했고, 같이 살자고 해놓고는 인사도 없이 사라진 그에게 실망해서였다.

그러다 한편으로는 그럴 수도 있다고 생각했다. 오가다 눈 맞아서 만난 남녀 사이가 얼마나 오래갈 것인가.

밑그림으로 그려져 있는 그의 얼굴을 보니 허탈한 웃음이 나왔다. 그에게 뭘 기대한 것도 아닌데.

어딘지 좀 허하다, 쯧. 아니면 내심 기대했었나.

보름을 놀았다. 돈을 벌었어야 하는 시간인데 그냥 귀족놀음 했다 치고 짐을 정리해 카운터로 가며 다른 걱정이 앞섰다. 돈도 못 벌었는데 값까지 지불해야 하는 상황이 오면 난감했다.

하지만 직원에게 놀라운 말을 들었다. 칸이 이미 한 달분을 결제했다는 것이었다. 그러면서 내게 전부는 안 되지만 일부를 환불해줄까 하고 물었다.

이걸 받아, 말아.

고민하다가 받는 쪽을 택했다. 상황이야 어찌 됐건 그가 약속한 초상화 비용의 명목이었다. 말없이 떠난 그에 대한 기억이 완전히 엉망이 될 수도 있었다.

그러나 그가 한 달분을 미리 결제했다는 말을 들은 순간, 적어도 나와 한 달은 함께하려 했구나 짐작이 되었다.

그 시간을 다 채우지 않고 말없이 떠난 데는 그만한 이유가 있을 것이라고 이해했다. 그러는 편이 내가 덜 실망하는 방법이었다.

그날 이후로 칸의 모습은 어디서도 볼 수 없었지만 그에 대한 기억은 좋은 추억으로 남았다.

룩센을 떠나기 전, 언젠가 한 번은 더 만날 수 있는 인연이 되기를 바랐다. 왜 인사도 없이 그렇게 가야 했는지 듣고 싶었다. 아마 다시 만난다면 그는 미안해하며 나를 안아줄 것만 같았다. 그리고 예쁘게 웃어주겠지.

그런데 지금! 다시 만나서 죽일 듯이 덤벼드는 이 남자. 이게 뭐하는 짓이냐고!

"내 이름이 칸인 건 어떻게 알지?"

그가 물었다. 과거의 그와는 다른 눈빛을 하고. 분명 똑같이 생겼지만 다른 사람처럼 보였다.

"아, 그거야 당신이 알려줬으니까 그러지, 내가 어떻게 알았겠어! 도대체 어디서 기억을 잃어버리고 와서 생사람을 잡는 거냐고요!"

"나를 칸이라 부를 수 있는 사람은 단 한 명뿐이니까."

그의 말에 순간적으로 떠오르는 직감. 오직 한 명에게만 허락된 이름이라면 누굴지 뻔했다.

"당신 여자 있었군요? 그러면서 나에게."

화가 났다. 그냥 화가 났다. 나는 칸에게 어떤 감정이 있었던 걸까?

그와 함께했던 1년 전에도, 그가 떠난 그날도, 다시 만났을 때도, 그리고 조금 전까지 느낄 수 없었던 감정이 솟아올랐다.

날 사랑한다는 말이 진심이 아닐 수도 있다고 생각했고, 나 또한 그를 사랑하지 않았다. 그러나 미련스럽게도 그가 날 정말 사랑했을 거라는 믿음이 있었던 모양이다.

우스웠다. 나도 즐긴 주제에 한순간 장난감이었나 싶어 화가 났다.

이게 뭐라고, 그와 내가 뭐였다고 화가 나고 배신감이 드는지.

"내가 너에게 뭘?"

"아, 이것 좀 치우고 이야기하죠?"

나의 목을 쥐고 있는 그의 손과 가슴을 눌러 오는 칼을 번갈아 보며 말했다.

"안 돼."

"어차피 죽일 생각도 없으면서 나중에 후회할 짓 하지 마요."

"누가 널 죽일 생각이 없다 그래?"

그가 비죽하게 입꼬리를 올리며 목을 조이며 칼에 힘을 더했다. 뾰족한 칼끝이 천을 뚫고 금방이라도 찌를 듯했다.

"컥! 그럼……. 지금……. 죽이시든가. 커억!"

칸이 목을 세게 조여오자 숨 쉬기가 어려워 말하기 힘들었지만, 지지 않고 그의 눈을 노려봤다. 황금색 눈동자가 바람에 흔들리는 촛불처럼 흔들리고 있었다.

당신은 나 못 죽여. 죽일 생각이었으면 이렇게 망설이지 않겠지.

잠시간 쏘아보던 그가 거칠게 목에서 손을 놓았다. 몸이 휘청거렸다.

"콜록! 콜록!"

그의 손으로부터 자유로워진 내 목이 기도를 통해 부족한 공기를 급히 끌어들였다.

"말해봐, 도대체 우린 무슨 사이였지?"

"아까도 말했잖아요. 민망한 사이였다고. 몸으로 대화한 사이라고."

"살을 섞은 사이라서 내가 널 못 죽인다고 생각했나?"

"당신이 날 너무 사랑했죠. 그래서 함께 살자고도 했어요. 기억 안 날 테지만."

아픈 목을 손으로 문지르며 대답했다.

에라, 모르겠다. 그냥 날 많이 사랑했노라고 해버리지, 뭐. 틀린 말도 아니니까.

그러나 말해놓고도 스스로 어이가 없었다. 뭘 믿고 그가 날 죽이지 못할 것이다 단정 지었을까. 그의 마음 어딘가에 나에 대한 감정이 조금이나마 남아 있기라도 바랐던 모양이다.

"너무 사랑했다고? 아까는……."

"진심인지 아닌지 모르겠다는 건 내 감정이었고, 당신은 내게 항상 사랑한다고 했어요. 다시 한 번 말하지만 같이 살고 싶다고도 했어요."

칸이 나를 빤히 바라봤다. 나도 그를 보다가 먼저 눈길을 돌렸다.

"더 이상 우리 할 얘기 없는 거죠? 그럼 이만 돌아갈게요."

길에서 그가 나를 스쳤을 때 부르지 말았어야 했다.

그에 대한 추억이 이렇게 사라지겠구나. 그에게 난 아무것도 아닌 사람으로 기억되고, 나 또한 그에 대한 기억이 오늘의 상황으로 남아 있겠지.

쓸쓸했지만 어쩌겠는가. 빨리 헤어지는 편이 좋겠다.

"안 돼. 못 가."

가기 위해 짐을 챙기는 나를 향해 그가 말했다. 잠깐 멈칫했지만 계속해서 짐을 챙겼다.

"할 얘기 더 남았어요?"

"너와 내가 무슨 일이 있었는지 정확하게 알아야겠어."

"그게 다예요."

"아니, 더 정확하게. 어떻게 만났고, 얼마나 같이 있었고, 하루하루 무엇을 하며 지냈는지 알아야겠어. 똑같이 하다 보면 기억이 나겠지."

이 남자가 뭐라는 거야?

똑같이 한다니, 기가 막혔다. 기억 안 난다고 죽일 듯이 덤벼들 때는 언제고 잃어버린 기억을 찾을 생각을 하니 이제 와 내가 필요한가 싶었다.

두 손에 든 짐을 자리에 놓고 양팔로 팔짱을 꼈다.

"그건 댁 사정이고요, 나는 그럴 마음 없어요. 어떤 정신 나간 여자가 자기를 죽이려 했던 남자랑 함께 있겠어요?"

"내가 죽이지 않을 거라고 확신하지 않았나."

칸이 칼끝을 제 손바닥에 탁탁 두드렸다. 방금 일어났던 일이 별거 아니라는 표정이 정말 얄미워 죽겠다.

"그때는 확신했지만, 어쨌거나 당신은 내 목을 졸랐잖아요."

옆구리의 칼집에 칼을 넣은 그가 다가와 몸을 바짝 붙이며 내 턱을 잡았다.

"그냥 순순히 따르는 게 좋을 거야. 내게서 도망가면 그땐, 정말 널 죽일지도 몰라."

별안간 나를 세게 끌어당긴 그가 키스를 해왔다. 거침없이 파고
들어 저 하고픈 대로 움직였다. 혀를 세차게 빨아 당기며 아프게
하는, 배려라곤 전혀 찾아볼 수 없는 자신의 욕심만을 채우는 키스
였다.

"읍! 으으읍!"

발버둥 치며 그에게서 벗어나려 했지만 그럴수록 그는 더 세게
끌어안았다. 억지로 밀고 들어온 그의 혀가 입안 구석구석을 헤집
어놓고 있었다.

칸은 버둥대는 나를 벽으로 힘껏 밀치고 입술을 뗐다. 벌어진
입술 끝에 타액이 흘러내리자 그가 혀로 핥아 올렸다.

"수줍어하긴. 어차피 알 거 다 아는 사이라면서. 조금 전만 해도
내게 매달렸잖아."

"싫어! 당신, 여자도 있잖아. 칸이라는 이름을 부를 수 있는 단
한 사람."

"알 게 뭐야. 어차피 두 명이 돼버렸는데. 그리고 왜 싫다는 거
지? 1년 전의 나와 지금의 나는 똑같아. 내가 널 기억하지 못할 뿐,
네가 날 기억하는데 뭐가 문제야. 거부를 하려면 내가 해야지."

다시 키스를 해왔다. 이런 건 정말 싫은데. 눈물이 나오려고 했
다. 아! 짜증 나!

기회를 노리다 그의 혀를 힘차게 깨물자 순간 그가 나를 놨다.
그는 꽤나 아플 텐데도 비명 소리 하나 내지 않고 미간에 약간의
주름만 세웠다.

"별것도 없는 너를 대체 왜 사랑했단 말이냐."

그 뒤에 '……를 포기할 정도로.'라고 그가 낮게 중얼거렸다. 앞의 말을 듣지 못했지만 1년 전, 그가 나를 만났던 당시 무언가를 포기했었나 싶다.

아무리 그렇다고 해도 내가 포기하라고 했나. 그리고 나는 그에게 사랑을 갈구한 적이 없었다. 자기가 좋아서 물고 빨고 할 때는 언제고 이제 와서 이게 뭐 하는 건지.

다시 얼굴을 가까이 대던 그가 무엇을 망설이는지 눈동자가 떨렸다. 그러다 화가 난 듯 바람을 일으키며 몸을 돌려, 나만 덩그러니 남겨둔 채 밖으로 나가버렸다.

나쁜 자식. 나쁜 자식!

칸이 나간 후 억지로 키스를 당한 탓에 기분은 땅바닥으로 내려앉았고, '별것도 없는'이라는 말이 나의 자존심을 멍들게 했다.

누가 저보고 날 사랑해달라고 했나. 먼저 첫눈에 반했다면서 좋다고 난리 친 게 누군데. 재수 없으니까 빨리 여기서 벗어나고 싶었다. 하지만 곧 생각을 다시 했다.

'내게서 도망가면…… 그땐 정말 널 죽일지도 몰라.'

키스 전에 했던 그의 말이 뇌리에 남아 여기를 나갈 것인가 말 것인가 고민에 잠깐 휩싸였다.

설마 정말 죽이기야 하겠어.

목을 죄고, 칼을 심장에 대고 협박했지만 결과적으로 죽이지는 않았고, 그의 반응을 봐서는 정말 내 목숨을 노린다는 생각은 들지 않았다.

그래, 그냥 가자. 오히려 여기 있다가 더 험한 꼴을 볼지도 모른다. 결심을 한 나는 양손에 짐을 챙겨 들고 방문을 열었다.

앞에 서 있는 사람을 보자 입에서 '젠장.' 하는 소리가 저절로 나왔다. 칸의 시종이 떡하니 서서 입구를 가로막고 가볍게 인사를 했다. 나를 기다리고 있었던 것이다.

"나오시면 방으로 모시라 하셨습니다."

칸이 그냥 간 게 아니었구나. 그럼 그렇지. 혹시나 했었지만 그 얼굴에 빠른 포기란 어울리지 않았다.

"그쪽이 모른 척해줘요. 그럼 되잖아요."

"저는 페론이라고 합니다. 짐은 제가 나중에 옮길 테니 거기 두십시오. 염려되어 말씀드립니다만, 여기서 도망갈 생각은 접어두세요. 모시고 가지 못하면 제 입장이 많이 난처해집니다. 해서 도망가실 낌새가 조금이라도 보인다면 제가 실례를 무릅쓸 만한 상황이 될 것입니다. 그런 일로 서로가 힘들 필요는 없겠지요?"

내게 빙그레 미소를 지어 보이지만 오히려 그게 더 위협적이었다.

고3. 미대 입시 준비하던 시절, 대걸레 자루로 맞아가며 하루 종일 그림을 그렸는데 그때 '독사'라는 별명을 가진 선생님이 생각났다. 웃으며 때리는 그 모습이 밉살스럽기도 하고 공포스럽기도 했다.

눈앞에서 미소 짓고 있는 페론이 마치 그 선생님처럼 보였다. 저 인간은 어떻게 해서든 나를 방으로 집어넣을 테니 우선은 그를 따랐다. 지금 도망가는 건 포기하는 게 좋을 것 같았다. 오늘 밤은 목욕이나 하고 좋은 침대에서 편하게-과연 편할지는 모르겠지만-잠이나 자자고 마음먹었다.

페론이 안내해주는 객실로 따라갔다. 높은 층에 위치한 방인지 계단을 많이 올라가야 했다.

"들어가시지요."

문을 열어주는 그에게 눈인사만 하고는 방으로 들어서니 넓은 실내가 눈에 들어왔다.

와아, 입이 떡 벌어질 만큼 컸다. 예전에 칸과 함께 묵었던 방의 두 배는 되어 보였다. 곳곳에 켜진 화려한 촛대 위의 촛불이 로맨틱한 분위기를 자아내고 있었다. 1년 전에는 이런 분위기를 느낄 수 없었는데 오늘따라 유난히 눈에 들어왔다.

내부를 둘러보다 깜짝 놀랐다. 곧 소파에 앉아 다리를 꼬고 팔걸이에 양팔을 늘어뜨린 채 나를 보고 있는 칸을 발견했다.

"다, 당신이 왜 여기에……. 아, 방을 잘못 찾았군요."

"여기가 맞다. 네 방."

"아니, 그럼 내 방에 당신은 왜 있는 거죠?"

"내 방이기도 해."

어쩐지 방이 과할 정도로 크다 싶었다. 나를 위해 이런 방을 잡지는 않았겠지. 그렇다고 그와 같은 방을 쓸 수는 없지 않은가.

"우리가……. 저…… 그……. 같은 방을 쓸 만한 사이는 아니지 않나요?"

내 질문에 그가 손가락을 허공에 그으며 옆을 가리켰다. 손끝을 따라 눈을 돌리자 침대 두 개가 나란히 있었다.

"네가 도망갈 가능성이 있어 함께 있는 것뿐, 너랑 어쩔 마음은 없으니까 안심해. 털끝도 안 건드릴 테니까. 스스로를 너무 과대평가하는 것 같은데, 너는 안고 싶을 만큼 매력적인 여자가 아냐."

누구를 바보로 아나.

술기운에 휘청이는 나를 안으며 분명 붉게 타오르는 그의 눈동자를 봤었다. 그 눈을 했으면서 안고 싶은 생각이 들지 않는다고 말하는 건가, 지금? 내게 알아낼 게 있어서 그랬다고만 하기에는 그의 눈동자가 너무 솔직했다. 그저 남자로서 어쩔 수 없는 본능이었다고 생각해주련다.

안고 싶지 않다는 말에 한편으로는 기분이 좀 상했지만, 현재의 그에게 내가 매력 없는 여자라니 다행이기도 했다. 마음 놓고 수면을 취할 수 있겠다.

"여기서 같이 자다가 죽는 건 아니죠?"

"도망가지만 않는다면 그런 일은 없을 거라 약속하지."

그 말을 믿어야 되나. 죽일 마음도 없으면서 하는 협박이란 걸 알아도 돌다리도 두들겨보고 건너라고 했으니까 확인이 필요했다.

"정말 약속하는 거죠?"

"속고만 살았어?"

"좋아요. 하지만 나와 지낸다고 해서 특별한 건 없을 거예요."

"그건 내가 결정해."

더욱 남성스러워진 외모를 빼놓고는 하나부터 열까지 1년 전의 칸이 훨씬 좋았다. 어쩌면 말 한마디를 해도 저렇게 정 없게 하는 건지.

"정말 아까 말했던 그것밖에는 없었다니까요?"

"처음부터 모두, 속속들이 알아야겠다고 말했을 텐데."

"흐응."

왜 그렇게 알아야 하는지 이유가 궁금했지만 묻는다고 이야기해줄 사람은 아니었다. 그는 자신의 계획을 바꿀 뜻이 없어 보였다. 어떻게 할까 고민하다가, 그가 바꿀 뜻이 없다면 내가 바꾸는 쪽으로 결정했다.

"그럼 돈 먼저 지불하세요."

"돈?"

"나 일해야 하는데 당신 때문에 못 하는 거잖아요. 그리고 이것도 일종의 고용이니까 그에 대한 대가는 지불해야 하는 거 아닌가요?"

어이가 없다는 듯 코웃음을 치는 걸 보니, 그냥 끌고 다닐 생각이었던 것 같았다.

"이곳 카투스에서 지내는 것만으로 충분하지 않나?"

"출퇴근하는 건가요? 그게 아니라면 숙식 제공은 당연히 하는 거죠. 그 외의 수당을 지불하세요. 그럼 저도 적극적으로 도울게요. 어쨌거나 일이라고 생각하면 되잖아요."

"어렵진 않지. 그럼 비용을 지불할 테니 적극적으로 돕는다는 말을 꼭 지키도록 해."

"매일매일 일당으로 부탁해요. 일 다 끝나고 날라버리면 안 되니까요."

1년 전에 초상화값을 넉넉하게 치르겠다고 했다가 갑자기 사라졌던 그가 떠올라 미리 못 박아두었다. 한 번 그랬던 사람인데, 두 번은 더 쉬울지도 몰랐다.

"좋아. 비용은 확실하게 지불할 테니까 제대로 일해줘."

그렇게 그와 나의 계약은 성사되었다.

"물론이죠. 참, 분명 털끝 하나 건드리지 않겠다고 했어요?"

칸은 고개를 살짝 갸우뚱하더니 어깨를 으쓱하며 양손을 들었다. 절대 그럴 일은 없다는 듯이.

"좋아요. 그럼 나는 먼저 목욕을……. 아차, 준비가 되어 있으려나?"

"아마도."

욕실로 향하는 내 뒤통수에 대고 그가 짧게 대답했다.

문을 열고 들어가니 큰 방에 걸맞게 널찍한 욕실에 대리석이 깔려 있었다. 온갖 장식들로 꾸민 이곳은 한마디로 으리으리했다.

그리고 가장 놀라운 건 수도꼭지였다. 탄성이 나왔다. 저번에 왔을 때는 못 본 것 같은데 룩센이 이렇게 욕실 문화가 발달된 나라였나? 하긴 내가 사는 동네야 평범한 백성들이 사는 곳이니 보지 못했을 뿐, 귀족들의 집에는 각각 수도관이 설치되어 있다고 들었다.

귀족들의 초상화를 그리러 방문했을 때 내가 사용했던 화장실은 고용인들의 것이라 몰랐었다.

하긴 몇 번 멀리서 수도교(水道橋)를 보기도 했고 도시에 수로(水路)도 있으니 충분히 가능한 일이었다. 돈 많은 사람들을 상대로 하는 카투스 역시 수도 시설이 잘되어 있는 건 당연한 일이겠지.

룩센은 사막의 나라지만 물을 잘 사용했다. 천장에서 돌아가는 팬도 물레방아와 같은 방식을 이용한 일종의 수력발전기로 돌린다고 들었다. 21세기에 훨씬 못 미치지만 이곳은 내 생각보다 앞서 가고 있는 것 같았다. 다만 어느 나라나 이런 특별한 혜택은 있는 자들에게만 주어진다는 것이 씁쓸했다.

놀라움으로 가득한 욕실은 방보다 훨씬 좋아 보여 가격이 얼마나 할지 궁금했다. 이유야 어찌 됐건 칸 덕분에 또 호화로운 경험을 해보는구나.

돌로 만든 욕조 옆으로 널찍한 침상이 놓여 있었다. 그것 역시 돌로 만들어져 딱딱했고, 자세히 들여다보니 대리석 같았다. 이런 건 어디서 구했을까. 얼마나 닦았는지 돌에서 반짝반짝 윤이 났다. 얼른 옷을 벗어 침상 위에 마련된 바구니에 넣었다. 김이 모락모락 피어오르는 욕조를 보니 빨리 들어가고 싶은 욕구가 치솟았다.

풍덩. 몸이 노곤해졌다. 아침부터 고생하고, 조금 전까지 긴장했던 몸이 풀리는지 힘이 쑥 빠져나갔다.

참 이상하다. 다른 남자들에게는 그렇게 경계를 하고 몸을 사리는데 왜 이렇게 칸에게만큼은 약해질까. 목숨의 위협을 받은 마당에 난 뭘 믿고 목욕을 하고 앉아 있는 건지 스스로도 의문이었다.

그는 처음에 만났을 때부터 그랬다. 그때는 익숙함, 친근함이었다. 대충 이런 감정들로밖에 설명이 되지 않아 무시하고 싶었다. 그런데 이번에 다시 만났을 때는 나를 못 알아보니 서운했고, 다른 여자가 있는 것 같아 배신감까지 더해졌다. 내가 미친 거야. 미치지 않고서는 이럴 수가 없어.

아, 단순한 사고를 갖고 있는 내게 복잡한 일은 깊게 생각할수록 머리만 아프게 했다. 더 이상 오늘은 생각 말자.

한참 동안 몸을 담고 있자 저녁 식사를 하며 마신 술기운이 다시 올라오는지 머리가 멍해져왔다.

취기를 물리치기 위해 손가락을 모아 양쪽 관자놀이를 눌렀다. 한두 잔에 내가 그렇게 취할 정도면 많이 독한 술이었지만 맛은 정말 좋았다. 쩝쩝, 또 마셔보고 싶은데 아쉽다.

아무래도 더 있다간 현기증이 나겠다 싶어 밖으로 나와서 준비된 수건으로 몸을 닦았다. 다른 수건으로 머리를 말아 올렸다. 그리고 옷을 입으려는 순간, 갈아입을 옷을 챙겨 오지 않았음을 그제야 깨달았다. 짐을 두고 온 탓에 미처 생각지 못했다. 찜찜하지만 입고 들어왔던 옷을 다시 걸쳤다.

밖으로 나가니 페론이 갖다 놨는지 다행히 내 짐이 한구석을 차지하고 있음을 발견했다. 한 번 그림을 그리러 나가면 하루 이틀 정도는 밖에서 잠을 자야 했기에 여벌을 챙겨 다닌 것이 이럴 때 도움이 될 줄은 몰랐다.

칸은 여전히 소파에 앉아 책을 보고 있었다. 욕실에서 내가 나오는 소리가 들렸을 텐데 뭐를 하든지 내게 관심 없다던 그는 미동도 없었다. 하지만 칸의 말과는 달리 내가 짐을 향해 걷자 그의 눈동자가 나를 따라 움직이는 것이 느껴졌다.

학원을 운영하며 아이들을 가르칠 때 누누이 강조했던 것이 있었다.

'선생님은 머리 옆에도 눈이 달렸고 뒤에도 달렸으니까 나쁜 짓 하면 안 된단다.'

그때처럼 그에게도 말해주고 싶었다. 나는 머리 옆에도 눈이 달렸으니 당신이 날 보고 있는 거 다 안다고.

"그렇게 너무 대놓고 보지 말죠?"

피식 바람 빠지는 웃음을 뒤로하고 바닥에 앉아 짐을 풀어 헤치며 갈아입을 옷과 속옷을 찾았다.

"궁금해서 말이지. 왜 사랑했을까."

탁. 책을 덮는 소리가 들렸다.

"그걸 내가 어떻게 알아요. 나는 분명 당신을 사랑하지 않았어요. 그런 날 당신은 사랑한다고 했고."

속옷은 따로 싸놨는데 얼마나 깊숙이 넣어놨는지 보이지 않아서 뒤적거리며 그에게 답했다. 결국 짐을 다 쏟고 하나하나 확인하고 나서야 찾을 수 있었다.

"찾았다!"

작게 외치며 속옷이 싸인 뭉치를 들었을 때 칸이 내 옆에 서 있었다. 그의 그림자가 드리워졌다. 짙은 눈동자를 내리깔고 나를 보던 그가 내 머리카락을 감싸고 있던 수건을 풀었다. 젖은 머리카락이 흘러내리며 물방울이 바닥에 떨어졌다.

툭, 툭, 툭. 카펫 위로 물방울 떨어지는 소리가 났다. 아니, 나는 것 같았다.

자리에서 일어서며 그의 눈을 똑바로 봤다. 흔들리는 불빛에 그의 눈동자도 함께 흔들리고 있었다.

"지금 당신 행동, 어떻게 받아들여야 하죠?"

칸이 손을 내밀어 젖은 머리카락을 만지작거렸다.

아, 머리카락 만지면 약해지는데.

아니나 다를까, 머리카락이 전선처럼 찌르르한 자극을 보내왔다.

"그러게. 갑자기 머리를 말려주고 싶네."

"털끝 하나 건드리지 않겠다고 했잖아요."

"적극적으로 돕겠다고 한 건 너야."

"그게…….."

무슨 상관이냐, 라고 따지려 했지만 목소리가 꽉 막혔다. 머리카락을 만지던 손이 내려와 나의 턱을 감쌌고, 엄지손가락으로 볼을 살살 밀었다.

"실크처럼 매끄럽군."

그의 음성이 탁했다. 이러지 말라고 밀어내야 하는데 몸은 머리를 배반하고 있었다.

"매력 없는 여자라면서요."

"어떤 정신 나간 여자가 자기를 죽이려고 했던 남자랑 함께 있겠냐고 따지지 않았나?"

"나보고 별거 없다고 하지 않았어요?"

"그랬…… 나."

"카르카노?"

그를 칸이라 부를 수 있는 사람은 한 명뿐이라고 했던 말이 생각나 카르카노라고 불렀다.

"그냥 칸이라고 불러. 이젠 상관없다고 했잖아."

볼을 만지던 그의 엄지손가락이 이제 나의 아랫입술을 쓸고 있었다. 입술을 쓰는 단순한 감각이 전신을 자극했다.

두근두근. 심장이 또 뛰기 시작했다.

신시아, 이런 약해 빠진 여자 같으니.

그저 멋진 남자라서 약해지는 걸까, 아니면 그가 칸이기 때문에 약해지는 걸까. 1년 전에는 못 느꼈던 감정이 왜 이제야 새록새록 피어오르는지.

머리가 혼란스러워 눈을 감았다. 1년 전 그를 만났을 때 편안하고 익숙한 느낌이었다면 지금은 마치 그리운 사람을 만난 것처럼 마음이 시큰했다.

정말 미쳤다. 나에 관해서 모두 잊고 내게 칼을 겨눴던 남자인데…… 대체 왜 이러냐.

허리를 감싸는 강한 팔과 내 입술로 내려앉는 그의 보드라운 입술이 느껴졌다. 후끈 열기가 느껴지는 남자의 체취에 정신이 몽롱해진다. 이 남자 향기가 이랬던가. 기억을 잃은 사람은 칸인데, 나도 그에 관해 기억하지 못하는 것들이 있었나 보구나.

내 입술을 수차례 물었다 놓기를 반복하는 칸. 어쩐 일인지 입안으로 혀를 들이밀지 않고 입술에만 연신 키스 중이었다. 하지만 감질나게 하는 바람에 더 갈증이 일었다. 속을 알 수 없는 남자였다. 마음으로는 날 이렇게 원하면서 안고 싶은 생각도 없을 만큼 매력 없다는 말을 굳이 왜 하는 건지.

1년 전의 일이 뭐가 그리 중요하다고 이러는지 모르겠다. 기억이 안 나면 그걸로 말고 서로 안녕하든가, 아니면 기억이 안 나더라도 끌리는 대로 행동하면 될 것을 복잡하게 이러는 그 속이 가늠이 안 됐다.

뭐, 나도 갈팡질팡하고 있는 마당에 기억이 없는 당신이야 오죽하겠어.

어느새 그가 내 목덜미로 내려가 키스를 했다. 할짝. 말캉하고 습기를 가득 머금은 혀가 스치자 다리 사이가 움찔하고 반응하더니 아랫배에서 기묘한 감각이 일어났다.

이런, 미치겠다. 혼미해져 흩어져가는 정신을 최대한 끌어모았다. 혀로 이러면 참을 수가 없어 어떤 상황이 올지 모른다. 다급하게 그를 어깨를 밀어 떼어놓았다.

"머리, 말려주고 싶다면서요."

그가 흐려진 눈동자로 나를 가만히 바라보며 다시 초점을 맞춰갔다.

"그만하라는 거야, 정말 머리를 말려달라는 거야."

칸이 놓았던 정신을 붙잡았는지 묻는 음성이 정상으로 돌아갔다. 그런데 왠지 조금 다정해진 어투였다.

"겸사겸사죠. 어쨌든 머리가 축축한 건 싫으니까."

그는 고개를 끄덕하더니 욕실에 들어가 마른 수건을 두 장 가지고 나왔다. 내 긴 머리카락을 한 장으로 말릴 수 없다는 걸 아는 모양이었다. 남자가 이런 알고 있기는 어려울 텐데 그는 자신을 '칸'이라 불렀던 또 다른 여자의 머리도 많이 말려줬나.

"먼저 옷 좀 갈아입고 올게요."

종일 입고 돌아다녀 땀 냄새가 밴 옷을 입고 있기 싫어 욕실에 들어가 옷을 갈아입고 나왔다.

침대에 걸터앉자 그가 뒤에 자리 잡았다. 그는 수건으로 내 머리를 감싼 다음 머리카락을 수건으로 죽죽 잡아당기며 아래로 내려갔다. 이어서 두피 쪽을 말려주는데 상당히 섬세한 솜씨였다. 마사지하듯이 적당히 힘을 조절해가며 꾹꾹 누르다가 조심스럽게 터는 게 꽤 많이 해봤던 일이라는 생각이 들었다.

누군가 내 머리카락을 만져주면 기분이 좋았다. 지금은 칸이 능숙하게 만져주니 몸이 나른해지며 졸음이 몰려온다. 피곤한 하루였으니 특히 더 그럴 것이었다.

"많이…… 해봤나 봐요."

쏟아지는 졸음에 말이 느릿하게 나왔다.

"졸리나?"

"네, 좀."

다시 머리가 맑아지기를 바라며 고개를 저어봐도 잠이 더 쏟아졌다.

"이런 행동은…… 친밀한 사이에서 가능하지 않나요?"

"너와 내가 친밀한 사이라는 건가?"

한때는 그랬지요. 물론 지금은 아니지만.

"당신과 나는 고용주와 고용인의 관계고요. 한두 번 해본 게 아닌 것 같아서……. 하암."

"응. 그럴지도."

'누구를?' 하고 물으려다가 잠 때문에 그것도 귀찮아져 그를 향해 그만하라는 손짓만 보냈다.

"잘 거야?"

물음에 고개만 겨우 끄덕이고는 바로 쓰러지며 베개에 머리를 댔다. 푹 가라앉는 느낌이 포근해 잠이 쏟아졌다.

"언제는 같이 못 있겠다고 정색하더니 너무 무방비 상태라고 생각하지 않아?"

그의 중얼거리는 소리가 들렸지만 대답할 힘도 없고, 마음도 없다. 지금은 잠이 먼저였다.

칸은 침대 아래로 늘어뜨린 내 다리를 위로 올려주고 이불을 목까지 덮어줬다. 그러더니 머리가 베개에 잘 안착되도록 살그머니 움직이는 게 느껴졌다. 마치 1년 전의 칸 같았다.

정말 알 수 없는 남자야, 당신은.

짧은 생각을 끝으로 나는 잠에 빠졌다.

다음 날, 내가 깬 시각은 해가 중천에 떴을 때였다.

푹 자서인지 눈꺼풀이 가볍게 뜨였다. 옆에 있는 침대가 깔끔하게 정리된 거로 보아 칸은 일찍 일어난 모양이었다.

"드디어 일어난 건가."

목소리를 따라 눈을 움직였다.

칸이 차를 마시고 있었다. 햇살에 반짝이는 머리카락이 부드러워 보여 문득 만지고 싶다는 생각이 들었다. 예전처럼 손가락 사이로 빠져나가는 기분을 느껴보고 싶었다.

"돈 받고 일하는 사람이 이렇게 늑장을 부려서야 어디다 써먹겠어?"

"깨우지 그랬어요. 으~ 으아~!"

자리에서 일어나 기지개를 켰다. 새벽까지 무리하게 고생하지 않는 이상 이렇게까지 늦잠을 자지 않는데, 오늘은 좀 심하긴 했다.

"미안해요. 얼른 씻고 나올게요."

"빨리해. 배고파."

서둘러 일어나 욕실에서 씻으며 밖을 내다보고 깜짝 놀랐다. 어느새 해가 기울어져 오후로 넘어가는 시각이었다. 그런데도 식사를 하지 않고 나를 기다려줬단 말이야? 죽일 것처럼 덤비다가 머리카락을 말려주지 않나, 이제는 내가 일어날 때까지 기다려주다니. 적응 안 되게 왜 이래.

하지만 고민은 훌륭한 음식의 등장으로 저 멀리 날아갔다.

"아, 달리 수프는 너무 좋아."

혼자 감탄사를 연발하며 감동했다. 마주 앉아 음식을 먹는 그의 모습은 예전처럼 여전히 우아하고 기품이 있었다. 다른 점이 있다면 더 강인한 모습으로 변했다는 것이다. 몸도 그렇고 눈빛이나 분위기도 그랬다.

"향수나 향유 써요?"

어제 유난히 강렬했던 그의 향이 떠올라 물었다.

"가끔. 지금은 아냐."

그의 대답에 고개를 끄덕이며 후식으로 나온 과일을 아그작 아그작 씹었다. 기억을 잃었을 때 무슨 일이 있었는지 궁금해졌다.

"칸은 뭐 하는 사람이에요?"

돌이켜보니 그는 내 직업이 무엇인지 정도는 알고 있었는데 난 그에 대해 아는 것이 하나도 없었다.

"1년 전에 말을 안 해줬나?"

"네. 말도 안 해줬고, 나도 묻지 않았어요."

똑, 똑, 똑. 노크 소리가 들렸다.

카투스의 종업원이 쟁반을 가지고 들어와 그 위에 올려 있던 잔 두 개를 나와 칸 앞에 내려놓았다. 종업원이 들어왔을 때부터 코를 자극하는 향기가 뭔지 본능적으로 알아차렸다. 커피다!

"이거 커피예요? 커피죠! 룩셴에 커피가 있었다니!"

흥분으로 자리에서 벌떡 일어나자 가득 담겨 있던 까만 액체가 출렁이며 옆으로 약간 쏟아졌다.

"조심해, 비싼 차야. 아무리 내가 사는 거라지만 함부로 낭비하는 건 안 돼."

"미안해요. 커피 맞죠?"

조심스럽게 앉아 두 손의 끝으로 잔을 잡았다. 얼마 만에 맡아보는 향기인가. 피곤할 적마다 딱 한 잔만 했으면 좋겠다고 노래를 불렀는데 여기서 보게 될 줄은 꿈에도 몰랐다.

그가 아주 조금 예뻐 보이려고 했다.

커피라고 외치자 칸이 고개를 갸우뚱했다.

"네 나라에선 커피라는 이름으로 불리나 보군. 여기선 무카라고 해."

무카? 모카의 다른 말인가? 하긴 원래 모카커피는 예멘에서 나오는 커피인데 수출하는 항구의 이름에서 생겨났다는 말을 들은 적이 있었다. 아랍어로 무카라고 했던 거 같은데 같은 의미인지는 모르겠다.

천천히 잔을 들어 한 모금 마셨다.

역시 커피가 맞았다. 유난히 시커멓고 쓰긴 해도 향과 맛은 분명 커피다. 오랜만에 카페인이 몸속으로 들어가 도는 기분을 만끽했다. 과장해서 말하자면 전율하는 기분이었다.

"무카를 좋아해?"

그가 물었다.

"그럼요. 룩센에 커피, 아니 무카가 있는 줄 몰랐어요!"

"룩센에서 자라지 않아 먼 곳에서 가져오기 때문에 찾는 사람들에 비해 공급이 적어 가격이 비싸다. 아무나 마실 수 있는 차가 아니야."

옆으로 비스듬히 앉아 천천히 커피를 마시는 칸의 모습은 눈물이 나도록 멋졌다. 참 잘생긴 거 하나는 인정해줘야 한다니까. 커피를 마시는 남자의 모습은 현대적인 의상이나 과거 서양의 의상에 잘 어울린다고만 생각했는데, 구릿빛의 단단한 팔뚝을 드러내 놓고 마시는 모습도 제법이었다.

이 비싼 걸 왜 나한테 사주는 걸까.

어젯밤부터 예전의 그로 돌아왔나 싶어 가슴이 조금 설레었다. 커피를 마시다 말고 잔을 잡은 채로 그를 물끄러미 봤다.

"좋아한다면 앞으로도 자주 제공하도록 하지. 물론 일을 열심히 해달라는 차원에서."

그럼 그렇지. 커피 한 잔에 뭔가 기대를 한 내 잘못이었다.

"하던 이야기부터 마저 하지. 가까운 사이였다면서 함께 지내는 시간 동안 나에 대해 묻지 않았다고 했었나."

지난 기억을 더듬어보기 위해 왼쪽 검지로 관자놀이를 두드렸다. 미간에 힘을 주며 집중해봤지만 그런 일은 없었다.

"그랬어요. 생각해보니 딱히 궁금하지 않았던 거 같아요."

그때는 그랬다. 내가 그에게 궁금했던 건 '만난 지 얼마 되지도 않은 나를 왜 사랑할까?' 하는 것뿐이었다.

"넌 정말로 사랑하지 않았군."

"좋은 사람이긴 했지만, 사랑하기엔 짧은 시간이었죠."

찻잔을 내려놓고 깍지를 낀 손으로 턱을 괴며 그를 바라보자 비스듬히 앉아 있던 그도 자세를 바로 하며 나와 눈을 맞췄다.

"그러니까 당신, 뭐 하는 사람이냐고요."

"그걸 말해줄 이유는 없는 것 같은데. 아직 일도 시작하지 않았으면서 내게 요구하는 게 그리 많아서야."

"쳇, 놀고먹는 거 같은데 돈은 많아 보이고, 이상하니까 그러죠."

1년 전에도 며칠 동안 종일 나와 있었고, 이번에도 그러자 하니 자연스럽게 생기는 의문이었다.

"그렇다고 내가 꼭 답을 해줘야 할 필요는 없는 것 같군."

"숨기는 게 더 이상해요."

"쓸데없는 소리 그만하고."

어차피 그는 내가 더 묻는다고 해도 말해줄 의사가 없어 보였다.

"그럼 이제 일을 시작해볼까? 어디서 처음 만났지?"

"코아쿤에서 어제처럼 만났어요. 너무 더워서 얼굴의 천을 벗고 앉아 있는데 당신이 다가왔죠. 그때 내가 완전히 기겁을 했다고요."

"왜?"

"지금의 당신은……. 뭐, 나에게 매력을 못 느낀다고 했지만 룩센이나 코아쿤의 남자들은 내가 너무 매력적인 모양인지 얼굴을 드러내놓고 다니면 어떻게든 한번 잡아먹어볼까 눈을 부라리거든요. 그래서 겁을 먹었는데 당신은 친절하게도 걱정 말고 쉬라며 자리를 비켜줬어요."

눈이 가늘어지며 자신의 아랫입술을 손가락으로 매만지는 칸은 기억을 해내려 애를 쓰는 것 같지는 않았다.

"그게 첫 만남이었다라……."

하지만 뭔가를 좇으며 추리하는 사람처럼 깊은 생각에 빠진 듯 보였다.

"첫 번째 만남은 어제 경험했으니 두 번째부터는 직접 해보도록 하지."

"꼭 그럴 필요가 있어요?"

"나는 그럴 필요가 있어. 비용을 지불하는데 시키는 대로 안 할 건가?"

치사하게 여기서 돈 이야기를 꺼내냐. 어찌 되었거나 나는 고용인이니 할 말이 없긴 했다.

"네에~ 네, 알겠어요."

열심히 일하고 대가만 받으면 되니 골 아프게 이것저것 따지지 말자.

3장

두 번째 만남을 재연해보기 위해 칸과 함께 식당을 겸업하는 허름한 여관으로 향했다. 그에게 내가 내려갈 때까지 1층에 있으라고 말한 뒤 위의 방으로 들어가 침대에 몸을 뉘였다.

한참 있다가 내려가야겠다.

칸의 말대로 장소는 다르지만 비슷한 경로를 밟아가기 위해 여기 왔긴 왔다만, 그때와 똑같은 상황이 일어나지 않으면 어쩌나. 하지만 단언컨대 내가 늦은 시각에 얼굴을 드러낸 채로 내려가면 남자들이 접근할 것은 당연했다.

그럼 칸이 나를 구해줘야 일이 진행이 잘될 텐데, 과연 그때처럼 손목을 잡고 이곳에서 무사히 벗어날까? 그에게 꼭 자리를 지켜야 한다고 신신당부를 했고, 1년 전과 달리 늘 칸의 옆구리에 있는 칼이 믿음직하긴 했다. 그의 곁에는 페론도 있으니 큰일은 일어나지 않겠지.

　시간이 흘러 어느덧 밤이 가까웠다. 나를 찾아 몇 번을 올라왔을 만큼 긴 시간이 지났는데도 그는 내 말을 잘 듣고 있었다.

　보기보다 참을성 있네.

　슬슬 내려가볼까. 내려가기 위해 일어났다. 1층으로 연결된 입구에 들어서자 아니나 다를까, 시끌벅적하게 떠드는 남자들의 목소리와 술잔이 부딪치는 소리가 들려왔다. 아무리 칸이 있다지만 두려운 건 어쩔 수 없는지 목이 타 침을 삼켰다. 크게 심호흡을 하고 식당으로 나갔다.

　떠드는 소리가 조금씩 수그러들더니 이내 조용해졌다.

　주문을 하기 위해 몸을 돌렸지만 뒤통수에서 느껴지는 남자들의 뜨거운 시선에 식은땀이 흘렀다. 이렇게 많은 남자들 앞에서 얼굴을 보인 건 처음이었고, 주문을 받는 주인의 눈길에서도 끈적함이 묻어나왔다.

　"우리 룩센에 이런 얼굴이 있었어?"

　낯선 사내의 음성과 함께 나를 향해 다가오는 발소리도 들렸다. 온몸의 신경을 세우고 있는 탓에 긴장되어 자꾸 마른침을 삼켰다.

　사내는 옆으로 다가와 내 얼굴을 뜯어보고 있었다. 얼마나 마셨는지 몇 발자국 떨어져 있는데도 술 냄새가 진동했다.

　"너 같은 여자를 안으면 어떤 기분일까? 오늘 밤 나와 함께 보내는 건 어때? 기분 좋게 해줄게."

　어느새 다가온 사내가 딱딱하고 두꺼운 손이 팔목을 꽉 쥐어왔고, 잡힌 손목을 통해서 사내의 욕정이 느껴졌다. 손목을 빼내기 위해 힘껏 손을 뿌리쳤지만 어림도 없는 일이었다. 거기다 반동으로 사내의 품에 안기는 꼴이 되고 말았다.

"꺄아악! 놔줘요!"

놀라서 비명을 지르면 이쯤에서 칸이 도와주리라 믿었다. 사내에게서 술 냄새와 함께 시큼하고 지저분한 냄새가 코를 찔렀다.

"좋다고 안겼으면서 어디서 앙탈이야? 하긴 고분고분하면 재미없지. 크흐흐흐."

사내가 뜨거운 입김을 불어 넣으며 귓가에 속삭이자 귓속에서 벌레가 한 마리 꿈틀거리는 기분이 들었다.

"도와주세요!"

다들 웃으며 이 상황을 지켜볼 뿐 누구도 나서지 않았다. 눈으로 칸을 찾으며 도와달라고 계속 외쳤지만 어디에도 그는 없었다. 칸은 대체 어딜 간 거야!

사내가 내 몸을 번쩍 안아 들더니 자신의 어깨에 둘러멨다.

"칸! 카~ 아안!"

목이 찢어져라 칸의 이름을 부르는데도 그는 나타나지 않았다. 예상치 못한 상황에 공포감이 몰려왔고, 이대로라면 앞으로 벌어질 일은 불 보듯 뻔했다. 혼자였다면 이렇게까지 극한의 상황을 만들지 않았을 것이다. 얼굴을 가리고 내려와 이곳의 동태를 먼저 파악했을 텐데. 칸을 믿었건만 또 몰래 사라진 건가.

아, 정말 그랬다면 대책이 없다.

"그만하지그래?"

누군가 사내를 막아서며 저지했다. 드디어 칸이 왔구나 안도했지만, 들려온 목소리는 그가 아니었다.

고개를 돌려 사내를 막아선 사람을 봤다. 흑발의 긴 머리를 묶고 특이한 차림을 한 남자가 서 있었다.

남자의 드러난 목 사이로 복잡하게 엉켜 있는 문신은 턱의 경계를 넘어가 있었고, 검정색으로 된 긴 옷을 입은 것으로도 부족한지 검은 망토까지 걸치고 있었다. 치렁치렁한 귀걸이마저도 검은색의 얇은 금속으로 만들어져 있었다. 손톱만 한 동그란 여러 개의 금속들이 부딪치며 그가 머리를 움직일 때마다 소리를 냈다. 머리부터 발끝까지 온통 검은 남자였다.

나를 둘러멘 사내가 씩씩거리며 손에 힘을 주자 통증이 느껴졌다.

"무슨 상관이야? 너도 이 여자가 탐나? 그럼 차례를 기다려야지!"

항상 이런 식이었다. 이곳의 남자들은 모두들 날 어떻게 해보려고 혈안이 되어 있었다.

"이 망할 자식아! 내가 너희 장난감이니?"

다시 한 번 세차게 몸을 흔들었지만 별 소용도 없이 꽉 잡는 사내의 힘이 강해질 뿐이었다.

"내가 차례를 기다릴 만한 사람으로 보여?"

흑발의 남자가 사내를 매섭게 쏘아보며 비릿한 미소를 지었다. 마치 검은 연기가 피어올라 식당 안을 채우며 건물을 야금야금 먹어 치우는 기분이 들었다. 이것을 나만 느낀 것은 아닌 모양인지 조금 전부터 돌기 시작한 고요한 적막감에 숨소리조차 나지 않았다.

그때 한 무리의 사람들이 크게 외쳤다.

"흐억! 샤, 샤이크다!"

"어서 피해! 빨리 나가자!"

외침과 동시에 여기저기서 동시다발적으로 '뭐야? 샤이크? 샤이크?' 하더니 사람들이 자리에서 벌떡 일어나 우르르 빠져나갔다. 한꺼번에 빠져나가며 자기들끼리 엉키기도 하고 넘어졌다.

"당신이 샤이크?"

나를 둘러멘 사내가 느릿하게 흑발의 남자에게 물었다.

"이 문신을 보고도 모르냐. 내가 당신들이 부르는 검은 바람의 샤이크다."

흑발 남자는 풍기는 분위기와 달리 장난이 잔뜩 섞인 말투였다. 검은 바람의 샤이크가 누구일까. 누구지? 어디서 들어본 것 같은데. 샤이크가 누구인지는 잘 모르겠지만 나를 둘러메고 있는 사내를 겁에 질리게 한 건 확실했다. 사내는 살그머니 나를 내려놓고는 뒷걸음질 치다가 꽁무니가 빠지게 도망갔다.

다른 때 같았으면 이런 통쾌한 상황에 신이 나서 크게 웃었을지도 모르겠다. 그러나 이미 놀랄 대로 놀란 탓에 다리가 후들거렸다.

"괜찮아?"

벽을 짚고 서 있는 내게 그가 물었다. 힐끔거리며 보기만 했을 뿐 눈을 마주치지 못했다.

"고, 고맙습니다. 대단하신 분인가 봐요. 다들 정신없이 도망가네요."

"어? 당신은 나 몰라?"

"죄송해요."

본 적이 없는 사람이었다. 누구나 한 번 보게 되면 절대 잊을 수 없는 문신을 하고 있어 어디선가 마주쳤다면 내 기억 속에 있었겠지.

"검은 바람의 샤이크를 모르다니, 자존심 상하네."

말은 자존심 상한다고 했지만 생글생글 웃는 그의 표정은 좋아 보이기만 했다. 조금 전까지 식당 안을 검은 어둠으로 물들이던 사내가 맞나 싶었다.

얼굴은 모르지만 곰곰이 생각해보니 이름이 낯설지가 않았다. 어디서 들어봤을까? 샤이크, 샤이크. 분명 들어본 이름인데 떠오를 듯 말 듯 머릿속을 맴돌았다. 입안에서 그의 이름을 몇 번 되새김질하다 퍼뜩 떠올랐다.

"아, 맞다!"

"누군지 생각났어?"

내가 생각났다는 듯이 손뼉을 치자 그가 묘한 눈빛을 하며 대답을 기다렸다. 그는 표정으로 어서 기억한 것을 말하라고 재촉하고 있었다.

샤이크는 룩센에 온 지 얼마 안 된 나도 알고 있을 만큼 유명한 사람이었다.

"그 도둑놈?"

"에에? 좀 좋게 표현해주면 안 되겠나. 도둑놈이 뭐야. 의적이라면 또 모를까."

실망한 티가 역력했지만 말을 바꾸기엔 이미 늦었다.

검은 바람의 샤이크.

사막의 무법자로 불리는 그들이 지나가는 자리면 사람과 물건은 물론이고, 먼지조차 남지 않게끔 모조리 쓸어 간다는 도둑 무리였다. 사실인지 과장되게 소문이 도는 건지는 모르겠으나 식당 안의 남자들이 모두 도망간 걸 보면 전부 거짓은 아니리라. 도둑들이 모두 검은 옷을 입고 말을 몰며 다닌다고 해서 검은 바람이라 불렀다.

검은 바람의 샤이크는 그들의 수장으로 문신에 관한 이야기도 얼핏 들었던 것 같다. 검은 바람 소속은 모두 문신을 새긴다. 대부분 이마나 볼에 새기지만 수장은 어깨부터 목을 지나 턱의 경계선까지 새겼다고 했다. 그만 그렇게 문신 새긴 데에는 다른 이유가 있다는 것까지만 들었었다.

나를 구해주기는 했어도 가히 좋은 사람은 아닌 것 같았다. 검은 차림 때문인지 생글거리는 얼굴과 달리 그에게서 어두운 기운이 스멀스멀 나왔다. 조금 전에 느꼈던 검은 연기가 그가 눈동자를 굴릴 때마다 따라다니며 움직여 보였다.

"죄송해요. 아무튼 좀 전의 일은 정말 고마워요."

"고마워할 필요 없어. 이런 상황이 싫을 뿐이니까. 남자들이 다시 몰려오기 전에 어서 피해."

겨우 고개를 들어 샤이크란 사람을 똑바로 보니 역시 눈에 띄는 건 목을 타고 올라온 문신이었다. 그 문신이 그가 누구인지 알려주나 보다. 진한 감청색 눈동자가 나를 뚫어져라 보고 있었다.

"나, 그쪽 어디서 본 것 같은데."

그와 마주칠 일도 없고, 마주친 적도 없었기에 생소한 사람이었다. 그렇다고 내가 흔한 얼굴도 아닌데 어디서 봤다는 걸까.

"전 본 적이 없는데요."

"그래? 하긴 지금까지 만난 여자들이 수백 명이 넘으니까 어디서 봤다는 생각이 들지도 몰라. 그래도 너처럼 생긴 여자라면 제대로 기억하고 있을 텐데 이상하네."

그는 나에 대해 궁금해했지만 곧 별일 아니란 듯이 몸을 돌렸다. 어깨에 걸쳐진 검은 망토가 펄럭였다. 검은색으로 겹겹이 껴입은 그를 보고 있는 것만으로도 더워 손부채질을 했다.

뒤돌아서 가던 샤이크가 멈추고 돌아봤다.

"아니야. 분명히 우리는 서로 본 적이 있다. 잘 생각해봐."

궁금해하던 그의 말은 이제 확신에 차 있었다. 내가 절대 그럴 리가 없다는 표정을 하고 가만히 서 있자, 그는 '안녕.' 하며 가볍게 손을 흔들었다. 그렇게 그가 한 걸음 떼며 제 갈 길을 가려던 순간이었다.

"샤이크, 네 녀석이 왜 여기 있지?"

칸의 목소리였다. 헤어졌을 때와 다른 옷을 입고 있었다. 저 인간, 그렇게 자리를 지키라고 했는데 옷을 갈아입고 온 모양이었다. 화려하지는 않지만 자세히 본다면 고급스러운 재질로 만들어진 옷을 입고 있는 그는 얼굴을 살짝 구기고 있었다. 어디 갔다 이제 나타나서는 나를 먼저 찾아야지 샤이크의 이름부터 외치는 그에게 화가 났다.

그러다 문득 스스럼없이 부른다는 걸 깨닫고 두 남자를 번갈아 봤다. 둘이 아는 사이인가?

"오호~ 카르카노! 오랜만이네."

칸의 눈에는 샤이크를 향한 경계가 가득 서려 있었지만, 샤이크는 빈정대는 말투와 표정으로 그를 불렀다.

"나는 아니다. 네 녀석에 관한 보고를 항상 듣고 있어."

그들은 서로 어느 정도의 거리를 유지한 채 인사를 나눴다.

"신시아, 너는 저 녀석을 어떻게 아는 거야?"

칸이 내게 물었다.

위급한 상황이었으나 결과적으로는 잘 풀려서 그에게 욕은 하지 않으려고 했다. 필요할 때는 찾아도 없더니 일이 다 마무리된 뒤에 나타나서 고작 한다는 말이 샤이크를 어떻게 아냐니.

"칸, 당신 도대체 어디 갔다가 이제 온 거야? 당신 때문에 험한 꼴 당할 뻔했는데 이 사람이랑 어떻게 아냐고? 꼼짝 말고 자리에 있으라니까 왜 사라진 건데! 이 사람이 없었으면 나한테 어떤 일이 벌어졌을지 생각만 해도 끔찍하다!"

머리끝까지 화가 나서 칸에게 고래고래 소리를 질렀다. 기분이 상한 건지 그의 얼굴에 잔뜩 주름이 졌으나 이내 언제 그랬냐는 듯 원래의 표정으로 되돌아왔다.

"험한 꼴이라니?"

"그걸 꼭 말로 설명해야……. 앗!"

있었던 일을 설명하기 위해 칸에게 외치며 다가가는데 갑자기 샤이크가 내 팔목을 급하게 잡았다.

"칸? 방금 이 여자가 카르카노를 칸이라고 불렀단 말이야?"

그는 굉장한 비밀이라도 알게 된 사람처럼 놀라며 나를 잡아 세워뒀다.

"시끄러워. 손 놓고 여자나 이리 보내."

칸의 인상이 구겨졌다.

"뭐야, 너를 칸이라고 부르는 사람이 또 있네. 와우~!"

샤이크가 휘파람까지 불면서 놀랐다는 표현을 했다. 왜일까. 어쩐지 그의 언행이 다소 과장되어 있는 연기를 보는 것 같았다.

"너와 이곳에서 싸우고 싶지 않아. 서로 조용히 헤어지자. 빨리 이리로 보내줘."

차갑고 단호한 말투였지만 칸의 음성에서 샤이크를 향한 부탁이 느껴졌다. 내 팔목을 잡고 있는 이 남자. 정말 위험한 사람인가 보다.

"당연히 싸우고 싶지 않겠지. 항상 룩센의 발전과 백성의 안전을 위하는 대단하신……."

"닥쳐."

샤이크의 말을 자르며 불같이 화를 내는 칸의 눈에서 살기가 느껴졌다.

"그렇게 화내지 마. 이 여자 놀라겠다. 카르카노, 근데 네 여자인가?"

"그걸 너에게 설명할 필요는 없는 것 같은데."

"그래, 내가 알 필요는 없는 문제야. 더구나 이 여자는 네가 어떤 사람인지도 모르는 것처럼 보여. 그럼 잠깐 데리고 놀다 버릴 여자일 테니 나도 흥미 없다. 특이한 외모가 탐나기는 하는데, 그래! 카르카노, 그러지 말고 이 여자 버릴 때 나한테 버려라!"

이 수준 낮은 대화의 중심에 내가 있는 게 불쾌해서 샤이크를 노려봤다. 그는 '미안.' 하며 미소를 지었다. 구해줘서 고맙게 생각했더니, 이 자식이나 저 자식이나 왜 하나같이 이 모양인가.

아무튼 이제 보니 샤이크란 이 남자의 외모에서나 말투에서 알 수 없는 위험성이 느껴졌다. 친근한 사람처럼 장난스럽게 말하는 그의 말투에 이질감이 들었다.

"너와 더 이상 이야기하고 싶지 않으니까 빨리 여자 보내."

끓어오르는 화를 참는 듯 칸은 눈을 한 번 감았다 뜨면서 짧은 한숨을 쉬었다. 힘이 잔뜩 들어가 뼈가 도드라지게 드러난 주먹이 얼마나 화가 났는지 대신 보여줬다.

샤이크가 잡고 있는 손에서 힘이 빠지고 있어서 냉큼 손을 빼냈다. 칸에게 가려 하자 그가 이번에는 내 허리를 끌어안았다.

"무슨 짓이야!"

다급해진 칸의 목소리가 들렸다.

"아~ 그래! 기억났어. 내가 당신을 어디서 봤는지."

칸의 외침은 신경도 안 쓰며 나와 눈을 맞추는 샤이크.

"샤이크! 당장 그 손 풀지 못해!"

이를 악물며 칸이 샤이크를 잡아먹을 듯이 노려봤다. 그의 타는 눈동자가 금방이라도 불을 내뿜을 것처럼 거칠게 번뜩였다.

"카르카노, 잠깐만."

샤이크의 감청색 눈동자가 재미난 일이나 신 나는 일을 발견한 사람처럼 반짝이며 칸을 저지했다.

"아, 맙소사. 카르카노, 이 여자 네 여자 아니잖아?"

내가 칸의 여자가 아닌 건 맞지만 말속에 들어 있는 뜻이 뇌를 건드린다. 룩센에 와서 만났던 남자는 칸을 제외하고는 한 명도 없었는데 마치 내가 다른 남자의 여자라는 말 같았다. 뭘까. 이 애매모호한 말은.

"한마디만 더 하면 못 참는다."

터지기 일보 직전인 칸 때문에 샤이크의 말이 머릿속에서 지워졌다.

"푸홋. 하하하하하하!"

샤이크는 큰 소리로 웃으며 나를 감싸고 있던 팔을 풀자 나는 얼른 잰걸음으로 달려 칸에게 다가갔다.

"일이 재미있게 돌아갈 것 같아서 그 여자 보내는 거야. 앞으로가 기대되네. 그렇지, 카르카노?"

입가에 마른 웃음을 짓는 샤이크에게 칸은 그와 더 이상 말을 섞고 싶지 않은지 그만 가자며 내 어깨를 감쌌다.

"어이~ 신시아."

나를 부르는 샤이크의 음성에 고개를 돌렸다.

"나 기억해두는 게 좋을 거야. 대신 도둑놈으로 기억하는 건 안되고, 샤이크다."

대답 대신 작게 고개를 끄덕이고는 칸과 함께 여관을 나섰다.

"어디 갔다 왔어요?"

여관을 나오자마자 내 어깨를 감싼 칸의 손을 거칠게 쳐냈다.

"갑자기 일이 좀 생겨서. 잠깐 다녀온 사이에 일이 생겼나 보군."

"나 당신이랑 일 안 해."

내게는 위협적일 수도 있는 이 일을 가볍게 생각한다면 나는 더이상 그와 엮이고 싶지 않았다. 나의 선포에 칸이 한숨을 쉬었다.

"미안해. 그렇지만 말을 할 수 없을 만큼 급한 상황이었어."

"뭐가 급한데, 매일 놀고먹는 사람이?"

말해주면 큰일이 나는 것도 아니잖아. 왜 1년 전이나 지금이나 그렇게 말없이 사라지는지 짜증이 났다. 제 버릇 개 못 준다더니 딱 그 꼴이지 뭐야.

"매일 놀고먹는 것처럼 보이겠지만 그렇지 않아."

나를 달래는 듯 그의 말투가 부드러웠지만 화가 가시지 않았다.

"아무튼 당신이랑 일 안 해. 아니, 못 해요! 일이란 게 서로를 믿을 수 있어야 가능하잖아요. 특히 이런 일은! 처음부터 삐거덕거리면 내가 어떻게 당신을 믿겠어요."

나는 빠른 걸음으로 숙소인 카투스로 걸어갔다. 칸은 더 이상 나를 붙잡을 생각이 없는 모양인지 아무 말도 없이 내 걸음 속도를 맞추며 뒤따라왔다.

카투스에 도착하자마자 나는 곧바로 우리가 묵고 있는 방으로 들어갔다. 바로 짐을 챙기며 나설 채비를 하자 그가 가로막고 섰다.

"이 밤중에 어디를 간다는 거야. 위험해서 안 돼."

"어디든 당신이 없는 곳으로 가야죠. 위험해봤자 아까보다 더 위험하겠어요? 칼로 내게 위협을 가한 당신보다 더 위험하겠어요?"

왜 이렇게 짜증과 화가 나는지 모르겠다. 그답지 않게 미안하다며 사과했고, 사정이 있었다고 설명했으니 이해하고 넘어갈 수도 있는 문제였다. 하지만 자꾸 그의 마음을 할퀴고 싶었다.

나를 두고 더 중요한 일을 했다는 것에 화가 나는 걸까, 아니면 자꾸 1년 전의 그와 비교가 돼서 화가 나는 걸까.

그래, 1년 전의 칸이 말없이 떠나기는 했지만 같은 상황이었다면 나를 그렇게 두고 가지는 않았을 거다.

하긴 완전히 나를 두고 떠난 사람이었는데 뭘 기대했나. 젠장,

나도 모르게 그에게 기대하고 있었나 보다.

"내가 그렇게 싫어?"

이건 또 무슨 소리야.

갑자기 튀어나온 질문의 의미가 파악되지 않았으나, 있는 그대로 받아들였다.

"1년 전에는 싫지 않았죠. 그런데 지금은 싫어요. 아니, 내가 당신을 좋아하게 만들어주기는 했나요? 그럴 만한 일이 있었어요?"

자신이 싫냐는 그의 질문이 묘한 쾌감을 일으킨다. 뭐랄까, 승리자가 된 기분이었다.

"넌 1년 전에도 날 사랑하지 않았다고 했어. 그때나 지금이나 내 마음이 외면받는 건 다르지 않아."

"왜 이야기가 그렇게 넘어가요? 설마 지금, 당신이 날 좋아한다는 건가요?"

"……."

굳게 다문 입술이 씰룩거리기만 할 뿐 그는 답이 없었다. 대체 칸의 머릿속에 뭐가 들어 있는 건지 도무지 파악되지 않았다.

"내게서 무슨 답을 듣고 싶어요? 난 그때, 외면한 건 아니었어요. 적어도 그 순간만큼은 사랑하려고 했거든요. 비록 만난 시간이 짧았지만 내가 노력할 수 있게 당신이 넘치도록 나를 사랑해줬으니까!"

휙! 칸이 거칠게 나를 끌어당겨 세게 안으며 머리카락에 얼굴을 파묻었다.

기억이 돌아오려는 걸까. 어젯밤부터 혼란스러워하는 그의 마음이 여실히 드러나고 있는 상황이었다.

"도대체 그때 내가 너를 얼마나 사랑해줬단 거지."

그의 심장의 두근거림이 맞닿은 내 가슴에서도 느껴졌다.

"그때처럼 내가 널 사랑한다면 너도 날 사랑해주겠어?"

늦게 가라앉은 음성이 애원했다. 그 목소리에 마음이 잔잔한 파도를 일으키며 울렁였다.

괜스레 뭔가 울컥하고 올라왔다. 차렷 자세로 축 늘어진 팔을 들어 올려 그의 등을 조심스럽게 안으며 토닥토닥 두드렸다. 다시 만난 후로 오만하다 싶을 만큼 당당하던 사람이 갑작스럽게 왜 이러는지 의문이 들면서도 불안해 보이는 그가 안쓰러웠다.

이 남자, 겉으로는 강한 척하면서 마음은 예전처럼 나의 사랑을 원하고 있었다.

1년 전 칸과 애틋한 사랑을 나눈 것도 아니고, 헤어진 뒤에도 좋은 추억일 뿐 그립지 않았는데 이번에는 나를 기억조차 못 하는 이 남자에게 왜 이렇게 흔들리는지 모르겠다.

칸 역시 기억에 없는 사람인 내게 왜 사랑을 구하고 있지? 하긴 그는 1년 전에도 그랬다. 물론 그때와 표현이 달라졌지만 나 역시 그에 대한 감정이 달라져 있었다. 그와 나 사이에 이런 감정이 생길 만큼 시간을 보낸 것도 아닌데, 마치 인연의 끈이 엮여 필연적으로 끌릴 수밖에 없는 사람들처럼 흔들리고 있었다.

우리는 동시에 옅은 한숨을 뱉었다.

고개를 들고 나를 보는 칸의 눈동자가 무엇을 원하는지 확실하게 의사를 드러내면서 동의를 구했다. 거절한다고 물러설 그도 아니지만 내 뜻을 정확하게 알려주고 싶어 고개를 천천히 끄덕였다. 칸의 입이 부드러운 호선을 그리며 옆으로 길에 늘어졌다.

그가 한 손으로 내 볼에 붙은 머리카락을 옆으로 쓸어 넘기고는 입술을 만지작거렸다. 간단한 터치만으로 입술이 파르르 떨려왔다. 이러면 안 되는데 하면서도 밀려오는 기대감에 얼굴에 달아오르기 시작했다.

살며시 얹히는 그의 입술이 내 입술을 몇 차례 베어 물자 나도 모르게 입이 벌어졌다. 그러자 때를 기다렸다는 듯이 치열을 가르며 매끄럽게 들어온 혀가 입안의 천장을 한 번 훑고, 볼 안쪽도 훑었다. 조그마한 내 혀가 그의 혀에 먹혔다.

그는 엉켰다 풀기를 반복하며 손가락으로 등줄기를 쓸어내렸다. 차가운 얼음 하나가 척추를 따라 길게 흘러내리는 기분에 신음이 흘렀다.

그의 입술이 귓바퀴를 잘근잘근 씹더니 바람을 한 번 훅 불어 넣고는 혀로 할짝였다. 끈적이는 소성과 매끈한 감촉에 오소소 소름이 돋았다.

귀 뒤쪽으로 돌아간 입술은 목덜미를 타고 내려와 한 바퀴 돌며 자신만의 자국을 새겨놓았다. 진하고 긴 키스에 이은 달콤한 애무에 다리가 녹아내린 듯 풀려 자리에 주저앉을 뻔했다.

그는 나를 안아 들어 침대로 향하면서도 가슴골에 키스하는 것을 잊지 않았다. 벌써 다리 사이가 젖어가는 것이 느껴졌다.

원피스형의 옷을 그가 말아 올리자 나는 만세 자세로 팔을 들어 한 번에 벗겨질 수 있도록 했다. 그가 이마를 엷게 찌푸리며 벗겨진 내 몸을 본다. 아마도 특이한 속옷 때문에 그럴 것이다.

"여기 여자들 속옷은 입고, 벗고 하기가 불편해서 내가 만들었어요."

"입는 사람에겐 불편할지 몰라도 벗기는 사람 입장에선 룩센 것이 더 좋아. 다음부턴 이거 입지 마."

하나의 천으로 가슴과 아래를 이어 나가는 룩센 여자들의 속옷은 알몸으로 만들기에 편했다.

쳇, 많이 벗겨본 모양이지?

가슴을 천으로 칭칭 감아놔서 푸는 데 약간의 시간이 걸리자 그의 미간에 주름이 잡혔다. 마음에 안 든다는 표정이었으나 조급해하지 않고 끝까지 풀었다.

그가 가슴을 한입에 머금었다. 나도 모르게 '아!' 하는 신음이 새어 나왔다. 나머지 한쪽 가슴은 그의 손에 눌리기도 하고 오므라들기도 했다가 옆으로 퍼지는 등 모양이 계속 바뀌었다. 혀끝으로 유두를 굴리며 이로 아프지 않게 물었다. 그의 입술 움직임과 손놀림에 점점 쾌락으로 빠져들고 있었다.

칸이 내 팔을 들어 올려 안쪽의 여린 살을 물었다. 겨드랑이라 땀 냄새가 날지도 모른다는 생각에 움츠러들었다.

"칸, 거긴……."

조금씩 몸을 움직여 피하려 할수록 그는 집요하게 파고들었다. 마치 그곳만을 집착하는 사람처럼 입을 맞추고, 할짝였다.

"가만히 있어."

거친 숨을 내쉬면서도, 깊게 가라앉은 음성으로 몸을 내리누른다. 꼼작하지 못하게 만든다.

가슴에서 놀던 그의 손이 아랫배를 살짝 훑고 지나가더니 비밀스러운 숲을 스쳐 허벅지 사이의 은밀한 곳을 쓸었다.

"하아."

한 번의 터치에 강한 자극이 발끝까지 퍼져 다리를 어찌할 줄 몰랐다. 종아리가 팽팽하게 당기고 벌써 발가락이 오그라들었다. 그가 다시 한 번, 두 번째 쓸고 갔다.

"아아, 칸."

"그래, 이름을 불러줘."

클리토리스를 꾹꾹 누르다가 좌우로 빠르게 움직이자 격한 쾌감으로 엉덩이가 잠시 들썩였다. 그러나 그의 몸이 다리를 누르며 손가락의 움직임을 멈추지 않았다.

이미 젖어 있었던 곳에 더 많은 물이 차올라 찰박이는 소리가 커졌다.

"칸. 아……. 그만, 그만."

정말 그만두기를 원하는 것이 아니었다. 이미 내 몸이, 내 몸이 아니고 내가, 내가 아니게 되고 있었다.

아직 옷을 입고 있는 그가 빠른 동작으로 바지를 벗고 내 손을 잡았다. 부풀어 오를 대로 부푼 자신의 것에 갖다 대자 나는 그것을 천천히 쓸어 올렸다.

그런데.

뭐지, 왜, 왜 이게……. 기억 속의 그것과 크기가 달랐다. 길이도 다르다. 이건 내가 감당할 수 있는 사이즈가 아니었다. 어떻게 된 건지 어리둥절했다.

내가 가만히 있자 그가 내 손을 잡고 자신의 것을 만지도록 움직임을 유도했다. 손에서 느껴지는 그의 단단하고 뜨거운 것을 살며시 잡고 위아래로 움직였다.

"흐음."

느른하게 들려오는 칸의 신음 소리는 끝내주게 색정적이다. 그의 신음에 내 머리를 채우던 의문점은 저 멀리 달아났다.

더 듣고 싶어서 빠르게 움직이자 그가 손을 떼어내며 키스해왔다. 입술을 모두 흡입할 것처럼 거칠게 빨아들였다.

그 순간 그가 내 안으로 들어왔다. 안을 꽉 채우는 질량감에 숨이 막혔다. 통증이 느껴 약하게 소리를 질렀지만 그의 입술에 막혀 나오지 않았다. 손으로 느꼈던 그의 것이 안으로 들어오는 일은 불가능할 것 같았다. 그가 서두르지 않고 조금씩 밀어 넣었다.

얼마나 들어왔을까.

"괜찮아?"

거친 호흡에 섞인 음성으로 묻는다. 대답할 여유가 없는 나는 고개를 끄덕일 뿐이었다. 몇 차례 더 시도하던 그는 힘들어하는 나를 위해 잠시 멈췄다.

내 입술을 놓았던 그가 다시 키스해왔다. 그리고 살며시 몸을 뒤로 뺐다가 다시 안으로 밀어 넣자 좀 더 깊숙이 들어왔다. 몸이 파도처럼 일렁였다. 그는 다시 한 번 뒤로 빼더니 이번에는 완전히 내 안을 잠식했다.

안이 찢어질 것 같았다. 감당할 수 없는 크기에 버거워하면서도 안에서는 다른 것을 요구하고 있었다. 잠시 멈춘 그가 허리를 움직일 준비를 했다.

조금씩 들썩인 그는 급하게 자신의 것을 뺄 것처럼 몸을 움직이다 나가지 않고 입구에 걸쳐놨다. 그리고 살짝살짝 마찰을 시작했다. 조바심이 나기 시작했다. 깊은 안쪽까지 들어오길 원했다. 채워지지 않은 욕구가 그를 원해 제발 들어오라고 말하고 싶었다. 끙

끙대며 몸을 비틀자, 그가 입술을 떼며 다시 빠르고 강하게 자신의 것을 밀고 들어왔다. 비명을 질렀다.

"아앗!"

아팠다. 하지만 아파서만 지르는 비명이 아니라 경험해보지 못한 짜릿한 쾌감이 섞여 나오는 비명이었다.

천천히 후퇴했다가 잠시 멈추고, 세게 박아대는 통에 정신을 차릴 수가 없었다. 감당할 수 없었던 내 안은 점점 그의 크기에 맞춰 적응해가며 물길을 터줬다.

팔로 그의 목을 감싸고, 다리를 그의 허리에 둘렀다. 찰거머리처럼 그에게 들러붙었다. 내 안도 그를 놔주지 않고 들러붙었다.

교성과 함께 끊임없이 서로의 이름을 불렀다. 맞닿은 다리 아래서 살 부딪치는 소리가 듣기 좋았다. 몸 안에서 느껴지는 묵직한 이물감 또한 더할 나위 없이 좋다. 멈추지 않기를 바랐다.

나는 그가 나갈 때마다 힘을 주고 만다. 의도한 것도 아닌데, 저절로 움직였다.

"시아, 시아. 하아."

눈가에 눈물이 맺혀 주르륵 흘러내리자 그가 혀로 눈물을 핥아 올렸다.

"제발, 칸. 더."

그의 움직임이 점점 빨라질수록 나의 신음 소리는 커져갔고, 쾌락의 끝에서 몸을 바짝 껴안은 채 서로의 뜨거움을 받아들였다. 그 시간이 너무 길어 정신을 잃을 뻔했다.

1인용 침대였지만 그와 함께 눕기에는 충분한 크기였다.

등을 돌린 채 누운 나를 칸이 뒤에서 껴안았다. 머리카락 사이로 얼굴을 묻었다가 정수리에 가벼운 키스를 했다.

"칸, 샤이크를 어떻게 알아요? 그 사람 악명 높은 도둑 맞죠?"

"그냥저냥 좀 엉킨 사이? 도둑이 맞긴 하지."

"그런 못된 인간을 왜 룩센의 왕은 잡아 가두지 않는 거죠? 그에게 도움을 받은 처지에 이런 말 하는 게 그렇긴 하지만 백성들의 안전도 생각해야 하지 않을까요?"

샤이크를 생각하면 얼굴보다는 목을 감싼 검은 문신이 먼저 떠올랐다. 문신 때문에 그는 위험한 사람처럼 보였고, 들리는 소문에 의하면 분명 나쁜 놈인데 오늘처럼 거리를 활보하고 다닌다는 건 사람들의 안전에 문제가 있겠다 싶었다.

"흐음. 샤이크가 도둑인 건 맞는데 못된 인간이라고 할 수는 없는 자야. 선량한 백성들을 괴롭히지는 않거든. 검은 바람의 무리는 부패한 관료들이나 패악한 다른 도둑 무리를 소탕하는 게 주된 일이지. 물론 나라에서 시키는 건 아니고 스스로 원해서 하는 일이야. 하지만 도둑인 것도 맞으니 나라가 나서서 그들을 도울 수는 없어. 다만 알면서도 묵인해주고 있는 상황이라고 해야겠군."

뒤에서 머리카락을 만지던 그가 한쪽으로 모아 내 목 앞으로 넘기고 목덜미에 살며시 키스했다.

"샤이크와 내가 사이가 안 좋은 건 맞아. 하지만 그건 어디까지나 개인적인 일이고, 너도 오늘 밤 겪었겠지만 백성들이라고 모두가 선량하진 않아."

하긴 겉모습 보고 사람을 판단해선 안 되겠지. 문득 샤이크가 나를 알고 있다고 말했던 것이 생각났다.

"근데 그 사람은 어떻게 저를 알고 있을까요?"

키스하던 그의 입술이 잠깐 멈췄다.

"글쎄, 너를 어떻게 아는 걸까."

다시 키스를 하며 한 손으로 내 가슴을 만지기 시작했다. 그가 제 허벅지를 내 다리 위로 올리며 엉덩이를 바짝 안았다. 몸이 밀착되어 맞닿은 엉덩이로 또다시 뜨겁게 달아오른 그의 남성이 쿡쿡 찔렀다.

"칸."

"응?"

목 뒤쪽으로 느껴지던 가벼운 키스는 점점 깊어졌고, 부드러운 손길로 만지는 그의 손이 거칠어지며 내 숨도 가빠지기 시작했다.

"당신 1년 동안 여자랑 많이 해봤나 봐요?"

민망한 질문이란 걸 알고 있었다. 하지만 여러 면으로 너무 발전해서 묻지 않을 수 없었다.

"그게 무슨 소리야."

"난 1년 전 당신의 모습이 더 좋았어요."

"그런데?"

가슴을 만지던 그의 손이 내 허벅지 안으로 들어와 매만지고 있었다. '훗.' 하는 짧은 신음과 함께 말을 이어갔다.

"아! 딱 하나 지금의…… 하아. 당신이, 좋은 게 있어요."

사실 하나가 아니라 둘이었다.

침대 위의 테크닉은 두말할 것도 없고, 더욱 남성스러워진 점도 좋다고 말하려다 그냥 그건 입 밖으로 꺼내지 않기로 했다. 그에게 할 말이 신음 소리와 섞여 말이 제대로 나오지 않는다.

"그래? 그거 듣던 중 반가운 말이군. 그러니까 네 말은, 지금의 내가 잠자리에서만큼은 1년 전보다 더 괜찮다는 뜻인가?"

"아까…… 기절하는 줄……. 훗, 알았…… 아아, 칸."

그의 손가락 하나가 샘물이 넘치는 곳으로 들어오자 말을 잇지 못했다. 목덜미와 어깨에 키스를 하며 그의 손가락이 내 안을 여러 차례 드나들다 두 개가 되었다.

"네가 몰랐던 거야. 나는 원래 이랬어."

귓가에 대고 속삭이는 낮은 음성이, 찰박거리는 물소리가 야스러워 더 흥분케 했다. 내부에서 드글드글 열기가 끓어올라 터질 것만 같았다.

하체에서 끓어올라 시작된 열기는 점점 위를 향하더니 정수리까지 도달했다. 몸이 폭발할 것처럼 바들바들 떨린다. 나오려던 비명이 감각의 지배를 당해 목구멍에서 꽉 막혔다.

칸은 허리가 휘어진 채로 어쩔 줄 몰라 하는 나를 똑바로 눕혔다. 입술을 세차게 빨아대자 입안에 폭풍우가 치듯이 그의 혀가 거세게 휘몰아쳤다. 공격적인 키스만으로 혼이 몸 밖으로 빠져나가는 느낌이었다.

떼어진 그와 내 입술 사이에 가느다란 타액이 이어졌다. 그는 옆 침대로 손을 뻗어 베개를 집어 들어 내 허리 밑으로 넣었다.

내 다리를 벌어 젖힌 그가 자신의 것을 질구에 대고 비볐다. 몸을 비틀며 그의 허벅지를 잡자 힘차게 안으로 들어왔다. 아까도 느꼈지만 1년 전보다 훨씬 더 버거웠다. 이게 살이 찐 것도 아니고, 혹시 자라기도 하는 건가.

"훗. 너무 조이지 마. 아파."

내 뜻대로 움직이지 않은 내부가 살아 있는 것처럼 꿈틀거렸다. 그것이 내 마음대로 되는 것은 아닌데.

그가 다시 키스를 해오며 조금씩 허리를 움직이기 시작했다. 그의 것이 뒤로 빠졌다가 강하게 다시 들어오는 순간 나도 모르게 눈이 뜨이며 상체가 튀어 올라 그의 목을 끌어안았다.

하아, 죽을 것 같다.

베개 때문에 위치가 애매하게 잡힌 탓일까. 처음 느껴보는 자극에 몸이 떨렸다.

아까 손가락으로도 미치는 줄 알았는데 그는 내가 느끼는 지점을 찾아내 그곳만 집중적으로 공격해오기 시작했다. 부서질 것 같은 느낌이면서도 너무 좋아 또 정신을 잃을 것만 같았다.

어떻게 이럴 수 있지. 어떻게 이렇게까지…….

"훗! 칸."

"제기랄!"

갑작스레 내뱉는 말에 놀라 그를 바라봤다.

"너 때문에, 미치겠다."

끊어지는 숨 사이로 내뱉는 말이 더 흥분시키는지 형용할 수 없는 기분에 휩싸였다. 나도 미치겠다. 그의 허리 움직임에 나도 허리를 함께 움직이며 서로를 극적으로 탐했다.

허벅지 사이에서 들려오는 거친 소리가 멈췄다. 허리를 크게 휘며 그의 분신을 조이자 내부에서 바르르 떨리는 나와 그가 느껴졌다. 거침없이 내달린 칸이 짧은 신음을 토하며 내 가슴에 얼굴을 묻었다.

그는 아직 내 몸에 자신의 것을 넣은 채로 가쁜 숨을 내쉬었다.

나 또한 정신없이 숨을 뱉었으나 가슴에 올라 있는 그의 머리 무게 때문에 쉽지가 않았다. 그의 머리카락을 쓸어 올려 이마에 땀이 맺힌 땀을 닦아줬다.

"당신 오늘은 이렇게 해놓고 내일 돌변하는 거 아닌가요?"

그가 단순히 분위기에 휩쓸려 이렇게 됐다는 핑계를 댈 수도 있었다. 아니, 그의 성격상 핑계를 대지는 않겠지만 이 일로 인해 자괴감에 빠진다면 그것처럼 내게 모욕적인 것도 없으리라.

나는 확실하게 실수가 아니었으니까 확인차원에서 묻는 거였다.

"그럴지도 모르지."

"그럼 어서 그거 빼고 내려가시죠."

엉덩이를 살짝 들어 올려 무릎으로 그의 허벅지를 쳤다. 말이라도 아니라고 해주면 덧나나. 얄미워서 손바닥으로 그의 등을 아프게 때렸다.

찰싹. 소리는 컸지만 근육이 단단해서 도리어 내 손바닥이 아팠다.

"싫어. 만약 내가 내일 돌변한다면 그건 아마 너를 가져도, 가져도 만족할 수 없어서일 거야."

"알아듣기 쉽게 얘기해줘요."

"그게 다야. 그러니까 이대로 멈추기 싫어."

다행히 그도 실수는 아닌 것 같았다. 안도의 한숨이 나와 가볍게 숨을 뱉어냈다. 문제는 예전에도 지치지 않는 그의 체력 때문에 밤에 제대로 잔 적이 없었는데 오늘도 그럴 모양이었다.

"당신이 1년 전과 바뀌지 않은 부분이 있었네요."

"1년 전과 비교하지 마."

내 말에 그의 눈빛이 변했다. 내 안에 있는 그의 것이 다시 커지며 꽉 채워가는 게 느껴졌다.

몸살이 난 것처럼 몸이 뻐근했다.

침대 위의 행위가 오랜만이기도 했지만, 칸이 많이 거칠기도 했다. 정확하게 이야기하자면 1년 전과 비교하지 말라던 그때부터 그랬다.

한 번 할 때마다 관계가 길어져 정신을 놓기 직전까지 몰고 갔다. 그나마 짧다 싶을 때는 바로 이어져 내게는 별 차이가 없었다. 그가 많은 여자들과 이런 행위를 했다고 생각하니 묘하게 기분이 나빴다.

늦은 아침을 함께 먹는데 그는 조용했다. 다른 건 모르겠고 종잡을 수 없는 남자인 건 확실했다. 이제는 그러려니 하고 신경 쓰지 않았다. 아마도 그와 지내는 동안에는 어제와 같은 밤과, 오늘과 같은 낮이 반복될 것이라는 예감을 했다.

"1년 전에도, 만난 당일 함께 침대에서 잠들었나?"

"아마도요."

"너는 유혹하는 데 뛰어난가 보군."

왜 또 배배 꼬이셔서 빈정거리실까.

"미안하지만 1년 전에도 먼저 유혹한 건 당신이었고, 이번에도 당신이 먼저 날 유혹했어요. 1년 전은 그렇다 치더라도 바로 어제 일이 기억 안 나면 어쩝니까? 아, 혹시 내게 끌리는 감정을 설마 내가 유혹했다고 생각하는 건가요? 이 무슨 구시대적 발상이야."

그를 씹듯이 고기를 꽉꽉 씹어주고 싶었지만, 너무 부드러운 탓에 몇 번 씹으니 목구멍으로 사르르 넘어가 버렸다.

"일 이야기나 하지. 어제 여관에서와 같은 사건이 있어서 내가 널 구했고, 그다음은?"

"그러게 왜 자리를 떠서 두 번 말하게 해요."

이렇게까지 말할 필요는 없다고 생각했으나 나가는 말이 곱지가 않았다. 종잡을 수 없는 건 내 마음도 마찬가지였다.

"그건 어제 미안하다고 사과한 것 같은데."

내가 듣는 척도 안 하자 그가 포크로 접시를 두드렸다.

"다시 생각해봐도 화가 나니까 그러죠. 뭐, 어쨌든 그날 어제와 같은 상황에서 당신이 날 구해서 멀리 데리고 나왔어요. 배가 고픈 상태이기도 했고 여관에 짐과 돈이 있었지만, 다시 돌아갈 수 없어서 우선은 카투스에서 같이 밥을 먹었어요. 서로 즐겁게 대화를 나눴죠."

그때가 떠올라 입가에 흐뭇한 미소를 지었는데 나를 보는 그의 눈빛이 싸늘해졌다.

"그러다 내 직업이 화가란 걸 알고 당신이 내게 초상화를 그려 달라고 했어요."

"초상화? 난 초상화가 필요 없는 사람이야."

그의 말에 수긍하는 뜻으로 고개를 끄덕이며 고기를 입으로 넣었다. 그는 자신에 대해서 아주 잘 알고 있었다.

음식이 식기 전에 식사를 끝내고 천천히 이야기했으면 좋겠는데 그는 계속 얘기를 이어나갈 폼이었다. 얼른 먹고 답해주기 위해 두세 점씩 고기를 밀어 넣었다. 식습관이 이렇지 않았건만 룩센으로 오고 난 후에 굶은 적이 많아 먹을 수 있을 때 빨리, 그리고 많이 먹는 버릇이 되고 말았다.

"체한다. 천천히 먹어."

칸은 그런 내가 음식을 다 먹을 때까지 차분하게 기다려줬다.

"그때도 그렇게 말했어요. 당신은 초상화가 필요 없는 사람이라
구요. 나를 붙잡기 위해 그려달라 부탁했다고 했죠. 당신은 꽤 비
싼 값을 준다고 했고, 나는 돈이 필요했으니까 흔쾌히 응했어요."

접시를 싹싹 비우고 나서 오늘도 칸이 주문해준 커피, 아니 무
카를 마시기 위해 잔을 집어 들었다. 커피를 마실 수 있다니 정말
꿈만 같았다. 마치 한국으로 돌아간 기분이었다.

학원에 출근해 커피 한 잔으로 시작하던 때를 떠올렸다. 평범한
일상이 제일 좋은 건데 만족하지 못하고 여행을 떠났다가 이렇게
되고 말았다. '지난 일에 후회하지 말자'는 주의인데 사람이라 전
혀 안 할 수는 없다. 작게 한숨 쉬는 나를 보며 그가 고개를 갸웃했
다.

"그러고 보니 이번에도 넌 내게 비용을 요구했지. 돈이 왜 그렇
게 필요해? 빚이라도 졌나?"

"아뇨. 림을 만나기 위해서에요."

림은 룩센의 신관을 부르는 이름이었다.

신관이 존재하는지도 모르고 살다가 룩센의 어느 귀족 초상화
를 그리러 가서 들었다. 접신 능력이 굉장히 뛰어나다고 했으니 내
가 살던 곳으로 보내줄 수 있을지도 모를 일이었다.

림을 찾는다는 내 말에 칸의 얼굴이 험하게 구겨졌다.

또 뭐가 문제인 거야?

림을 본 적은 한 번도 없지만 그에 대한 이야기를 들었다. 림이

라면 나를 원래의 세계로 돌려보내줄 수 있을 것이다. 아니, 꼭 그래야만 한다.

"나라를 위한 일만 한다더라고요. 그런데 가끔 국가 재정에 도움이 될 만한 금액을 제시하면 만나준다고 해서 림을 만나기 위해 돈을 모으고 있어요."

"만나서 뭘 할 건데?"

"돌아가야죠."

"어딜?"

"내 나라로."

따딱. 그가 손에 쥐고 있던 나이프와 포크를 식탁에 내려놓았다.

나를 보는 눈빛이 변화를 일으키고 있었다. 1년 전 내가 돌아간다 했을 때 그는 슬퍼 보였지만, 지금 내 앞에 있는 남자에게는 분노가 느껴졌다. 화를 내고 있는 중이었다.

"그냥 가면 되지 왜 림에게 부탁을 해야만 하나?"

물을 한 모금 마신 그가 내게 물었다.

이 사람아, 내가 그냥 갈 수 있었다면 진즉에 갔지 왜 여기 앉아 있겠어.

내가 미래의 다른 곳에서 왔다는 설명을 해봤자 믿기 힘들 것이 뻔해 관뒀다.

"말하자면 복잡해요. 아무튼 림을 만나서 그 사람에게 물어봐야 돼요."

"여기 살아도 되잖아."

"당신이 어제 사태를 안 봐서 모르는 것 같은데, 내가 이곳에서 살아가려면 둘 중 하나라고요. 평생 얼굴에 천을 두른 채로 살든가, 아님 이 남자 저 남자에게 팔려 다니며 살든가."

"평생 얼굴에 천을 두르지 않아도 되고, 이 남자 저 남자에게 끌려 다니지 않아도 될 만큼 힘이 있으면, 그때는 여기서 살 거야?"

"아뇨. 사실 그게 전부는 아니에요, 칸. 여동생이 혼자 있어요. 그 애에겐 내가 필요해요."

1년 전의 칸은 나를 사랑해서 돌아간다는 말에 슬퍼했지만, 이 남자는 화를 꾹꾹 누르며 내게 이곳에서 살라 하고 있었다. 표현은 다르지만 내가 남기를 바란다는 것은 나도 알겠다. 하지만 당신이 왜?

"그런데 갑자기 내게 왜 그래요. 내게 원하는 거 있어요? 아님 나 좋아해요?"

픕! 그의 입술 사이로 마시던 물이 터져 나왔다.

재빨리 몸을 피해 맞지는 않았다. 그는 테이블 위에 놓여 있던 냅킨을 들어 입가를 닦으며 어이없다는 표정을 지었다.

내가 착각하고 있다 생각하지 않아서 물어봤다. 그런데 마시던 물까지 뿜어가며 놀라면 더 믿을 수밖에 없었다.

"흐응. 정말 나 좋아하나 보네?"

"그래. 네가 매력적인 여자인 건 맞아. 끌리고 있으니까. 처음에 인정하지 않았던 거 미안해. 하지만 좋아한다는 감정이 그리 쉽게 생기나?"

안 생길 건 뭐야. 1년 전, 첫눈에 사랑에 빠졌다고 했던 사람이 자신인 걸 모르니 저리 말하고 있는 거겠지.

"당신은 날 만나자마자 사랑한다고 했어요. 아, 물론 그건 1년 전의 당신이었을 때."

"사랑하는 것과 육체적으로 끌리는 것은 좀 다르다고 생각해."

"그렇긴 하죠. 난 1년 전에도, 지금도 당신이 육체적으로 끌리니까."

그는 몸을 살짝 뒤로 빼 의자에 등을 기대며 팔짱을 낀 채로 나를 봤다.

"방금 당신은 내게 여기서 살면 안 되냐고 물었어요. 얼굴에 천을 두르지 않고 살아도 되고, 남자들에게 끌려 다니지 않을 만큼 힘을 가지게 된다면, 이라는 가정하에."

들고 있던 찻잔을 놓았다. 옆에 있는 과일을 입에 넣고 난 후 나도 팔짱을 끼며 그를 봤다.

"그 말은 곧, 내게 그런 힘을 당신이 준다는……. 뭐, 그런 뜻 아닌가요? 당신이 얼마나 대단한 사람인지 모르겠지만 그걸 내게 주면서까지 룩센에 살라는 건 둘 중 하나가 맞잖아요. 원하는 게 있든가, 날 좋아하든가. 내가 착각하게끔 이야기한 건 당신이라고요."

손을 뻗어 다시 과일을 입에 넣고 아그작아그작 씹었다. 마치 칸을 씹듯이.

"한 가지가 아닌 건 확실해."

"아~ 날 좋아하지 않는다?"

그가 눈짓으로 '그렇다'는 신호를 보냈다.

나도 당신이 좋은 건 아니거든.

그에게서 느껴지던 복잡한 감정들이 한순간 정리가 되는 것 같았다.

"그럼 내게 원하는 게 있어요?"

"우선은 그렇다고 해두지."

"침대 위에서의 관계?"

눈이 커진 그가 고개를 절레절레 저으며 긴 한숨을 내쉬었다.

"전부는 아니지만 어느 부분 차지하기도 해."

못마땅한 얼굴로 실토하는 칸을 보고 있자니 기분이 좋기도 하다가 나쁘기도 하다가 했다. 롤러코스터까지는 아니더라도 바이킹 타는 급은 되리라.

내 말에 반박하지 못하는 그를 보니 통쾌했고, 나에게 감정은 없지만 몸을 섞는 관계를 원한다니 씁쓸했다. 하지만 그 감정도 정리했다. 어차피 나도 마찬가지다.

"좋네요. 1년 전엔 당신만 내게로 향하는 일방통행이라 부담스러웠는데 이제는 마음 편하게 당신과 일을 할 수 있겠어요. 그것이 침대 위에서의 일일지라도."

나도 모르게 말투가 퉁명스럽게 변했다는 걸 말을 뱉고 나서야 깨달았다.

"어느 세월에 림을 만날 거야? 한두 푼으로는 안 될 텐데."

그가 곧 창밖으로 시선을 돌린 채 내게 물었다.

"최대한 노력해야죠. 그러니까 이 불쌍한 사람, 일 시켜 먹고 돈 떼먹지 마세요."

저번처럼 갑자기 사라지지 말고, 라며 말을 이어갈까 하다가 참았다. 비록 초상화값은 받지 못했지만 카투스에서 환불받은 돈이 상당했기 때문에. 다만 지금의 그는 1년 전처럼 한 달을 예약하지는 않았을 것이다. 그래서 못을 박아둬야 할 필요를 느꼈다.

"혹시 1년 전에도 네 나라로 돌아간다고 얘기했어?"

"네, 당신이 떠나기 전까지만 같이 살자고 했죠. 생각해보니 청혼 같기도 했네요."

"떠난다는 사람에게 청혼이라. 홋. 아무리 빠져도 그렇지, 생각 없는 행동을 했군."

"당신 참 이상해요."

창밖에 두었던 시선을 옮겨 '뭐가?' 하는 표정으로 나를 바라보는 칸.

"아무리 기억이 안 난다지만, 마치 남 얘기 하는 것처럼 말하잖아요."

"나는 모르는 이야기니 그럴 수 있지 않나?"

내가 이 남자랑 무슨 이야기를 하겠다고 이러는지. 칸과 나는 오직 잠자리에서만 상성이 맞는 것 같았다.

"너는 참 즉흥적인 것 같다."

'눈에는 눈 이에는 이'라는 속담을 잘 실천하는 사람이었다. 이상하다고 했더니 대번에 내가 즉흥적이라고 공격했다.

"인정. 분위기에 휩쓸리는 기분파이기도 해요. 매사에 신중한 사람이 있으면 나 같은 사람도 있는 거죠."

무슨 생각을 하는지 그가 고개를 흔들었다. 마치 한심한 사람을 대하는 느낌이었지만 뭐 어떠리. 이런 사람이 나인 것을.

"초상화 하나 그려줄 수 있어?"

"필요 없다면서요."

"누가 그리느냐에 따라 그림의 느낌이 달라지잖아. 신시아란 화가가 그린 초상화가 궁금해."

"비용 청구는 따로 합니다."

돈에 혈안이 되어 있는 사람처럼 보일까 봐 초상화 비용을 받을지 말지 고민했다. 하지만 내가 돈이 필요한 이유를 설명했으니 그도 이해할 수 있을 것 같아 넌지시 꺼냈는데 흔쾌히 수락했다.

그때, 똑똑 노크 소리가 들렸다.

"들어와."

칸의 시종인 페론이었다. 그는 나를 발견하고 가볍게 묵례를 하고는 칸에게 다가갔다.

"어떻게 됐어?"

"여관에 갔더니 도망갔던 자들이 돌아와 있어서 분부하신대로 처리했습니다."

무슨 말이지. 여관? 혹시 내가 어제 갔었던, 그러니까 하마터면 큰일을 당할 뻔하고 샤이크를 만났던 거기? 도망갔던 자들은 누굴 말하는 거야. 안에 있었던 남자들인가.

두 사람을 번갈아 보며 무슨 일인지 유추했다. 칸이 그만 나가라고 하자 시종이 인사하고 자리를 떴다.

"무슨 일이에요?"

"별거 아니야."

정말 별거 아니라는 듯 그는 차분했다. 가라앉은 눈동자가, 감정 없이 내뱉는 억양이 그러했다.

"어제 갔었던 여관 말하는 거죠?"

그가 고개를 끄덕였다.

"어제 우리가 여기 온 뒤에 방금 밖에 나간 저 사람."

"페론."

지금 이름이 중요한가. 어찌 됐든.

"그래요, 페론. 페론이 거길 갔어요? 돌아온 남자들을 어떻게 했는데요?"

"잘못했으면 대가를 치러야지."

그 의견에 나도 동의는 했다. 어젯밤은 생각만으로 몸서리가 쳐질 정도로 끔찍했다.

"세세하게 내용을 알고 싶어? 듣기에 불편할 텐데."

듣기 불편할 정도의 대가란 무얼 말하는 것일까.

"세세하게는 아니고 조금만요."

순전히 호기심에서 발단된 질문. 엄지로 검지의 끝부분을 짚어 보였다.

"손가락 몇 개 부러뜨리고."

문득 그가 내 심장에 칼을 겨누고 목을 조였던 날이 떠올랐다. 동시에 뜨거운 밤을 보냈던 어제가 스쳤다.

이 남자, 양면성이 있는 건 분명하다. 하긴 1년 전에는 따뜻하기만 했던 남자가 이리 변했다는 건, 잔인한 본능이 내재되어 있다는 뜻일지도.

"손톱도 몇 개……."

"그만! 돼, 됐어요!"

마치 내 손톱이 빠지는 느낌이었다. 소름이 돋아 중단시키고 앞에 있는 무카를 벌컥벌컥 다 마셨다.

여유롭게 시간을 보내자고 하는 그를 소파에 앉혀놓고 그림 그릴 준비를 했다. 휴대성을 살린 이젤을 조립해 세우고, 그 위에 종이를 붙일 판을 얹었다.

"종이에 그리나?"

"그럼 어디에 그려요?"

"전부 천에 그리던데."

이젤 앞에 앉았던 나는 자리에서 벌떡 일어났다. '전부'라는 단어가 귀에 거슬렸다.

"초상화 몇 점이나 가지고 있어요?"

"그걸 어떻게 다 세고 있어."

이 사람이 지금 뭐라는 거야. 그의 말을 종합해보자면 바다 건너 무역을 하는 상인들도 구하기 어렵다는 유화물감으로 초상화를 그렸다는 뜻이었다. 게다가 다 셀 수 없을 정도로 초상화가 많다는 것 아닌가.

칸이 부자임은 잘 알고 있었다. 하지만 대체 얼마나 돈이 많으면 그게 가능할까.

"왜."

말없이 보고만 있자 그가 물었다. 의자에 다시 앉으며 목탄을 집어 들었다.

"룩센에서 몇 번째로 재산이 많은가요?"

"첫 번째?"

고민할 것도 없이 바로 나온 대답이었다. 아, 이제 그가 왜 일정한 직업이 없이도 카투스를 이용할 수 있는지 알겠다. 금수저를 물고 태어난 사람이었다.

"그럼 초상화 비용 많이 부를게요. 괜찮죠? 아, 값어치를 하도록 공을 많이 들이겠습니다."

손을 모아 인사를 하며 신 나서 흥얼거렸다. 과거 기억을 되찾기 위해 받는 돈이나 초상화값이나 수수료를 떼지 않고 온전히 내 몫이 되니 이보다 좋을 수가 없었다.

"돈이 그렇게 좋아?"

"싫어하는 사람도 있나요. 그리고 전 림을 만나야 한다고 했잖아요. 하긴 뭐, 림을 만나지 않더라도 돈은 많을수록 좋은 거죠."

그는 나를 향해 똑바로 앉아 모델로서의 포즈를 잘 취했다. 확실히 경험이 많은 사람이었다.

슥슥. 목탄으로 스케치를 시작했다. 매번 느끼지만 목탄이 종이 위로 까만 선을 그어나갈 때마다 들리는 거친 소리가 듣기 좋았다.

"너에게는 살면서 가장 중요한 것이 돈이야?"

"아뇨. 세상에 돈보다 귀중한 건 많아요. 하지만 살아가는 데 돈은 큰 비중을 차지하잖아요."

순간 가슴에서 울컥 무언가가 올라왔다. 한두 번 받는 질문도 아닌데 묻는 사람이 칸이라서 그런가 싶었다. 목탄 소리가 멈췄다.

"어렸을 적에 부모님이 돌아가셨어요. 다행히 집 하나는 남겨주셔서 동생과 함께 살았죠."

다시 손을 움직이자 '슥슥' 하는 소리가 들린다.

"당신은 잘 모르겠지만, 동생과 둘이 살아가며 서러울 때가 많았어요. 어떤 일이 있었냐면, 새벽에 갑자기 동생이 복통을 일으켰어요. 어려서 어떻게 할 줄 몰라 응급실에……. 음."

룩센에는 응급실이 없는 걸로 알고 있는데, 그가 알아들을지 몰라 대체할 단어 찾고 있었다. 의원? 병원? 뭐라고 해야 하지? 모르겠다.

"사람이 아프면 치료해주는 곳이요. 거길 갔는데 보호자가 누구냐고 묻더라구요. 나라고 했더니 어른 안 계시냐고, 부모님 안 오셨냐고 또 물어봐요. 우리 동생 보호자는 나밖에 없고, 내 보호자는 동생밖에 없는데. 서럽기도 하고 궁금하기도 했어요. 내게 어른 보호자가 있다는 건 어떤 기분일까."

열심히 내 이야기를 늘어놓으며 그림의 형태를 잡아갔다. 타인에게 개인사를 털어논 적이 없는데 칸에게는 줄줄 잘도 나왔다.

"아무튼 이를 악물고 버티며 살았어요. 내가 살던 나라에선 그림을 공부하려면 돈이 많이 들거든요. 거기다 먹고사는 데 필요한 돈도 있어야 했고. 장학금……. 그러니까 공부하는 데 후원해주는 사람을 놓치지 않기 위해 독해지기도 했어요."

친구들에게 참 많이 욕을 먹었다. 나는 그저 그림 공부를 하고 싶었고, 동생도 하고 싶은 공부를 할 수 있도록 해주고 싶었을 뿐인데, 사람들 눈에는 독한 아이가 되어 있었다.

아르바이트하고 자는 시간을 쪼개가며 공부하고 그림을 그렸다. 고등학교 때는 화실 다닐 돈이 없어 청소하는 걸로 원비를 대신했다. 일주일에 서너 번 코피 쏟는 것은 기본이었다. 그나마 기본 체력이 튼튼했길 망정이지 그러지 않았다면 수도 없이 쓰러졌을 것이다.

돈도 없는 주제에 무슨 그림 공부냐, 현실적으로 생각하라는 핀잔을 많이 들었다. 돈이 없는 사람은 하고 싶은 공부를 하기 위해 노력하는 것도 죄인가. 내게 십 원짜리 하나 준 적 없는 사람들의 참견은 내 가슴에 큰 상처를 남긴 적도 있었다.

"내가 즉흥적이라고 했죠? 그럴 수밖에 없었어요. 매사에 스스로 결정해야 하는데 망설이다 기회를 놓치는 경우도 있었거든요. 신중하게 판단 잘하는 사람도 있지만 제 경우는 생각을 깊게 할수록 복잡한 상황에 놓이게 돼요."

칸이 흥미로운 눈으로 나를 뚫어져라 봤다.

고등학교 시절, 나와 사정이 비슷한 친구 때문에 어려운 형편의 학생에게 지원해주는 장학금을 놓고 고민한 적이 있었다. 항상 내가 장학금을 받아왔으니 한 번 정도는 그 아이에게 양보하는 것이 어떠냐는 선생님의 권유. 장학금은 성적이 가장 좋은 학생에게 주는 것이 아니었던가. 그걸 받기 위해 노력해서 얻은 상위권 등수를 획득했건만 '이기적으로 굴지 말라.'는 선생님의 강요 아닌 강요에 꽤 오랫동안 고민했다. 결국 양보했고, 후회를 했다.

그 돈이 우리 자매에게 어떤 돈이었는지 잠시 잊었던 나를 용서할 수 없었다.

그 후론 선생님과 학교 친구들이 내게 '이기적이다.', '욕심이 많다.'라고 해도 듣지 않았다. 따지고 보면 내가 뭘 잘못했었나. 성적이 우수한 학생에게 주는 장학금을 열심히 공부해서 정당하게 받는데 그게 그렇게 이기적이고 욕심이 많은 건가.

그때부터 그들이 나를 어떻게 보느냐는 중요하지 않았다. 그들을 이해시키려고도 하지 않았다. 그렇게 할수록 수렁에 빠지는 기분을 벗어날 수 없었기 때문이었다.

"그래서 단순하게 살고 있어요. 돈도 그렇게 생각해요. 많을수록 좋은 거잖아요. 그렇다고 돈이 좋아 남의 걸 훔치지는 않아요. 발에 땀이 나도록 일한답니다."

필요한 곳이 있기에 돈이 필요했고, 돈이 좋았다. 그래서 열심히 버는 것이 욕먹을 일은 아니라는 것이 나의 결론이고 그렇게 살아왔다.

작게 한숨을 쉬고 칸을 보며 스케치를 해나갔다.

소파의 등걸이에 걸쳐진 팔도, 거만하게 꼬고 있는 다리도 무지 길었다. 비율이 예술인 축복받은 유전자였다. 스케치에 집중하고 있는데 그가 갑자기 일어섰다.

"어? 왜 일어나요?"

성큼성큼 다가와 앞에 서더니 내 어깨를 잡고 위로 당겼다. 그의 힘에 딸려 자연스레 일어나 그를 올려다봤다. 왜 이러는지 영문을 모르겠네. 그는 두 손으로 내 볼을 감싸고 얼굴을 가까이 댔다.

"돈에 관해 물었던 건 널 질책하려고 했던 것이 아니다."

나를 한심하다는 눈빛으로 본 게 아니었나? 어쩌면 자격지심에 내가 먼저 그의 눈빛에 대한 편견을 가지고 있었는지도 모른다.

그의 눈동자가 내 얼굴을 샅샅이 훑었다.

이마에서 눈으로, 눈에서 코로, 코에서 입술로. 그리고 다시 내 눈으로. 반복해서 살피던 그는 가볍게 키스를 했다.

"오해하지 마. 단순히 궁금했을 뿐이야."

고개를 끄덕였다. 그는 지금 내게 미안해하고 있었다. 그게 고마워 발꿈치를 들어 그에게 입을 맞추고 방긋 웃었다.

"열심히 살아서 칭찬해주고 싶네."

다시 입술이 겹쳐졌다.

쪼옥. 짧게, 짧게 나누던 키스가 점점 깊어지며 손에 들고 있던 목탄을 떨어뜨렸다.

데구르르 구르는 소리가 멀어지는 찰나, 나를 번쩍 들어 올려 소파로 이동해 먼저 앉은 그가 자신의 허벅지 위에 나를 앉혔다. 그의 머리를 감싸며 입술을 떼지 않았다. 커다란 손이 내 허리와 목덜미를 강하게 붙잡고 놔주지 않았다. 호흡하기 버거운 긴 키스가 이어졌다.

"당신은 어떻게 살아왔어요?"

숨이 막혀 끙끙댈 즈음에서야 칸이 나를 놔줬다. 여전히 같은 자세로 앉아 그의 어깨에 머리를 기댔다.

"어렸을 적하고 최근의 기억밖에 없어. 그거라도 듣고 싶어?"

"네, 당신이 아이였을 때 이야기요."

"그저 그랬어. 어머니는 내가 7살에 돌아가셔서 기억이 너무 희미해. 아버지는 내가 22살에 돌아가셨는데 그 무렵의 기억들도 몽땅 날아가서 내 머릿속에 있는 아버지는 어머니만큼 젊으시지."

그의 턱에 살며시 입을 맞추고 토닥토닥 어깨를 두드려줬다. 나역시 부모님 없이 자라왔기 때문에 칸의 마음을 이해할 수 있었다.

"난 어려움 없이 자랐어. 위로하지 않아도 돼."

하긴 성인이 되고 나서 아버지가 돌아가셨고 지금 그에게 많은 유산을 남겼으니 나와는 다른 처지였겠구나.

기억을 잃어서인지 담담하게 말하는 그에게선 부모님에 대한 그리움의 흔적을 찾아볼 수 없었다.

"형제는요?"

"……."

"응?"

답을 하지 않는 그의 눈을 가만히 들여다봤다. 피할 것처럼 흔들리다가 피식 웃었다. 그 웃음이 쓰게 느껴졌다.

"형이 하나 있지."

손에 쥐고 있던 쓰레기를 툭 던지는 말투였다. 꺼내 보이기 싫은 존재를 억지로 뱉고 있었다.

"사이가 나쁜가 봐요."

"어. 그러니 더 이상 묻지 마."

사람 참 헷갈리게 하네. 까칠하다가도 다정하게 굴고, 좀 가까워졌다 싶으면 다시 철벽방어를 하고. 여러모로 복잡한 남자였다.

칸은 1년 전의 상황을 하나하나 되짚으려 했다. 되짚어봤자 그와 했던 일은 놀고, 먹고, 초상화 잠깐 그리다 침대에서 보내기가 대부분이었지만.

지금의 칸도, 그리고 나도 서로를 원했기 때문에 둘이 나누는 행위에 대해서는 만족했다.

"1년 전의 내게서 이상한 점을 발견하지 못했어?"

저녁을 먹고 마저 그림을 그리는데 그가 물어왔다.

"이상한 점이요?"

마침 스케치가 끝나 목탄을 놓고 손을 탈탈 털었다.

"흐응. 특별하지는 않은데 있긴 했죠."

"뭔데?"

소파에 앉아 있는 그가 자세를 고치며 눈을 반짝였다. 언제는 1년 전 이야기는 하지 말라더니 궁금하기는 하겠지.

"좀 초조해 보였다고 할까요?"

"초조해?"

"솔직히 만남부터 급했잖아요."

물론 나도 동조를 했으니 가능한 일이었지만.

당시에 묻거나 의아하게 여기진 않았다. 하지만 지나서 생각해 보니 어딘가 1년 전의 칸은 무언가에 쫓기기라도 하는 것처럼 안

절부절못하는 경향도 있었다.

"아!"

무릎을 탁 쳤다.

"당신 나와 지내기 위해 카투스를 한 달 계약했었는데, 어느 날 말도 없이 사라졌죠."

"한 달? 너와 한 달을 지내려 했다는 건가."

"내게 직접적으로 이야기한 적은 없어요. 나중에 당신이 사라지고 숙식료 계산 때문에 알게 된 거죠."

칸의 미간에 세로로 주름이 잡혔다. 그는 테이블에 놓인 무카를 마셨다. 느릿하게 들고 있던 잔을 놓고 나를 노려봤다.

또 왜 이래. 내가 뭘 어쨌다고.

"왜 사라졌어요?"

기억을 잃은 사람에게 물어봤자 어떤 답이 나오리란 것은 뻔했다. 다만 나는 도무지 알 수 없는 그의 시선을 피하기 위함이었다.

"한 달을 같이 지내려고 했어?"

질문에 전혀 다른 답을 했다. 왜 저렇게 얼굴이 험악해지는지 모르겠다.

"얘기했잖아요. 당신이 나 떠나기 전까지는 같이 살자고 했다고."

"내가 묻는 건 너야. 그럼 너는 떠나기 전까지 함께 살 작정이었다?"

"네, 안 될 건 뭐예요. 만약에 내가 한 달이 아니라 1년 뒤에 떠난다면 그때까지도 당신이랑 살았……. 앗!"

언제 일어서서 다가왔는지 팔을 붙잡는 힘에 깜짝 놀랐다. 파고드는 악력이 점점 세져 아파왔다.

"왜 이래요?"

"어떻게 같이 살 생각을 할 수가 있어!"

언성을 높이는 칸의 팔을 힘껏 뿌리쳤지만 그의 손에서 벗어나기 어려웠다. 나를 안고 싶을 때와 다르게 붉게 변하는 눈빛. 거칠어진 호흡. 사나운 짐승 한 마리를 보는 기분이었다.

"칸!"

온 힘을 다해 팔을 흔들어도 꿈쩍도 하지 않았다.

"아파요!"

순간 팔을 죄고 있던 손이 스르르 풀어졌다.

사나웠던 그의 눈빛도 황금색으로 돌아왔다. 신경질적으로 머리카락을 쓸어 올린 그가 눈을 감고 거친 호흡을 가다듬었다.

"같이 지내자 해서 그러려고 한 게 잘못이에요?"

그를 흘깃 보다가 아픈 팔을 주물렀다. 어찌나 세게 쥐었는지 욱신거렸다.

"밖에 나가서 바람 좀 쐬고 올게요."

"여기 있어."

항상 자기 마음대로다.

더 이상 대화할 필요를 느끼지 못해 고개를 절레절레 저으며 몸을 돌렸다. 벽에 대고 이야기한다는 게 이런 거겠지.

"밤이야. 밖은 위험해."

"그럼 복도에서 걷다 올게요. 지금 당신이랑 한 공간에 있기 불편해요."

"있으라니까. 말 들어."

문을 향해 걷는 나를 그가 또 붙잡았다.

"기억을 잃어서 복잡하고 짜증 나는 마음 이해하는데요, 이유나 알자고요."

"……."

"내가 아무리 당신에게 돈을 받고 일하는 고용인이라지만 무작정 당신의 화를 받아주는 사람은 아니잖아요. 내가 뭘 잘못했어요? 이유가 뭐예요?"

"이유를 알면 내가 이러지 않지."

손으로 제 이마를 누르던 그가 눈두덩이도 꾹꾹 눌렀다. 한숨을 내쉬더니 잡고 있던 내 팔을 놓았다.

"있어. 내가 나갈게."

그의 뒷모습을 물끄러미 바라봤다. 기억을 잃을 정도로 심하게 아팠다더니 마음도 아팠었나. 기분이 줄타기를 하는 것도 아니고.

닫히는 문 사이로 사라지는 그를 보고 있자니 나도 한숨이 나왔다.

4장

칸은 밤이 깊어가도 돌아오지 않았다. 애도 아닌데 알아서 하겠지. 기다리다 침대에 누웠다.

눈을 감고 오지 않는 잠을 억지로 청하며 얼마나 뒤척였을까.

"으아아~"

신경 쓰여 죽겠다.

얇은 이불을 걷어차고 일어나 머리카락을 쥐어뜯었다.

'이유를 알면 내가 이러지 않지.'

의미를 알 수 없는 칸의 말이 머릿속에서 메아리처럼 돌고 돌았다.

어차피 칸은 밖으로 나가지는 않고 카투스 안에 있을 것이다.

문을 열고 밖으로 얼굴을 빠끔히 내밀었다. 밤이라 모두 잠들었는지 복도는 조용했다. 벽에 걸린 작은 램프에 든 불빛만이 어두운 이곳을 밝혔다.

저 아래층에서 사람들이 웅성거림이 들려온다. 칸과 머물고 있는 카투스는 동그란 도넛 같은 형태로, 가장자리에 객실이 있고 가운데가 비어 위에서 1층 중앙 홀을 내려다볼 수 있었다. 늦은 시간에 들어오는 사람들의 소리였다.

칸은 어딜 갔지? 술 마시고 있나.

혼란스러운 그의 입장을 더 이해했어야 하는데, 내가 너무 몰아붙였다는 생각이 들어 미안해졌다.

무작정 찾아 나설 수도 없어 기다리는 쪽을 택했다. 심경이 복잡하기는 마찬가지다. 복도 난간 앞에 앉아 밖으로 다리를 내렸다. 공중에서 두 다리가 흔들거린다.

방과 달리 복도는 추웠다. 으스스해져 어깨를 손으로 비볐다.

"사막의 밤은 춥죠."

낯선 음성이 들려왔다. 모르는 남자가 다가오고 있었다.

아, 맞다. 얼굴 가리지 않았구나.

그래도 여기는 카투스라 제법 안심이 되었다. 남자의 말에 어색한 미소를 살며시 지었다가 곧 거뒀다.

"괜찮아요. 그냥 가세요."

"이런 미인이 밤중에 길을 잃고 추위에 떠는데 지나칠 수 있나요."

밤중에 길을 잃고 추위에 떤다니. 오글거리는 대사에 소름이 돋을 판이다, 이 사람아.

남자가 내 옆에 앉을 폼이라 얼른 일어났다. 방으로 돌아가려는 내 손목을 붙잡았다. 놓아달라고 말하려는 찰나.

"그 손 당장 놓지?"

익숙한 낮은 목소리. 칸이었다.

잠시 멍하게 있던 남자가 미안하다며 손을 놓자 칸이 다가와 내 어깨를 끌어안았다.

"일행이 있는 줄 몰랐습니다. 밤에 혼자 두니 착각하는 거 아닙니까."

"여자가 싫다고 하면 물러날 줄 알아야지. 이제라도 일행을 봤으면 꺼져."

기분이 상한 남자는 살랑거리는 옷자락을 날리며 멀어져갔다.

"안에 있으라고 했잖아."

아까와 달리 부드러운 목소리가 머리 위에서 들려온다. 얼굴에 뜨겁게 꽂히는 시선을 회피하며 고개를 돌렸다.

'안에 있으라고 했잖아.'

큰 의미를 지닌 말도 아닌데, 마음이 이상했다. 간질간질 깃털로 건드리는 느낌이었다.

"안 와서요."

작게 중얼거렸다.

"뭐?"

"안 오니까 걱정돼서 나왔어요."

"들어가자."

어깨에 둘러진 강인한 팔이 이끄는 대로 움직였다. 그가 복잡한 만큼 나도 복잡해지는 것만 같다. 뭔지 모를 감정의 똬리가 묵직하게 자리 잡았다.

　다음 날, 오전.

　칸에게 코아쿤의 오아시스 안쪽에 있던 집에 관한 이야기를 해 줬다. 솔직히 기억이 잘 안 나서 찾을 수 있을지 미지수였다. 경계가 삼엄하다고 말하자 칸은 그때도 들여보내줬는데 지금이라고 굳이 막을 이유가 없다고 했다.

　어쩌면 그가 현재 아는 집일 수도 있단다. 하긴 알고 지내는 집이니 그때도 들어갈 수 있었겠지.

　예상했던 대로 코아쿤의 오아시스에 도착하자 머리가 멍해졌다.

　1년 전에 한 번 가본 곳을 기억해내는 건 머리 좋은 사람이라도 어려웠을 것이다. 거기다 내가 찾아간 것도 아니고 칸을 졸졸 따라갔으니.

　"아, 어떡하죠, 칸? 기억이 안 나요."

　"그럼 다 뒤져보는 수밖에."

　"오아시스와 가장 가까운 집이었던 것만 기억나네요."

　"우선 안쪽으로 들어가 보자. 집이 컸나?"

　"네, 상당했죠. 입구에서 저택까지 한참 걸었어요. 물론 집 안에는 들어가지 않았지만요."

　"밖에 있었어?"

　그가 나를 돌아보며 물었다.

　"야외에서 그림 작업 하자고 해서……. 뭐, 결국 그림은 그리지도 못했지만."

　"왜?"

"몰라요."

"안 봐도 뻔하군."

"그러게 뻔한 걸 왜 물어요?"

짓궂은 그의 미소에 얼굴이 화끈거렸다. 설마 그 집에 들어가서도 1년 전처럼 똑같이 하자는 건 아니겠지.

눈에 익숙한 집을 찾으려 여기저기 기웃댔지만 아직까지 이 집이다 싶은 곳을 발견하지 못했다.

"이 자리에 큰 집을 짓고 사는 사람이라면 내가 모르는 사람은 아닐 텐데……."

칸은 지나가는 사람을 붙잡고 대저택이 모인 곳이 어디냐고 물은 뒤, 알려준 곳으로 향했다. 길눈이 밝은 편인지 나보다 더 잘 찾아갔다.

"여기다!"

몇 번 돌다 보니 익숙한 곳이 눈에 띄었다. 고개를 휙휙 돌리며 이 집이 맞는지 확인했다. 담처럼 둘린 창살 사이로 들여다보니 정확했다. 사실 집의 외관은 거의 기억이 나지 않고 정원만 기억에 남아 있었다.

그때로 다시 돌아간 것처럼 선명했다. 어찌 됐거나 꽤 쓸 만한 기억력에 스스로를 칭찬해주고 싶었다.

"이 집이야?"

"네. 아는 사람 집인가요?"

"글쎄, 지금까지 이 근처의 집들을 걸어서 들어가 본 적이 없어서."

이제야 좀 이해가 된다. 아는 사람이 살 수도 있다고 해놓고선 왜 지나가는 사람에게 대저택이 모인 곳을 물어보나 싶었다. 그동안 마차를 타고 다녔나 보다.

"물어보면 되겠지."

그는 입구에 자리한 문 앞으로 다가가 보초를 서고 있던 사람을 불렀다. 그 사람은 칸을 발견하더니 쏜살같이 달려왔다.

"여기는 누구의 저택……."

"어? 어쩐 일이십니까? 이틀 전 떠나신 걸로 알고 있었는데 다시 오신 겁니까?"

칸의 질문이 끝나기도 전에 보초 서던 사람이 반갑게 그를 맞이하며 물었다. 나는 애매한 상황이 이상했다.

이틀 전? 이틀 전이라면 그는 나와 함께 있었다. 그것도 온종일.

의문에 가득 찬 눈으로 그를 보니 당황한 기색이 역력했다. 얼굴을 덮은 천 사이로 드러난 나의 눈과 그의 눈이 말없이 서로를 바라보고 있었다. 얼마큼의 시간이 흘렀는지 가늠이 되지 않았다. 5초? 1분? 옆에서 뭐라 떠드는 보초의 말은 벌레들이 우는 소리처럼 윙윙대기만 할 뿐 들리지 않았다. 짧은 시간 동안 나는 머리를 최대한 회전시켰다.

이틀 전이라. 이틀 전이면 칸은 나와 온종일 있었는데 그가 어떻게 여기에 나타났단 말이야? 이 인간, 순간 이동도 하는 건가? 룩센에 마법을 다룰 줄 아는 사람이 있다던데 칸이 마법사인 거야?

아아, 아무리 생각해도 잘 모르겠다. 머리에서 쥐가 났다.

고민하던 나를 살피던 칸이 뭔가 말하려는 듯이 입술을 움직이려 할 때 손을 들어 저지시켰다.

조용! 머리 아프니 당신은 조용히 해!

소리를 내지 않아도 알아들었는지 말할 기회를 잃은 칸은 보초를 향해 물었다.

"내가 이틀 전에 여기를 떠났다고?"

냉기가 흐르는 말투에서는 '그 말에 책임져라.' 하는 뜻이 묻어났다.

"네? 아, 네네. 그, 그렇습니다."

보초는 그의 눈치를 봤다. 머뭇거리며 답을 했다.

"떠날 때 나의 얼굴을 봤는가?"

"네? 아, 아뇨. 떠나시는 마차만."

머리를 긁적이는 보초의 대답을 들은 그가 내게 이상한 일이 아니라는 듯 눈빛을 보냈다.

"그럼 얼굴을 직접 본 건 언제가 마지막이었나요?"

어딜 그냥 어물쩍 넘어가시려고 그러나.

떠나는 마차만 봤다는 보초의 대답으로 나의 의구심을 잠재우려는 칸의 행동이 나를 더 부채질했다.

"직접 뵌 건 석 달 전쯤? 하하! 어디 제가 자주 뵐 수 있는 분이신가요?"

아, 아깝다. 칸과 재회한 건 그보다 후의 일이니까. 마치 화장실에서 볼일 보고 그냥 나온 것처럼 찝찝한 이 기분은 뭐지. 자기가 승리한 것처럼 웃음을 짓는 칸과 나 사이에 팽팽한 기류가 흘렀다.

그는 무언가를 막아내려 애썼고, 반대로 나는 알아내려 애쓰고 있었다. 물론 겉으로는 그가 훨씬 더 여유 있어 보였다.

"칸, 당신은 석 달 전에 왔던 곳도 기억 못 해요?"

아무리 걸어서 들어간 적이 없는 저택이라고는 하나 기억 못 하는 게 말이 안 된다. 거기다 보초의 말투로 유추해보건대 칸은 이 곳에 자주 드나든 사람이 확실했다.

"자네는 그만 들어가게."

그는 보초를 돌려보내려 했다.

"들지 않으실 겁니까?"

이것 봐. 저 보초는 당신을 아주 잘 알고 있어.

"오늘은 그냥 갈 것이다."

보초가 사라지자 나는 의심의 눈초리를 거두지 않은 채 그를 봤다. 그가 나를 의식하며 내 눈길을 피했다.

"항상 마차만 타고 다닌 곳이라서 잘 모를 수도 있어."

"집이 보이잖아요. 집을 봤을 것 아니에요. 지금 저렇게 보이잖아요."

나는 창살 사이로 저 멀리 있는 저택을 가리켰다.

"이 근처의 집 모양은 거의 비슷해."

어라? 아닌데. 다르기 때문에 1년 전에 왔던 집이라 확신한 건데, 비슷하다는 그의 말을 이해할 수 없었다.

"물론 정원의 모양은 조금씩 달라. 하지만 잘 봐. 저택의 외부 구조는 거의 비슷하게 생겼잖아."

그랬다. 당시에는 저택 안이 아닌 밖에만 있다 보니 저택 모양은 신경도 안 쓰고 있었다. 그래서 저택보다는 정원의 구조에 더 익숙했다. 멀찌감치 보이는 다른 저택들의 형태를 보니 대부분 비슷하긴 했다.

"그럼 여기 누구 집인데요? 비슷한 모양 때문에 구분하기는 힘들더라도 석 달 전에 누구 집에 갔었는지는 알 거 아니에요?"

"친구 집이야, 친구."

1년 전에도 잠깐 빌린 집이라고 했던 기억이 났다. 친구 집이니 빌렸겠지.

"자주 왔나 봐요? 아까 저 사람, 당신이 꽤 익숙한 거 같던데?"

"보초 입장에서야 그럴 수도 있다. 난 익숙하지 않아."

좀 좋게 말해주면 안 되나. 그는 항상 자신이 높은 위치에 있는 사람인 것처럼 늘 당당하고 자신만만했다.

"당신은 가끔 재수 없을 때가 있어요. 1년 전에는 정말 사랑스러운 사람이었는데."

"경고야. 두 번 다시 1년 전과 지금의 나를 비교하지 마."

그가 내 목을 잡아채 얼굴을 가까이 댔다. 거친 파도가 일렁이는 눈동자가 진심임을 보여줬다. 왜 자꾸 비교하지 말라고 하는지 알고 싶었다. 과거의 자신에 대해 좋지 못한 기억이라도 있는 건가. 하지만 섣불리 물어볼 수 없어 다른 핑계를 댔다.

"아, 아쉬우니까 그러죠!"

놀란 내가 큰 소리를 지르자 얼굴을 더 바짝 끌어당겼다. 그의 표정이 금세 풀어진다.

"밤이고 낮이고 침대에선 내게 만족한다면서 아쉽기는."

쪽 소리가 나게 짧은 입맞춤을 하고는 내 목을 놔줬다. 아, 심플한 입맞춤에도 몸이 간질거려서 큰일이다.

그때였다. 휘파람 소리가 들렸다.

"여어! 애정행각은 둘이 있을 때만 하지그래?"

칸과 동시에 소리 나는 쪽을 바라봤다. 긴 검은 머리카락을 날리며 서 있는 남자는 샤이크였다. 우리는 창살을 사이에 두고 서로를 바라봤다.

며칠 전 봤던 모습과는 다르게 머리를 길게 늘어뜨리고, 짧은 바지와 간편해 보이는 상의를 입고 있었다. 등을 덮고 있는 까만 머리카락 때문인지 여관에서 봤을 때와 많이 달라 보였다. 하지만 여전히 그에게 제일 먼저 눈길이 가는 부분은 목을 감싼 문신이었다.

잠깐, 샤이크가 있는 곳은 조금 전 보초가 들어갔던 그 집인데? 칸이 친구 집이라 했던 그 집! 둘이 사이 안 좋다면서 친구 집이라니? 둘은 분명 사이가 좋지 않다고 칸이 내게 말하지 않았던가.

칸의 얼굴은 보초에게 이틀 전에 봤다는 말을 들었을 때보다 더 당황하고 있는 듯했다. 그의 그을린 얼굴이 흙빛이 되어가고 있었다.

그의 모습을 힐끗 보던 샤이크가 내게 윙크를 하며 인사했다.

"안녕, 신시아. 잘 지냈나? 그동안 보고 싶어 죽는 줄 알았어. 그 천 좀 벗어봐."

"네, 안녕하세요."

그의 '보고 싶어 죽는 줄 알았다'라는 말이 귀에 거슬려 인상이 찌푸려졌다. 천에 가려 보이지는 않았겠지만 마지못해 인사했다.

"카르카노, 네가 여기는 웬일이냐."

샤이크의 말에 다시 칸의 얼굴을 바라봤다. 흔들리는 눈망울이 나를 비추고 있었다. 그의 머릿속이 회전하고 있음이 보였다. 이것봐. 역시 이상해. 뭔가 숨기고 있어.

"우리 집, 구경하지 않을래?"

샤이크는 칸과 내 사이에 흐르는 기류를 아는지 모르는지 자신의 집을 구경할 것을 제안했다. 당장에라도 떠오르는 물음들을 알아내고 싶었지만 조금 전처럼 흥분했다간 또 어느새 능숙하게 빠져나갈 칸이 분명했다.

진정하자.

샤이크의 집을 구경하고 싶은 마음은 없었다. 단지 그 안에 들어갔을 때 칸이 어떻게 반응하는지 보고 싶었다.

"들어가서 구경해봐요, 칸."

나의 말에 그는 말없이 나를 응시하다가 떨떠름한 얼굴로 고개를 끄덕이고는 샤이크의 집으로 들어갔다.

그 집은 1년 전과 다름없이 그대로였다. 아니, 정확히 말하면 집이 아니라 정원. 집에 관한 기억은 거의 없었다. 칸과 내가 사랑을 나눴던 나무도 그 자리에 그대로 있었다.

칸은 내게 샤이크와 사이가 좋지 않다고 했다. 그리고 1년 전에는 잠깐 빌렸던 집이라고 했는데, 그렇다면 적어도 1년 전에는 둘 사이가 좋았던 건가? 그럼 석 달 전에 왔다는 건 또 뭐야? 사이가 나쁜 두 사람이 아무리 따로 만날 일이 있다고는 하나 집에서 보는 건 좀 아니지 않나?

무엇보다도 내 의심을 키운 건 칸을 본 샤이크의 반응이었다. 샤이크는 '웬일로'라고 했다. 그 말은 그동안 온 적이 없다는 것처럼 들리는데 구경이라는 것도 웃기지 않은가. 와봤던 집을 왜 구경하라고 하겠어.

아, 그건 나한테 하는 말이었나. 으아아악! 머리 복잡해 죽겠네.

입은 꾹 다물고 있었지만 머리는 김이 모락모락 피어오르며 타들어갔다.

칸과 샤이크 사이에 뭐가 있는지 너무 궁금했다. 더 정확하게 말하면, 샤이크보다는 칸에 관한 궁금증으로 폭발할 것만 같았다.

"시아는 다른 사람을 불러서 집 안을 구경시켜줬으면 하는데……. 샤이크, 넌 나와 할 이야기가 있지 않은가?"

"아, 난 신시아의 얼굴을 더 보고 싶은걸."

칸이 강렬하게 쏘아보자 샤이크가 고개를 끄덕였다.

"알았어. 뭐, 어쩔 수 없지."

샤이크는 시녀를 불러 나를 안내해주도록 명하고는 좀 이따 저녁을 함께 먹자고 했다. 알았다고 하자 그와 칸은 방으로 들어갔다.

나를 '신시아'라고 부르는 샤이크의 목소리에서 1년 전의 칸을 떠올렸다가 이내 고개를 저었다. 험악한 얼굴로 그때와 지금의 자신을 비교하지 말라던 칸의 말이 생각나서였다. 아무리 자신이라고 해도 다시는 돌아갈 수 없는 모습인가 보다.

시녀의 뒤를 따르며 밖에서 봤던 것보다 훨씬 큰 샤이크의 저택을 안내받았다. 수없이 많은 방들, 길이를 가늠할 수 없는 복도. 이건 구경이 아니라 탐험에 가까웠다.

샤이크의 저택을 구경하는 동안 칸과 샤이크, 두 사람이 무슨 이야기를 나눌지 궁금해서 참을 수가 없었다. 구경이고 뭐고 딱히 뭐라 정의할 수 없는 이 물음들을 빨리 풀고 싶었다.

시녀에게 그만 돌아가자며 발길을 돌려 그들이 들어간 방으로 향했다. 방까지 안내한 시녀에게는 볼일 보라고 보냈다. 머뭇거리면서도 곁에 있어야 한다고 고집 피우는 그녀의 등을 억지로 떠밀어 보내고 혼자가 되었다.

문 앞에 서서 열고 들어갈까 말까 고민하다가 내가 들어가면 어차피 그들의 대화는 끊어질 테니 귀를 대고 듣기로 결정했다. 과연 들릴까 싶지만, 작은 정보라도 얻고 싶었다.

　살며시 문에 귀를 밀착했다. 두 사람의 대화 소리가 들리기는 하는데 무슨 말을 하는지 알아듣기는 힘들었다.

　"그럼 그녀에게 다 말하고 스스로 결정하게 해!"

　샤이크의 목소리였다.

　오랜 시간 본 건 아니지만 감정의 변화가 거의 없는 사람처럼 보였는데 저렇게 큰 소리를 낼 정도면 화가 났다는 걸까. 그나저나 샤이크가 말하는 그녀가 혹시 나?

　"너는 룩센의 림이 부재중인 상태로 있어도 괜찮다는 건가?"

　또다시 샤이크의 목소리였다. 그의 말에 이어 칸이 뭐라 대답하는 듯했지만 역시 들리지 않았다. 화가 난 건 샤이크 쪽이고 칸은 차분했다.

　아, 궁금해 돌아가시겠네.

　근데 림이 부재중이라니? 이건 또 무슨 소리야. 저번에 칸에게 림의 이야기를 잠깐 꺼냈을 때 그는 별다른 말이 없었다. 하지만 지금 샤이크의 말을 들으니 칸은 림이 부재중임을 알고 있는 것 같았다. 그건 곧 칸이 림과 관계된 사람이라는 뜻.

　더 이상 참지 못하고 문을 확 열었다. 놀라서 커진 눈으로 두 사람이 나를 동시에 바라봤다.

　"미안해요. 저택 구경이 다 끝나서 기다리다가 우연히 들었어요."

　"이렇게 커다란 집 구경을 벌써 다 끝냈다고? 신시아, 거짓말하지 마."

　어느새 평소의 모습으로 돌아온 샤이크가 웃으며 말했다.

"아무튼 그건 중요하지 않아요. 림이 부재중이라니 무슨 말인가요, 칸?"

눈길을 주자 그가 잠깐 눈을 감았다가 떴다. 당신 도대체 내게 뭘 숨기고 있는 거지. 칸의 사정상 림의 이야기를 내게 안 했을 수도 있었다. 신관이 부재중이라는데 아무한테나 말할 수는 없었겠지.

하지만 내가 궁금한 건 칸의 정체가 무엇이냐는 것이다. 분명 림의 부재는 룩센이란 나라에 큰일이었다. 아마도 이것은 쉬쉬하며 비밀에 부쳐져 있을 테고, 나라에서 림을 은밀히 찾고 있겠지. 그렇다면 칸이 림의 부재를 알고 있다는 것은 룩센의 일에 연관된 사람이라는 것.

"칸, 저번에 림에 대해 물었을 때 현재 부재중이라고 말해주지 않았잖아요."

"내가 너에게 그런 것까지 말할 이유가 있나?"

"당연히 있죠! 나는 림을 만나기 위해 돈을 벌고 있는데, 그가 부재중이면 지금 내가 하는 일은 뭐가 되냐고요!"

샤이크가 다가와 호기심이 가득한 눈을 했다.

"림을 만나기 위해 돈을 벌고 있다고? 하하하하하하하하하!"

갑자기 큰 소리로 웃기 시작하는 샤이크. 끝없이 이어지는 웃음에 배가 아픈지 배를 잡으며 눈물까지 흘렸다.

"아! 카르카노, 어쩌냐? 나 좀 더 지켜보고 싶었는데 이제는 너무 말하고 싶어서 입이 근질거려."

"시끄러워."

칸의 목소리가 차갑게 가라앉아 있었다.

"샤이크! 뭔데 그래요? 말해요. 말해줘요."

샤이크의 말을 가로막은 칸은 내가 물어봐도 대답해주지 않을 것이다. 성큼성큼 긴 다리로 걸어서 다가온 칸이 내 팔목을 잡고 '가자!' 하며 나가려 했다. 몸에 힘을 주며 안 간다고 버텼다.

"카르카노, 신시아도 알아야 할 권리가 있다."

깔깔깔 웃으며 장난스럽게 말하던 샤이크는 어디로 가고 가라앉은 목소리로 칸을 막았다. 샤이크의 다른 모습에 좀 놀라긴 했지만, 지금은 그게 문제가 아니었다. 내가 알아야 할 것이 뭘까.

"말해도 내가 해. 너는 입 닥쳐!"

곧 옆구리에 차고 있는 칼을 뽑아 들 기세로 칸이 그를 노려봤다. 두 사람이 시선이 허공에서 부딪치며 강렬한 불꽃이 튀었다.

"샤이크, 잠깐 자리 좀 비켜줄래요? 칸과 둘이서 얘기를 해야겠어요."

"밖에 있을 테니 혹시 내가 필요하면 불러. 지금의 기세라면 저녀석, 너라도 벨 것 같다."

말을 마친 샤이크는 밖으로 나갔다.

"자, 이제 말해봐요, 칸. 솔직히 난 당신에게 무엇을 물어야 할지도 모르겠어요. 뭔가 복잡하게 뒤엉켜서 내가 모르는 게 많은 것 같은데, 그게 뭔지 감이 안 잡혀요."

"흠."

긴 한숨을 쉬던 그가 말하려고 입을 떼었다가 다시 닫았다. 뭔데 저렇게 뜸을 들일까.

"나는, 룩셴의 일을 하는 사람으로서 림을 찾는 중이었어. 이 일은 룩셴의 안전이 달린 극비라 조용하게 처리하고 있었고. 그것뿐이야."

"그런 중요한 일을 하는 도중에 나를 만나 시간 낭비를 하고 있었어요? 그리고 그렇게 중요한 일을 도둑인 샤이크는 어떻게 알고 있어요? 지금 그게 전부가 아니잖아요!"

"그래, 그게 전부가 아니다. 하지만 당장은 말할 수 없는 문제야. 나중에 때가 되면 다 말할게. 기다려줘."

칸과의 대화는 항상 그가 승자였다. 하지만 지금은 내가 우위에 있었다. 그럼에도 불구하고 묘하게 기분이 나빠지려고 했다.

"샤이크!"

큰 소리로 부르자 샤이크가 기다렸다는 듯이 급하게 문을 열고 들어왔다. 정말 칸이 내게 칼을 휘두를 것으로 생각했던 걸까. 하긴 며칠 전에 그랬던 적이 있었지.

"아까 내가 선택해야 한다는 것, 무슨 말이죠?"

내 질문에 샤이크와 칸, 둘 모두가 당황했지만 이내 샤이크의 얼굴에 미소가 지어졌다.

"아, 내가 림이 있는 장소를 알거든. 그래서 칸에게 알려주기로 했지."

부재중인 림이 있는 곳을 알려주는 거랑 두 사람이 나누던 대화가 매치되지 않았다.

"그런데요?"

"나도 그 중요한 정보를 그냥 가르쳐줄 수는 없잖아? 그래서 조건을 걸었는데 칸이 싫다고 거절하더군."

"그게 뭔데요?"

"칸에게 림이 있는 곳을 알려주는 대신 너를 여기에 남겨두고 가라고 했어. 굉장히 멀어서 여자가 여행하기엔 험한 길이니까."

"그곳에 가고 안 가고는 내가 결정할 일이잖아요."

"물론. 하지만 내가 말하는 너의 선택은 다른 의미였어."

"다른 의미?"

이해가 되지 않아 되묻는 나를 보던 칸이 조용히 말했다.

"그만해, 샤이크. 시아, 가자."

조용하지만 단호했다. 목소리에 분노가 서려 있었으나 어딘지 모르게 그가 힘들어 보였다. 나의 손을 잡고 빠르게 밖으로 나가는 그의 걸음에 맞추느라 달리는 것처럼 따라갔다.

"둘이 잘 상의해봐!"

등 뒤에서 외치는 샤이크에게 미처 인사할 틈도 없이 칸을 쫓았다.

"칸!"

말없이 빠른 걸음으로 저택의 입구를 빠져나온 그를 불러 세웠다.

"칸, 칸! 너무 빨라서 힘들어요."

내 말에 잠시 나를 보던 그가 걸음을 늦춘다.

"미안. 미처 몰랐네."

"칸."

"응?"

"샤이크가 말한 다른 의미란 게 무슨 뜻이죠?"

걸음을 멈춘 그가 나를 마주 보며 섰다. 다시 떠올리는 것만으로도 불쾌하다는 표정이었다.

"샤이크가 너는 무조건 이곳에 남아야 한다, 그리고 나는 림을 찾아가야 한다고 했어."

"나도 림을 만나고 싶어요, 만나야 해요. 물론 당신 덕분에 편법을 쓰는 거지만."

어느 세월에 돈을 모아서 림과 독대할까 했는데. 칸이 의도하지 않았을지라도 내게 정말 많은 도움을 주고 있었다. 새삼 고마웠다.

"넌 내가 림을 데려온 다음에 만나도 돼."

"음. 그래요. 그런데요?"

"샤이크 그 녀석이 널 옆에 데리고 있겠다는 이유가 뭔지 몰라서 그래?"

갑자기 언성을 높이는 칸. 내가 그 인간의 마음을 어떻게 알겠는가.

"네, 몰라요."

"아! 제기랄!"

그가 자신의 머리카락을 비비며 헝클어뜨렸다.

"너에게 다른 마음이 있어. 너를 곁에 두면서 자신의 여자로 만들겠다는 말이라고! 거기에 대한 선택을 네가 결정할 수 있도록 하라는 거지!"

칸은 샤이크가 한 제안의 의미에 대해 이야기를 하며 화를 내고 있었다.

그게 뭐 어때서?

내가 선택하면 되는 문제라는 생각이 드는데 이 남자는 왜 이렇게 흥분하는지 모르겠다.

"왜 화를 내죠? 당신은 림을 찾으러 가면 되는 것이고, 나는 샤이크의 곁에 남아 선택을 하면 되는 문제 아닌가요?"

칸이 내 어깨를 세게 잡았다. 아까보다 더 화가 난 듯 눈매가 가늘어졌고, 한쪽 입 끝이 올라가 비웃는 듯이 보였다. 굳게 다물어진 그의 입술은 침묵을 뜻하지 않았다. 무슨 소리가 나올지 몰라 최대한 참는 중이었다.

아, 진짜 많이 화났구나.

그는 화가 나면 오히려 더 조용해진다는 것쯤은 이제 다 파악하고 있었다. 하지만 이 상황이 우스운 것은 오히려 내 쪽이 아닌가.

"뭐가 문제죠? 내가 당신의 여자도 아니잖아요. 저번에 당신이 그랬잖아. 날 좋아하지 않는다고. 다만 육체적으로 끌리는 것뿐이라구요. 그런데 이제 와서 왜? 사이가 나쁜 샤이크에게는 나 같은 거라도 주기 싫어서?"

그의 눈빛이 사납게 변해가고 있다는 것을 봤다. 하지만 하고 싶은 말을 다 했다. 아니, 다 하지 못했다.

그가 내 입술을 덮쳐와 먹어버릴 듯이 탐했다. 그것도 잠시, 그의 키스는 점점 부드럽게 변했다. 두텁긴 하지만 매끄러운 혀가 입 안을 수영하는 것처럼 돌아다니다 가끔 치아를 훑거나 내 혀와 엉키기도 했다. 타액과 혀가 넘나들며 질척이는 소리가 들렸다. 달콤한 숨소리가 전신을 자극하고, 뜨거움에 녹아내릴 것 같았다. 칸과의 키스만으로 다리의 힘이 풀렸다. 그새 적응돼버린 것인지 내 몸은 그를 갈구하고 있었다.

한참 동안 이어진 키스에 숨 쉬기가 힘들어 내가 먼저 놔달라는 신호를 보냈다. 아쉬운 듯 입술을 뗀 그가 나의 눈에 가볍게 입맞춤을 한 뒤 나를 껴안았다.

"칸, 당신은 나를 샤이크의 곁에 두기 싫은 거죠?"

가쁜 숨을 내쉬며 그의 귓가에 속삭였다. 크게 내쉬는 숨 때문에 그의 가슴이 들썩였다.

내 목덜미에 얼굴을 묻은 칸이 비비적거리며 짧게, 짧게 입을 맞췄다.

"싫어."

"왜 싫어요?"

"몰라. 싫다."

"내가 그의 곁에 있는 게 싫은 건가요, 아님 그의 여자가 될까 봐 싫은 건가요."

"둘 다 싫어."

"잘 생각해봐요. 왜 싫은지……."

그에게서 몸을 약간 떨어뜨리고 그의 얼굴을 양손으로 감싸며 눈동자를 마주쳤다. 빛나는 황금색의 눈동자. 벌꿀색 같기도 하고 호박색을 띠기도 했다. 거기다 일몰에나 볼 수 있는 노을 같은 붉은 기운이 감돌고 있었다. 가만히 내려다보는 그 눈동자가 나를 비췄다.

"내 것이고 싶으니까. 오로지 나만의 것이었으면 좋겠으니까."

고개를 돌리며 답하는 그, 볼을 감싼 손으로 다시 나를 보게끔 방향을 틀었다.

"왜요? 나를 좋아하지도 않는다면서요?"

"……."

"잠자리 상대로는 꽤 괜찮아서?"

"그렇게 말하지 마."

그의 눈빛이 강하게 부정하고 있었다.

"그럼 왜 그러는 건데요. 솔직하게 말해줘요, 칸."

"처음부터 그랬어."

"뭐가?"

"처음부터 내 것으로 만들고 싶었어."

"날 처음 봤을 때요?"

"응. 네가 칸이라고 부른 순간부터."

"아……. 우리 할 얘기가 많을 것 같네요. 어서 가요."

그의 손을 잡고 근처의 카투스로 갔다. 가는 동안 우리의 대화는 끊어져 있었다. 사실은 내가 할 수가 없었다.

가슴이 멋대로 뛰며 머리를 어지럽혔다. 그가 내게 가진 감정이 어떤 건지 대충 짐작이 되면서, 과연 나 또한 그에게 가진 감정은 어떤 것인지 궁금해졌다. 정리된 거라 생각했는데 그게 아니었나 보다.

테이블을 사이에 두고 마주 앉은 우리는 여전히 아무런 말 없이 아래쪽만 응시했다.

쪼르르.

차 따르는 소리가 정적을 깨며 맑고 고운 자태를 드러냈다. 붉은색의 투명한 차가 담긴 찻잔을 그의 앞으로 밀며 내 찻잔도 채워갔다.

"처음부터 내가 갖고 싶었다면서 왜 그렇게 냉랭했어요? 죽이려고까지 했잖아요. 물론 당신이 그럴 생각이 없다는 건 알았지만."

"혼란스러웠어. 예전에도 말했지만 나를 칸이라 부른 사람은 한 명뿐이었지."

"그 사람이 누군지 물어봐도 되나요?"

"내가 처음으로 사랑했던 여자. 아니, 당시엔 소녀였다고 칭해야겠군."

잠시 추억에라도 빠지는지 그의 눈동자에 그리움이 담겼다. 기분이 그다지 좋지 않았다.

"단순히 그 소녀가 불러준 이름으로 내가 불러서?"

"아마도 처음엔 그랬다는 게 맞을걸."

1년 전의 일이긴 하지만 칸이라는 이름은 그가 직접 내게 알려줬다. 그때 내게 첫눈에 반했다고 고백하며 다가왔는데, 이건 또 무슨 말인지 모르겠다. 이번엔 자신이 알려준 이름을 내가 불러줬기 때문에 마음이 움직였다니.

갑자기 등장한 그 소녀는 누굴까. 첫사랑? 남자들은 마음에 방이 많아서 지나간 여자도 담아둔다던데, 이름 하나에 마음이 움직였다니 칸도 그 첫사랑을 담아두고 있었던 모양이었다. 첫사랑 소녀에게만 허락했던 이름을 모르는 여자가 부르며 나타나 알은척을 했을 때 많이 당황했겠구나 싶었다.

어찌 됐거나 그러면 1년 전에도 칸은 그 소녀를 알고 있었다는 게 맞다. 소녀에게만 허락했던 자신의 이름을 내게 직접 알려줬다는 건.

뭐야, 내가 그녀를 닮기라도 했다는 거야? 그래서 첫눈에 반했다고 한 건가?

하지만 지금의 칸은 그녀와 내가 닮았다는 이야기는 전혀 하지 않았다. 오로지 이름에서 시작된 사이일 뿐이었다.

아, 복잡해. 왜 칸은 기억을 잃어버려서 일을 이렇게 복잡하게 만들었나.

"하음, 이상하네요. 1년 전 첫눈에 반했다며 당신이 직접 내게 칸이라는 이름을 알려줬는데."

"그때 이야기는 안 하고 싶어. 기억에도 없는 시간보다는 지금 함께 있는 이 순간이 더 중요하지 않을까."

눈을 내리깔고 찻잔을 입에 대는 그의 모습은 언제 봐도 멋있었다. 나풀거리며 굵게 웨이브 진, 흰색에 가까운 밝은 금발과 황금색 눈동자는 구릿빛 피부를 더욱 관능적이게 보이도록 만들었다.

옷 사이로 보이는 근육은 또 어떠한가. 과하지도 않고 모자라지도 않아서 남성미를 뽐내고 있고, 테이블에 가려 보이지는 않지만 길게 뻗은 다리도 예술이지.

"무슨 생각 해?"

"당신이 말하고자 하는 결론이 뭘까 하는 생각요."

머릿속에서 떠오르는 것들과는 다른 대답을 했다. 하지만 그의 결론도 중요했다.

"내가 말하고자 하는 것? 변한 건 없어. 시아 네가 내 것이길 바라는 거. 내 여자였으면 좋겠다는 거지."

"날 좋아해요?"

"그건 잘 모르겠다. 하지만 갖고 싶어. 욕심이 난다, 네가. 침대 위에서 아무리 가져도 내 것이 아닌 것 같아."

1년 전의 칸도 나를 탐냈다. 떠나야 한다는 내 말에 그때는 아쉬워하면서도 수긍했다. 하지만 지금의 그는 그때보다 간절했다.

"당연하죠. 여자는 몸이 아닌 마음을 가져야 진정한 사이가 되니까."

다만 그는 인정하려 들지 않고 있었다. 갖고 싶다는 것이 좋아하는 마음과 조금 다르지만 결국 좋으니까 갖고 싶은 마음도 든다고 본다. 그러나 칸은 그런 자신의 마음을 스스로 거부하고 있었다.

왜 그럴까. 그 소녀를 잊지 못해서 그러나.

하지만 그의 마음에 대해 뭐라 말할 입장은 못 된다. 나도 내 마음을 확신할 수 없는 상황이기 때문이었다. 그가 날 좋아해준다면 아주 기분 좋은 일이라고 자신 있게 외치겠지만, 내가 그를 좋아하느냐에 대한 질문에는…… 역시 답하기 어려웠다.

"1년 전에는 너의 마음을 가졌던 건가? 그 순간만큼은 사랑했다면서."

"1년 전 이야기 꺼내지 말자면서요."

"아, 그랬지."

씁쓸한 미소가 입가에 설핏 보이자 그가 했던 말이 떠올랐다.

'그때처럼 내가 널 사랑한다면, 너도 날 사랑해주겠어?'

그와 재회 후 처음 관계를 맺던 날 내게 물었다. 칸은 내게 사랑을 바라면서도 정작 자신은 날 사랑하는 것을 거부하고 있었다.

아, 이 기분은 뭐지? 이제는 내가 다 씁쓸해지네. 왠지 실연당한 기분이라고나 할까.

그 말이 그 말인 듯하지만 갖고 싶다는 말과 좋아한다는 말, 사랑한다는 말은 엄연히 차이가 있기 마련이었다. 갖고 싶은 것과 좋아하는 것은 어느 정도 일치한다고 볼 수 있으나 사랑한다는 것은 그 깊이가 확연히 다르게 다가왔다.

좀 전부터 기분이 계속 별로다. 아마 유쾌하지 못한 이 기분은 칸의 입에서 '소녀'라는 단어가 나왔을 때부터인 듯싶다.

현재 그가 내게 가진 욕망은 그 소녀가 부른 '칸'이라는 이름에서 비롯되었다. 칸의 첫사랑. 1년 전 그에게 내 어딘가가 소녀를 떠오르게 했을지도 모른다. 지금도 역시 내게서 그 소녀를 발견한다는 생각에 씁쓸함을 넘어 마음 한구석이 시큰해졌다.

어쩌면 그가 갖고 싶은 건 나 신시아가 아니라 내게서 보이는 그 소녀일 테지. 내게도 첫사랑이 있고 첫 남자가 있는데 막연하게 그에게는 없을 거라 믿은 것은 대체 어디서 나온 자신감이었나.

그가 그동안 많은 여자들과 잠자리를 했을 거라고 생각했을 때만 해도 이런 감정이 아니었다. 하지만 그에게 소녀의 존재는 누구도 들어갈 수 없는 자리처럼 느껴졌다. 아무래도 생각하는 것보다 그가 훨씬 더 좋은가 보다.

아, 밀리는 기분 싫은데. 여자의 마음을 가지는 것이 진정한 소유라 말했던 내가 그의 마음을 갖고 싶기라도 한 것일까.

고개를 세차게 저었다. 안 된다. 그와는 그저 즐기는 사이여야 했다. 돌아갈 곳이 있고, 꼭 돌아가야 했다. 룩센이란 곳에 내 흔적을 두고 갈 수는 없다. 해서 누구도 나를 담아서는 안 되는 게 맞다. 그리고 룩센의 어떤 것도 마음에 담으면 안 된다. 이러면서도 칸의 마음에 나를 두고 싶은 아이러니라니.

"왜 그래?"

혼자 생각하다가 고개를 젓는 내가 이상하게 보였는지 그가 물었다. 그의 눈동자를 보며 일어나는 갈등을 잠재우느라 애를 먹었다. 따지고 보면 그나 나나 서로를 원하면서도 멀리하고 있는 중이었다. 상대의 마음을 원하면서도 정작 내 마음을 주기 싫은 이기심? 두려움?

칸과 다시 만난 순간부터 머리와 마음이 엉켜 들어 복잡했다. 절로 작게 한숨이 나왔다. 이 부분에 대해서는 나중에 생각하자.

지금 당장 중요한 것은 샤이크의 제안을 어떻게 할 것이냐니까.

"아무것도 아니에요. 그냥 머리가 좀. 그나저나 칸, 우리 이렇게 하는 건 어떨까요?"

"뭘 어떻게?"

"당신은 림을 찾아가도록 해요. 난 샤이크에 곁에 있을게요."

"그건 싫다고 말했을 텐데?"

서늘한 눈빛이 살을 파고들 듯 강하게 쏘아졌다. 지금까지 그렇게 싫다는 자신의 마음을 표현했음에도 이런 제안을 하는 내게 기분이 상한 듯했다.

"시간이 더 걸리더라도 내가 직접 림을 찾는 쪽을 택하겠어. 널 샤이크 녀석에게는 못 보내."

"약속할게요. 절대 샤이크의 여자가 되지 않을 테니 당신은 림을 찾는 일에 집중해요."

그의 입술이 굳게 닫히며 일자로 그어졌다. 나를 믿어야 하나 말아야 하나 고민하는 것 같았다.

내가 샤이크에게 넘어갈 그런 쉬운 여자로 보였나. 하긴 칸의 입장에서는 만나고 이튿날 바로 침대로 직행했으니 그럴 만도 하겠다. 그래, 차라리 서로 쉬운 사이가 되면 그를 보는 게 한결 편하겠다. 그리고 한시라도 빨리 림을 만나서 돌아갈 방법을 물어봐야 했다.

"잘은 모르겠지만, 꽤 긴 시간 동안 그가 부재중인 것 같은데 더이상 지체하면 안 되잖아요? 룩센이 걸린 문제인데. 그리고 나 또한 림을 빠른 시간 안에 만나야 하는 입장이에요. 그러니까 우리, 거래해요."

그가 '거래?' 하며 한쪽 눈썹을 치켜떴다.

"나는 하루라도 빨리 림을 만나기를 원해요. 당신도 그를 찾아야 하고요. 그렇다면 가장 좋은 방법은 림의 행방을 아는 샤이크에게 물어보는 것뿐이잖아요. 당신이 림과 함께 돌아왔을 때 내가 샤이크의 여자가 되어 있다면 나는 림과 만나지 않겠어요. 아니, 당신이 만나지 못하게 하는 게 좋겠어요."

그는 나의 제안에 아무 말도 하지 않고 찻잔을 들어 입에 댔다. 마음에 들지 않는다는 기색이 얼굴에 역력했다.

분명 내 제안을 받아들이겠지만 얼마의 시간 동안 번민을 할 것이다. 내가 샤이크의 곁에 있는 것조차도 싫다고 했으니까.

"좋아."

생각보다 많이 급한 상황인 것 같았다. 칸이 예상보다 빨리 결정을 내렸다. 나를 믿는 것인지, 아니면 그만큼 림을 찾는 게 다급한 일인지 알 수는 없지만 왠지 모르게 김이 샜다. 나를 두고 그가 더 많은 갈등을 하길 바랐는데.

"대신 사흘 뒤에 샤이크에게 보낼 거야."

응? 당장이라도 그를 찾아가서 림이 있는 곳을 알아내야지 왜 또 사흘 뒤라는 건지. 그 궁금증은 곧 풀렸다.

그는 문밖에 있는 페론을 불러 일을 지시했다. 샤이크에게 사흘 뒤에 간다고 전하라는 명령. 페론을 보내고 긴 다리로 성큼성큼 걸어오는 그의 눈빛을 보자 어떤 행동을 취하려는지 알겠다.

"사흘 동안 절대, 이 방 밖으로 못 나갈 줄 알아."

나는 칸의 말에 살며시 미소 지었다.

칸의 눈동자에 뜨거운 열망이 담겨 용광로처럼 끓어올랐다. 그의 얼굴이 다가와 입술을 마주 댔다.

그가 사흘 동안 나가지 않고 무엇을 할지 기대하고 말았다. 마음에서 일어나는 여러 감정들 때문에 복잡할 때는 서로에게 몰두하는 이 방법도 좋으리라. 이것 하나는 확실하다. 그에 대한 내 마음은 예전 같지 않다는 것.

칸의 목을 감싸며 진한 키스에 응했다. 그의 혀가 잠시 빠져나간 틈을 타서 내 혀를 그의 입안으로 깊숙이 밀어 넣었다.

놀란 듯 눈웃음을 지으며 나의 침입에 부드러운 대응을 해주던 그가 거칠게 바뀌었다. 감겼다 풀렸다, 혀뿌리를 뽑을 것처럼 세차게 빨았다가 놓아줬다. 조금 아프기도 했지만 발끝에서 올라오는 야릇한 쾌감에 달뜬 신음이 흘렀다.

순간 그가 한쪽 가슴을 세게 움켜쥐었고, 몸을 지탱하기 힘들어진 나는 그의 목에 팔을 두르며 매달렸다. 칸에 의해 입술이 뭉개지고, 가슴이 뭉개졌다. 그의 머리가 아래로 내려가 옷 위로 가슴을 덥석 물자 다리가 휘청였다.

어찌해야 할지 몰라 바르르 떨고 있을 때 그대로 나를 안아 들더니 침대에 뉘였다. 등에 닿는 푹신한 자극에 허리를 비틀며 그의 목을 더 힘껏 끌어안고 키스를 멈추지 않았다. 호흡곤란이 오는 듯해서 입술을 뗐다. 그가 귀에 뜨거운 숨결을 불어넣었다. 작게 이는 바람에 몸의 세포들이 하나씩 세워지는 것 같아 갸르릉 앓는 소리를 냈다. 귀 안으로 말아 들어오는 혀의 놀림에 나도 모르게 엉덩이가 저절로 들썩였다.

노련한 그의 입술이 목에 야릇한 키스를 퍼붓는 바람에 벌써부터 정신을 차리기가 힘들었다. 진즉 옷 속으로 들어온 손은 가슴을 마음껏 유희했고, 다른 한 손으로는 능숙하게 제 몸에 걸쳐진 옷을 벗었다.

실오라기 하나 걸치지 않은 완벽한 나신이 눈에 들어오자 감탄사가 절로 나왔다. 매끈하고 탄탄한 칸의 몸을 만져보고 싶은 생각이 들어 허벅지를 살짝 쓸었다. 손끝에서 느껴지는 근육에 나도 모르게 움츠러들었지만 허벅지를 따라 그의 엉덩이 근처를 맴돌았다.

군더더기 하나 없는 아랫배를 지나 선명한 복근을 마치 현악기 연주하듯 쓸어 올리자 그의 입에서 '흠.' 하는 신음이 새어 나왔다.

씩 웃고는 그의 가슴을 매만졌다. 고르고 판판해서인지 그의 가슴에 눌리는 내 가슴은 언제나 그것을 환영했다. 목에 보이는 울대뼈에 문득 키스하고 싶어졌다. 고개를 들어 살짝 혀로 빨았다. 키스가 목적이었지만 막상 입을 대니 마음이 바뀌었다. 한 번 더 세게 혀를 놀리자 울대뼈가 출렁였다.

귓가를 어지럽히는 그의 신음 소리가 내 머리마저도 어지럽혔다. 입에서 잔잔하게 흘러나오던 신음이 갑자기 빨라져 그에게 매달리며 헐떡였다. 몸에서 열기가 치솟아 오르고 호흡이 뜨거워졌다.

"오늘 왜 이렇게 흥분한 거야."

그가 내 옷을 벗기며 말했다.

"너를 어쩌지?"

알몸이 된 나를 흐린 눈동자로 물끄러미 바라보며 중얼거리던 그가 가슴을 향해 돌진해 세차게 빨아대더니 혀를 굴리며 작은 갈색의 돌기를 세웠다. 손가락이 다리 사이의 은밀한 틈을 문지르다 안으로 쑥 들어왔다. 긴장한 내벽이 갑작스러운 침입에 바짝 긴장하며 조였지만 만족되지 않았다.

더 강한 걸 원했다. 더 깊은 곳으로, 더 세게.

"아아. 칸, 들어와요."

"지금?"

내 가슴을 장난감처럼 혀로 가지고 놀던 그가 왜 그러냐는 듯 고개를 들었다.

"응. 지금, 빨리."

당장에 그를 느끼고 싶었다. 서로를 향한 마음이 어떤 건지 생각하고 싶지 않다. 복잡한 건 싫어. 그냥 그와 함께 쾌락을 즐기면 그뿐.

"괜찮겠어?"

"괜찮으니까 빨리요."

망설이는 그를 위해 무릎을 세우고 다리를 벌렸다. 그는 더 이상 참을 수 없었는지 얼굴 옆으로 팔을 세워 나를 가둔 뒤 내 안으로 자신의 것을 밀어 넣었다.

"앗!"

"흐읏!"

외마디 비명에 그가 멈칫했다. 아프다기보다는 충분히 젖지 않은 상태라 그의 것과 마찰을 일으키는지 살이 약간 쓸리는 느낌이 들었다.

그는 완전하게 내 안으로 들어오지 않고 2분의 1 정도만 걸친 채 들고 나기를 반복했다. 그 행동에 몸이 반응하며 많은 물을 쏟아낸 모양인지 처음 쓸리던 느낌은 어느새 사라지고 짜릿한 전기가 흐르는 느낌에 허리가 비틀어졌다.

"아앙. 칸, 더 깊이……."

나의 요구에 잠시 뒤로 빠진 그가 내 엉덩이를 잡더니 힘껏 세게 밀어 넣었다. 너무나 깊이 들어와 있었다. 퍽! 소리가 났다.

"아아아앗!"

그가 이럴 때마다 참을 수 없는 쾌감에 나도 모르게 비명이 나오곤 했다. 그걸 잘 아는 그는 몇 번 더 비명을 지르게 만들고는 빠르게 허리를 움직였다. 점점 힘들어져서 손을 올려 그의 어깨를 잡았다.

"아아. 칸, 칸."

끊임없이 그의 이름을 부르는 비음 섞인 교성이 흘러나왔다.

"넌, 내 거야, 시아. 아무에게도 주지 않아."

빠른 질척거림에 많이 흥분했을 텐데 말을 잘도 이어 나갔다. 관계하는 도중 그가 나를 자신의 것이라고 말한 건 처음이었다.

"시아, 넌 내 거다. 오로지 나만의 것! 크윽!"

질주하던 그의 움직임이 급브레이크를 밟는 순간, 그의 어깨를 잡고 있던 나는 단단한 살에 손톱을 박으며 몸을 파르르 떨었다.

그러나 그걸로 끝이라 생각했던 건 오산이었다. 그는 자신의 것을 내 안에 그대로 둔 채 늘어진 나를 일으켜 세워 허벅지 위에 앉혔다.

"칸?"

이름을 부르는 내 입에 키스하며 그가 엉덩이를 들썩이자 그의 것이 몸에 일직선으로 깊게 꽂혔다. 배 속을 관통해 머리끝까지 도달하는 기분이었다.

거친 마찰에 팔다리가 마음대로 춤을 췄다. 그의 목을 끌어안고 얼굴을 묻었다. 이대로 시간이 영원했으면 좋겠다.

샤이크에게 가기 전날 밤. 내일이면 약속된 시간이었다.

따뜻한 물이 가득한 욕조 안에 누운 그의 몸 위로 나는 엎드려 있었다. 이미 몇 차례의 절정을 경험해 손가락 하나 움직일 힘도 없자 그는 직접 나를 안아 들고 욕조로 들어가 자신의 몸 위에 눕히며 내 몸을 만지작거렸다. 물에 해초처럼 떠 있는 긴 머리카락이 그의 움직임에 따라 작게 휩쓸렸다.

정수리부터 허벅지까지 피아노를 치는 것처럼 부드럽게 튕기는 그의 손가락이 닿는 곳마다 찌릿거려 몸이 작게 움찔움찔거렸다. 포근한 온기에 몸이 노곤해져 피로가 풀리는 듯했고, 소중한 것을 다루는 것 같은 그의 손길에 마음에 걸린 빗장도 풀렸다.

지난 사흘 동안 그는 나를 그렇게 대했다. 한없이 탐하면서도 한없이 아끼는 그의 진심이 보였다. 1년 전의 칸에게는 이런 감정이 아니었다. 변화를 분명하게 느꼈다. 이번엔 왜 이렇게 됐지. 왜 이렇게 이 사람에 대한 감정이 특별해졌지.

"하아."

나도 모르게 한숨이 나오자 그가 고개를 숙여 나를 봤다.

"내일인가?"

"……네. 걱정돼요?"

"걱정이 안 된다고 말하면 거짓말이겠지."

그가 손에 물을 담아 물 위로 드러난 나의 등에 살며시 흘러내리게 했다. 물 밖에 있어 식었던 피부에 따뜻한 기운이 등줄기를 따라 퍼진다.

"날 믿지 못하겠어요?"

"솔직히 말해줬으면 좋겠나?"

"응."

"림을 만나야 하는 그 절실함을 믿어. 그러니 약속도 지키겠지."

그거라도 믿어주는 것이 어디인가. 사흘 만에 그의 마음이 온전히 나를 향하리라 기대한 것은 잘못이었나 보다.

턱을 들어 칸의 가슴에 세웠다가 그의 얼굴을 자세히 보고 싶은 마음에 몸을 위쪽으로 끌어당겨 눈을 맞췄다. 물 때문에 서로의 맨살이 미끈거리며 부딪자 아랫배가 간질거려왔고, 욕조에 드러누운 순간부터 반응을 보이던 그의 것은 다시 빳빳하게 설 준비를 하고 있었다.

몸을 좀 더 일으켜 세워 팔꿈치로 그의 턱을 잡고 손으로는 머리를 감싸 안았다. 가슴이 그의 입술 언저리를 쓸고 있었다.

"샤이크가, 당신의 상대가 될 만큼 매력 있는 남자인가요?"

"그 말은 내가 매력적이라는 소리로 들리는데? 아무튼 샤이크에게는 많은 애인이 있어, 좋다고 매달리는 여자들도 많고. 같은 남자가 봐도 괜찮지."

그의 숨소리가 점점 거칠어지며 입술로 내 가슴을 문질렀다. 쾌감에 작은 신음을 내뱉자 그가 가슴을 한입에 삼켰다. 엉덩이를 움켜쥔 그의 손에 힘이 들어갔고, 동시에 가슴을 힘껏 빨아들이는 입술의 흡력에 허리가 뒤로 휘어졌다. 엉덩이 골을 따라 그의 손바닥 전체가 허벅지 안쪽의 둔덕을 고르게 덮었다. 둥그런 원을 그리며 문지르는 손바닥에 가쁜 숨을 토해냈다.

그러다 손가락 하나가, 부풀어 오른 나의 조그마한 꽃봉오리를 스치자 팔에 힘이 풀려 그의 얼굴에 그대로 가슴을 묻으며 쓰러졌다. 그는 멈추지 않았다. 살짝 꼬집었다가 쓸었다가를 반복하던 그가 중지로 누르며 문질렀다.

주체할 수 없는 전율이 시작되어 온몸을 휘감았다.

마찰만으로 너무 쉽게 흥분했다. 아마 지난 이틀 동안 끊임없이 반복된 행위 탓이리라. 어쩔 줄 몰라 하며 몸을 뒤트는 나를, 그가 한 손으로 제압하며 손가락을 빠르게 비벼댔다.

"아, 칸. 그만, 그만."

그만하라 한다고 해서 그가 그만둘 리는 없었다.

아무래도 좋았다. 몇 번이고 이 황홀경을 경험하기를 원했다. 그의 손가락에서 시작된 전율이 발끝까지 퍼지고, 나는 떨었다.

내 안에서 흘러나오는 미끌미끌한 점성을 가진 액체가 충분하다는 것을 확인한 그가 묘한 웃음을 지었다.

아직 목표점에 당도하지 않았다. 올라갈 듯, 올라가지 않는 지점에 도달하고 싶어 그에게 애원하는 눈빛을 보냈다. 그런데도 그는 알 수 없는 미소만 지을 뿐, 한곳에서만 머무르고 있다.

"칸…… 나, 나……."

달뜬 호흡을 내쉬면 몸이 꼬았다. 아랫배가 조이고 내부가 움찔거렸다.

"넌 안을수록 더욱 탐스러워지는군."

가슴에서 입술을 뗀 그가 말했다. 그를 보기 위해 고개를 숙였다. 내 눈이 흐릿해진 걸까. 그의 모습이 제대로 보이질 않았다.

위로 올라와 나를 뚫어져라 보더니, 뒤통수를 끌어당겨 입을 맞추는 칸. 때로는 거칠게, 때로는 부드럽게 움직이는 혀의 놀림에 내 아래는 힘이 풀렸다.

"너 없이 하루를 어떻게 보내지?"

다시 다리 사이로 내려간 손의 거침없는 움직임에 물소리와 신음 소리가 박자를 맞췄다. 드디어 고지에 다다를 만큼 올라갔다.

조금만, 더, 바라는 순간.

"아아!"

내부에서 느껴지는 짜릿한 감촉에 몸이 부들부들 떨렸다. 그가 나의 허리를 잡고 공중으로 살짝 들어 올리더니 자신의 것을 내 은밀한 입구에 맞췄다. 입구에서 한참을 지분거리다가 허리를 잡은 손에 놓아버렸다. 동시에 미끄러지며, 한 번에 강하게 들어와 안을 꽉 채웠다. 그의 손가락을 강하게 물었던 것처럼 그의 것도 강하게 빨아 당겼다.

아까와 좀 다른 것이 있다면 엉덩이를 들썩이며 물었다 놓기를 반복하고 있다는 것.

힘을 빼고, 가쁜 숨을 내쉬며 그에게 입을 맞췄다. 이윽고 움직임이 멈추자 그가 자신의 엉덩이를 움직이며 박았다.

"잠깐. 잠깐만, 칸."

"……왜?"

그를 즐겁게 해줄 방법이 떠올랐다. 예전에 동호회 활동을 좀 했었는데 19금 게시판에 봤던 것이 생각났다. 여자가 남자 위에 앉아 A부터 Z까지 멈추지 않고 필기체를 쓰듯이 허리를 움직이면 상대가 좋아 죽는다는 것이었다. 그것을 그에게 해보고 싶었다.

허리를 크게 휘저으며 A를 그리고 B와 C로 넘어갔다. 그가 '홋.' 하더니 놀란 눈으로 나를 본다.

"이런 건 어디서 배웠어?"

"다른 사람에게?"

칸의 미간이 찌푸려졌다. 나는 다른 사람이라고 했지 다른 남자라고는 안 했는데, 귀엽다. 한 번에 Z까지 가줘야지 생각하고 내 안에 그를 담은 채 알파벳의 필기체를 써 내려갔다.

내가 당신에게 새기는 거야. 기억해.

"으윽!"

그의 신음이 크게 터졌다. 한번 시작한 그 소리가 내 움직임에 따라 멈출 줄 몰랐다. 덩달아 나도 좋아서 비명에 가까운 신음을 질렀다. 내 행동에 그의 흥분이 극도에 다다른 것이 보였다. 어찌할 줄 몰라 하는 그의 얼굴에 흡족해져 나의 흥분도 점점 높이 올라갔다.

알파벳 쓰는 것이 끝나 움직임을 멈추자 그가 알아들을 수 없는 말을 낮게 중얼거렸다.

"하아, 하아. 뭐라고요?"

"좋아. 좋아서, 돌아버리겠어."

가쁜 숨을 토해내던 칸이 이번에는 자신이 움직였다. 안에서 휘몰아치듯이 박아대는 통에 나도 미치겠다. 내 허리를 잡아 들고 아래에서 거칠게 들어온다. 찰박, 찰박, 찰박. 우리의 움직임에 물이 부딪치는 소리가 들렸다.

"하아, 아. 아아, 칸."

수증기로 가득 찬 욕실에 신음과 물이 찰박거리는 소리가 울리고 또 울렸다.

나를 안고 욕조 밖으로 나온 그는 옆에 마련된 대리석 의자에 앉혔다. 비누 거품을 일으켜 몸을 잘 닦아주고 깨끗한 물로 헹궜다. 편하게 머리를 뒤로 젖혀 감겨주는 손길에 깜빡 잠이 들었다.

그가 다시 나를 안아 들었다는 느낌에 살며시 눈을 뜨자 '깼어?' 하며 귓가에 속삭였다. 간질이는 목소리가 좋아 그의 목을 끌어안았다.

"머리 말리자. 축축한 거 싫어하잖아."

욕실 밖으로 나와 보드라운 러그 위에 나를 내려놓고, 뒤에서 능숙하게 말리며 때로는 약하게 두피 마사지도 해줬다. 간간이 목덜미에 입을 맞추는 칸 때문에 몸이 축축 늘어지다가도 화들짝 깼다. 그러나 머리카락을 통해 느껴지는 그의 움직임에 나는 또 졸리기 시작했다. 왜 이렇게 머리카락만 만지면 졸음이 쏟아지는지.

고개가 떨어지려는 찰나 칸이 말했다.

"안 돼."

어느새 내 앞으로 온 그가 키스하며 나를 깨웠다.

"오늘 밤이 지나면 한동안 못 볼 텐데, 자면 안 돼."

"그렇지만 졸리는걸요."

"졸리지 않게 해줄게."

"어떻게?"

언제 준비한 것인지 그의 손에는 핑크빛 액체가 담겨 있는 투명한 잔이 들려 있었다. 술인가? 생각하고 있을 때 그는 잔 속의 액체를 한입에 털어 넣고는 내 입술을 덮쳤다. 벌어진 입술 사이로 그가 마신 액체가 입안으로 들어와 목을 타고 흘러 들어갔다. 특별한 맛도 없고 향도 없었다. 술이 아냐?

그의 입술을 통해 마신 그것이 내 목구멍을 타고 다 들어가자 그가 다시 한 잔을 따라 벌컥 마셨다. 이번엔 그를 위한 잔.

"어떻게 하면 너의 마음을 가질 수 있을까?"

그의 질문은 정확하게 들리는데 머리가 몽롱해지는 것 같다. 역시 술이었나.

"당신의 마음을 온전히 내게 준다면…… 내 마음도 당신을 향하겠죠."

말은 제대로 하고 있었다. 하지만 귀로 들려오는 내 목소리는 느릿느릿 흐느적거렸다.

"하아, 하아."

갑자기 숨 쉬기가 힘들 정도로 심장이 빨리 뛰기 시작하더니 몸이 뜨거워졌다.

"내 마음을 네게 온전히 준다는 건 어떤 걸까. 지금 이 마음만으론 부족한 거야?"

"그저, 가지고 싶은 욕심이 아니라…… 사랑하는 마음요. 으응."

"헛!"

그가 갑자기 거친 숨을 토해냈다. 입술을 깨물며 이겨보려 애쓰는 그가 보였다.

"우리가 마신 거, 하아, 뭔가요? 몸이 이상해요."

"해로운 거 아니야. 흥분하도록 유도하면서 시간을 오래 유지해주고 체력을 보충해주는 약. 나는 그럭저럭 견딜 만한데 넌 힘들어 보이는군. 괜히 먹게 했나. 나도 처음이라서 말이지."

안쓰럽게 나를 바라보는 그의 눈빛에 몸이 배배 꼬이는 것만 같았다. 그의 손이 몸에 닿지도 않았는데 눈빛만으로 몸이 달아올랐다.

이 인간, 왜 이런 걸 먹여서! 자기는 멀쩡하고! 나는!

그러나 더 이상 그런 생각을 할 만큼의 여유가 없었다. 나도 모르게 움찔거리는 아랫부분 때문에 어서 빨리 그가 나를 안아주기를 원하고 있었다.

그에게 손을 뻗자 내 손을 잡더니 손가락 하나하나에 키스했다가 자신의 입속에 넣기도 했다. 지나치게 선정적인 그 모습에 더욱더 몸이 뜨거워졌다.

"하아아. 칸."

그가 나를 눕히며 달콤한 키스를 선사했다. 등에서 느껴지는 러그의 간질거림에 웃음을 터뜨리자 그도 웃었다.

"먹이길 잘한 거 같군. 옥!"

견딜 만하다더니 그도 반응이 강하게 오는 모양이었다. 점점 숨소리가 거칠어지기 시작한 칸은 침대로 옮기며 다시 진한 입맞춤을 해왔다. 부드럽지 않았다. 태풍이 오듯이 정신없이 집어삼키는 키스만으로 벌써부터 허리가 들썩이고 있었다.

목에서 올라오는 신음이 그의 입술에 막혀 다시 들어갔다. 입술을 뗀 그가 목덜미를 세게 흡입했다. 얼마나 세게 당기는지 조금 아프기도 했지만 약 때문일까, 그것을 더욱 원했다.

목덜미를 시작으로 가슴을 지나 배와 허벅지 사이, 종아리와 발목까지 그는 거세게 빨기도 하고 가끔 이를 세워 깨물었다. 나를 먹고 싶다고 수없이 중얼거리면서. 그의 이가 피부에 박힐 때면 '앗!' 하는 고통스러운 짧은 비명이 나왔지만 그 또한 색다른 흥분을 가져다줬다.

마지막으로 내 다리를 벌리더니 허벅지 사이에 얼굴을 묻었다. 비밀스러운 곳에서 느껴지는 혀의 감촉을 못 견디고 허벅지가 서로 붙으려 했지만, 그의 단단한 팔에 막혀 이러지도 저러지도 못하고 파르르 떨고만 있었다.

그의 혀가 잎과 잎 사이를 가로지르며 다니더니 봉긋하게 솟아오른 동그란 부분에 닿았다. 입술에 키스하는 것처럼 쪼옥 빨았다가 놓는다.

"하아!"

정말 미치겠다. 온몸을 관통하는 이 떨림을 어떻게 막을 방도가 없었다.

"아아! 그만. 아, 안…… 돼. 칸."

그가 멈추지 않으리란 걸 알고 있지만 입에서는 마음에도 없는 그만하라는 말만 반복되고 있었다. 역시 그는 절대 멈출 뜻이 없는 사람이었다. 무자비한 공격을 견딜 수 없어 그의 머리카락을 움켜쥐었다.

"하응!"

혀가 질구를 지나 깊숙한 곳을 밀고 들어오자 허리가 튕겨졌다. 내 안을 유린하고, 쓸어내리며 더 깊은 곳까지 들어오려 얼굴을 밀어붙이는 탓에 침대 시트를 움켜쥐며 고개를 저었다.

많은 양의 액체가 쏟아졌을 텐데 거리낌 없이 모두 먹어 치웠는지 일순 마른 느낌이 들었다.

위로 올라온 칸이 가슴을 물었다. 이미 가슴 언저리에 자신의 자국을 자잘하게 새겼음에도 만족하지 않은 듯 이번에는 부드럽게 혀로 돌기를 굴렸다. 약 때문인가. 그 움직임에 또 끈적끈적한 액체를 만들어낸 것을 확인한 그가 내 안으로 들어왔다.

그가 들어올 때의 이 느낌이 너무나 좋았다. 뭉근하고 뜨거운 그가 침범할 때의 이물감은 어떤 말로도 형용할 수가 없었다.

그는 여느 때처럼 허리를 천천히 움직이며 시작하지 않고 절정을 향해 갈 때처럼 빠르게 나를 몰아붙였다.

"앙! 아앙! 칸, 칸!"

약의 효과인지 빠른 속도로 세게 드나드는 그의 허리 움직임에 내 허리도 동시에 움직였다. 어찌나 빠른지 팔과 다리가 제멋대로 팔딱거리자 다리로 그의 허리를 감았다. 등을 잡으려 애를 쓰는데 땀 때문인지 자꾸 미끄러졌다. 그러자 칸이 내 겨드랑이 아래로 팔을 넣어 나를 꽉 안았다. 조금의 틈도 없이 맞닿은 살갗의 미끌거림과 그의 단단한 가슴에 눌려 물컹해진 가슴으로 쾌감은 배가되었다.

얼마의 시간만 버티면 되는 줄 알았는데 그것이 아니었다. 긴 시간 동안 반복되는 전진과 후퇴로 힘을 잃은 팔과 다리가 다시 제멋대로 휘청거렸다. 주체할 수가 없었다.

몸이 부서진대도 좋으니까 미칠 것 같은 기분의 끝을 어서 빨리 경험하고 싶었다. 결국 그의 목을 다시 끌어안고, 애걸했다.

"아아. 칸, 제발, 제발."

오랜 시간 동안 쉼 없는 움직임이 이어지고 있었다. 대체 끝은 언제일까. 내 입에서 뭐라고 떠드는지 나도 알 수 없었다.

"안⋯⋯. 안 돼. 안, 그만, 그, 그⋯⋯. 아아악!"

이제는 부서질지도 모른다는 생각이 들었을 때쯤 그의 움직임이 멈췄다. 그리고 눈앞이 새하얗게 변하며 몸이 저절로 튕겨졌다. 끝났는데도 자극은 여전했다.

"이런 기분, 처음이야. 너니까, 이러겠지. 너니까."

연신 가쁜 숨을 내뱉는 칸. 겨우 진정되었으나 몸의 안쪽은 아직도 바들바들 떨려와 대답할 힘이 없다.

잠시간 그와 나는 그렇게 몸을 그대로 밀착하고 있었다. 무게 때문에 힘겹게 숨을 쉬는 나를 느꼈는지 그가 옆으로 누웠다. 손을 세워 머리를 받치고, 모로 누워 나를 바라봤다.

목이 아팠다. 소리를 얼마나 지른 거야.

부끄러워 얼굴을 가리고 싶었다.

긴 손가락이 내 피부 위에서 노닐고 있었다. 턱 선을 지나 목선을 스쳤다. 쇄골을 따라 그리더니 가슴을 주물렀다. 젠장. 언제 그랬냐는 듯이 몸에서 또 반응이 왔다. 신음을 내지 않기 위해 이를 물었다. 왠지 창피했다.

칸은 남자라서 그렇다지만 난 왜 이러는 거야. 그래! 우리는 약을 먹었지. 그놈의 약!

하아. 결국 신음을 뱉고 말았다.

"이러니 내가 너를 갖고 싶을 수밖에 없잖아. 정말 보내기 싫다."

몸을 일으킨 그가 진한 키스를 퍼부으며 위로 올라왔다. '아직'이라고 말하는 내 몸짓은 거미줄에 걸린 나비처럼 약하기만 했다. 그렇지만 나비처럼 그에게서 벗어나고픈 희망은 추호도 없다.

"힘들어?"

땀에 젖은 내 머리카락을 옆으로 넘기며 그가 물었다. 몽롱한 눈빛에 또다시 그를 내 안에 넣고 싶었다. 목에서 올라오는 신음을 참느라 대답하지 못했다. 벌써 나의 은밀한 곳은 움찔거리며 젖어들었다.

"그만…… 할까?"

칸은 그렇게 말하며 내 귓속으로 혀를 말아 넣고 있었다. 조금 전의 격렬함으로 아직 숨이 가라앉지도 않았지만 더 하고 싶었다.

그만하는 건 싫은데.

"싫어요. 당신이 힘들어서 그러는 거 아녜요?"

"아, 닌, 데?"

그가 장난스럽게 웃었다.

"난 아침이 올 때까지 네 안에서 움직일 수 있어."

약 때문일까. 눈으로 확인한 그의 것이 오늘따라 유난히 커 보였다.

"칫, 말은 누구나 할 수 있죠."

그의 장난에 나도 맞대응했다. 사실 이런 잡다한 이야기는 집어치우고 어서 빨리 들어오라고 애원하고 싶었다.

미쳤다. 미쳤어! 이게 다 약 때문이야!

"그럼 말뿐인지 아닌지 지금 확인시켜주면 되겠네."

칸이 가슴을 물었다.

"싫어요."

싫다는 말에 놀랐는지 그가 급히 고개를 들었다. 칸이 의아한 얼굴을 했다.

"싫어?"

그의 얼굴을 잡아 끌어 올렸다. 내 입술과 그의 입술이 닿을 듯 말 듯 했다.

"시간 벌려고 하지 마요."

"응?"

난데없는 시간 얘기에 그의 인상이 약하게 찌푸려졌다.

"당장에 넣고 시작해요. 시간 잴 테니까."

아, 결국 참다 참다 말하고 말았다.

"하하하하!"

그가 크게 웃다가 나를 봤다. 붉게 물든 황금색 눈동자가 욕정으로 타올랐다.

"후회하지 마."

"누가 할 소릴."

조금의 망설임도 없이 그가 세게 들어오자 혈관을 타고 전류가 흘렀다. 하지만 이것은 시작일 뿐 나는 더한 것을 원했다.

그가 정말 아침이 올 때까지 멈추지 않길 바라는 마음이 간절했다.

나의 바람대로 아침이 될 때까지 서로에게 격렬하게 매달리던 우리는 잠깐 눈을 붙인 뒤 일어났다.

"아! 아!"

밤새도록 소리를 질렀더니 역시 목이 쉬어 걸걸한 소리가 나왔다. 아픈 목을 매만지며 욕실로 향하는데 거울에 비친 몸을 보고 깜짝 놀랐다.

"엄마얏!"

목부터 발까지 붉은 자국들이 셀 수 없을 만큼 새겨져 있었다. 내 소리에 칸이 고개를 돌려 몸을 훑었다.

"이런, 내가 그런 건가?"

"으쒸!"

그를 노려보자 기분 좋은 웃음을 지었다.

"미안, 미안. 하지만 내 것이라고 확실히 도장을 찍어놓은 것 같아서 안심은 되네."

그가 등 뒤로 다가와 나를 안으며 머리카락에 얼굴을 파묻었다.

"아파?"

"뭐, 조금은."

"미안해."

"괜찮아요. 죽을 정도도 아닌데."

"아…… 진짜 헤어지기 싫어. 미치겠다."

손을 들어 그의 머리를 쓰다듬었다.

이 바보 같은 남자야, 나중에는 영영 헤어질 텐데 그때는 어쩌려고 이러는 거야. 내 맘도 약해지게.

우리는 서로에게 냉정해져야 할 필요성이 있었다. 카투스에서 샤이크의 집까지 먼 거리는 아니었지만 칸과 나는 늑장을 부리며 그곳에 도착했다.

샤이크가 반갑게 나를 맞이했고, 칸에게는 잘 결정한 일이라며 어깨를 두드렸다. 그 행동은 칸에게 어쩔 수 없는 결정이었음을 잘 아는 샤이크의 비아냥거림이었다.

"신시아, 집 안이니까 얼굴에 두른 천은 벗도록 해. 마음껏 얼굴 보고 싶어서 내가 그런 조건을 내걸었는데 가리고 있음 안 되지."

그 말에 얼굴을 가린 천을 벗었다. 샤이크의 눈동자가 커졌다.

"으아~ 세상에. 카르카노 네가 그런 거야? 사흘 뒤에 온다는 전갈을 받았을 때 곱게 보내주지는 않을 거라 생각했지만, 너도 참……."

목에 수놓은 빨간 자국 때문이었다. 급하게 손으로 목을 가렸지만 이미 늦었다.

"하긴, 너무 쉬운 상대라면 재미없지. 훗."

커졌던 샤이크의 눈이 싸늘하게 식어가며 가늘어졌다. 그 말에 갑자기 소름이 돋았다. 샤이크가 정말 나를 어쩔 셈인지 조금 두려워지기 시작했다. 어쩌면 이런 두려움의 시작은 칸 때문일지도 몰랐다. 그를 모른 채 룩센에 살았더라면 샤이크의 존재를 받아들이는 것은 좀 더 쉬운 일이었으리라.

"시끄럽고, 그녀의 선택을 존중한다는 약속은 꼭 지켜라."

"당연하지. 다른 사람도 아니고 신시아인데."

서로 잡아먹을 듯 쏘아보는 두 사람은 으르렁하는 소리만 안 날뿐이지 영역 다툼을 하는 맹수처럼 보였다. 칸이 나를 원하는 건 그렇다 치고, 대체 샤이크 저 남자는 왜 내게 집착해서 이 복잡한 상황을 만드는지 이해가 안 됐다.

"그럼 이제 림이 어디에 있는지 말해."

"그는 하이겐에 있어."

대답을 들은 칸의 얼굴이 굳어졌다.

"왜, 왜 그래요, 칸?"

"많이 멀어. 아무리 서두른다 해도 50일은 걸리는 곳이야. 또 거기서 림을 찾다 보면 70일은 걸리겠지."

맙소사! 70일? 두 달도 넘는 기간인데 그 긴 시간 동안 샤이크와 있어야 된다니. 슬프기도 하고 짜증도 나서 그만 그를 째려보고 말았다. 샤이크가 어깨를 한 번 들썩이고 내렸다.

"림이 그곳으로 간 거지 내가 가라고 한 건 아니야. 자, 자. 그렇잖아도 멀어서 시간 많이 걸리니까 카르카노 넌 어서 출발해야지!"

등 떠미는 샤이크를 뒤로하고 칸은 나를 힘껏 껴안으며 귓가에 나지막이 말했다.

"다녀올게."

따뜻한 미소와 함께 들려오는 그의 말에 눈만 껌벅이고 있었다.

"너를 믿는다. 기다려줘."

가슴에서 알 수 없는 뭉클한 감정이 밀고 올라와 눈에 물기가 어리게 했다. 주르륵. 방울방울 흘러내리는 눈물에 가려 칸의 얼굴이 보이지 않았다.

기다려달라는 말에 감동이라도 한 것일까. 흐르는 눈물에 나도 당황했다. 왠지 그가 자신의 마음을 내게 보이는 것 같기도 했고, 미래에 다가올 헤어짐이 느껴지기도 했다. 어느 한편으로는 그가 림을 찾지 않기를 바라는 마음이 조금 들었다.

그냥 이대로 룩센에서 그와 같이 살고 싶었다. 1년 전에는 칸이 내게 같이 살자고 했는데, 이제는 내가 그와 같이 살고 싶은 마음이 들었다.

아무래도 그가 나를 원하는 마음보다 내가 그를 원하는 마음이 더 커진 듯하다.

갑자기 내가 울자 칸이 놀랐는지 손으로 눈물을 닦아주며 굳게 다문 입 사이로 작은 한숨을 뱉어내고 있었다.

헤어지기 싫다. 그와 헤어지기 싫어.

순간 지금 내가 뭐 하고 있나 싶어 퍼뜩 정신을 차렸다. 동생 주아를 생각하려고 노력했다. 사라진 나 때문에 그 애가 얼마나 힘들어할지 떠올렸다. 주아에게 남편과 아이가 있다는 것이 그나마 다행이었다.

"아, 주책맞게 왜 눈물이……."

그의 손을 잡아 내 얼굴에서 떨어뜨렸다.

"괜찮아요. 어서 가요."

그는 뭔가 말하려는 듯이 입술을 들썩이다가 그대로 닫고 말았다. 굳이 말하지 않아도 그의 눈을 통해 하려는 말이 무엇인지 알 수 있었다.

"이거야 원. 누가 보면 영영 못 볼 사이인 줄 알겠다!"

샤이크의 외침. 몸을 획 돌려 그를 노려보다가 다시 칸에게 돌아섰다.

"건강하게 잘 다녀와요."

"그래."

그는 다시 나를 힘껏 안고는 돌아섰다. 배웅하러 따라나서자 그는 됐다며 떨어지지 않는 발걸음을 억지로 옮겨 문을 나섰다.

언제나 당당하게 펴져 있던 어깨가 오늘은 왠지 처진 것 같았다. 그가 한 번도 돌아보지 않은 채 시야에서 점점 멀어지자 까치발을 하고 그를 더 오래 보려고 애썼다.

5장

아, 정말 갔구나.

칸이 사라진 쪽을 바라보며 미동도 하지 않고 서 있었다.

"카르카노를 믿어?"

샤이크가 팔짱을 끼고 벽에 몸을 기대고 서서 내게 물었다.

"적어도 당신보다는 믿어요."

지금 누구와 누굴 비교하는 건지. 도대체 저런 자신감은 어디서 나오는지 궁금했다. 아직 얼굴에 남아 있는 눈물을 닦아내고 힘을 냈다. 기다려달라고 했으니까 얌전히 잘 기다려줄 테다. 기운 내자.

"칸에 대한 네 신뢰가 정확한 걸까?"

샤이크가 고개를 한쪽으로 갸웃하며 나를 비웃고는 흘러내린 머리카락을 손가락으로 쓸어 넘기고 있었다. 목의 문신이 상당히 위협적으로 보이게 했지만 그가 아주 멋진 남자라는 것은 인정할 수밖에 없었다.

칸보다 작은 키와 체격을 가졌으나 날렵한 몸매 덕에 시각적으로는 칸과 비슷했다. 물론 그가 칸보다는 작다고 하나 나보다는 훨씬 큰 장신의 소유자다.

눈매가 독특했다. 아이라인을 한 듯이 진하고 끝이 올라가 있었다. 다크서클이 저렇게 생기진 않았을 테고, 눈에도 문신을 한 건가? 하긴 생각해보니 우리나라 여자들이 반영구 화장의 목적으로 아이라인 문신을 하는 것이 떠올랐다.

눈에 거슬렸던 목의 문신과 검은 눈매가 묘한 조화를 이루어 그에게서 검은 빛깔의 아우라가 연기처럼 피어났다.

집에 있을 때는 그 치렁치렁한 귀걸이를 안 하는 모양이었다. 저번에도 그렇고 오늘도 그의 귀엔 아무것도 없었다.

"칸이 나보다 믿을 만한 사람인지 그건 두고 보면 알 거야."

두고 보나 안 보나 내 마음은 변하지 않는다는 뜻으로 그를 째려봤다. 설령 칸이 무언가 나를 속인 게 있을지라도 샤이크보단 훨씬 믿는다.

"네가 머무를 방에 가보자."

벽에 기댄 몸을 세우며 2층으로 향하는 그를 따라 올라갔다.

계단의 벽을 따라 그림이 일렬로 나열되어 있어 하나씩 자세히 봤다. 이상한 그림들이었다. 사람인지 짐승인지 형체를 알 수 없었고, 각각 다양하고 괴기스러운 모양의 괴물들이 그려져 있었다.

"이 그림에 있는 애들의 정체는 뭐예요?"

"아! 룩센의 전설에 등장하는 애들."

내가 애들이라 칭하며 부르자 그도 애들이라고 말했다. 아무리 전설 속에 등장한다지만 인상이 찌푸려지는 형체들을 하고 있어 밤에 보면 놀라서 까무러칠 것 같았다.

2층 복도에 걸린 그림들도 마찬가지였다. 재미있는 건 같은 그림을 하나도 발견하지 못했다는 것.

"전설에 등장한다면 신(神)과 같은 존재인가요?"

"그렇다고 볼 수 있지."

처음에 봤을 땐 꺼림칙하더니 계속 보다 보니 그럭저럭 봐줄 만했다. 하지만 묘했다. 금방이라도 그림 속을 뚫고 나와 덮칠 것만 같았다.

분명 한 번도 본 적이 없는데, 어딘지 모르게 익숙했다. 입을 벌려 나를 물고 갈 것처럼 보였다. 그래서일까? 괜히 그림 속 괴물의 눈들이 나를 따라오는 기분이었다.

"그림을 그린다더니 왜, 관심 있어?"

"어? 내가 그림 그린다는 걸 어떻게 알아요?"

그를 만난 건 잠깐이었던지라 그림을 그린다고 말한 적이 없다. 칸이 이야기했을 리도 없는데, 상인들을 통해서 들었을까.

하긴 코아쿤 귀족들의 초상화를 그리기 위해 많이 왔으니 충분히 알 수도 있는 일이었다.

"알아내는 건 일도 아니지."

커다란 문 앞에 섰다. 샤이크가 두 짝의 문에 각각 달린 손잡이를 양손으로 잡고 밀었다.

방의 문을 열자 안에서 시원한 바람이 들어왔다. 코발트 색상의 얇은 천으로 이뤄진 커튼이 창문에서 얇은 파도처럼 날리고 있었다. 커튼의 색상만으로 시원한 느낌이었다.

창문을 통해 들어오는 바람에 천장에 달린 팬이 느릿하게 돌아가고 있었으며, 하얀색으로만 이뤄진 깨끗한 침대는 눈으로만 봐도 얼마나 푹신한지 전해져왔다.

창문 옆에 작은 테이블과 가죽으로 된 의자가 놓여 있고, 무늬가 새겨진 옷장이 벽에 세워져 있었다. 방의 중앙에 자리 잡은 소파는 누울 수 있을 정도로 컸다. 낮은 테이블이 커다란 소파 앞에 있고 건너편에 두 개의 윙체어가 있었다. 한쪽에는 화장대도 준비되어 있었다.

방이 깔끔해서 좋았고 무엇보다도 창문만 열어놔도 충분히 시원해서 기분이 상쾌했다.

창문으로 달려가 경치를 감상했다. 비록 2층이었지만 가로막고 있는 높은 건물이 없어 넓은 정원이 한눈에 들어왔고, 오아시스의 푸른 물결이 보였다. 여기가 오아시스의 가장 안쪽에 자리 잡았다더니 정말 멋진 곳이었다.

"와아! 경치 정말 좋네요."

"그럼, 누구 집인데."

아이러니했다. 아무리 나쁜 사람들의 물건을 빼앗는다지만 그는 도둑이고 나는 성실하게 먹고사는 사람인데 그와 나의 빈부격차는 비교할 수조차 없었다.

"샤이크는 룩센의 사람이 아닌가요? 왜 코아쿤에 집을 갖고 있어요?"

"룩센에도 집은 있는데?"

당연한 걸 왜 묻느냐는 식이었다. 그래, 좋겠다. 집이 많아서.

샤이크가 잘사는 것도 자본주의 사회에서 오는 빈부격차라고 이해해야 하나. 씁쓸했다. 만약 내가 샤이크만큼 돈이 많았다면 림은 진작 만나고도 남았을 것이다.

"당신을 따르는 사람들 모두 이만한 집을 가지고 있나요?"

"설마. 이 집이 얼마짜린데. 나는 그들을 이끄는 사람이니 더 많은 배분을 받는 것뿐이고, 다른 사람들도 이만큼은 아니지만 다들 좋은 집에서 살아."

"도둑이 나쁘지만은 않네요."

"아, 거참. 도둑은 좀 듣기 거북하다니까."

"도둑을 도둑이라고 하지 그럼 뭐라고 해요?"

노크 소리가 들리고 샤이크가 들어오라 하자 시녀가 테이블에 차를 준비했다. 선명하면서도 투명한 개나리색의 차는 처음 본 것이었다.

"향이 아주 좋아."

그가 찻잔을 들어 깊게 숨을 들이마시는 것을 보고 나도 그 향을 맡았다. 코 안으로 들어오는 향기는 설명하기 복잡했다. 좋은 향인 건 분명한데, 머리가 멍해지는 것 같았다.

"안 좋은데요."

다시 숨을 들이마셨다. 역시 이상해.

"혹시 따로 좋아하는 차 있어? 내일부터 준비하라고 할게."

"있기는 하죠. 근데 비싸니까 됐어요."

"뭔데. 말해봐."

망설였다. 비싸니까 됐다고 해놓고 말하란다고 날름 말하는 것도 모양새가 우스웠다. 싫다고 하는 내게 그는 끈질기게 재촉했다.

"……무카요."

"무카? 시키면 게 쓰기만 하더만. 그게 좋아?"

고개를 끄덕였다. 얼굴을 잔뜩 찌푸린 샤이크가 알았다며 오늘은 이걸 마시라고 했다. 재차 향기를 맡은 다음 찻잔을 내려놓고 그를 봤다. 멍해지는 느낌이 일반 차가 아님을 알려주고 있었다. 그는 아무렇지도 않은 듯 내게 가벼운 미소를 보이고는 차를 넘겼다.

"긴장할 필요 없어."

"이 차는 뭐예요? 기분이 별로예요."

"별로야? 그럴 리가 없는데. 이건 기분을 좋게 해주는 차야."

"당신을 어떻게 믿어요?"

"그럼 지금 마시고 있는 나는 뭔데."

그는 이상 반응 없이 향을 맡으며 차를 마셨다. 나도 조심스럽게 차를 조금 마셨는데, 이렇다 표현할 맛은 아니었다. 밍밍한 물맛에 시큼한 꽃의 맛이 약하게 느껴질 뿐이었다.

"이 차는 맛을 보는 게 아니라 향을 마시는 거야."

"네."

"왜 카르카노를 믿지?"

왜 또 믿느냐는 질문을 하고 그러시나.

다시 향을 맡아보기 위해 깊게 숨을 들이마셨다. 역시 멍한 기분이었다. 샤이크에게 기분을 좋게 해주는 차라는 말을 들어서 그런지 이 멍한 느낌이 좋은 것인지 나쁜 것인지 애매했다.

"믿는 데 이유 있나요? 믿을 만하니까 믿는 거지."

"네게 신뢰를 줄 만한 행동을 했나? 혹시 거기처럼?"

그가 손가락으로 가리키는 '거기'는 내 목이었다. 칸이 어젯밤 남겨놓은 수많은 자국을 말하고 있었다.

"전혀 아니라고 말할 순 없겠네요."

"내가 더 믿을 수 있는 사람인지도 몰라."

"무슨 근거로 그런 말을 해요?"

"네가 궁금한 거 다 말해줄 수 있으니까. 그리고 나도 잘해. 네 목에 자국 남기는 건 카르카노 못지않을걸."

샤이크, 그의 이름을 사이코라 부르고 싶었다.

궁금한 게 없다고 말하고 싶었지만, 사실은 궁금한 것이 많았기 때문에 내가 그에게 한 수 지고 들어가게 생겼다.

"칸은 누구예요?"

갑작스러운 내 질문에 그가 피식 웃었다. 칸을 다시 만나고부터 늘 궁금했다. 그가 뭐 하는 사람인지, 어떤 신분인지…….

"미안. 그건 말 못 해. 직접 듣는 게 좋겠다."

"뭐야, 다 말해줄 수 있다면서요."

"물론 난 다 말해주고 싶어. 하지만 머리에서 안 된다고 그러네. 내가 아무리 카르카노와 사이가 안 좋다지만 답해줄 수 있는 말이 있고 없는 말이 있어. 서로가 적정선은 지켜줘야지. 대신 전부는 아니더라도 해줄 수 있는 데까지는 해줄게."

그의 까만 눈매 사이로 진한 감청색 눈동자가 나를 이리저리 살피고 있었다. 마치 뭔가를 기다리고 있는 사람처럼.

차 향 때문인가? 갑자기 멍한 머리가 어지럽게 흔들렸다. 왠지 기분이 이상하다는 생각이 들 때쯤 몸이 옆으로 쓰러졌고 소파의 가죽 냄새가 코끝에서 머물렀다.

나와는 달리 멀쩡한 모습으로 맞은편 의자에 앉아 엷은 미소를 띠고 있는 샤이크가 눈에 들어왔다. 저 인간이 뭘 마시게 한 건가.

샤이크를 믿은 내가 잘못이지.

역시 보통의 차가 아니었다. 눈꺼풀이 너무 무거웠다.

거의 다 감긴 눈꺼풀 사이로 검은빛의 인영이 흐릿하게 들어왔다. 그가 샤이크라는 것쯤은 알고 있었다.

무슨 목적으로 이걸 먹인 것인지 생각하려 해도 도통 머리가 회전되지 않았다. 마음으론 당장에 일어나서 샤이크의 뺨이라도 갈기고 싶었으나 차의 기운 때문에 손가락 하나 까딱하지 못했다. 겨우 실처럼 가늘게 뜨고 있는 눈마저 완전히 감겼다.

"생각보다 아주 약하군. 이 정도에 금방 효과가 나타날 줄 몰랐는데."

이상하다. 머리는 멍하고 몸도 뜻대로 움직이지 않는데, 샤이크의 목소리만큼은 또렷하게 들렸다.

"한 번도 마신 적이 없을 테니까."

다른 사람의 목소리였다! 샤이크가 아니라 다른 남자가 이 자리에 또 있었다. 멍하던 머리가 번개를 맞은 것처럼 번쩍하더니 떠올리고 싶지 않은 일들이 그려졌다.

몸을 움직일 수 없는 여자와 건장한 남자 둘. 물론 다른 한 남자는 건장한지 안 한지 안 봐서 모르겠지만, 이런 상황에 일어나는 범죄들이 있지 않은가. 제발 내가 상상하는 것이 아니기를 바랐다.

"나중에 신시아가 깨어나면 내게 원망이 가득할 텐데. 나 맞을지도 몰라."

샤이크의 목소리.

잘 알고 있네. 칸이 림과 함께 돌아오면 정말 가만두지 않을 테다. 아니, 정신이 드는 순간 네 말대로 신이 나게 두들겨 패줄 테다.

"미안하게 생각하고 있어."

다른 남자의 목소리는 힘이 없었다. 가늘게 들려오는 음성이 들어본 듯하였다.

"꼭 이런 식으로 재회해야겠어?"

샤이크의 말투에 불만이 가득이었다.

"곧 만날 시간이 다가오니까. 그때는 재회의 반가움 따위 없겠지."

"그건 그렇다만, 네가 자초한 일이니 스스로 감당해야지. 자, 이제 봤으니까 어서 가. 네가 먼저 도착해야 되잖아."

얼핏 듣기에 친구 사이 같으면서도 오가는 말이 친근하지 않았다. 얼굴을 덮은 머리카락을 귀 뒤로 넘겨주는 손길이 피부를 통해 느껴졌다. 샤이크인지 다른 남자인지는 알 수 없지만, 무척이나 조심스러웠다.

손가락으로 감긴 내 눈꺼풀과 속눈썹을 가만히 쓸고 볼을 만졌다. 입술 위에서 손가락이 움직였다. 그러다 그 움직임이 사라지고 말캉하고 부드러운 것이 지그시 내 입술을 눌렀다.

상대가 내게 입맞춤을 했다. 쓰러져 있는 여자를 상대로 뭐 하는 짓인지 화가 났지만 그 행동이 어쩐지 애처로워 마음이 누그러졌다. 느낌상 샤이크는 아니었다.

"샤이크, 네가 그와 왜 이런 거래를 했는지 모르겠는데, 이것 하나만은 꼭 지켜. 그녀에게 손대지 마."

여전히 힘이 없는 목소리였으나 단호하고 날이 서 있었다.

"다들 왜 그래? 난 신시아를 어떻게 하지 않아. 다만 그녀의 선택은 존중하라는 거야."

"그녀가 널 선택한다면 인정해. 하지만 억지로 취하려 들지 말라는 거야."

"지금까지 억지로 취한 사람은 너지."

나를 억지로 취한 사람? 없는데? '취했다'라는 말에 다른 의미가 있는 걸까. 아, 할 수만 있다면 자리에서 벌떡 일어나고 싶다.

"나는 샤이크……."

"내가 좋아서 네 얼굴을 보고 있는 줄 알아? 우리가 공생의 관계라 착각하지 마. 서로 같은 비밀을 공유했을 뿐이야. 늦기 전에 빨리 떠나!"

기분이 상한 듯 샤이크가 언성을 높이며 대답하자 발소리가 멀어져갔고, 이내 문 닫히는 소리가 들렸다. 역시 둘은 친구가 아니었다.

자리를 떠난 그 남자가 누구일지 생각해봐도 떠오르는 사람이 없다. 당연한 일이었다. 룩센이나 코아쿤에 내 얼굴을 아는 남자는 희박했다. 샤이크를 시켜 이런 차를 마시게 하고서라도 나를 만나려 했던 그 남자가 궁금했다.

"잘되겠지? 신시아."

뭐가 잘되리라는 걸까?

아마도 샤이크는 내가 생각하는 것 이상으로 많은 것을 알지도 모른다. 목과 허리 밑으로 무엇인가 쑥 들어왔다. 느낌상 샤이크의 팔이라 판단되었다.

나를 안아 올린 건지 몸이 공중에 떠 있는 것 같았다. 움직일 줄 알았는데, 한참이나 그 상태를 유지하고 있었다. 안 보이니까 그가 뭘 하고 있는지 알 수가 없었다. 아아, 눈이라도 떠졌으면 좋으련만.

잠시간 서 있던 그는 드디어 움직였고, 등에 닿은 느낌이 푹신한 것으로 보아 침대였다. 긴장되기 시작했다.

칸도 샤이크를 경계했고 조금 전 방에 함께 있었던 남자도 그에게 나를 억지로 취하려 하지 말라고 경고했다는 건, 그가 그럴 만한 사람이란 뜻으로 파악되기 때문이었다.

나를 눕혀놓고도 샤이크는 내 목과 허리에 두른 팔을 빼지 않았다. 내 목에 얼굴을 묻고 깊게 숨을 들이마시고 다시 내뱉었다.

샤이크! 무슨 생각을 하는 거야. 제발, 제발 그러지 마.

"큰일 났다. 우리 모두가 큰일 났어. 어쩌면 처음부터 엉켜 있던 실타래였는지도 몰라. 넌 아무것도 기억하지 못하지? 나와 헤크란을 용서하지 마."

알 수 없는 말을 내뱉은 샤이크는 꽤 오랜 시간을 내 곁에 누워 있었다. 그의 말이 무엇을 뜻하는지 곰곰이 생각해봤지만, 점점 쏟아지는 졸음에 까무룩 잠이 들었다.

시원한 바람에 흩날리는 머리카락이 볼을 간지럽혔다. 천천히 눈을 뜨니 방 안은 어둑어둑했다. 갑자기 차를 마시고 쓰러졌던 생각이 나서 몸을 급하게 일으켜 세웠다. 샤이크를 만나야 했다.

"일어났어?"

그가 소파에 앉아 있었다.

"어둔 데서 뭐 하고 있어요? 불이나 밝히든가요."

침대 옆으로 내려와 그에게 다가갔다.

"취기가 돌게 하는 차였는데 네가 그렇게 약할 줄 몰랐어. 미안하다."

와, 저 뻔뻔한 인간.

일부러 먹여놓고는 몰랐다고 말하는 그를 몇 대 때려주고 싶었다. 하지만 아무래도 내가 대화의 내용을 들었다고 생각하지는 못하는 것 같아 모르는 척하기로 했다.

함께 이야기를 나눴던 사람이 누구인지, 그 사람이 나를 어떻게 아는 것인지, 왜 그런 차를 먹여서 나를 만나려 한 것인지, 그리고 용서하지 말라는 말이 무슨 뜻인지, 내가 기억하지 못한다는 게 무엇인지 등등등!

당장에 모두 물어보고 싶었지만 참았다. 물어본다 한들 그가 알려줄 리 만무했다. 그는 내 질문에 적정선을 유지하며 답해준다고 했고, 아무리 캐내려고 해도 그 선을 지킬 것이었다. 그러니 이제 적정선을 유지하는 척하며 그가 알고 있는 내용을 알아내야만 했다.

칸이 보고 싶었다. 헤어진 지 하루도 안 됐는데 그가 너무 보고 싶었다. 그의 품에 안기고 싶어 죽겠다. 샤이크가 말한 '엉킨 실타래'에 칸도 포함된 걸까.

"배고프지 않아? 뭐 좀 먹지 않을래?"

배가 고프긴 했다. 그와 식사를 하며 분위기를 유하게 바꿔보면 내 물음에 답을 해줄까. 눈치 봐서 이것저것 물어봐야겠다고 마음먹고 고개를 끄덕였다.

"밖에 누구 없나?"

그가 문을 향해 소리치자 몇몇 시녀가 들어와 방 안의 많은 초에 불을 붙였다. 어두웠던 방이 금방 환한 빛으로 물들어가 긴 그림자를 만들었다.

테이블 위에 간단하지만 요기하기 충분한 음식들이 차려졌다.

"너무 늦은 시간이라 부담 안 가는 걸로 준비했어."

"네, 좋아요."

고기와 야채를 뭉근하게 삶은 스튜를 떠서 입에 넣었다. 부드럽게 흔적도 없이 사라져 목으로 넘어갔다.

"왜 나를 당신 곁에 두고 싶은 건가요?"

첫 번째 질문을 시작했다.

"칸의 말로는 날 당신의 여자로 만들고 싶어 한다면서요? 대체 왜요?"

"궁금했어."

"뭐가 궁금해요?"

"너의 여기 말이야."

그가 다시 내 목을 가리키며 킥킥 웃었다. 무슨 뜻인지 물으려 했지만 그럴 필요가 없다는 것을 금방 깨달았다.

"너와 자고 싶어."

샤이크의 얼굴에서 키득대던 웃음이 사라지고 일순 진지해졌다. 스푼을 쥐고 있는 손에 힘이 들어가는지 손톱이 살을 파고들었다.

70일을 함께 지내야 하는 이 남자, 위험하다.

나와 자고 싶다는 샤이크의 말을 듣자 어이가 없었지만 그도 룩센의 남자였다. 나한테서 이 세계의 남자를 끌어들이는 페로몬 향이라도 나는 건지 다들 똑같다. 어찌 보면 칸도 마찬가지였는데 그 중에서 내가 그를 택한 걸 수도 있었다. 아무튼 전후 사정이 어떻든 간에 지금 내가 같이 자고 싶은 남자는 칸뿐이었다.

"얼마나 만족을 시켜주길래 카르카노와, 아니 카르카노가 그렇게 너를 놓지 못하는지 궁금했어. 하지만 더 큰 이유는 그저 재미를 위해서? 내가 널 가지면 어떤 일이 일어날까? 훗!"

한쪽 입꼬리를 말아 올리며 나의 반응을 살피고 있는 그의 모습에 짜증이 치밀어 올랐다. 흥분하지 않으려 애썼고 머리끝까지 화가 나서 세차게 뛰는 심장을 진정시키며 대답했다.

"당신은 하나만 알고 다른 하나는 모르고 있군요."

"뭘?"

"여자의 몸은 상대가 누구냐에 따라 반응이 달라져요. 칸이니까 나도 그를 만족하게 하려고 노력하는 거죠."

샤이크의 눈동자가 차갑게 가라앉았다. 그 모습이 칸과 비슷해 보였다.

내가 칸이 많이 보고 싶기는 하구나. 그가 보고 싶으니 샤이크도 칸으로 보이는 건가.

"하하하하하하하하하!"

갑자기 그가 허리를 뒤로 꺾어가며 큰 소리로 웃다가 다시 뚝 멈췄다. 눈빛이 번득였다. 그 모습에 샤이크라는 사람이 도둑 무리를 끄는 수장임이 스쳐 지나갔다. 소름이 끼쳤다.

"정말? 칸이기 때문일까? 내가 알기엔 그게 아닌데……. 너, 보기에 괜찮은 남자에겐 다 반응하는 거 아니었어?"

"불쾌해요. 이런 장난 그만하죠."

평정심을 유지하기가 힘들었다. 끈적하게 바라보는 그의 눈길은 이미 내 옷을 벗기고 있었다.

당장 이 방을 나가라고 말하고 싶었지만 그러면 내가 지는 것 같아 이를 물고 참았다. 입맛이 떨어져 들고 있던 스푼을 거칠게 내려놓자 그가 흘깃 그것을 보더니 다시 내게 시선을 고정했다.

"나도 제법 여자들이 많이 따르는 남잔데."

"그러니까 단순히 재미와 궁금증을 위해 괜한 나 끌어들이지 말고, 당신 따르는 여자들하고나 뒹굴어요. 애인도 많다니 하루씩 바꿔서 자면 되겠네."

"글쎄, 앞으로 시간은 많으니 두고 보면 되겠지. 아무래도 나 때문에 먹기가 힘들 것 같군. 마저 다 먹어."

그의 눈이 가늘게 줄어들었다 제자리를 찾았다.

그가 문을 닫고 나가자 스푼을 들어 문을 향해 힘껏 던졌다. 쨍! 소리와 함께 바닥에 떨어지며 스푼이 나뒹굴었다.

이 나쁜 자식! 머리카락을 죄다 뽑아놓고 말 테다!

샤이크를 못 본 지 열흘이 넘어가고 있었다.

시간이란 게 그 순간에는 느리게 흐르는 것처럼 느껴지지만 지나고 보면 참 빨랐다. 무료한 나날이었으나 그림도 그리며 시간을 보낸 지 벌써 열흘이 넘었다. 그만큼 칸이 돌아올 시간이 가까워진다고 생각하니 즐거웠다.

샤이크를 못 본 며칠 동안은 화가 나서 안 보고 지내는 게 잘됐다 싶었다. 하지만 기간이 길어지자 저택에서 이야기할 상대도 없고, 그가 어디 간 것인지 궁금했다. 자존심상 그에 대해 묻지 않으려 했지만 결국 무카를 가지고 온 시녀에게 묻고 말았다.

"샤이크는 어디 갔어요?"

"지금 사냥 중이십니다."

"사냥?"

처음 그 말을 들었을 때, 정말 그가 사냥하러 간 줄 알았으나 금방 그 뜻을 이해하게 됐다. 그는 자신의 일인 도둑질을 하러 갔다.

그를 다시 본 것은 그로부터 정확하게 닷새가 더 지나서였다. 나와 자고 싶다는 마음을 감추지 않고 드러낸 그날로 보름이 흘렀다.

저녁이 되자 여느 때와는 다르게 밖에서 웅성거리는 소리가 들렸지만 크게 신경 쓰지 않고 그리던 그림에 신경을 쏟았다.

쾅! 세차게 열리는 문소리에 깜짝 놀라 돌아보니 샤이크가 서 있었다. 그가 입은 검은 옷의 색을 알아볼 수 없을 정도로 피투성이였다. 머리카락도, 얼굴도, 몸도, 치렁치렁한 귀걸이의 작은 쇠붙이마저도 온통 피로 붉게 물들어 있어 끔찍했다.

"어, 어디 다쳤어요?"

놀라서 다급하게 물었지만 그는 소매로 대충 얼굴에 묻은 피를 닦아냈다.

"아니, 다치지 않았어. 널 오랜만에 보는 거라 씻고 오려고 했는데 시간이 없어서 바로 올라왔어. 오늘 밤은 안에서 문을 잠그고 밖으로 절대 나오지 마. 사냥을…… 일을 끝낸 날이라 내 수하들이 하룻밤 머물 거야. 여자들을 부르고 술도 많이 마실 테니 조심해야 돼. 나 나가면 바로 문 잠가."

그는 속사포처럼 말을 쏟아내고는 바로 밖으로 나갔다. 멍하니 앉아 있다가 그의 말대로 문을 잠갔다.

일을 끝낸 다음에는 그들끼리 한판 벌이는 모양이었다. 창가로 다가가 아래를 보니 벌써 한 무리의 남자들이 모여 있었다. 검은 옷을 입은 그들도 샤이크와 마찬가지로 피투성이였다.

그의 사냥이란 내가 생각했던 그저 훔치는 행위만 있는 것이 아닌가 보다. 어찌 보면 전쟁이나 다름없었다. 말이 좋아 도둑질이지, 지켜야 하는 사람들에게서 빼앗아야 하기 때문에 목숨을 해하는 일도 서슴없으리라.

피투성이가 된 그들의 얼굴에 그려진 문신이 무서웠다.

얼른 창문을 닫았다. 저택 자체가 높은 편이라 2층치고는 꽤 높이가 있었지만 그들이 맘만 먹으면 올라오기에 충분했다. 잠을 잘수 있을지 모르겠다.

밤이 깊어갈수록 밖은 환하게 밝아지고 사람들 소리로 시끄러웠다. 검은 바람의 도적들에 대한 두려움 때문에 못 잘 거라 예상했는데 그와 달리 시끄러워서 못 잘 판이었다. 술에 취해 고함을 지르는 소리, 여자들의 간드러지는 웃음소리, 여기저기 터져 나오는 교성이 뒤섞여 잠드는 건 불가능한 일이란 생각이 들었다.

엎드려 베개 밑으로 얼굴을 파묻어보고, 머리 위로 이불을 둘러썼지만 소용이 없었다. 수없이 뒤치락거리다 포기했다. 누워 있는 것도 지루해 침대에서 일어나 조심스럽게 창가에 다가섰다. 밖이 환하고 방은 어두워 내가 잘 안 보일 것이다.

정원이 사람들로 가득 차 있었다. 언제 씻고 옷을 갈아입었는지 피투성인 사람들은 보이지 않았다. 화려하고 노출이 심한 옷을 입은 여자들을 옆에 끼고 술을 마시는 남자들 사이에서 낯익은 사람이 눈에 들어왔다. 샤이크였다.

나무 아래 어떤 여자랑 엉켜 있는 그를 발견하고 눈살이 찌푸려졌다. 저렇게 열린 공간에서, 주위에 사람들이 바글바글한 곳에서 정사를 나누는 장면에 고개를 저으며 돌아섰다.

잠이 안 오고 지루해도 차라리 누워 있는 게 낫겠다 싶은 생각이 드는 순간 다시 황급히 돌아서 샤이크가 누워 있는 나무를 봤다.

맙소사. 그 나무 아래는 1년 전 칸과 내가 누워 있던 곳이었다. 창문으로부터 거리가 있기는 하지만 얼굴의 식별이 가능했다. 당시 칸이 집 안에는 사람이 있다고 했던 것 같은데, 그와 나를 누군가는 봤을 수도 있었다. 그나마 다행이라 생각되는 건 집주인이 여행 갔다고 했으니 샤이크가 목격할 일은 없었겠지.

생각만으로 얼굴이 화끈거리고 당황스러워 손톱을 잘근잘근 깨물었다. 생각에 잠겨 있다가 무심코 눈을 돌려 샤이크를 봤다.

그때였다.

아악! 이를 어째! 눈이 마주쳤다.

정사 중인 남자의 눈빛이 저렇듯 정확하게 이쪽을 볼 수는 없는데, 그는 자신의 밑에 깔린 여자를 향해 쉼 없이 허리를 움직이면서도 나를 뚫어지게 보고 있었다.

내가 보이는 건가?

당연히 어두워서 보이지 않을 거라 여겼지만 민망해서 얼른 침대로 가 누웠다.

안 보였을 거야. 안 봤을 거야.

봐서는 안 되는 장면을 몰래 본 것처럼 세차게 뛰기 시작한 심장을 진정시키느라 혼났다. 아마 학생 시절 부모님 모르게 야동을 보다 들킨 기분이 이럴 것이다.

나를 보던 샤이크의 눈빛을 지우려 애써도 더 선명하게 떠오를 뿐이었다. 급했는지 여자와 샤이크는 옷을 입은 채로 정사에 몰두 중이었다. 아니, 뭐, 샤이크를 봤을 때는 몰두한다고 표현하기가 애매했다. 그의 눈은 조금도 흥분하지 않았다. 그와 동시에 1년 전 나와 칸의 모습도 떠올라 부끄럽고 민망해서 어찌할 바를 몰랐다.

이불을 뒤집어쓰고 허공에 발길질을 몇 번이나 해댔는지 모른다. 세찬 움직임에 이불에서 퍼덕퍼덕 둔탁한 소리만 들려왔다.

그때, 똑똑똑.

올 사람이 없는데 노크 소리에 긴장이 됐다. 시녀가 이 시간에 날 찾을 리도 없고 내가 여기 있다는 걸 누군가 아는 건가?

"신시아, 나야. 문 열어."

샤이크의 목소리였다.

조금 전 민망한 상황을 봤던 터라 문을 열어야 할지 말아야 할지 고민했다. 비록 그가 나를 못 봤을지라도 창피한 건 매한가지다.

"깨어 있는 거 알고 있다. 빨리 열어라."

이건 또 무슨 소리야.

설마 조금 전에 나와 눈이 마주쳤다 생각했을 때 정말 나를 본 것일까. 그럴 리가 없는데 하며 문을 열었다. 다 알고 있다는데 굳이 안 열 이유가 있나.

"시끄러워서 잠을 잘 수가 있어야지요."

그는 취한 듯 몸을 약간 휘청거리며 나를 보고 웃었다. 아니, 우는 건가? 어둠 속에서 보이는 그의 얼굴은 일그러졌다가 다시 펴지는 미묘한 변화를 일으키고 있었다.

"이 밤중에 왜…… 앗!"

샤이크가 갑자기 내 허리를 잡고 들어 올리더니 자신의 어깨에 나를 둘러맸다. 그의 등을 두드리며 놔달라고 외쳤지만 그는 듣지 않고 침대로 향했다.

이 인간, 결국 일을 만드는구나.

필사적으로 발버둥 쳤으나 남자인 그의 힘에 대항할 수가 없었다. 침대로 나를 던지고는 재빠르게 위로 올라온 그는 양손으로 내 손을 머리 옆에 묶어뒀다. 하체를 누르고 있는 다리가 무거워 아무리 움직여도 꿈쩍도 하지 않는다.

"무슨 짓이에요!"

"그러게 내가 문 잠그고 조심하랬잖아."

스르륵. 그의 까만 머리카락이 흘러내려 얼굴을 간지럽혔다.

예전부터 느낀 건데 그에게서는 오묘한 향이 났다. 언뜻 맡기엔 사향 같기도 했지만 아닌 것 같기도 하고. 오늘따라 알 수 없는 그 향이 진하게 퍼져 방 안을 가득 채웠다. 샤이크가 숨을 내쉴 때마다 알코올에 섞인 과일 향도 났다. 얼마나 술을 마셨는지 냄새가 진동했다. 하지만 마신 양에 비해서 그는 덜 취한 듯 보였다.

"이미 다른 여자랑 뒹굴었으면서 아직도 아쉬워서 그래요?"

"봤어?"

봤으니까 알고 물어보는 거지.

샤이크가 흐리멍덩하게 웃었다.

"보라고 그런 장소에서 한 거 아닌가요? 아쉬우면 다른 사람 찾아요. 아래 보니까 여자들 넘쳐나던데."

"걔들이 너랑 같아?"

"다를 건 또 뭐야. 똑같은 여자일 뿐인데."

나와 눈을 마주치고 있는 감청색의 눈동자가 점점 아래로 내려가 내 입술을 보고 있었다. 초점을 잃어 흐릿해진 눈동자가 무엇을 원하는지 알 수 있었다. 아까는 멀쩡하던 눈이 왜 이래! 제발. 제발, 샤이크!

"억지로 취하지 않을 거라면서요."

"도둑놈의 말을…… 믿었나?"

"네, 믿었어요."

말이 끝나기 무섭게 입술이 다가왔고 내 입술을 살며시 스치며 얼굴 옆으로 그의 얼굴이 떨어졌다. 강제로 키스할까 봐 겁먹었지만 다행히 그와는 약간의 스침만 있었다.

샤이크의 머리카락이 얼굴로 어지럽게 흩어지는 바람에 답답해 손으로 떼려 했으나 그의 손은 여전히 내 손을 옭아맸다. 점점 그의 몸이 무거워져 숨 쉬는 것도 버거웠다.

"샤, 샤이크. 이제 그만 놔줘요."

"신시아, 너는 왜 아직도…… 카르카노야?"

"네?"

"왜 언제나…… 카르카노야?"

술에 취했는지 앞뒤가 안 맞는 말만 늘어놓는 샤이크 때문에 머리가 아팠다. 언제까지 이러고 있어야 하나 싶기도 했고. 이 와중에 그가 술에서 깨면 궁금했던 것 다 물어봐야지 다짐했다.

"샤이크는 왜 나예요?"

"난 처음부터…… 너였어. 반짝…… 거렸거든."

"네?"

"반짝, 반…… 짝."

그는 말이 점점 느릿해지더니 처음부터 나였다는 알 수 없는 말만 남긴 채 잠이 들었다. 이 사람도 내게 첫눈에 반한 모양이었다. 아무리 봐도 예쁜 구석이 없는 나인데 다들 왜 그러는지 정말 궁금했다. 분명 기분 좋을 일이지만 룩센에 오고부터는 꽤 피곤한 일임을 깨닫는 중이었다.

혹시나 싶어 샤이크의 몸을 살짝 밀었더니 움직였다. 확실히 잠이 들었는지 확인하고는 힘겹게 그의 몸을 옆으로 눕히고 침대에서 빠져나왔다.

그가 침대를 차지한 덕분에 잘 곳이 없어져 결국 뜬눈으로 밤을 새우다 동틀 무렵이 돼서야 소파에서 겨우 잠이 들었다.

날이 밝고 한참이 지나서야 깨어났다. 눈을 떴을 때 침대 위인 걸 보니 샤이크가 일어나서 소파에 앉아 졸고 있는 나를 옮겨논 모양이었다.

일어나서 밖을 보자 언제 그랬냐는 듯 지난밤의 흔적이 모두 사라져 있었다. 저 멀리 잔잔한 오아시스가 보이고 창문 아래의 정원은 푸르렀다.

오아시스에서 불어오는 시원한 바람은 사막 한가운데의 뜨거운 바람과는 차원이 달랐다. 이곳이 더할 나위 없이 좋기는 하지만 마음이 편한 건 볼품없고 더운 내 흙집이었다. 그리고 주아가 생각났다. 이미 아기는 낳았을 텐데…….

혹시 사라진 나 때문에 그 기쁨을 제대로 누리지 못했을까 봐 걱정이었다. 어서 빨리 칸이 림을 데리고 와주면 좋겠다. 림에게 나를 돌려보낼 수 있는 능력이 분명히 있을 것이라 믿는다.

아, 그래!

샤이크에게 그동안 궁금했던 거 물어봐야겠다는 생각이 들어서 문을 열었는데, 기다렸는지 샤이크가 서 있었다. 노크를 하려던 참이었는지 손을 둥글게 말아서 들고 있었다.

"왔으면 들어올 일이지 여기서 뭐 해요?"

"들어가려는데 네가 문을 연 거잖아."

"못 들어오고 서 있던 거 아니고요?"

"아니야. 배 안 고파? 밥 먹자. 난 너 일어나길 기다리느라 배고파 죽을 것 같다."

그가 자신의 배를 움켜쥐며 배고프다는 시늉을 했다.

"왜 나를 기다렸어요? 먼저 먹지."

"절대 한마디를 안 져요. 빨리 따라오기나 해."

그를 따라 식당으로 내려가자 큰 테이블에 온갖 것들이 차려져 있었다. 시장기를 못 느꼈는데 음식을 보자마자 배가 급속도로 고파져 그에게 하려던 질문은 먹은 뒤에 하기로 했다.

어느 정도 배를 채우고 시녀가 내온 무카를 마시며 샤이크의 눈치를 살폈다. 처음부터 마구잡이로 질문하면 그는 요리조리 쏙쏙 잘 피해갈 것이다. 어떤 질문부터 시작할까 고민하다가 때마침 그의 목에 새겨진 문신이 눈에 들어왔다.

"목에 문신. 그거 새길 때 아프지 않았어요?"

가까이서 자세히 살펴보니 대충 봤을 때와는 달리 아름다운 그림이었다. 뭔지 정확하게 파악이 안 되었지만 늘어진 나무처럼 보이기도 하고, 하늘거리는 꽃처럼 보이기도 했다.

문득 그의 목 아래로는 문신이 어떻게 새겨졌을지 궁금했다. 미술학도로서의 궁금증인가.

내 질문에 물을 마시기 위해 컵을 들던 그의 손이 멈칫했다. 나를 잠시 바라본 그가 다시 컵을 잡고 물을 마셨다.

"당연히 아프지. 하지만 사람은 육체적인 고통보다 정신적인 고통이 더 큰 법이거든. 견디긴 힘든 일이 있었는데 그에 비하면 이정도는 아무것도 아니었어. 정신적인 고통을 이겨보고자 새긴 거니까."

"정말 많이 힘들었나 봐요. 그 많은 걸 어깨와 목에 새길 정도면."

그의 눈에 얼핏 애잔함이 비쳤다. 내가 잘못 본 것일까 하며 다시 봤을 때는 이미 사라지고 없었다.

"하고 싶은 이야기가 뭐야?"

벌써 눈치챘나. 가끔 애처럼 보이다가도 금방 성인 남자로 변신했다.

"헤헤, 눈치챘어요?"

"저번에도 말했지만 할 수 있는 것만 이야기한다."

"그래요, 그래요."

내 질문을 기다리는 샤이크의 눈과 어떻게 질문을 해서 그가 답을 말하도록 유도할지 고민하는 나의 눈이 부딪쳤다.

"여관에서 처음 봤을 때 당신이 칸에게 그랬죠? 내가 그의 여자가 아니라고. 나에 대해 뭘 알기에 그런 말을 한 건가요? 우린 분명 처음 봤잖아요."

"그건 칸에게 한 말이니 대답 안 해. 다음 질문!"

첫 번째 질문은 단칼에 잘렸다. 불만의 표시로 입술을 앞으로 삐죽 내밀었다. 샤이크는 어깨를 한 번 들썩이며 더는 안 된다는 뜻을 보였다.

어쭙잖은 질문으론 그를 혼란스럽게 할 수 없었다. 큰 거 한 방이 필요했다.

"헤크란이 누구예요?"

만세! 그의 눈썹이 움찔거렸다. 내가 알지 못할 거라 생각한 이름이 내 입에서 나오자 눈에 띄는 반응을 보였다.

"헤크란을 알아?"

"잘 알지는 못해요. 다만…….."

다음 말을 기다리는 그의 눈에 긴장의 빛이 역력했다. 헤크란이란 사람은 정말 누구일까.

"내게 용서받지 못할 일을 저지른 사람이란 것만 알아요."

"그 용서받지 못할 일이 뭔지는 알고?"

"몰라요. 그러니까 묻는 거잖아요. 내가 아는 건 그것밖에 없어서."

그의 시선이 테이블을 향해 있었다. 무엇을 생각하는지 그 상태로 꼼짝을 않는 샤이크.

그의 대답을 기다리느라 애가 탔다. 빨리 말하라고 채근하고 싶었지만 행여나 산통 깰까 봐 마음을 꾹꾹 눌렀다.

"내가 해줄 수 있는 대답은, 곧 그를 만나게 될 거야. 거기까지."

가라앉은 그의 목소리를 어떻게 해석해야 할지 모르겠다. 샤이크와 헤크란이라는 사람이 내게 벌인 용서받지 못할 일이 대체 무엇인지 감조차 오지 않았다. 나는 여관에서 샤이크를 처음 봤고 그전에는 만난 적이 없다. 더구나 헤크란이라는 남자는 더더욱 알지 못했다. 무언가 내게 큰 잘못을 했다는 약간의 짐작만 가질 뿐이었다.

어차피 더 물어봐야 대답 안 해줄 테니 곧 만나게 된다는 답으로 만족했다.

"나도 질문 하나만 할까?"

"네, 하세요."

"카르카노는 네게 어떤 사람이야?"

그의 질문에 난감해졌다. 나조차도 뭐라 명확하게 말할 수 없는 부분이었기 때문이었다.

"음, 잘 모르겠어요. 사실 칸을 1년 전에도 만난 적이 있어요."

"알아."

"어? 어떻게 알아요? 내가 말한 적이 있었나요?"

"아니, 네가 말한 적은 없었어. 그 이야긴 나중에 해. 그런데?"

"그때는 잘 몰랐는데, 이번에 다시 만나고 나서는 좀 달랐어요. 1년 전의 칸은 수도 없이 내게 사랑한다고 말했지만 다시 만난 칸은 내게 사랑한다고 하지 않았어요. 처음엔 나도 그를 사랑하지 않으니 문제 될 것이 없다고 생각했지만, 어느 순간부터는 그게 아주 서운했어요. 1년 전처럼 무작정 나를 사랑해주면 좋겠다는 생각도 했고……."

말하다 입술을 닫았다. 이제야 특별하게 느껴지는 그 감정에 대해 알았다. 여태까지 칸이 나를 인정하지 않고 있다고 여겼는데, 나 역시 그를 인정하지 않았다.

주아에게 돌아가고 싶었던 마음이 의무감으로 뒤바뀌었을 때, 그 이유가 무엇인지 스스로 감지해야 했다. 하지만 마음 깊숙이 피어나고 있는 감정의 씨앗을 부정하며 자라지 못하도록 억지로 묻어뒀다.

그를 사랑하게 될까 봐 두려웠음에도 불구하고 끝내 칸이 좋아졌다. 좋아하게 되고 말았다. 고마움, 즐거움. 이런 마음이 아니라 그 남자가 좋았다. 그에게 사랑받는 여자가 되고 싶었고, 그가 나만을 사랑해주길 원했다. 오로지 나만이 그가 안는 여자이길 바랐다.

나에 대한 그의 마음은 뭘까.

표정이 어두워지는 나를 빤히 바라보는 샤이크의 눈길이 느껴졌다. 줄줄이 늘어놓다가 멈춘 말을 다시 하길 바라는 눈치였다. 그러나 아직 칸에게 고백하지 못한 이 감정을 샤이크에게 먼저 보이고 싶지 않았다.

내게서 시선을 거두고 테이블에 고정하던 샤이크가 다시 눈을 들어 나를 바라봤다. 진한 감청색의 눈동자가 오늘따라 맑아 보였다.

"지금의 카르카노도 너를 사랑할 거야. 단지."

"단지? 단지 뭐요?"

샤이크가 믿을 수 없는 사람이란 걸 알면서도, 칸이 나를 사랑할 거라는 말에 기대감으로 설레었다. 나도 모르게 입가에 웃음이 번지는 걸 막기 위해 입술에 힘을 줬지만, 잘되지 않았다.

"기분 째지는 거 아는데 그만 티 내지그래?"

"헤에. 티 났구나. 그러니까 단지 뭐냐고요."

"아니야, 됐다. 더 이상은 대답 안 해줘."

"쳇. 단지 뭔데요! 왜 말을 하다 말아요? 참, 근데 1년 전에 칸을 만난 건 어떻게 알아요?"

"저기."

그가 손가락으로 가리킨 곳은 창문 밖, 정원의 나무였다. 저 나무가 왜?

순간 1년 전 나무 아래서 칸과 했던 일이 떠올랐고, 차마 샤이크를 볼 수 없어서 눈을 감아버렸다. 갑자기 귀가 뜨겁게 달아오르는 것이 느껴졌다. 민망하고 창피한 이 자리를 어떻게 피한다지.

"그때 나도 집에 있었거든. 너도 잘 알다시피 저택에서는 그 나무가 잘 보여. 하지만 나만 그 좋은 구경 했는지는 모르겠다."

"카, 칸이 분명히 집주인은 여행을 갔다고 했는데……."

목소리가 기어들어갔다.

"집주인인 내가 집 안에 있다는 건 그도 알고 있었지, 아마?"

"아니, 그럼 왜…… 칸이 그런 거짓말을……."

"그만큼 급했는가, 아니면 누군가에게 보란 듯이 그랬을지도."

누군가에게 보란 듯이 그랬을지도 모른다는 그의 말에 나는 말도 안 되는 소리라며 고개를 저었다. 칸이 왜 다른 사람에게 보이려고 나와 그곳에서 일을 벌였단 말인가. 정말 말도 안 되는 소리다.

한편으로는 의문이 들기도 했다. 샤이크의 말이 맞을지도 모른다. 카투스 객실에서 움직이지 싫어했던 칸이 그날은 굳이 밖으로 나가자고 했고, 그래서 간 곳이 지금 내가 있는 샤이크의 집이었다.

당시 칸과 나는 매일 낮과 밤을 가리지 않고 침대 위에서 살았는데, 단순히 급했다는 것은 이유가 되지 않았다. 그것도 굳이 여기를 찾아와서! 그 나무 아래서!

잠깐 색다른 경험을 하려고 했던 건가 싶기도 하나 그는 그 전에도, 그 후에도 색다른 경험 따윈 하지 않았다.

그럼 뭐지? 어쩌면 칸은 저택에서 그 나무가 잘 보이리란 것을 알고 있었을지도 모른다. 정말 누군가에게 그 장면을 보이려 했을까? 도대체 왜…….

또 머리에 쥐가 날 것 같아 머리카락을 쥐어뜯었다. 나에 관한 건 아무리 궁금해도 이렇게까지 머리 아프진 않은데 칸에 관한 건 생각만으로 지끈거리며 아팠다.

"그로면 당신은 왜 여관에서 처음부터 날 못 알아봤어요?"

"처음엔 관심 있게 보지 않았으니까."

진짜 모르겠다.

"뭘 그리 복잡하게 생각해. 그냥 카르카노 돌아오면 물어봐."

"그렇긴 하지만."

"밖에 나가서 바람 좀 쐴래? 아! 너 수영할 줄 알아? 오아시스에 들어가면 기분 좋아지는데."

오아시스에서 수영할 수 있다는 거지? 저택에서 나간다는 사실만으로도 좋은데 오아시스에서 수영할 수 있다니 다행이었다.

적당히 고민하자. 칸이 돌아와야 알 수 있는 문제를 미리 고민하고 있다고 해서 알게 되는 것도 아니었다. 샤이크의 말을 빌리자면 칸이 나를 사랑한다고 하지 않았던가. 그가 돌아올 때까지는 그것만 생각하련다.

"근데 뭘 입고 들어가요?"

"입긴 뭘 입어. 다 벗고 들어가야지."

"예에?"

그의 말에 깜짝 놀라며 안 간다고 외치자 그가 크게 웃었다.

"하하하하! 너는 정말, 농담도 못 하냐. 벗긴 뭘 다 벗고 들어가. 아니, 근데 또 벗고 들어가면 어때? 볼 것도 없는 몸이."

샤이크는 나를 위아래로 훑어봤다.

"어딜 봐요?"

앙칼진 목소리로 쏘아붙이자 그가 다시 크게 웃었다. 잠시나마 가라앉아 보였던 샤이크는 온데간데없이 사라졌다.

오아시스까지는 멀지 않았다.

부자들만 사는 동네인지, 아니면 귀족들만 있는 건지 가는 길은 한산했다. 그는 약간의 짐만 챙겨 말 위에 싣고는 자신의 앞에 나를 태웠다. 함께 타는 것이 꺼림칙해 따로 타자고 했지만 생각해보니 나는 말을 탈 줄 몰랐다. 하는 수 없이 그와 함께 타게 됐다.

커다란 야자나무와 비슷한 나무들이 무성하게 자라 있고, 오아시스 주변에는 알 수 없는 식물들이 우거졌다. 룩센의 보통 사람들이 사는 곳과는 천지 차이였다.

"그런데 우리 말고는 여기 오는 사람이 없나요?"

날씨가 더워 사람이 있을 거라 예상했던 것과 다르게 한 명도 보이지 않았다.

"오아시스에 각각 사유지의 구역이 정해져 있어서 함부로 아무 곳이나 들어갈 수 없거든."

"아하. 그럼 여기는 샤이크의 구역이란 말인가요?"

"응. 주인인 나 말고는 올 사람이 없어."

"우와."

매번 느끼는 거지만 그는 칸 못지않은 부자였다. 그 큰 집도 모자라 오아시스의 구역을 가지고 있다니. 한국이나 여기나 돈이 중요하긴 하구나.

그가 내게 수영할 때 입는 거라며 건넨 옷은, 마치 원피스 수영복처럼 하나로 연결된 얇고 짧은 옷이었다.

다행히 가슴과 아래 중요한 부위를 가려줄 곳에 천이 덧대어 있어 망설이던 고민을 멀리 날려주었다. 거기다 수영복처럼 몸에 달라붙지 않고 넉넉해서 좋았다.

"샤이크."

옷을 갈아입기 전에 확실히 해둬야 했다. 오아이스 오기 전에 확답을 받았어야 했는데, 좋아서 그만 잊고 말았다. 아무튼 지금이라도 그에게 답을 들어야 했다.

"왜?"

"수영 각자 알아서 해요."

"그럼 수영을 혼자하지 같이하냐?"

이상한 소리를 한다며 피식 웃는다.

"내 옆에 오지 말아요. 손도 대지 말아요, 알았죠?"

"싫어. 내가 왜 수영하자고 한 거 같아? 안 할 수는 없지."

"그럼 돌아가요."

즉시 몸을 돌려 말이 있는 곳으로 걸었다. 샤이크가 손목을 잡으며 농담도 못 하냐고 중얼거렸다.

"정말, 안 돼요! 약속!"

"알았어, 알았어."

그에게 몇 번이고 계속 확답을 받았다.

약속을 받아낸 뒤 나무 아래서 몸을 감추고 옷을 갈아입었다. 바람에 일렁이는 오아시스의 푸른 물결을 보니 당장에 뛰어들고 싶은 욕구가 생겨 샤이크가 들어가자는 말도 하기 전에 뛰어들었다.

첨벙!

"앗! 차가워!"

생각했던 것보다 물이 많이 찼지만 답답했던 마음과 머릿속을 시원하게 씻어주는 것 같아 기분이 상쾌했다.

"신시아!"

잔잔한 물살을 가르며 느긋하게 수영을 하다가 샤이크가 부르는 소리에 몸을 일으켰다. 몸에서 오아시스의 맑고 차가운 물이 흘러내렸다. 그러나 곧 다시 물속으로 들어가야 했다.

엄마야! 이게 뭐야!

물에 젖은 옷이 몸을 훤히 비췄다. 그것뿐 아니라 차가운 물에 꼿꼿하게 일어선 유두의 형태까지 적나라하게 드러내고 있었다.

"샤이크! 이 옷 왜 이래요!"

목까지 물속에 잠겨 있어 보일 리가 없는데도 가슴을 감싸며 그에게 고래고래 소리를 질렀다.

"그 옷이 왜? 룩센이나 코아쿤의 여자들은 물에 들어갈 때 다 그 옷을 입는데? 문제 있어?"

그가 물 안으로 들어와 가까이 오려 하자 손을 들어 그를 저지했다.

"오지 마요! 이건 벗은 거나 다름없잖아요! 내 옷 갖다 줘요!"

"갖다 주면 물속에서 어떻게 입을 건데? 내가 안 볼 테니까 나와."

그는 한숨을 쉬고는 물 밖으로 먼저 나가 내게 등을 보이며 서있었다.

샤이크의 구역이니 볼 사람도 없다고 해도 어쩐지 창피했다. 여전히 가슴을 가리고 주위를 두리번거리며 물 밖을 향해 나갔다. 물에서 완전히 벗어나 땅에 발이 닿는 순간이었다.

샤이크가 빠르게 달려 어느새 눈앞으로 다가왔다. 순식간에 나의 목과 허리를 낚아채고 끌어당겨 입을 맞췄다.

내가 미쳤었지. 내 잘못이 컸다. 자고 싶다는 말을 서슴없이 하며 나에 대한 욕구를 노골적으로 표현한 사람인 것을 잠시 잊었다. 멍청하게도 수영하러 가자는 말에 속아 이 상황을 만들다니.

거칠게 입술을 문지르며 입안으로 들어오려는 그를 막기 위해 이를 세게 물었다. 그러자 샤이크가 턱을 깨물었다. 아릿한 아픔에 나도 모르게 외마디 비명을 터뜨림과 동시에 그의 혀가 기다렸다는 듯이 입속으로 들어와 사정없이 침범했다.

샤이크의 혀를 물어버리려고 노력했지만 그의 두툼한 혀가 힘 있게 움직이며 나를 방해했다. 큰 과일이 입안에 그대로 들어와 씹지도 못하고 어버버 하고 있는 상태와 똑같았다.

그는 열심히 자기 욕심만 채우고 있었다. 이렇게까지 아무 감각이 없는 키스도 있다 느끼면서 발버둥을 쳤다.

숨이 막혀 그의 등을 힘껏 내리쳤으나 그다지 아픔을 주지는 못한 것 같았다.

내 숨이 넘어갈 때쯤 그는 입술을 떼며 나를 바닥에 눕혔다. 그 사이, 샤이크에서 벗어나기 위해 몸을 최대한 빨리 움직였지만 곧 잡히고 말았다.

나의 양팔을 위로 올려 손목을 포개 자신의 한 손으로 고정시켰다. 다리로는 내 다리를 감싸 안아 누르며 꼼짝 못 하게 만들었다.

"샤이크!"

입이 자유로워지자 악을 지르면서 그의 이름을 불렀으나 전혀 상관하지 않았다.

"아아, 신시아. 너는 예나 지금이나 여전히 반짝반짝거리는구나."

이 인간 또 못 알아들을 소리를 했다. '나를 언제부터 알았던 거야. 혹시 룩센에 왔을 때부터 쫓아다닌 스토커 아니야?' 하는 의문을 가진 순간 샤이크가 목덜미를 세게 물어왔다. 아팠다.

"그만해요! 아프단 말이야!"

아랑곳하지 않고 목의 여기저기를 문 그는 쇄골도 세차게 빨아들이고 있었다. 아무리 몸을 들썩여도 그의 아래에서는 물 밖으로 나와 팔딱이는 작은 물고기의 움직임 정도밖에 안 되었다.

이미 한 손으로는 얇은 천 위로 드러나 있는 가슴을 쥐었다. 아플 정도로 강하게 잡아 틀었다. 일어선 그의 분신이 아랫배를 쿡쿡 찔렀다.

안 돼!

샤이크의 손에 짓눌리던 가슴이 그의 입에 먹혔다. 그리고 그의 손이 다리 사이로 내려가 옷 사이를 파고들었고, 가슴살을 잘근잘근 씹어댔다.

"아악! 야, 이 나쁜 자식아! 아프다니까!"

목청이 터져라 소리를 질렀다.

멈칫. 샤이크의 동작이 일순간 그대로 정지됐다. 목부터 가슴까지 얼얼한 기운이 남아 있었다.

동작을 멈추고 내 눈을 바라보는 그의 눈동자가 흐릿했다. 마치

약에 취한 사람처럼 초점을 잃었던 눈이 점차 맑아졌다. 놀란 눈으로 나를 살피던 그가 신음을 뱉으며 내 머리카락에 얼굴을 묻었다.

피가 통하지 않을 정도로 세게 양 손목을 잡고 있던 그의 손에서 힘이 빠지니 그제야 혈관에 피가 돌았다. 스르르 하는 느낌이 손가락 마디마디 관통하는 것 같았다.

"미안하다. 이럴 생각이 아니었는데……."

"진짜, 이게 뭐야. 미안하다면 다야? 이미 계획 세우고 온 거잖아요!"

얼마나 소리를 질렀는지 목이 쉬어 따끔거렸다. 더 크게 소리를 지르려다 목이 아파 참았다.

"아니야. 정말 그저 시원한 물에 들어가게 해주고 싶었던 게 다야."

그가 고개를 들어 나를 내려다봤다. 검은 머리카락이 커튼처럼 얼굴의 양옆으로 드리워져 빛을 막았다.

맑은 감청색의 눈동자. 잠시간 서로를 바라보다 내가 먼저 고개를 돌렸다.

"그만 내려가 줄래요? 무거워요."

차분한 목소리로 그에게 부탁했다.

내 말에 그는 재빨리 일어서 옷을 가져와 몸에 덮어줬다. 이미 다 봐놓고 고개를 반대로 돌리며 덮어주는 걸 보니 정말 미안해하는 듯했다.

"미안해."

"됐어요."

성질내봤자 무슨 소용이야. 처음부터 따라온 내 잘못이다.

"잠시 눈에 뭐가 쓰였다."

어깨를 축 늘어뜨리고 재차 사과했다. 대꾸하지 않고 옷을 어떻게 갈아입을지 고민했다.

"아무래도 그 옷이 문제였어."

여전히 고개를 돌리고 옷 핑계를 대는 샤이크.

"이런 식이면 곤란해요."

그 옷이 문제였다는 샤이크의 말에 아무렇지도 않은 척했으나, 혹시라도 그가 다시 덤벼들면 어쩌나 겁도 났다. 젖은 옷 위로 아무렇게나 마른 옷을 걸쳤다.

만약에 다른 남자가 이렇게 강제적으로 덮쳤다면 두 번 다시 보지 않았을 것이다. 림을 만나야 하는 이유도 있어 이 사태를 넘기고 있기는 했지만 뭐랄까, 샤이크에겐 연민이나 동정 같은 것이 느껴져 더 이상 크게 화내지 못했다.

마음이 약해지면 안 되는데. 이 나쁜 놈!

"그거, 내가 그런 거겠지?"

내가 옷을 다 입었는지 곁눈질로 확인한 그가 나를 보더니 물어본다. 그것이 뭔지 굳이 말하지 않아도 알고 있었다. 목과 그 아랫부분에 난 상처들이겠지.

"카르카노가 봤다면 죽일 듯이 달려들었을지도 모르겠군."

"죽었겠죠."

뼈도 못 추릴 만큼.

"맞아, 카르카노와 일대일로 싸운다면 내가 질 것은 뻔해."

"그건 그렇고, 이제 궁금한 건 풀렸나요? 이거 궁금했다면서요."

원 없이 물고 빨았으니 궁금증이 풀렸길 바라는 마음으로 물어봤다. 샤이크에게 말하며 목을 만지는데 상처가 났는지 쓰라린 느낌에 인상을 찌푸렸다. 아무래도 진한 키스 차원이 아니었다.

"기억 안 나. 다음엔 제대로 맛봐야지."

와, 이 인간 진짜. 세상 다 산 사람처럼 풀이 죽어 미안하다고 할 때는 언제고.

"지금 그게 미안하다는 사람의 태도예요?"

고개를 획 돌려 쏘아보자 그는 '정말 미안하기는 해.' 하며 손사래를 쳤다. 그의 감정 변화는 굴곡이 심했다. 행동을 자책하는 사람처럼 미안해하다가, 그 사실을 어느 순간 잊어버리고 본래의 모습으로 돌아왔다.

"약이라도 발라야겠네."

말에 나를 앉히고 뒤에 올라탄 그가 얼굴을 앞으로 돌려 목을 바라봤다.

"얼굴 치워요."

그래도 아파 보이기는 하는 모양이지?

아직도 칸이 올 날은 멀었는데 그때까지 이 남자와 어떻게 버틸지 암담했다. 몸을 천으로 꽁꽁 감싸고 방에만 박혀 있어야 되려나. 되도록 칸이 빨리 돌아오기를 바랐다.

말이 천천히 움직이며 제 갈 길을 향해 갔다. 따각. 따각. 따각. 일정한 박자를 맞추는 말발굽 소리가 울렸다.

"솔직히 말해봐요."

"뭘?"

"나를 처음 본 게 언제예요?"

"갑자기 무슨 말이야. 너도 알잖아. 1년 전 여기 저택에서 잠깐 보고 여관에서 처음 봤어. 아, 또 카르카노에게 했던 말을 묻는 거야?"

"아뇨. 아까 당신은 나더러 예나 지금이나 반짝거린다고 말했어요. 그건 옛날에 봤다는 말 아니에요?"

"내가 그랬어? 언제?"

이럴 줄 알았다. 저렇게 아닌 척하면서 '나는 몰라요' 할 때면 입을 손으로 잡고 쭉쭉 당기고 싶다.

"저번에 당신이 준 차 마시고 쓰러진 적 있잖아요. 나 그때 정신은 멀쩡했어요. 샤이크 당신 말고 또 다른 사람이 있었던 거 다 알아요."

"그 차는 환각을 일으키기도 해."

또 거짓말. 입만 열었다 하면 거짓말. 올라오는 짜증을 누르고 정신을 읽었을 때 들었던 이름을 꺼냈다.

"그래요? 한 번도 들어본 적 없는 헤크란이란 이름을 그때 들은 건데요?"

"환각이란 것이 잠재돼 있는 마음을 깨우기도 하지."

"칫. 거짓말이란 거 다 알고 있거든요."

거짓말이라는 나의 말에 그는 이렇다 할 대답을 해주지 않았고, 그 뒤로 계속 말없이 저택으로 향했다. 입구에 다다르자 지키고 있던 보초가 나와 인사를 하며 문을 열었다.

"너는 나에게 물어볼 것이 그런 것뿐이야?"

"그런 거라뇨?"

"나에 관해 궁금한 건 없어?"

"그래서 물어봤잖아요. 문신."

입꼬리를 올리며 내뱉는 웃음이 겨우 그 정도냐는 의미를 지니고 있었다.

"그 문신 새길 때 무슨 일이 있었어요?"

말에서 나를 안아 내려주는 샤이크에게 그에 관해 유일하게 궁금한 것을 물었다.

"그게 나에 관한 궁금한 질문인가?"

"네, 그건 궁금해요. 아, 또 생각났다. 어쩌다 도둑이 된 건지도 궁금해요."

샤이크는 잠시 고민에 빠져 생각에 잠겼다.

"그래. 너 감기 걸리면 안 되니까 우선 옷부터 갈아입고, 목에 약도 바른 다음에 얘기해줄게."

어라, 웬일이지. 방금 그가 얘기해준다고 답했나. 잘못 들은 줄 알고 멍하게 그를 바라보자 씩 웃으며 아프지 않게 머리를 쥐어박고 먼저 들어갔다. 예상 밖의 횡재였다.

방에서 옷을 갈아입으며 거울을 통해 목과 쇄골 언저리를 보니 가관도 아니었다. 여기저기 붉은 잇자국이 선명하게 남아 있었다. 사디스트야? 많이도 물었다. 샤이크가 준 연고처럼 생긴 불투명한 끈적끈적한 액체를 상처에 바르자 따끔거렸다.

아! 짜증 나! 짜증 나!

약을 바르며 느껴지는 통증 때문에 몸을 움찔할 때마다 샤이크가 미안한 듯 나와 눈을 마주치지 못했다. 그러게 왜 미안할 짓을 한 거야. 쯧.

약을 바르는 사이 시녀가 티 세트를 가지고 들어와 차를 준비했다. 언뜻 보니 투명한 개나리색을 띠고 있었다. 익숙한 향이 언젠가 마셔본 적이 있다는 생각이 들어 기억하려 집중하느라 이맛살이 찌푸려졌다. 분명히 아는 향인데.

"기억이 잘 안 나는 모양이네. 저번에 마셨던 차야. 너 정신 잃게 한."

내가 기억해내기 전에 그가 먼저 알려주었다.

"그런데 이걸 다시 왜……. 설마, 샤이크!"

오아시스에서 당한 일도 있는데 또다시 정신을 잃게 해서 무슨 짓을 하려는 건지 의심이 됐다.

"이 차는 향에 취하는 것 같지만 정작 정신을 잃게 하는 건 마셨을 때야. 향은 잠깐 멍한 기분만 들게 하지."

"그런데 이걸 또 마시라고요?"

"응. 대신 아주 조금 혀끝만 축여. 한 모금이라도 마셨다간 저번처럼 쓰러질 테니까."

"꼭 그렇게 해야 해요?"

"자주 마시다 보면 내성이 생겨서 많이 마셔도 저번과 같은 일은 일어나지 않을 거야."

"앞으로 이 차를 마시지 않으면 되죠. 꼭 내성까지 만들어야 할 필요가 있나요?"

"앞으로 무슨 일이 생길지 어떻게 장담을 하냐. 말 들어."

마시기가 꺼림칙했지만 그의 말도 일리가 있어 찻잔을 들었다. 묘한 차향이 코끝을 통해 들어오자 또 머리가 멍해져왔다. 찻잔을 기울여 혀를 조금 내밀어 차에 적셨다가 급하게 다시 내려놨다. 다행히 혀만 살짝 대서 그런지 쓰러지는 일은 일어나지 않았다.

샤이크는 얼마나 자주 마셨길래 저렇듯 아무렇지도 않게 한 잔을 다 비워가는 걸까 궁금했다.

얼굴을 가린 긴 흑발이 창문을 통해 들어오는 바람에 그의 어깨 위에서 작은 춤을 추고 있었다. 의자의 팔걸이에 손을 세워 머리를 기대자 기울어진 목으로 보이는 문신이 이제는 위협적이기보다 은근히 매력적이었다. 어떤 사연을 가지고 있을지 더욱 궁금해졌다.

그가 가지고 있는 특유의 사향과 같은 향기가 바람에 실려왔다. 차의 향 때문에 취하는 게 아니라 그의 향에 취하게 생겼다. 마시지도 않은 차를 탓하며 정신을 차리기 위해 고개를 저었다.

천천히 여유롭게 다 마신 그가 자신의 이야기를 하려고 준비했다. 어떤 이야기가 나올까 호기심 어린 눈으로 그가 어서 얘기해주기를 기다렸다.

6장

가슴이 두근거렸다. 어렸을 적 할머니 무릎에 누워 옛날이야기를 기다리는 어린아이처럼. 예쁜 남녀가 그려진 만화책의 표지를 보고 첫 장을 넘기기 전의 여고생처럼. 그러나 그는 내 기분과는 달리 처져 보였다.

"문신을 새긴 이유는……."

첫마디를 꺼낸 그가 이어가지 못하고 잠시 멈췄다.

"두 가지 이유에서야. 하나만 얘기해줄 수 있다."

그에게 힘든 일인데 괜스레 물어본 것 아닌지 미안한 감이 몰려왔다. 그만두라고 할까 고민하던 찰나에 그가 다시 입을 열었다.

"철없던 시절에 좋아했던, 아니 사랑했던 사람이 있었어. 여동생처럼 생각했는데 어느 날 보니 여자가 되어 있더군. 사실 처음부터 좋아했는지도 몰라."

몸에 문신을 새길 만큼 아픈 기억이었나? 칸의 첫사랑 소녀도 그렇고 샤이크도 그렇고. 이 남자들 보기보다 순애보구나. 어쩐지 마음이 애틋했다.

"문제는 나만 그녀를 사랑했던 것이 아니었지. 함께 자란 친한 친구 두 명이 있었는데 우리 셋은 성격도 비슷하고 좋아하는 것, 싫어하는 것도 비슷해서 정말 잘 통하는 사이였어. 그런데 하필 여자를 보는 눈까지 같아서 일이 복잡해졌지. 아마도 넷이 언제나 같이 다녔기 때문에 그랬을지도 모르겠다."

"저런."

어쩌다 친한 친구 세 명이 한 여자를 좋아하게 되었을까.

"암튼 결과적으로 그녀는 나 아닌 다른 친구를 사랑했어. 물론 모두가 자신을 좋아한다는 사실은 몰랐지. 힘들었어. 상처도 컸고. 처음으로 마음을 열었던 여자가 나 아닌 다른 사람을 사랑하는 모습을 보는 것이 괴로웠어도 볼 수 있다면 견딜 수 있다고 생각했어. 아무것도 모르는 그녀는 자신의 사랑을 찾고 많이 행복해했으니까."

깊은 한숨을 내쉬는 그가 안쓰러웠다. 수많은 애인이 있고 사생활이 복잡한 그에게 그런 일이 있었다니 놀라웠다. 가질 수 없는 첫사랑 때문에 여성 편력이 심해졌을지도 모르는 일이었다.

"그런데 다른 친구 한 명의 괴로움은 나와 비할 바가 못 되었지. 누가 더 사랑했느냐, 덜 사랑했느냐의 문제는 아니지만 그는 그랬어. 사랑이 질투가 되고, 질투가 분노가 되어 멈추지 않는 질주를 시작했어. 그러다 결국 그 일이, 일어났어."

힘겨운 듯 말을 끊어서 하는 그의 목소리에 갑자기 심장이 세차게 뛰었다. 왠지 듣고 싶지 않았다. 나도 괴로울 것 같다.

"그 녀석의 질투로 그녀를 영원히 잃어버렸다."

"아, 설마 죽었나요?"

샤이크의 눈이 새빨갛게 물들었다. 대답을 못하고 나를 피하는 그의 눈이 답을 대신했다.

"폭주한 건 그 녀석이지만 그녀를 어둠 속으로 인도한 건 나였어. 그저 질투로 인한 간단한 사건으로 끝날 수 있는 일이었는데 내가 잘못 개입하는 바람에. 말렸어야 했지만 결국 돕고 말았지. 아무것도 모르고 고통스럽게 떠나던 그녀의 모습이 아직도 눈에 선해. 그녀의 비명이, 울부짖음이 귓가에 울려."

"아, 샤이크."

가슴 한쪽이 저릿하면서 아파왔다. 자리에서 일어나 그에게 다가가 창백하게 질린 얼굴을 가슴에 안았다. 끝까지 들을 필요가 없는 이야기였다.

샤이크의 잘못으로 그녀가 죽음에 이르자 견딜 수 없었던 그는 자신의 몸을 가학하며 문신을 새겼고, 한편으로는 그 문신을 통해 그녀를 기억하려 했던 것이 틀림없다.

가엾은 사람.

그의 얼굴을 감싼 팔에 차가운 눈물이 떨어졌다. 눈물을 흘리는 샤이크의 얼굴을 차마 볼 수 없어 그의 머리에 얼굴을 묻었다.

"그 일로 우리 셋은 각자의 길을 가게 되었고, 어떤 누구보다 더 나쁜 관계가 되었어. 사랑도 잃고, 친구도 잃었지."

떨리는 음성이 그가 지금 얼마나 고통스러운지 말해주고 있었다.

"그만 말해요, 샤이크. 이제 됐어요."

지금까지 얼마나 고통스러운 세월을 보냈을까. 목에서 무언가가 올라와 자꾸 아프게 하고 있었다.

내 허리를 감싸며 더 깊숙이 안겨오는 그를 이 순간만큼은 용서하기로 했다. 그리고 나는 직감하게 됐다. 칸의 소녀와 샤이크의 그녀가 같은 사람이란 것을.

칸과 샤이크 두 사람은 한 여자를 사랑했구나.

본 적도 없는 그녀가 부러웠다가 곧 불쌍해졌다. 죽어가는 순간에 얼마나 힘들었을까. 사랑하는 사람을 두고 떠나는 그녀의 감정이 생생하게 느껴져 나조차 괴로웠다.

뻑뻑한 감청색의 유화물감을 발라놓은 것 같은 밤하늘에 달이 취할 듯이 휘영청 떠 있었다.

밤하늘이 가진 색상은 샤이크의 눈동자를 떠올리게 했다. 그의 이야기가 머리와 마음을 복잡하게 만들어서일까. 도통 잠을 이룰 수가 없어 뒤척거리다가 결국 침대에서 일어났다.

의자를 창가로 끌고 와 앉아 달빛을 쬐었다.

가슴 아픈 샤이크의 사연에 뭐라 위로해야 할지 생각이 나지 않았다. 해줄 수 있는 건 같이 울어주는 것뿐이었다.

그가 방에서 나가고 차분하게 이성적으로 머릿속을 정리하면서 알게 된 사실은, 칸이나 샤이크가 내게 첫눈에 반한 이유에 분명 죽은 그녀가 연관되어 있다는 것이다. 그녀가 사랑했던 사람이 샤이크가 아닌 것은 분명했다.

그렇다면 칸이었을까? 아니면 내가 모르는 다른 한 명?

만약 그녀가 사랑한 사람이 다른 한 명이라면 질투로 질주했다는 사람은 칸이라는 말이지 않은가. 정말 칸이라면, 그가 누군가를 그렇게 사랑했다는 사실만으로도 왠지 우울해져서 다리를 의자 위로 올려 끌어안고 얼굴을 묻었다.

차라리 그녀와 사랑을 나눈 사람이 그였으면 좋겠다.

칸, 빨리 돌아와요. 보고 싶어.

지루한 시간은 예상보다 빨리 지나갔다. 어느덧 한 달 남짓 흘러 앞으로 한 달만 더 기다리면 된다는 생각으로 날짜를 세며 보냈다. 웬만하면 귀찮아서 날짜 세는 일을 하지 않는데, 칸이 많이 보고 싶기는 한 모양이었다.

샤이크가 이따금 나를 향해 욕망을 드러내기는 했지만 문신에 관한 이야기를 한 뒤로는 제법 자제하려고 노력하는 모습이 보였다. 기특하다고 칭찬해주니 아직 시간이 많이 남았다며 마음 놓지 말라는 엄포 아닌 엄포를 했다.

그 무렵 그는 다시 사냥을 나갔다. 샤이크가 있을 땐 밖에도 데리고 나가주고 대화 상대가 되어 그럭저럭 무료하지 않은 날을 보낼 수 있었지만, 그가 없는 집은 적막하기만 했다. 사람이 피곤해야 졸리기도 할 텐데 하루 종일 놀기만 하니 밤늦도록 깨어 있는 시간이 많았다.

그날 밤도 쉬이 잠들지 못하고 창가에 앉아 한참 달구경에 빠져 있었다. 시녀의 말을 듣자니 내일이나 모레면 샤이크가 돌아온다고 해서 답답했던 숨통이 트이는 기분이었다.

사냥 끝내고 또 한바탕 신 나게 즐길 테니 문을 잠그고 절대 열어주지 말아야겠다.

달빛 아래로 조용한 정원을 바라보고 있는데 무언가가 휙휙 왔다 갔다 했다. 처음에는 동물이 들어왔나 싶어 대수롭지 않게 여겼지만, 그 검은 움직임이 점점 다가오고 있음을 알았다.

뭐지? 동물이라 말하기엔 몸집이 컸다. 눈 깜짝할 사이에 가까워졌다. 정확하게 무엇인지 확인하기 위해 미간을 찌푸리며 집중하다가 번뜩이는 두 개의 눈동자를 발견하고는 뒤로 한 발자국 물러나던 순간이었다.

어느 틈에 창문 바로 아래까지 온 그것이 거친 바람이 빠지는 소리를 냈다.

슈슉!

그것은 용수철처럼 튀어 올라 방의 큰 창문을 넘어 들어왔다. 밖으로 도망쳐야 하는데 놀란 나머지 그만 자리에 주저앉고 말았다. 뛰는 가슴을 잡으며 그것의 정체를 확인하는 순간 정신을 잃었다.

덜컹덜컹.

눅눅한 곰팡내와 나무 냄새가 섞여 코를 찔렀다. 덜컹거리는 소리와 함께 말발굽 소리가 났고, 피부에 딱딱한 물체가 닿았다.

살며시 눈을 뜨니 어둠뿐이라 보이는 것이 하나도 없었다. 그리고 곧 입에 재갈이 물렸다는 것과 팔다리가 불편하다는 것을 깨달았다.

손이 등 뒤로 묶여 있어 앉을 수도 없었다. 눈으로 볼 수 없는 것만으로도 무서워서 죽을 것 같은데, 자유롭지 않은 몸 때문에 확인

되지 않은 공포가 몰려왔다. 지금까지 몇 번 살해의 위협을 받기는 했지만 이 정도는 아니었다. 납치당한 적은 한 번도 없었던 터라 더욱 두려웠다.

어둠에 눈이 익숙해지자 고개를 들어 주위를 둘러봤다. 한쪽에는 얼마 안 되는 마른 풀들이 쌓여 있고, 겨우 나 혼자 누워 있을 수 있는 공간이었다. 덜컹거리는 움직임과 말발굽 소리가 들리는 것으로 보아 달리는 마차의 안이라 짐작했다.

젠장. 지금 이 시추에이션은 뭐란 말이야.

얼마나 달렸는지 모르겠다. 긴 시간 동안 나는 잠들었다 깨기를 수없이 반복했다. 묶여 있는 줄을 풀기 위해 노력했지만 허사였다.

음식은 물론이고, 물 한 모금도 먹지 못했다. 배에서 느껴지는 허기짐이 견딜 수 없다가 이제는 느껴지지 않을 만큼 굶은 것 같았다. 이렇게 힘없는 상태로는 여기를 빠져나간다 한들 도망칠 수나 있을까.

잘 지내다가 이게 무슨 일인지. 그것도 검은 바람의 샤이크의 저택에서 일어난 일이라니. 누군지 몰라도 간이 배 밖으로 나온 것이 틀림없다.

샤이크는 과연 나를 찾고 있으려나. 멀리 있는 칸은 내가 이렇게 된지도 모르겠지.

에이 씨, 진짜. 근래에 복잡한 일이 너무 많이 생기고 있었다. 참았던 눈물이 흘렀다. 최대한 체력을 아끼기 위해 울지 않으려 노력했지만 한번 터진 눈물은 그칠 줄 모르고 쏟아졌다. 주아도 못 보고, 칸도 못 보고 이대로 죽을 것만 같았다.

그 후로도 마차는 멈추지 않고 달렸다. 가끔 쉬는 듯 멈추기는 했으나 그 시간이 그리 오래는 아니었다.

끼이익! 드디어 문이 열렸다. 귀에 거슬리는 소리에 머리가 아팠다. 열린 문으로 들어오는 햇빛 때문에 눈을 뜰 수가 없었다. 그리고 누군가 들어와 나를 안아 들며 혀를 끌끌 찼다.

"이런, 그 고운 얼굴이 다 상했네."

처음 듣는 굵은 남자의 목소리에 나도 모르게 몸이 움츠러들었다. 그래 봤자 남자의 품 안이었다. 입이 바짝 말라 누구냐고 물어볼 힘조차 없었다.

가늘게 겨우 뜬 눈 사이로 낯선 형태의 집이 보였다. 아무래도 룩센이나 코아쿤은 아닌 모양이었다. 얼마나 멀리 온 건지, 나를 안고 있는 이 사람이 누군지 생각하려 했지만 곧 다시 잠 속으로 빠져들었다.

얼굴에서 느껴지는 차가운 기운에 다시 정신을 차렸다. 깨끗한 공기가 콧속으로 들어와 머리를 맑게 했다.

"어머, 정신이 들어요?"

모르는 여자가 나를 근심 가득한 얼굴로 내려다봤다. 말을 하려 입술을 떼었지만 힘이 들어가지 않아 목소리가 나오지 않았다.

"우선은 이걸 먹고 이야기해요. 이 무식한 남자가 아무리 바빠도 그렇지, 여자를 이렇게 데리고 오면 어떻게 해?"

아마도 나를 데려온 남자를 욕하는 모양이었다.

조심스럽게 입안으로 물이 흘러들어 오자 오랜만에 맛보는 수분 때문인지 몸이 급하게 반응을 해왔다. 발끝부터 머리카락 끝까지 물의 기운이 도는 것 같았다.

입으로 몇 번 물을 넣어준 그녀가 이번엔 담백한 맛이 나는 맑은 수프를 넣어줬다. 그러면서 계속 남자를 욕하느라 중얼거렸다.

음식을 다 먹어도 몸을 움직이는 것은 힘들었지만 이제 말을 할 수 있을 만큼 힘이 생겨 그녀에게 물었다.

"여기가 어디죠?"

"소란이에요."

"소란?"

"코아쿤에서는 멀어요."

"제가 왜 이곳에 온 거죠? 나를 데려온 그 사람은 누구인가요?"

"에효. 이게 다 당신 애인 샤이크 때문이에요. 우릴 원망 마요. 물론 얀센이 당신을 좀 심하게 대하긴 했지만, 그건 내가 대신 사과할게요."

소란이란 이름의 나라를 들어본 적이 없다. 내가 이 세계에서 아는 곳이라곤 룩센과 코아쿤뿐인데. 아, 그래. 비록 이름만 들어본 나라지만 지금 칸이 떠나 있는 하이겐도 안다. 샤이크는 어디에서건 유명한 사람인가 보다. 그런데 내가 그의 애인이라는 말도 안 되는 소리는 어디서 들었길래 이런 일을 벌였는지 짜증이 났다.

"샤이크가 얀센의 마을을 쓸었나 봐요. 전부를 잃은 얀센이 화가 나서 당신을 데려온 것이고. 아마 샤이크가 데려간 포로와 재물을 당신과 바꿀 모양인 것 같아요."

얀센은 나를 데리고 온 사람을 말하는 모양이었다.

"하지만 전 샤이크의 애인이 아닌걸요."

"샤이크가 당신을 제집에 가둬놓고 절대 밖으로 내보이지 않는다던데……. 그 사람 아니에요? 이상하네. 분명 샤이크의 집에서 데려왔다고 했는데."

"샤이크 집에 있었던 건 맞지만 애인은 아니에요."

"아아, 뭐, 어쨌든 소문의 여자는 맞잖아요."

내가 샤이크의 애인이라고 소문이 난 모양이었다. 집에 가둬놓고 절대 보여주지 않는 애인. 집에 가둬놓은 건 아니지만 남들 보기에는 그럴 수도 있겠다 싶었다. 과연 샤이크가 나를 두고 얀센이란 남자와 거래를 할지 미지수긴 하지만 말이다.

그가 내게 빠져 있는 건 맞지만 한 무리를 이끄는 수장으로서의 책임이 있을 것이고, 만약 거래를 거부한다면 나는 어떻게 되는 걸까. 생각만으로 끔찍해 몸에 한기가 돌았다.

"샤이크가 거래를 안 한다고 하면 어떻게 되는 건가요?"

"어떻게 되긴, 당신을 노예로 팔기라도 해야지."

언제 들어왔는지 남자가 나를 훑어보며 대답했다. 큰 몸집에 우락부락한 생김새였지만 나쁜 인상은 아니었다.

"저, 저를 판다고 해서······."

"물론 당신을 판다고 해서 얼마나 많은 돈을 쥐겠어. 내가 잃어버린 것에 비교도 안 되지. 하지만 그 녀석도 소중한 걸 잃어봐야 해."

샤이크에게 모든 걸 잃어버린 사람치고 그는 비교적 침착했다. 구구절절 늘어놓는 이야기의 결론은 샤이크가 분명 거래에 응한다는 장담이었다. 소중한 것이라. 내가 샤이크의 소중한 것이 맞으려나. 어쩌면 얀센이 잘못짚은 걸지도 모르겠다.

며칠이 흘렀다. 마차에서 보낸 날짜를 계산하지 못했기 때문에 정확하게는 얼마나 지났는지 파악이 되지 않았다.

얀센은 샤이크에게 연락을 취하고 기다리는 중이었고, 그사이 나는 다행히 기력을 회복하고 있었다.

그로부터 날짜가 더 흐른 뒤 어느 날 밤이었다. 얼핏 잠이 들었다가 대화 소리에 깼다.

"이상하네. 샤이크 녀석한테 연락 올 시간이 훨씬 지났는데 왜 이렇게 조용하지?"

"거래할 마음이 없는 거 아니에요?"

얀센과 나를 돌봐준 여자의 대화였다. 샤이크에게서 응답이 오지 않은 모양인지 얀센의 목소리에 짜증이 섞여 있었다.

"정말 저 여자를 팔 거예요?"

"이런 식이면 어쩔 수 없지."

그럼 그렇지. 내가 어떻게 샤이크의 소중한 것이 될 수 있겠어. 이렇게 된 이상 도망쳐야 했다. 얀센은 주로 밤에 집에 있으니 그가 없는 낮에 틈을 타서 도망갈 계획을 머릿속에 세웠다.

얀센이 언제 끌고 나갈지 몰라 당장 내일 이곳을 빠져나가야겠다고 마음먹었다. 문제는 어떻게 룩센으로 돌아가느냐인데, 그건 나중에 생각해도 될 것이다. 지금 가장 먼저 할 일은 얀센의 손아귀에서 도망쳐야 하는 것이었다.

의외로 내가 마음이 넓은 편인가. 아니면 샤이크에게 기대를 하지 않았나. 거래에 응하지 않은 그가 원망스러웠지만 한편으로는 이해했다.

그도 사정이 있을 것이다.

다음 날 오전, 얀센이 나가고 여자와 나 둘만 있었다. 한 번도 도망가겠다는 의지를 비친 적이 없어서 그런지 이들은 나를 심하게 감시하지 않았다. 특히 여자는 내게 관대했다. 아주 가끔이지만 날 혼자 두고 시장을 보러 가기도 했고, 뒤뜰에서 빨래도 널었다. 그러나 오늘은 시장도 안 가고 뒤뜰로 나가지도 않았다.

여느 때처럼 그녀가 점심을 준비하자 도와줄 것이 없는지 옆에서 서성거렸다. 그녀가 냄비의 스튜를 저어달라며 잠시 창고에 다녀오겠다고 했다.

기회가 왔다!

열심히 주걱으로 젓는 시늉을 하다가 그녀가 창고로 들어가자마자 젓던 것을 팽개치고 냅다 뛰었다. 어차피 내가 사라진 것을 알게 되는 것은 어느 정도의 시간이 흐른 뒤일 것이다.

낮은 밝아서 위험하니 조용한 곳에 숨어 있다가 밤에 움직이는 것이 좋을 듯했다.

급하게 빠른 걸음으로 지나가는 나를 사람들이 힐끔거리며 보는 것이 느껴졌다. 충분히 기억할 텐데, 나중에 얀센이 나를 찾는데 도움을 줄 것이다. 집에서 나올 때 얼굴을 가릴 천을 하나 가지고 나올 걸 그랬나 후회됐다.

미친 듯이 거리를 헤맸다. 인적이 드문 골목을 찾아야 했다. 마침내 드문드문 집들이 모여 있는 곳을 발견했고, 집과 집 사이에 있는 비좁은 틈의 그늘을 찾아 몸을 숨겼다.

"하아, 하아."

숨이 턱까지 차올라 심장이 세게 뛰었다. 체력이 완전히 돌아온 것이 아니라 힘들었다.

숨이 가쁜 탓에 어지러워 바닥에 앉아 몸을 동그랗게 말고 무릎에 머리를 기댔다. 다시 도망치려면 체력을 비축해야 했다. 어서 빨리 해가 지기를 바라며 눈을 감았다.

잠깐 잠들었다. 해가 지고 있는지 그림자가 길어지고 주위가 붉게 물들어갔다. 이제 어둠이 찾아오면 행동을 취해 룩센으로 돌아갈 방법을 고민해보기로 하는 찰나였다.

휙 지나가는 남자가 하얀 금발을 하고 있었다.

저런 금발은 잘 없는데……

문득 칸이 떠올라 자리에서 벌떡 일어나 고개를 내밀고 남자의 뒷모습을 봤다. 눈에 익은 뒷모습. 어깨 위에서 찰랑거리는, 굵은 웨이브의 흰색에 가까운 밝은 금발.

칸이었다.

"칸!"

그가 왜 여기에 있는지는 중요하지 않았다. 보고 싶었던 그를 발견한 것도 모자라 이 급박한 상황에서 칸만큼 내게 절실한 존재는 없을 것이다.

나의 외침에 그가 자리에 우뚝 섰다.

천천히 뒤돌아보는 칸.

그가 맞다!

반가움과 서러움에 눈물이 나올 것 같았다. 그가 곧 내게 달려올 것이다. 그리고 넓은 가슴 가득 나를 안아줄 것이라 기대했다.

그러나 그는 커진 눈으로 나를 보고만 있었다.

"칸?"

다시 이름을 부르며 다가가려 하자 그는 나를 보며 뒷걸음질 치더니 이내 몸을 돌려 뛰어가 버렸다.

왜? 대체 왜?

멀어지는 칸의 뒷모습을 보며 나지막이 그의 이름을 다시 불렀다.

"칸."

뒷걸음질 치는 칸의 모습은 가히 충격적이었다. 나를 본 그의 눈동자는 마치 봐서는 안 되는 사람이라도 본 것처럼 놀라 있었다.

가슴이 무너져 내리며 아파왔다. 왜 나를 외면하는 거예요.

일순간 벌어진 일에 멍하니 그가 사라진 쪽을 향해 서 있었다.

"여기 있었군!"

굵은 목소리의 주인공은 얀센이었다.

그의 인상이 나쁘지 않다고 생각했는데, 내가 잘못 봤는지 지금은 험악한 얼굴이 붉으락푸르락 변했다. 큰 덩치가 다가오자 벗어나기 위해 뛰었지만 금방 잡히고 말았다.

불행한 일은 이렇게 항상 겹쳐서 벌어졌다. 회복되지 않은 몸, 나를 팔기 위해 쫓아온 얀센, 그리고 도망치듯 멀어져 간 칸.

우악스러운 손에 목이 잡히자 강하게 누르는 고통이 느껴졌다. 호흡이 제대로 안 되어 끅끅거려도 얀센의 손은 풀어질 줄 몰랐다.

귓가에서 고래고래 고함을 지르고 숨이 막혀오는데도 오로지 멀어져 간 칸의 모습만 보였다. 숨 막히는 고통 때문인지, 칸 때문인지 모르겠지만 눈에서 눈물이 흘렀다.

죽는 건가 싶을 때쯤 목에서 느껴지던 고통에서 풀려날 수 있었다. 바닥에 주저앉아 급하게 들어온 공기로 연신 기침을 하며 잘게 숨을 들이쉬었다.

정신없는 와중에 가까운 곳에서 여러 개의 얇은 쇠붙이가 부딪치는 소리가 들렸다. 소리의 근원을 아는 나는 안도의 숨을 내쉬었다.

샤이크의 귀걸이가 내는 소리.

"이러면 서로가 힘들어져, 얀센."

친숙한 음성이 얀센의 이름을 불렀다. 고개를 들어보니 온몸을 까만색으로 두른 샤이크가 서 있었다. 그의 문신은 언제 봐도 매력적이었다. 나를 찾아온 샤이크를 보고 반갑게 웃어주고 싶었으나 그럴 기력이 없었다.

거래에 응하지는 않았으나 나를 구하러 왔다. 내가 샤이크에게 '소중한 것'까지는 아니어도 구할 만한 가치가 있는 사람인가 보구나.

나를 힐끔 본 샤이크의 감청색 눈에서 거친 바람이 부는 듯한 착각이 들었다. 그래서 그를 검은 바람이라고 부르는 건가.

"먼저 시작한 건 너야, 샤이크."

"그래서 그녀를 납치했나?"

"거래에 순순히 응했다면 아무 일 없었을 것을. 어쨌거나 네가 직접 올 정도면 납치 대상을 잘 골랐군."

"선택해. 그녀를 놔준다면 목숨은 살려줄 거야."

"싫다면?"

"죽어야지."

샤이크에게서 저토록 강한 살기를 본 것은 처음이었다. 가끔 진지해지기는 해도 장난스럽고 아이 같은 사람이라 생각했는데, 그는 당장 칼을 들어 얀센의 목을 벨 것만 같았다.

"네가 뭘 착각한 모양인데 이 여자는 지금 내 손안에 있어."

얀센이 내 허리를 들어 올려 제 옆구리에 끼웠다. 발버둥 쳤지만 스스로 느끼기에도 너무나 작은 반항에 불과했다.

"얀센, 그러다 후회한다."

"누가 후회할지는 두고 봐야 알지."

삐익! 날카로운 음과 함께 무언가 꽂히는 둔탁한 소리가 머리 위에서 들렸다. 두꺼운 바늘이 얀센의 팔뚝에 박혀 있었다.

"그녀를 놔주면 해독제를 줄게. 어쩔 거야."

샤이크의 몸은 흔들림 없이 그 자리에 똑바로 서 있었지만 그의 눈에서는 불안함이 보였다.

당신 나를 많이 걱정하고 있구나. 그가 거래에 응하지 않은 사정이 있었던 거야.

"으하하하! 더 이상 잃을 것도 없으니 목숨 따윈 두렵지 않아. 어차피 독이 퍼지려면 시간이 좀 걸릴 터, 너도 네 것을 잃는 고통을 느껴봐."

얀센의 말이 무엇을 뜻하는지 알게 된 순간 다시 한 번 벗어나기 위한 몸부림을 쳤다. 역시 소용이 없었다.

그는 나를 안고 있는 허리 반대쪽에서 단도를 꺼내 들었다. 단도를 쥔 얀센의 손이 허공을 향해 높이 올라가더니 나를 향해 빠르게 내려왔다. 눈을 질끈 감고 말았다.

푸욱. 날카로운 것이 어딘가로 깊게 들어가는 소리가 들려왔다. 내 옆구리를 찔렀나.

이상하다. 아파야 하는데 아무 느낌도 나지 않아 눈을 살며시 떴다.

얀센의 몸이 푸르르 떨리더니 나를 잡고 있던 손을 놓았다. 땅바닥에 닿기 전에 누군가 다시 나를 잡아줬다. 샤이크는 저 앞에서 꼼짝을 않고 서 있는데 나를 잡은 사람은 누구지?

"얀센이라고 했나? 네가 큰 실수를 했다. 그녀는 샤이크의 것이 아니라 내 것이다."

날 세우고 꽉 껴안은 사람, 칸이었다.

"오랜만이야. 보고 싶어 미치는 줄 알았다."

나의 목덜미에 얼굴을 묻고 그가 깊게 숨을 들이마셨다. 좀 전에 놀란 얼굴을 하고 내게서 도망갔다가 다시 나타난 이 사람을 어떻게 이해해야 하나 감이 안 왔다.

칸에게서 몸을 떼며 양손으로 얼굴을 잡아 올리고 그의 눈을 바라봤다. 그 눈동자가 아니다. 조금 전에 나를 피하던 그 눈동자가 아니었다.

지금 이 사람의 눈빛은 강하고 차가우며 당당했다. 내 걱정으로 미간에 엷은 주름을 세우고 있었다.

"왜 그래? 어디 다쳤어?"

오랜만에 만난 그에게 반가운 기색은커녕 말 한마디도 없는 내게 당황하며 내 몸 이곳저곳을 살피며 물어왔다.

"칸."

아까 내 앞에서 왜 그런 식으로 멀어졌어요. 나를 외면하는 당신 때문에 가슴이 너무 아팠어요. 왜 그랬어요.

묻고 싶었다. 혼란스럽다. 명확하게 이렇다 말할 수는 없지만 뭔가 잘못되었음을 느꼈다.

하지만 그가 지금 내 앞에 있었다. 그것이면 된다. 당장은 이 순간을 마음껏 기뻐하자고 생각하며 수많은 질문을 뒤로 미뤘다.

238

"나도 보고 싶었어요, 칸."

칸의 이름을 부르며 품으로 파고들자 그가 다시 나를 힘껏 안으며 입술을 겹쳤다.

말캉하고 촉촉한 그의 혀와 단단한 몸에 눌리는 이 느낌이 그리웠다. 나를 향한 황금색 눈동자와 귓가에 울리던 속삭임이 그리웠다.

이 남자의 모든 것이 너무 그리워 눈물이 날 것만 같았다. 땀 냄새와 흙냄새가 섞인 그의 체취에 온전히 나를 맡기고 싶었다.

칸이 찌른 칼에 얀센이 쓰러졌다. 급소를 찌른 것은 아니었으나 샤이크의 부하가 쏜 독침의 영향도 있었을 것이다. 그는 거친 기침과 함께 핏덩이를 토하고 부르르 떨며 죽어갔다. 내 목숨에 위협을 가한 인물이었으나 사람의 죽음을 보는 것은 쉽지 않았다.

얀센을 보고 있는 나의 고개를 칸이 자신의 가슴 쪽으로 돌리며 등을 쓰다듬었다.

"샤이크, 너는 뭘 하고 있었길래 시아가 이 지경이 되도록 놔뒀단 말이야?"

칸에게 안겨 있는 나와 눈이 마주친 샤이크가 다른 쪽으로 눈을 돌렸다. 그에게 미안해졌다.

"얀센이 이럴 줄은 몰랐어. 포로로 잡힌 저 녀석의 부하들이 대부분 돌아섰을 때 눈치챘어야 하는데, 미안. 사냥 중이라 좀 늦긴 했지만 나도 놀라서 최대한 빨리 온 거다."

여전히 다른 방향을 보며 샤이크가 답했다.

화가 나서 어깨가 들썩이는 칸을 잠재우기 위해 그의 턱을 만지며 미소를 지어 보였다. 긴 여행에 얼굴이 상했지만 그는 여전히 멋있었다. 까끌까끌하게 만져지는 불규칙하게 난 수염이 그를 더욱 남성스럽게 보이도록 했다.

"아무 일 없었으니까 됐잖아요. 그만해요."

그의 품에 더욱 파고들었다.

얼마나 보고 싶었던가. 탄탄하고 넓은 가슴, 중저음의 듣기 좋은 목소리, 나를 원하는 그의 마음. 이렇게까지 이 사람이 보고 싶을 줄 몰랐다.

조금 전 나에게서 도망갔던 그에게는 아마 이유가 있었겠지. 내가 밝히는 여자였나. 그와 보낼 밤이 벌써부터 기대되어 얼굴이 붉어지는 게 느껴졌다.

"참! 그런데 당신 왜 하이겐에 있지 않고, 여기 있어요?"

문득 떠올랐다. 그는 림을 따라 하이겐으로 갔기 때문에 70일이라는 긴 시간이 걸린다고 했다. 그런데 왜 지금 여기에 있는지 의아했다.

"그렇잖아도 샤이크에게 물어볼 참이었어."

그가 성난 눈으로 노려보며 대답하자 샤이크가 손사래를 쳤다.

"아냐, 분명히 림은 하이겐으로 간다고 했어. 중간에 방향을 틀지 내가 어떻게 알았겠냐."

"어? 그럼 림이 지금 여기에 있는 건가요?"

두 사람의 대화로 추측해보건대 림은 분명 여기 소란에 있었다. 내 질문에 칸과 샤이크의 눈빛에서 당황스러움이 비쳤다.

뭐지?

두 사람은 내 눈치를 보며 눈빛을 주고받았다. 내가 모를 줄 아

나. 이 사람들이!

"뭐예요, 지금?"

"네가 말해라."

샤이크가 칸에게 떠넘겼다.

"흐음, 시아."

"네?"

"여기서 말하기는 그렇고, 자리를 옮기자."

"아니, 림이 이곳에 있는지만 얘기해주면 되는데 그게 뭐가 어렵다고 이러는 거예요?"

뭔지는 모르겠지만 두 사람의 낯빛이 좋지 않다. 이상한 것이 칸과 샤이크가 대화는 항상 서로 으르렁거렸는데, 지금은 서로를 떠넘기며 피하려고 했다.

칸은 떠나기 전에 내게 말했다. 나중에 때가 되면 다 알려줄 테니 기다려달라고.

그럼 샤이크는 뭘까 하는 물음표가 머리에 떠올랐다. 림의 이야기에 저 사람의 표정이 왜 그리 어두워졌을까.

샤이크도 내게 감추는 무언가가 있나 보다. 그렇다면 그가 나의 질문에 답하지 않은 것들이 무엇인지 생각해야겠다.

에이 씨! 별로 많지도 않았는데 기억이 나지 않았다.

그래, 헤크란!

헤크란이라는 이름에 대해서 이렇다 할 답을 해주지 않았고, 곧 만나게 될 것이라고만 했다. 그럼 림이 헤크란? 어느 정도 일리가 있었다. 어차피 '림'이란 명칭은 룩센의 신관을 부르는 칭호였으니 지금의 '림'에게도 자신의 이름이 따로 있을 것이다.

샤이크는 내게 헤크란과 자신을 용서하지 말라고 했는데, 림의 신분인 헤크란이 내게 뭘 잘못했을까. 만난 적도 없는 사람인데.

아, 머리가 복잡해 터질 것만 같았다. 이 사람들이 내게 감추고 있는 것이 무엇인지 조금도 유추가 되지 않았다.

그들은 볼멘소리를 하는 나를 데리고 카투스로 데려갔다. 정확히 카투스는 아니었다. 룩센이나 코아쿤의 카투스와 비슷한 것처럼 보였지만 이곳엔 접대부들이 있었다.

속이 비치는 얇은 바지와 겨우 가슴에만 천을 둘러 가리고 있는 모습은 여자들이 어떤 일을 하는지 짐작할 수 있게 해줬다. 잘록한 허리, 풍만한 가슴과 엉덩이를 보니 나도 모르게 내 몸으로 눈이 갔다. 비교되는 몸매에 새삼 그들이 부러워졌다.

쳇, 왜 이런 곳으로 온 거야.

여자들의 눈길이 칸과 샤이크를 따라다녔다. 워낙에 훤칠하고 잘생긴 인물들이니 그 여자들도 그들과 같은 손님을 접대하고 싶은 건 당연했다.

그러나 곧 칸에게 안겨 있는 나를 발견하고는 저마다 아쉬운 한숨을 내쉬었다. 거기다 샤이크의 목에 새겨진 문신을 발견한 모양인지 놀라는 짧은 비명도 들렸다. 아무래도 이 남자들은 내가 생각하는 것보다 훨씬 대단한 인물들임에 틀림없었다.

객실을 안내받고 칸과 함께 먼저 들어갔다. 샤이크는 뒤따라 온 종업원에게 주문을 하는지 뭐라 지시를 했다.

잠시 후 종업원이 티 세트와 간단한 다과를 준비해 왔다. 차를 따라주기 위해 주전자를 드니 샤이크가 자신이 할 테니 그만 나가라고 했다.

쪼르르 맑은 소리를 내는 차는 개나리색을 띠고 있었다. 어떤 차인지 금방 감이 왔다. 샤이크의 집에서 처음 마시고 기절했던 차. 그 뒤로 지속적으로 마셔서 지금은 반 잔까지는 무난하게 마실 수 있었다.

처음 마실 때는 묘한 향 때문에 거부감이 들었지만 마시다 보니 익숙해진 건지, 본연의 향을 제대로 맡을 수 있게 된 건지 이제는 제법 좋다는 생각이 들었다.

"왜 이걸 주문했어?"

칸이 샤이크에게 퉁명스럽게 물었다.

"이게 왜? 카르카노, 너 설마 이거 못 마시냐?"

"못 마시진 않아. 싫어할 뿐이야. 그리고 이걸 시아가 어떻게 마셔?"

"걱정 마. 내 집에서 지내면서 수도 없이 마셔서 지금은 제법 잘 마셔. 그렇지, 신시아?"

샤이크가 내게 장난스러운 웃음을 지어 보였다.

"칸, 이제는 잘 마시는 차니까 걱정 마요."

"너 이 자식, 죽고 싶어 미쳤군. 이걸 시아에게 왜 먹여?"

"그것이 다 신시아를 위한 길이야."

발끈한 칸을 보면서 아무렇지도 않게 샤이크는 계속 차를 마시기만 할 뿐이었다. 능구렁이가 따로 없네, 정말.

"처음에 마실 때 많이 힘들었을 텐데, 괜찮았어?"

머리를 쓰다듬으며 다정스럽게 묻는 칸의 말에 갑자기 몸에서 힘이 빠져나갔다.

나를 오롯이 담고 있는 황금색 눈동자를 계속 보며 대화하고 싶었다. 물론 맞은편에 샤이크가 있어서 그렇게는 못하겠지만.

처음에 마셨을 때 기절했다고 말하려 했으나, 그랬다간 칸이 샤이크를 가만두지 않을 것 같아서 그 말을 둘만의 비밀로 접어뒀다. 아, 그 자리에 헤크란이라는 사람도 있었으니 셋만의 비밀인가.

"샤이크가 미리 대비해두는 것도 좋겠다며 권했어요. 조금씩 자주 마시다 보니 지금은 괜찮아요."

그에게 미소를 지으며 차를 한 모금 마셨다.

"카르카노, 넌 한 번에 얼마나 마실 수 있어?"

"한 잔 정도."

"한 잔 가지고 되겠냐. 더 마시는 연습을 해라. 한 나라의 왕이란 사람이 고작 '차' 때문에 큰일 당하면 어쩌려고 그래."

"샤이크!"

칸이 테이블을 세게 내리쳤다.

그러나 내게는 테이블이 부서질 듯한 큰 소리가 문제가 아니었다. 놀란 나의 눈이 칸을 향했다.

한 나라의 왕? 누가? 칸이? 그가 림을 찾는다고 했을 때 평범한 사람이 아니라고 생각했던 건 맞지만, 아무리 그래도 그렇지 왕이라고?

"어차피 신시아도 곧 알게 될 거 아니야. 충격받을 일이 하나 더 남아 있는데 이 정도는 미리 말해두는 것도 좋지 않겠어? 카르카노, 네가 신시아 걱정하는 마음을 잘 아니까 나라도 먼저 말해야겠다 싶어서 그랬으니 너무 화내지 마라."

심드렁하게 말하는 샤이크와 달리 칸의 눈에는 분노가 서려 있었다. 금방이라도 샤이크에게 달려들 것만 같았다. 그러다 멍한 표정으로 자신을 바라보는 내가 있다는 것을 그제야 인지했는지 걱정스러운 눈빛을 하고는 양손으로 내 얼굴을 감싸 안았다.

"아, 시아. 말하려고 했다."

기분이 어떠하다고 형용하기가 어렵다. 그가 왕인 것이 뭐 그리 대수라고 나는 이렇게 충격받은 것처럼 머리가 멍할까. 줄곧 마셔왔던 차에 아직 내성이 덜 생겼나.

"신시아, 너도 참……. 아니, 어떻게 림은 알면서 룩센의 왕은 몰랐어? 하긴 검은 바람의 샤이크도 몰랐으니 그럴 수도 있겠군. 그래도 사막의 백사자는 알 법도 한데 말이야. 카르카노의 얼굴이 알려지지 않은 탓도 있긴 하지만 이름은 알고 있었어야지."

샤이크가 이해할 수 없다는 듯이 말했다. 사막의 백사자. 칸을 그리 부르는 모양이었다. 어쩐지 카르카노라는 이름을 처음 들었을 때, 낯설었지만 묘하게 익숙하다는 느낌을 받았었다.

그래. 룩센 왕의 이름이니 오다가다 들었을 것이다. 하다못해 시장에서, 아니면 귀족들이나 상인들에게 그림을 그려주면서 스치듯 들었을지도 몰랐다.

거기다 칸이 가지고 있는 흰색에 가까운 밝은 금발을 찾아보기가 힘들었다. 다시 생각해보니 코아쿤이나 룩센에서 본 적이 없다. 그저 이 세계에선 흔치 않은 머리카락 색이라고 생각하기만 했다.

붉은빛이 적절하게 가미되어 있는 황금색 눈동자도 보기 어렵다고만 여겼지 정작 칸 말고는 본 적이 없었다. 그의 외모를 상세하게 뜯어보니 왜 백사자라 불리는지 알 만했다.

샤이크의 말대로 나는 룩센의 신관에 대해서는 알고 있었으면서 왜 룩센의 왕에 대해서는 전혀 몰랐을까.

너무 멍청했다. 어떻게 생각해보면 크게 놀랄 일도 아닌 것 같은데 마음 한편에서 올라오는 이 씁쓸함에 대해 결론이 나지 않았다.

"아마도 내 나라로 돌아가기 위해서는 림이 절대적으로 필요했으니까, 그 사람에 대해서만 알아보고 룩센의 왕에 대해선 관심이 없어서 그랬나 봐요. 칸, 난 괜찮아요. 제가 감히 범접할 수 있는 사람이 아니었네요."

그가 룩센에서 첫 번째로 재산이 많다고 했을 적에 알아봤어야 하는데, 나도 참 둔하지. 신분의 차이에서 오는 그와 나의 거리감. 만약 내가 룩센인이었다면 그와의 관계는 이 정도의 선에서만 머무를 것이다.

씁쓸함의 원인을 알았다. 내가 만약 주아에게 돌아가지 않더라도 칸과 오래토록 마음을 나눌 수 있는 처지가 아니다. 그와 헤어지기 싫었는데, 차라리 돌아갈 곳이 있어서 다행이었다. 그와 나의 차이를 인정하고 받아들이자. 이로써 나도 나중에 때가 되면 마음 편하게 떠날 수 있으리라.

하지만 내가 그를 잊지 못하면 어떻게 하지? 그는 나를 잊게 되는 걸까? 룩센에 나의 흔적을 남겨두지 않고, 이곳에 대한 마음을 가져가지도 않겠다 다짐했는데, 결국 모두 물거품이 되었다.

"괜찮아?"

"……네."

칸이 내 관자놀이에 부드럽게 입을 맞췄다. 그의 마음이 전해지는 듯하였다.

이 남자는 나를 아낀다. 그것도 아주 많이.

내일은 생각하지 않고 칸과 오늘만 살고 싶다. 그래, 언젠가 헤어질 사이라면 도움이 전혀 되지 않는 침울한 생각을 버리자.

"많이 놀라게 해서 미안해. 그래서 내가 직접 말하고 싶었는데, 저 녀석이."

칸이 샤이크를 노려봤다. 하지만 샤이크는 항상 그래 왔듯이 별일도 아닌 걸로 그러지 말라며 어깨를 으쓱했다.

"그래. 미안, 미안. 그럼 다음 건은 네가 직접 말해. 난 가만히 있을 테니까."

샤이크의 말에 무거운 침묵이 감돌았다. 충격받을 일이 하나 더 남았다더니 이번엔 왠지 타격이 제법 클 것 같은 예감이 들었다.

침묵은 계속 이어지고 있었다. 무슨 얘기를 하려고 이렇게 뜸들이나 싶었지만 좀 더 참아주기로 했다. 나 역시 마음의 준비가 필요했기 때문이었다.

차를 들어 한 모금 마시려는 순간 칸이 입을 열었다.

"림은 내 형이야."

어라? 생각보다 약했다.

칸이 왕인데, 그의 형이 림이란 사실이 무에 그리 충격적이란 말인가. 겨우 이것 때문에 두 사람이 그렇게도 서로에게 어물쩍 넘기려고 했나?

"아아, 난 또……."

칸은 내 반응을 보고도 별다른 표정의 변화가 없었다. 마치 그럴 줄 알았다는 듯이. 림이 형이라고 밝힌 일이 그가 지금까지 머뭇거린 이유가 아니란 것을 알려주고 있었다. 다른 것이 남아 있는 것 같았다.

칸의 설명에 의하면 룩센은 장자라고 해서 무조건 왕위를 넘겨 주지 않는다고 했다. 왕족으로 태어난 남자들이 신관과 왕위 계승을 위한 교육을 동시에 받고, 18살이 되면 현직 왕과 대신들에게 그 결과가 평가되어 각자에게 맞게 자리를 물려받는다고 했다. 왕위 계승이 아들에게 이어지는 것은 당연하지만, 신관마저도 왕족만 할 수 있다는 것이었다.

결국은 자기네가 다 해 먹는다는 소리네.

림이 2년 전 돌연 사라져버리자 칸은 사람을 시켜 찾고 있었는데 도저히 찾을 기미가 안 보이자 왕인 그가 직접 나섰다고 했다. 그러고는 샤이크를 노려봤다.

"저놈이 그동안 림을 데리고 있었어."

"림이 너에게 말하지 말라고 부탁한 것도 있었지만, 카르카노 네가 날 찾아오지 않은 탓도 있잖아."

샤이크가 변명 같지 않은 변명을 대고 있었다. 이 남자들은 생긴 건 안 그런데 가끔 유치하기가 말로 표현할 수 없었다.

"지금 그걸 말이라고 해?"

"그러게 평소에 나랑 좀 친하게 지내지 그랬냐."

"그동안 검은 바람의 일을 눈감아준 것만으로 고마워해라."

"그건 너희도 편하니까 그런 거 아냐?"

"시끄러워. 지금 시아에게 전부 말한 거 아니다."

역시 다른 사실이 또 있었다. 이 유치한 설전을 칸이 끝내자 두 사람은 또다시 무거워졌다. 그들의 투덕거림이 그 사실을 말하기 전 긴장 완화제로서의 역할처럼 보였다.

"아, 그냥 전부 다 말해요! 뭔데 그렇게 뜸을 들여요?"

참다못해 소리를 버럭 질렀다. 내가 성격이 급한 게 아니라 당신들이 너무 미적대고 있다고!

"나는 이미 마음의 준비 다 했으니까 누구든 빨리 말을 해요."

샤이크는 조용히 차만 홀짝였고, 칸은 창밖으로 시선을 돌렸다. 그들의 상태를 보니 괜한 불안감이 찾아왔다. 내가 감당하지 못할 무언가가 있는 건가.

"시아, 어떤 일이 있어도 나를 믿어줘."

칸은 여전히 창밖을 응시하며 말했다. 자신을 믿어달라는 말에 불안감이 더 커졌지만, 애써 웃었다. 왠지 듣고 싶지 않다는 생각을 잠시 했다.

"알았어요. 믿을게요."

"조금 있으면 림이 올 거야. 네가 만나고 싶어 했던 림."

"아, 그래요? 칸의 형? 어찌 되었거나 잘됐어요. 당신은 림을 찾게 되고, 나도 만나고 싶었던 림을 만나는 거니까."

샤이크가 찻잔을 내려놓았다. 미세한 떨림에 찻잔이 받침에 부딪히는 소리가 들렸다. 고개를 돌려 그를 보자 어색하게 한쪽 입꼬리만 올려 웃었다.

"무엇보다도 칸의 형을 만날 수 있다니, 설레는걸요!"

정확히는 걱정된다고 하는 게 더 맞지만.

내 말에 칸의 눈동자가 어지럽게 흔들렸다. 표정은 더욱 굳어졌지만 개의치 않았다. 동생으로서 형을 오랜만에 만나는 데다 왕으로서는 도망갔던 신관을 찾았으니 기쁘면서도 어떻게 처리해야 할지 혼란스러울 것이었다.

그의 형을 만난다. 어떻게 생겼을까. 칸처럼 잘생겼을까. 어떻게 인사해야 할지 고민도 되고, 동생이 만나는 여자인 나를 어떻게 봐줄지도 걱정이 되었다. 설마 보잘것없는 여자라고 당장 헤어지라고 하지는 않겠지? 이럴 줄 알았으면 치장이라도 좀 할걸. 상황이 상황이니만큼 이런 차림이라도 칸의 형이 이해해주지 않을까? 그나저나 나는 돌아갈 방법에 대해 물어봐야 하는데, 알려줬으면 좋겠다.

이런저런 생각을 하다가 퍼뜩 떠오르는 하나.

내 판단이 맞다면 림은 헤크란이었다. 내게 용서받지 못할 일을 한 사람도 헤크란. 헤크란은 림. 림은 칸의 형.

머릿속에서 번개가 쳤다. 그의 형이 내게 무슨 잘못을 했는지 아무리 머리를 굴려봐도 엮일 만한 것이 떠오르지 않는다.

나는 한 번도 그의 형을 만난 적이 없었다.

어떻게 된 건지 영문은 모르겠지만, 퍼즐이 하나 맞춰 들어갔다.

헤크란과 샤이크, 그리고 칸.

샤이크가 얘기했던 세 명의 친한 친구는 왠지 이 세 사람일 것 같았다. 조금 전 칸과 샤이크의 투덕거림은 단순한 사이에서 나오기 힘들었다.

뭘까. 칸의 형을 만난다는 생각에 설레었던 마음에 불안감이 다시 스멀스멀 올라오고 있었다.

똑똑똑. 노크 소리에 한방에 있던 우리 모두 일제히 긴장하며 문을 봤다. 누구도 먼저 나서 대답하지 못했다.

두근두근. 왜 이렇게 떨리지?

심장의 두근거림이 목까지 차올라 크게 심호흡을 하며 림의 등장을 기다렸다. 림을 만난다는 기쁨은 온데간데없이 사라지고, 조금씩 올라오던 불안감이 시커먼 먹구름이 되어 나를 삼키는 것 같은 기분이 들었다.

"들어와."

밖에 있는 사람의 노크에 대답한 건 칸이었다.

갑자기 손에서 한기가 느껴져 그의 손을 붙잡았다. 샤이크의 감청색 눈동자가 근심을 담고 나를 한 번 살폈다. 내 손을 잡아준 칸의 손에 힘이 들어갔다.

문이 열리고 어떤 남자가 고개를 숙인 채 들어왔다. 그가 림이란 것을 한눈에 알아봤다. 칸과 같은 흰색에 가까운 밝은 금발을 하고 있었다. 형제니까 당연하겠지만, 얼핏 칸의 머리색과 비교해 보니 림의 머리색이 살짝 더 진했다.

문이 닫히고 고개를 푹 숙이고 있던 그가 천천히 얼굴을 들었다.

쿵! 심장이 내려앉았다. 보지 않아도 내 동공이 커지고 있을 것이다. 손이 덜덜 떨리고 입이 벌어졌다.

"아니야, 아니야."

나도 모르게 벌떡 일어나 뒷걸음질을 쳤다. 손을 잡고 있던 칸이 힘을 주어 빠져나가지 못하게 하려 했으나 거세게 그의 손을 뿌리쳤다.

그들은 내게 아무 말도 하지 않았다. 아니, 할 수 없었을 것이다. 순간, 좋지 않은 내 두뇌가 비상하게 돌아갔다.

1년 전과는 전혀 달랐던 칸의 행동과 말투. 나를 조금도 기억하지 못했던 그.

내가 가진 수많은 의문의 답들이 주마등처럼 스쳐 갔다. 1년 전부터 바로 오늘까지. 나는 그들에게 농락당한 것이었다.

림은 칸과 똑같은 얼굴을 하고 있었다. 형제가 똑같은 얼굴로 번갈아가며 나를 유린했다.

하! 쌍둥이라니.

"재, 재미."

말을 하려는데 목이 막혀 나오지를 않았다.

재미있었냐.

이 질문 하나를 하는데 갑자기 목에 가시가 걸린 것처럼 따끔거리고 아프다. 수분이 하나도 없는 메마른 땅이 되어 쩍쩍 갈라지는 소리가 나왔다.

"재미…… 있었나요?"

두 사람은 아픈 얼굴로 나를 바라봤다.

그런 표정 짓지 마. 당신들이 지금 내 마음을 알기나 해?

"나, 갈래."

한 걸음을 떼자 다리에 힘이 풀려 자리에 주저앉고 말았다. 칸이 급하게 달려왔지만 그를 저지하기 위해 악을 질렀다.

"오지 마!"

바닥을 짚고 간신히 일어섰다. 아무리 노력해도 다리에 힘이 들어가지 않았다.

"샤이크! 나 좀 도와줘요."

이 방에서 유일하게 나를 구원해줄 사람은 샤이크뿐이었다. 그는 머뭇거리고 있었다.

빨리 와서 도와달래도!

1초라도 빨리 여길 벗어나고 싶은데 무얼 저리 고민하는지 알 수가 없다. 입술을 깨문 그가 결심이 선 듯 다가와 나를 일으켜 세우고는 자신에게 기댈 수 있게끔 하였다.

"여기서 어서 나가요. 당장!"

마음대로 떨어지지 않은 발걸음을 옮겼다.

탁! 칸이 손목을 붙잡았다.

"피한다고 해결되는 일이 아니야."

굳은 얼굴로 낮게 깔리는 목소리.

"무얼 해결한다는 건가요? 속인 것도 모자라……. 아, 생각만으로도 끔찍해."

그래, 끔찍했다. 다른 말로는 지금 내 기분을 설명할 길이 없었다. 도대체 얼마나 성(性)에 개방적이면 형제가 한 여자랑 육체적 관계를 맺는단 말인가. 나도 자유분방한 사람이라지만 이런 경우는 말도 안 되는 일이었다.

더욱이 그에 대한 내 마음은 특별했다. 그 마음을 어떻게 이런 식으로 무참히 짓밟아버릴 수 있는지. 나 혼자만이 가졌던 감정이 아니라 그도 나와 비슷하다 생각했는데 착각이었나 보다. 나를 정말 좋아했다면 이럴 수는 없었다.

"놔요."

손을 비틀며 빠져나오려 했으나 칸의 힘을 따라갈 수는 없다.

"이야기 좀 나누자, 시아."

"무슨 이야기를 하자는 건가요. 들을 말도 없고, 들을 이유도 없어요. 그러니까 당장 놓으라고!"

칸의 눈이 흔들렸다. 곧 무너질 듯한 표정을 하고 있었다.

그런 얼굴로 보지 말란 말이다. 문 앞에 죄인처럼 서 있는 남자가 칸인지, 내 손목을 잡고 있는 사람이 칸이 맞는지 모르겠다. 내가 마음에 담았던 사람이 이 사람인지, 저 사람인지 아무것도 모르겠다고!

아악! 머리가 복잡하고 마음이 혼란스러워 돌기 직전이었다.

"신시아, 미안해요. 내가 처음부터 거짓말을 했으면 안 되는 건데."

림이었다. 나를 신시아라고 부르며 존대하는 그의 말을 들으니 분명 1년 전 내가 알던 칸이었다. 진짜 이름은 헤크란.

"그러게! 차라리 다른 이름을 말하지! 왜 하필이면 쌍둥이 동생의 이름을 대냔 말이에요! 대체 왜!"

그는 무어라 말하려고 입술을 움직이려다 말았다. 무슨 할 말이 있겠는가. 골목에서도 나를 두고 도망갔던 사람이.

"아무 말 없이 사라지지나 말든가!"

그러다 나를 조심스럽게 잡고 있는 샤이크의 말이 머릿속에서 빙빙 돌아다녔다.

'아, 맙소사. 카르카노, 이 여자 네 여자 아니잖아?'

여관에서 처음 봤을 때 샤이크가 칸에게 한 말이었다. 가만있어 보자. 샤이크는 나를 알고 있었던 것이 분명했다. 그리고 칸 또한 확실하게 알아봤다. 그런데 왜 칸에게 내가 그의 여자가 아니라고 했던 걸까. 다른 사람의 여자라는 뜻?

생각났다!

1년 전에 칸, 아니 림과 샤이크의 저택에 갔던 날, 그는 나와 림을 봤다고 했다. 그렇다면 샤이크는 그날 내가 함께 있었던 사람이 림인 것을 알았다는 말이었다. 그래서 칸에게 '네 여자가 아니다'라는 말을 했구나. 내가 림의 여자인 줄 알고 있었기에. 그 뒤에 얽힌 우리 관계에 대해서 샤이크도 알았으면서 침묵을 유지했다. 내게 차를 먹여 기절하게 만든 뒤, 헤크란과 나눴던 대화 중 용서받지 못할 짓이 이거였다.

이 자식도 웃기는 놈이네. 셋이 친구였던 것은 분명한 거 같다. 어쩌면 사람 속이는 데 이렇게들 한통속인지.

다리에 힘을 주고 샤이크에게서 거친 동작으로 벗어났다.

"당신도 알고 있었죠?"

샤이크를 보며 물었다. 놀란 듯 눈이 커지며 진한 감청색 눈동자에 나를 담았다.

"차마 말할 수가 없었어."

"말할 수가 없었다고요? 웃기지 마요!"

변명할 수 없는지 대답하려던 그의 어깨에 힘이 들어갔다가 다시 처졌다. 그리고 가장 문제 많은 인간 카르카노, 그의 앞으로 다가가 섰다.

"당신이 제일 나빠! 처음엔 몰랐다고 쳐! 하지만 나중에라도 말했어야지! 이러려고 믿어달라고 했던 거야? 믿고 말고 할 게 뭐가 있어! 처음부터 끝까지 죄다 거짓인데! 일이 이렇게 되지 않았으면 끝까지 속였을 거 아냐! 이럴 거면 그냥 재미만 보고 끝내지, 이게 뭐야! 바보같이…… 나는, 나는 아무것도 모르고……. 정말 끔찍해."

아무것도 모르고 당신을 좋아했는데, 이제 와서 이렇게 되면 나는 어떻게 해. 아무리 우리가 헤어져야 하는 사이라지만 내 마음은, 내 추억은 어떻게 되는 건데.

차라리 만나지 않았다면 이보다는 나았겠다. 눈물이 흘렀다. 두 손으로 얼굴을 덮으며 그대로 자리에 쓰러지듯이 주저앉았다. 그럼에도 칸은 절대 내 손목을 놓지 않았다. 아이처럼 소리 내서 울었다. 분하고 억울하고 가슴이 아팠다.

"흑. 다 미워! 대체…… 흑, 대체 어쩌자는 거야! 으아악!"

미친 듯이 소리 지르며 우는 나를 칸이 안았다. 단단한 가슴을 내리쳤다. 그 큰 가슴에 작은 주먹으로 때리는 것이 얼마나 타격이 있을지 모르겠지만, 있는 힘껏 계속 두들겼다.

다들 어쩌자고 이런 상황을 만든 건지. 대체 머릿속에 무슨 생각들이었는지. 나는 뭐였는지.

칸의 가슴을 꽤 많이 때려서 주먹이 아팠다. 팔에 힘이 빠지고 계속 울다 보니 머리도 아팠다. 묵묵히 내 주먹을 다 받아낸 그의 품에서 축 처지고 말았다.

"놔줘요. 나 여기서 나갈 거야."

"안 돼. 위험해."

쓴웃음이 나왔다. 지금 누가 누굴 걱정한단 말인가.

"나갈 거라니까요!"

젖 먹던 힘까지 쏟아내며 고함을 쳤다. 칸은 나와 눈을 마주치지 않으며 담담하게 말했다.

"너, 림을 만나야 했잖아. 네 살던 곳으로 돌아가야 한다며. 그렇다면 싫어도 우리와 있어야 해."

그의 말이 맞았다. 돌아가려면 림이 필요했다. 너무 감정에 얽매여 중요한 일을 놓칠 뻔했다. 그러나 아무리 이성적으로 생각하려 해도 마음에서 올라오는 불길을 잠재우는 것은 너무 어려웠다.

"림, 내가 살던 곳으로 보내줘요. 당신은 룩센의 신관이니까 할 수 있죠? 보내줘요. 응? 지금 당장!"

림이 황금색 눈동자를 움직여 나를 봤다. 매섭게 쏘아보는 나와 눈이 마주치자 그의 얼굴이 움찔했다. 칸과 똑같은 색깔의 눈동자에, 잠재우려던 분노가 다시 한 번 터지려고 했다. 이를 물며 계속 보내달라고 그를 채근했다.

"여기서는 안 돼요, 신시아. 지금 당장 보낼 수 있는 것도 아니고. 나도 좀 더 알아봐야죠. 신전으로 함께 가요."

"무슨 룩센의 신관이 그런 것도 못해요!"

신관인 림을 만난다 해도 돌아간다는 보장이 없다는 것을 알고 있었다. 하지만 분풀이 대상이 필요했다. 보내달라고 고래고래 소리를 지르다가 이성을 찾기 위해 눈을 감았다. 뜨거운 눈물이 눈꼬리를 타고 흘러내렸다.

"그럼 신전에는 우리 둘만 가면 되는 거죠?"

림과 있는 것만으로 몸서리치게 싫은데, 나머지 두 사람도 함께 간다면 미쳐버릴지도 모르는 일이었다.

"난 안 가. 아니, 못 간다가 맞겠네."

샤이크였다. 그럼 칸은 간다는 말인가.

"나는 가기 싫어도 가야 한다, 시아. 신전은 왕궁 안에 있으니까."

왕궁? 그래, 칸은 왕이라고 했지. 왕궁이라면 넓을 테니 안 보고 살면 괜찮을 것 같았다. 그러다 문득 떠오르는 생각.

칸은 왕인데 아내가 있지 않을까.

왕이라면 당연히 왕비가 있을 것이고 하다못해 첩, 아니 후궁, 룩센에서는 뭐라 부르는지 모르겠으나 분명 아내의 역할을 하는 사람이 있을 텐데 나와 그랬단 생각에 다시 화가 치밀어 올랐다.

그러다 금방 웃음이 나왔다. 형제끼리 여자를 나눠 가진 사람들이었다. 아내를 두고 다른 여자를 취하는 일이 뭐 그리 어려운 일이겠나.

옛날 왕들을 보면 여러 명의 여자를 거느렸으니 그럴 만도 하겠다. 이 인간들이랑 다시 엮이지만 않으면 된다.

"그래요. 어서 가요."

나만 생각하자. 오로지 나만! 어떻게 해서든 빨리 주아의 곁으로 돌아갈 생각만 하자. 돌아가면 다 잊게 될 것이었다. 가슴에서 터지는 감정들조차 저들에게 주기는 너무 아까웠다. 이를 악물고, 젖은 얼굴을 손등으로 닦아냈다.

미친놈들. 가만히 있어도 입에서 욕지거리가 나왔다. 형제가 쌍으로 미쳤다.

아, 친구인 샤이크 포함해서 세 놈이네.

나는 마차를 탔고 칸과 림, 샤이크는 각자 말을 타고 이동했다. 중간에 쉬어가기는 했으나 서로 멀찌감치 떨어져 휴식을 취했고, 간단히 요기도 했지만 나는 입맛이 없어 물로 목만 축이며 갈 길을 재촉했다.

세 사람은 내 눈치를 보는 듯했다. 아니, 정확하게 말하면 칸을 제외한 두 사람만 그랬다. 그는 나를 향한 눈길을 거두지 않고 당당했다. 마차 안에서 잠깐 창을 열었을 때도 말을 옆으로 몰아와,

나와 눈을 마주쳤다. 물론 그가 보이는 즉시 쾅! 소리 나게 창을 닫았으나 그는 아랑곳하지 않고 내가 창을 열 때마다 다가왔다.

제일 나쁜 놈이 제일 뻔뻔했다.

처음에 쌍둥이에게 속았다는 진실을 알았을 때는 끓어오르는 분노를 주체하지 못했다. 능력만 된다면 저 두 인간의 얼굴을 이미 날리고도 남았을 것이다. 어디 그뿐일까. 질근질근 발로 밟아도 성에 차지 않을 텐데, 그러지를 못하니 딱 화병에 걸릴 것 같았다.

그러나 점점 혼자 있는 시간이 많아지자 생각도 많아졌다. 그저 멍하게 있다가 차츰 칸과의 관계에 대해 되새김질을 했다.

물론 용서할 마음 따위는 없다. 단지 내가 살던 세계로 돌아가기 전, 변명이라도 한 번 듣고 싶었다. 기대인지도 모르겠다. 적어도 나에 대한 마음만큼은 진심이었길 바라는 기대. 비록 첫 만남은 삐걱거렸지만 함께 있는 동안은 정말 칸이 좋았다. 그도 그랬으리라 믿고 싶었다.

그렇다면 림은 어떻게 되는 건지?

아, 둘이 쌍둥이라는 것만 떠올리면 마음이 복잡해서 심장이 세차게 뛰었다. 화난 만큼 심장이 반응을 하는 것 같다.

왜 림은 내게 자신을 칸이라고 말해서 이 사달을 낸 거냔 말이야!

원초적인 문제는 그에게 있었다. 그러다 의문점이 생겼다. 림은 내게 '카르카노'라 하지 않고 굳이 '칸'이라는 이름을 부르게 했다. 그 이름은 칸이 사랑했던 소녀에게만 부르게 한 이름이라고 했는데. 어떻게 된 건지 머리를 굴리다 궁금했던 한 가지가 해결되었다.

셋은 친구였고 한 여자를 사랑했는데, 그녀가 사랑했던 단 한 사람은 누구인지 뻔했다. 카르카노의 특별한 이름인 '칸'을 림이 탐냈다는 것은 그녀가 사랑했던 남자가 칸이라는 것이었다. 질투에 폭주한 남자는 림이란 결론이 나왔다. 이 상황에도 그 남자가 칸이 아님을 나는 안도하고 있었다.

신시아, 미쳤지, 미쳤어.

어느덧 달리던 마차가 멈추고 칸이 문을 열어줬다. 마차의 계단을 안전하게 내려갈 수 있도록 손을 내밀었지만 본 척도 하지 않았다.

처음으로 왕궁을 제대로 보았다. 관심이 없어서이기도 했지만 왕궁 주위로 넓은 공간을 비워두고 삼엄한 경계를 펼쳤기 때문에 근처도 가보지 못했다. 왕궁은 일반 백성은 얼씬도 못 하는 곳이었다. 어떻게 생겼는지 구경조차 할 수 없어 그저 멀리서 건물의 형태만 바라보는 것이 전부였다.

샤이크는 범법자라는 신분을 가지고 있어 왕궁에 들어가지 못하고 룩센에 있는 본인의 저택으로 갔다. 결국 나와 칸, 림, 세 사람만이 왕궁으로 들어갔다.

궁은 밖에서 봤던 것보다 훨씬 넓었다. 천장의 끝이 손톱만큼 작게 보일 정도로 높았다.

안으로 들어가자 고개를 들어 내부를 둘러봤다. 이런 거 보고 있을 정신이 없을 법도 한데, 이미 발동이 걸린 호기심은 궁의 내부 구경에 혼을 쏙 빼놓게 했다.

둥그런 돔 형태로 되어 있는 천장은 금을 발라놓기라도 했는지 번쩍번쩍 빛이 났다. 천장뿐이 아니었다. 벽이랑 기둥도 금색으로 번쩍거렸고, 일정한 무늬를 따라 다양한 빛깔의 투명한 돌이 박혀 있었다.

설마 보석일까? 대체 돈이 얼마나 많은 거야?

룩센이 이렇게 부자였나 싶기도 했다. 샤이크만 보더라도 입이 벌어질 만큼 돈이 많아 보였는데, 칸은 그와 비교조차 안 될 것 같았다. 이쯤 되면 금 숟가락이 아니라 다이아몬드 숟가락이다.

나 때문에 전전긍긍하던 모습을 보였던 두 남자는 궁에 들어서자 전혀 다른 사람으로 변했다. 칸은 위엄 있는 왕으로, 림은 신비로운 존재인 신관으로.

나랏일을 함께 도모하는 신하인 듯한 사람들이 미리부터 와서 그들을 맞이했다.

긴 복도를 걷고 있는데 수많은 사람이 일렬로 늘어서 바닥에 엎드려 인사를 하니 위축이 되었다. 룩센 자체가 낯선 환경인데 접해 보지 못한 이들의 행동이 내가 이방인임을 더욱 느끼게 했다.

그들은 2년 동안 행방불명이었던 신관을 직접 찾아온 왕을 존경스러운 눈길로 바라봤다. 그리고 다시 돌아온 신관을 보며 반색하는 표정을 감추지 못했다. 다행히 그 많은 사람이 나의 존재에 대해서는 눈치채지 못한 것 같았다.

뒤를 따라 걷다가 한 무리의 여자들을 발견했다. 나와는 비교도 안 되는 화려한 옷차림에 곱게 화장을 했고, 예쁜 얼굴과 늘씬한 몸매를 갖춘 여인들이 무릎을 꿇고 있었다.

그들이 누구인지 깊게 생각할 필요가 없었다. 칸의 여자들이겠지. 여기도 하렘 같은 것이 있는 건가. 나도 저 여자들과 다를 바

없겠다는 생각에 가슴이 잠시 시렸다.

어쩌면 칸에게 있어 나를 속였던 일쯤은 내가 느끼는 것만큼의 큰일은 아니겠다 싶었다. 한국의 문화와 룩센의 문화는 많이 달랐다. 동시대를 살아가도 국가가 다르면 문화의 차이를 느끼는데 여기는 21세기도 아니잖아. 그래도 용서는 안 된다. 저들도 나처럼 그를 칸이라 부르는 걸까.

여자들을 물끄러미 바라보다가 눈길을 돌렸다. 혼자 생각에 빠져 걷고 있는데 갑자기 나를 향하는 시선들이 느껴졌다. 오로지 칸과 림에게만 향해 있던 관심이 시간이 흐르자 내게로 온 모양이었다. 늘 겪었던 상황이지만 밖에서 겪은 것과는 또 달랐다.

자신들과는 다른 외모를 가진 여자의 등장으로 그들의 눈빛은 호기심이 가득해 보였다. 그도 그럴 것이, 생김새도 특이한데 왕도 모자라 림과 함께 등장했으니 당연했다. 칸 때문에 그 앞에선 차마 말을 꺼내지 못하고 자기들끼리 눈짓을 주고받는 듯했다. 뭐, 어차피 나와는 상관없는 일이었다.

앞만 보며 걸었다. 왕궁은 시원한 곳이었지만, 많은 사람이 한곳에 모여 있어 바깥만큼 열기가 가득했다. 내부를 환하게 밝히고 있는 불 옆을 지나는데 뜨거운 기운에 머리가 어지러웠다. 나흘을 거의 먹지 않은 채로 와서 힘도 없는 데다 잔뜩 긴장한 탓에 식은땀이 흘렀다.

점점 다리가 무거워졌다. 손등으로 이마에 흐르는 땀을 닦아보지만 소용이 없었다. 속이 메스껍더니 이제는 다리에 완전히 힘이 풀렸다. 앞서 걷고 있는 칸과 림의 모습이 두 개가 되었다 세 개가 되었다 난리도 아니었다. 주위에서 웅성거리는 소리가 들려왔다.

몸이 이상하다고 직감한 순간 눈앞이 까맣게 변했다. 닫히는 눈꺼풀 사이로 놀란 칸의 얼굴이 잠깐 보였다. 아니, 림이었나?

젖은 솜뭉치처럼 몸이 바닥으로 푹푹 꺼졌다. 머리에서 느껴지는 차가움은 물수건이라 판단되었다. 눈을 뜨고 입을 열어 사람을 부르려 해도 마음대로 되지 않았다.

대화 소리가 들렸다.

뜨이지 않는 눈을 억지로 떴다. 대화를 나누는 두 사람의 모습이 흐릿하게 들어왔지만 누군지 파악하는 건 어렵지 않았다. 흐릿한 두 개 인영의 머리카락 색상이 같았으니까.

"많이 안 좋은 겁니까?"

"놀라기도 했고, 그동안 몸 상태도 안 좋아서요. 여기까지 무사히 온 것이 천만다행입니다."

어렴풋이 목소리 구분이 되었다. 안 좋으냐고 물은 사람은 림이고, 그 물음에 대답하는 사람이 칸이었다.

그들이 말하는 대상은 아마도 나일 것이다. 형제임에도 칸과 림은 서로에게 깍듯하게 예를 갖추며 대화를 나누고 있었다.

"왜 형님은 시아에게 제 이름을 말했습니까."

칸의 목소리가 서늘했다. 형에게 하는 말임에도 신하에게 명령하는 왕 같았다. 하긴 그러기도 하겠다. 왕에게 림은 신하 중의 한 명에 불과하겠지.

"말씀드리면 이해하시겠습니까?"

"형님!"

"죽었다 깨어나도 저를 이해하지 못하십니다."

"이유나 말씀해주십시오. 룩센의 신관이 2년이나 사라진 것도 모자라 나를 사칭하고 다녔잖습니까. 쉽게 넘어갈 수 있는 일이 아닙니다."

신관이라도, 또 그것이 형제라 해도 넘어가줄 수 없는 일도 있나 보구나. 그래, 이것도 어쩔 수 없나 보다. 왕이니까.

"2년 전에 사라진 건 정리할 시간이 필요했고, 신시아에게 칸이라는 이름을 댄 건……."

림이 더는 말을 잇지 않았다. 듣고 싶었다. 왜 그랬는지. 빨리 말을 했으면 바랐다.

"단 한 번이라도 그녀의 남자가 되고 싶었습니다."

"그게 무슨 말입니까. 대체 무엇을 정리해야 했고, 시아의 남자가 되고 싶었다는 건 또 뭡니까. 그게 내 이름과 무슨 상관입니까? 그것도 칸이라는 이름을! 알아들을 수 있게 이야기하십시오."

림은 마치 예전부터 나를 알고 있었다는 듯이 말했다. 한 번이라도 나의 남자가 되고 싶었다는 말이 이해가 되지 않았다. 그럼 그전에 내 남자는 누구였는데? 아, 또 머리가 아프다.

"형님께서 칸이라는 이름을 대지 않았으면 이런 일은 일어나지 않았을 겁니다."

깊은 한숨과 함께 칸이 말했다. 한숨의 의미가 나와의 만남을 후회하는 것처럼 들렸다.

"솔직하게 말하자. 내가 너를 사칭한 일은 잘못한 거 맞아. 하지만 지금의 사태가 내 잘못이라고만은 못하지, 카르카노! 너는 신시아가 나와 깊은 관계를 맺은 것을 알면서도 그녀를 원했던 거 아니야?"

내내 신하로서 예의를 갖춰 말하던 림이 갑자기 형으로 돌아가 질문을 했다. 정곡을 찔렀던 모양이었다. 림에게 추궁하듯 질문하던 칸이 조용해졌다.

"그러게. 내가 왜 그랬을까."

조용히 내뱉은 칸의 대답에 가슴이 욱신거렸다. 칸은 나를 만난 것을 후회하고 있는 것이 분명했다.

이 나쁜 자식! 진짜 네가 제일 나빠!

더는 그들의 대화를 듣고 싶지 않았다. 몸을 움직이며 내가 깼다는 것을 알리기 위해 애썼다. 그런데 바보같이 눈물이 먼저 터졌다. 울지 않으려고 입술을 물어봐도 소용이 없었다. 소리를 낮추려 했지만 한번 터진 눈물은 멈출 줄 몰랐고, 이내 오열로 이어졌다. 발소리가 들렸다.

"신시아, 일어났어요? 아직도 몸이 많이 안 좋아요? 왜 이렇게 울어요."

나를 신시아라 부르며 존대하는 것을 보니 당신은 림이겠구나. 왜 우는지 정말 모르고 묻는 거야? 다 당신들 때문이잖아!

땀에 젖은 머리카락을 림이 쓸어줬다. 이마에 얹힌 물수건을 들어 조심스럽게 눈물을 닦고는 다시 머리에 얹었다.

눈물이 계속 흘렀다.

망할 자식들. 내가 너희 때문에 흘리는 눈물이 너무 아깝다.

'후훗. 그러게…… 내가 왜 그랬을까.'

칸의 말이 머릿속을 돌며 떠나지 않았다. 혼란스럽고 아픈 마음의 끝에 그가 있었다는 것을 깨달았다.

1년 전의 칸도 좋아했다. 하지만 내가 온전히 마음을 준 사람은 카르카노, 진짜 칸. 룩센의 왕, 그 사람이다. 좋아하는 마음을 넘어 사랑이 되었을까.

나를 속인 것만으로 분개할 일이나 더 힘이 드는 건 칸과 더 이상 감정을 주고받을 수 없다는 것. 마음을 정리해야 했다. 더 커지기 전에 접어야 한다. 지금의 이 사태는 오히려 나를 위해 잘된 것이었다. 눈물을 닦으며 자리에서 일어나기 위해 몸에 힘을 줬지만 기력이 떨어져 쉽지 않았다.

곁에 림이 도와줘서 몸을 일으킬 수 있었다. 일어나면서 옆으로 떨어진 물수건을 들어 얼굴을 닦았다. 칸 앞에서는 더 이상 울지 말자고 다짐하면서.

이제야 그들의 모습이 시야에 정확하게 들어왔다. 안타까운 눈으로 나를 바라보는 이 사람이 림이고, 내 앞에 서 있긴 하지만 창밖으로 고개를 돌린 저 사람이 칸이었다.

처음에는 둘을 구분하기가 힘들 것이라고 생각했는데, 막상 이렇게 놓고 보니 어려운 일은 아니었다. 림의 머리카락은 칸보다 색이 더 진했고, 체격이 더 작았다. 아마 한 사람씩 본다면 구분하기 어려웠을지도 모르겠다.

창에서 들어오는 달빛에 칸의 하얀 금발이 더욱 하얗게 반짝였다. 젠장. 또 눈물이 나려고 했다. 그에게서 눈길을 돌렸다.

"괜찮아요? 아무 생각 말고 쉬는 게 좋겠어요."

침대 끝에 걸터앉은 림이 걱정스러운 눈으로 내 머리를 쓰다듬자 창밖만 향하고 있던 칸이 그제야 나를 봤다.

그의 미간이 미세하게 움찔거렸다. 나와 마주친 눈이 가늘게 좁아지며 냉기를 뿜더니 몸을 휙 돌려 밖으로 나가버렸다.

방금 그 표정은 당신이 아니라 내가 지어야 하는 거 아닌가.

칸이 나가자 림이 머리를 쓰다듬고 있다는 사실을 상기하고는 그의 손을 세게 쳐냈다. 마치 1년 전 그때처럼 행동하는 그가 못마땅했다.

"당신을 보는 거 불쾌해요. 칸도 마찬가지고. 그에게도 전해줘요. 두 사람 모두 이 방에 들어오지 않았으면 좋겠어요. 아, 림. 돌아가는 문제 때문에 당신과는 어쩔 수 없이 봐야겠네요. 하지만 내가 어느 정도 마음 정리가 된 다음에 봤으면 해요."

"그래요, 신시아. 나는 당신에게 할 말이 없는 사람이죠. 하지만 부탁 하나만 해도 될까요? 림이라고 부르지 마요. 당신에게까지 림으로 불리고 싶지 않아요."

"헤크란으로 불러달라는 건가요?"

"어, 어떻게 내 이름을 알죠?"

"샤이크에게 물어봐요, 내가 어떻게 알았는지."

모를 것이라고 생각했던 내가 자신의 이름을 먼저 꺼내자 놀란 듯했다. 하지만 '샤이크'에게 물어보라는 말에는 거의 경악하는 수준이었다. 내내 부드럽던 그가 돌연 내 어깨를 거칠게 잡으며 물었다.

"샤이크가 무슨 말을 했어요?"

뭐지, 이 반응은. 그의 이런 행동에도 의심이 들었다.

"왜요? 나를 속인 것이 또 있나요?"

내 질문에, 어깨에 힘을 가하고 있던 그의 손이 풀렸다. 얼굴을 돌리며 낮은 숨을 내쉬는 그가 안도하고 있었다.

샤이크와 헤크란, 두 사람이 내게 용서받지 못할 일이 그저 칸의 일을 속인 것이라고 생각했는데 아무래도 그것이 전부가 아닌 것 같았다. 이미 모든 것이 들통났음에도 불구하고 림, 그는 여전히 불안해 보였다. 분명 다른 뭔가가 있었다.

"나가줘요. 림이든 헤크란이든 내 마음대로 부를 테니까."

노려보는 내 눈을 피하며 헤크란이 자리에서 일어났다. 그가 나간 것을 확인하고는 얇은 이불을 가슴으로 끌어당겨 얼굴을 묻으며 크게 울었다.

마지막이다! 이것을 끝으로 절대 울지 않을 거야.

소리 내어 엉엉 울었다. 추억 따위 지워버리자. 칸에게 가졌던 마음 따위, 울음과 함께 쏟아내어버리자. 억울하고 분한 거까지도 다 잊어버리자. 그것이 진짜 그를 벌주는 것이다.

목이 쉴 만큼 울었다. 울기만 했는데 눈이 부었다는 게 느껴질 정도였다. 그래도 큰 소리로 울고 나니 마음이 한결 시원해졌다.

딸깍. 갑자기 들리는 문 닫히는 소리에 놀라 고개를 들었다.

잘못 들었나? 나가서 확인해보고 싶었지만 힘이 없어 관뒀다. 밥 달라고 배에서 아우성이었다. 이 상황에서 배가 고프다니.

그래! 신시아답다. 내일은 나오는 음식 다 먹고 힘내야지.

넓은 침대에 혼자 누워 있자니 잠이 오지 않았다. 침대만 넓으면 다행이게, 방은 도저히 방이라고 생각할 수 없는 크기였다. 카투스나 샤이크의 저택도 방이 넓다고 감탄했는데, 그곳과는 비교도 안 됐다. 마을에 위치한 집을 대여섯 개는 합쳐야 나올까 말까한 크기였다. 이 궁에는 대체 이런 방들이 몇 개나 있을까.

천장에서 돌아가는 팬들은 각각 높이가 다르게 설치되어 오아시스 근처가 아닌데도 시원했다. 가만히 누워 있으니 오히려 서늘한 기운이 돌았다.

'그때처럼 내가 널 사랑한다면, 너도 날 사랑해주겠어?'

칸이 내게 했던 말이 떠올랐다.

미친놈!

가슴 한쪽이 시큰했지만 욕을 뱉고는 오지 않는 잠을 억지로 청했다.

7장

뒤척이다 새벽녘에야 간신히 잠이 들었다. 늦게까지 잠을 자고 싶었으나 계속되는 노크 소리에 어쩔 수 없이 일어났다.

예상대로 눈이 퉁퉁 부어 뜨기가 힘들었고, 아무리 크게 떠봐도 위아래 눈꺼풀이 거의 붙어 있는 수준이었다. 거울 보면 웃기겠다.

똑똑똑. 답이 없자 또 두드린다.

"네, 들어오세요."

갑자기 여러 명의 여자들이 우르르 들어왔다. 깜짝 놀라 이불을 끌어당겨 몸을 가렸다.

칸의 여인들인가? 아, 그럼 곤란한데. 세수도 안 한 데다가 눈까지 부어 엉망인 몰골을 보이고 싶지 않았다.

"뭐, 뭐예요?"

가장 연륜 있어 보이는 여자가 앞으로 나와 공손하게 인사하며 말했다.

"오늘부터 신시아 님을 모시게 되었습니다. 필요하신 게 있으면 말씀만 하십시오. 로아입니다."

"전 필요한 게 없어요."

말해놓고 후회했다. 어젯밤부터 배가 고팠던 것이 생각났다.

"우선 목욕부터 하시고 나오시면 옷을 준비해두겠습니다."

대답을 듣지 못했나? 무시하는 건가? 뭐가 됐든 필요 없다는 말에 다른 답을 해줘서 다행이었다.

"아침 식사는요?"

필요 없다고 해놓고 식사 얘기를 하기가 민망했지만, 뭐 배고픔에는 장사 없다고 했다. 목욕이고 뭐고 제일 먼저 먹고 싶었다. 뱃가죽이 등에 들러붙을 참이었다. 무엇보다도 힘을 내야 했다.

"아침 식사는 현과 함께하실 것입니다."

"현? 그게 누군데요?"

내 질문에 로아는 당황했다. 뒤에 서 있는 다른 여자들이 수군대자 그녀가 매서운 눈짓을 보냈다. 금방 조용해졌다.

"룩센의 왕이십니다."

"아…… 네."

신관을 '림'이라고 부르더니 왕은 '현'이라는 다른 명칭이 또 있나 보구나. 룩센에 대해 웬만큼 알고 있다고 생각했는데 그것이 아니었나 보다. 그건 그렇고, 왜 식사를 칸과 함께해야 한다는 거지.

"혼자 먹고 싶어요."

"현께서 명하셨습니다."

"여기서 혼자 먹고 싶어요!"

"신시아 님을 모셔오지 못하면 저희가 매질을 당합니다."

칸과 함께 식사를 해야 한다는 말을 들은 순간부터 말아 쥔 주먹에 힘이 들어갔다. 무식하게 매질은 또 뭐람. 그럼 그렇지. 처음부터 보자마자 내게 칼을 들이대고 목을 조여왔던 그 성격이 어디 가겠어?

내키는 대로 했다간 나와 아무 상관 없는 저들이 불쌍해질 것 같아 시키는 대로 했다. 목욕은 혼자 할까 했지만 어제의 여파로 피곤한 몸 때문에 잠자코 있었다.

그래도 목욕을 하고 나니 기분이 제법 상쾌해졌다. 옷을 입기 전까지는.

어제 궁에 들어왔을 때 봤던 여인들이 입었던 옷과 비슷했다. 겨우 중요 부위만 가리고 속살을 훤히 비치는 화려한 옷은 샤이크와 수영할 때 입었던 옷과 비슷했고, 소란의 카투스 같은 곳에서 일하는 여자들이 입는 옷과도 비슷했다. 긴 드레스 형식이란 것만 다를 뿐 사각거리는 원단이 움직임 하나까지 소리를 내주며 단순한 동작도 관능적으로 보이게 만들었다.

"이대로, 밖으로, 나가라고요?"

거울에 비친 모습에 할 말이 없다. 까무잡잡한 룩센의 여자들보다는 하얀 피부라서 그런지 어제 봤던 여인들보다 더 적나라하게 살이 드러났다.

"궁 안의 여인들은 모두 이렇게 입습니다."

"그쪽은 이렇게 안 입었잖아요."

마주 서 있는 로아의 것은 내가 밖에서 입은 옷보다 고급스럽지만 형태가 비슷했다. 나도 저걸 입고 싶다.

"저흰 여인이 아니라 시중을 드는 시녀입니다."

머리가 지끈거렸다. 궁은 여자들만 있는 곳이 아니다. 밖에서는 남자들의 눈길이 싫어 더워 죽을 것 같아도 천을 둘둘 말고 다녔는데, 이건 아예 보라고 하는 것밖에 더 되는가.

"이것도 제가 안 입으며 매질을 당하세요?"

대답이 없었다. 그렇다는 말일 것이다.

화장을 해주기 위해 대기하고 있는 그들에게 얼굴을 내어주었다. 누구에게 잘 보이기 위해 이렇게 단장을 하는 것인지 알 수가 없었다. 칸인가. 이런 차림으로 나선다면 그는 물불 안 가리고 내게 덤빌지도 모르겠다. 림도 마찬가지려나.

아, 그래! 곰곰이 생각해보니 나쁘지 않았다. 아깝다. 샤이크도 있어야 했는데. 나도 모르게 입꼬리가 말려 올라갔다.

형제가 나를 가지고 놀았겠다. 이제는 내가 형제들을 가지고 놀아주겠다. 그저 잊어주는 것이 벌이라고 하기엔 내가 너무 억울했다.

당신들도 한번 당해봐라. 얼마나 기분 더러운지.

커다란 문 앞에서 들어가기 위해 손잡이를 잡은 순간, 로아가 나를 저지했다.

"신시아 님께서 오셨습니다."

문밖에서 서 있던 시종이 소리쳤다. 그냥 들어가면 안 되는가 보다.

"들어와."

칸의 목소리가 들렸다.

시종이 문을 열어주자 사뿐거리며 안으로 들어갔다. 지극히 의도된 걸음걸이였다.

테이블의 양쪽 끝에 칸과 헤크란이 마주 보고 앉아 있었다. 칸만 있을 줄 알았는데 생각지 못한 헤크란의 등장에 얼굴이 찌푸려졌다.

미친놈 하나 상대하기도 벅찬데 둘이라니.

헤크란은 내 모습에 놀랐는지 눈동자가 허둥대는 것이 보였다. '끙.' 하고 낮은 신음을 내고는 언제 그랬냐는 듯 곧 나를 향해 웃어 보였다.

"어서 와요, 신시아. 기다리다 우리 먼저 시작했어요."

헤크란과 달리 칸은 냉랭했다. 나를 한 번 힐끗 보더니 먹는 데만 집중했다. 더 노출이 심한 옷으로 입혀달라고 할 걸 그랬다.

손도 대지 않은 새 음식이 두 사람 사이의 중앙에 놓여 있는 것을 보니 그곳이 내 자리였다.

포크와 나이프를 접시에 올리고는 한 손에는 물잔을, 다른 한 손으로는 접시를 들고 헤크란의 옆으로 옮겼다. 반색하는 그에게 최대한 예쁘게 미소를 지어 보였다.

안 보는 척하며 곁눈질로 칸을 봤다. 내가 자리를 옮기자 무표정한 채로 음식을 씹던 입이 잠시 멈칫했다가 다시 움직였다.

언제까지 그렇게 있을지 두고 보자.

접시 위의 고기를 썰기 위해 칼질을 했는데 안 썰어져서 미간에 힘을 줬다. 이게 질긴 건지, 내가 힘이 없는 건지. 갑자기 신경질이 올라와 이것도 나를 무시하나 하는 말도 안 되는 생각을 했다.

쇠와 접시가 날카롭게 부딪치는 소리에 칸과 헤크란이 나를 물끄러미 봤다. 가까이 있는 헤크란이 팔을 뻗어 '이리 줘봐요.' 하고는 접시를 가져가 능숙한 솜씨로 고기를 잘게 썰었다.

"아침이라 부드러운 걸로 준비했을 텐데 어제 아파서 오늘 힘이 없나 봐요, 신시아."

생각 같아선 젖 먹던 힘까지 짜내 내 힘으로 하려다, 꼭 그럴 필요도 없는 것 같아 헤크란이 하고 싶은 대로 하게 됐다.

"고마워요."

그에게 미소와 함께 인사를 하고는 음식을 입에 넣었다. 인사 따위 하고 싶지는 않았지만 내게 눈길조차 주지 않는 칸을 의식해서였다.

아, 내가 왜 이러지.

형제들에게 복수를 다짐하고 들어왔는데 정작 칸에게만 온통 신경이 집중이 되었다. 그의 시선은 나와 헤크란의 짤막한 대화에도 무슨 일이 있었냐는 듯 이미 접시를 향하고 있었다.

모조리 먹어 치우겠다는 어젯밤의 다짐과는 다르게 많이 먹지 못하고 깨작거렸다. 헤크란이 걱정스러운 눈으로 나를 끊임없이 살폈다. 그 눈을 하고 나를 속인 것이 화도 나고, 안타깝기도 했다.

칸은 자신이 왜 그랬는지도 모른다지만 헤크란은 한 번만이라도 내 남자가 되고 싶었다고 했다. 이해할 수 없어도 왠지 모르게 안쓰럽다. 그렇다고 해서 그를 용서하는 것은 아니다.

내가 모르는 샤이크와 그의 잘못이 뭘까.

헤크란을 가만히 바라보는 사이 의자 미는 소리가 났다. 식사를 끝낸 칸이 눈길 한 번 안 주고 나갔다. 이 와중에 그의 눈길을 바라고 있는 내가 짜증 났다.

그가 나가고 헤크란과 둘만 있기가 어색하고 무겁기 그지없었다. 더 이상 먹고 싶지 않아 자리에서 일어나자 헤크란이 나를 올려다봤다. 그에게 성의 없는 눈짓으로 인사를 한 뒤 문을 열었다.

"내일부터 아침은 좀 더 부드러운 음식으로 준비해. 그리고 조금 이따 시아의 방에 과일이나 간식 좀 넣어주고, 점심과 저녁도 각별히 신경 쓰도록."

누군가에게 명령을 하고는 사라지는 칸이었다. 아마 내가 잘 먹지 못해서 따로 일러두는 것 같은데 그런 거 챙겨주면 내가 당신을 용서할 줄 알고?

"신시아, 무슨 일 있어요?"

내가 문만 살짝 열고는 나가지 않자 뒤에서 헤크란이 물었다. 뒤를 돌아 그의 얼굴만 한 번 봤을 뿐 대답 없이 그 자리를 벗어났다. 보지 않아도 헤크란의 얼굴이 어떠할지 느껴졌다.

무심함. 이것이 당신을 향한 내 벌이다. 아직 시작도 안 했으니 벌써부터 그런 표정 짓지 마.

헤크란을 뒤로하고 방을 나섰다.

로아를 따라 방으로 돌아가기 위해 복도를 걸었다. 커다랗고 넓은 창 너머로 푸른 나무들이 보였다. 분명 이 왕궁은 사막 한가운데에 있었다. 근데 어떻게 이런 나무들이 자랄 수 있을까 갸우뚱하다 수영장처럼 생긴 넓은 사각 모양의 호수가 눈에 들어왔다.

"저건 뭐예요?"

손가락으로 가리켰다.

"연회가 있을 때 물놀이하는 곳입니다."

연회 때 물놀이를 한다고? 문득 샤이크가 사냥을 끝낸 날 밤에 그의 저택에서 벌어진 파티가 떠올랐다. 오아시스에서 그에게 받아 입었던, 그러니까 입은 것도 아닌 벗은 것에 가까운 수영복이 그려졌다.

그 옷을 입고 연회를 즐긴다니, 설마…….

별로 생각하고 싶지 않아 고개를 저으며 발길을 재촉했다. 아무리 왕이라고 하지만 물이 귀한 곳에서 저렇게 함부로 낭비하다니. 칸은 좋은 왕이 아닌 모양이다.

복도는 달리기 할 수 있을 정도로 길었다. 아까 배고픈 상태에서는 가다가 쓰러질 것만 같았는데, 조금이라도 먹고 움직여서 걸을 만했다.

방문 앞을 지키고 있는 시종이 로아에게 귓속말로 소곤거렸다. 고개를 끄덕인 그녀가 내게 와 조용히 알렸다.

"안에 손님이 기다리신다고 합니다."

"손님이요? 누가 예의 없이 주인도 없는 방에서……."

말을 끝까지 하지 않았다. 내가 이 방의 주인이 맞나 하는 의문이 들어서였다.

방으로 들어가자 여러 명의 여자가 나를 기다리고 있었다. 어젯밤에 봤던 그 여자들이었다. 왜 여기 왔는지 묻기도 전에 그들은 과하다 싶을 정도로 격식을 갖춰 내게 허리를 숙였다. 정말 적응 안 되는 곳이다.

놀라움과 궁금증으로 머릿속이 가득 찼다. 칸의 여자들이 왜 나를 찾았을까. 내가 그의 여자라고 생각할 만도 했지만 나를 향한 공손함의 의미를 알 수가 없다.

"안녕하십니까, 신시아 님. 좀 더 이른 시각에 찾아뵈려 했는데, 많이 곤하시다 하여 이제야 온 것을 용서하세요."

나긋나긋 간드러지는 고운 음성. 중앙으로 나와 있는 한 여자가 대표로 말을 했다. 그녀들 사이에서 제일 신분이 높은 건가? 그렇다면 내게 이리도 예의를 갖추는 이유가 뭐지.

"나는 당신들이 누군지 몰라요."

모른다는 건 거짓말, 아니 모른 척하고 싶다. 칸이 이 많은 여자를 거느린다는 것을. 그동안 나를 만족시켰던 잠자리를 이 여자들과도 나눴다는 사실에 마음이 상했다.

이런 기분, 솔직히, 거지 같다.

"아, 죄송합니다. 저희는 현과 림의 여인들입니다."

아마 칸과 헤크란의 거짓을 몰랐다면 각각 그들의 여자들로 여겼을 것이다. 하지만 지금은 알고 있다. 둘이서 공유하는 여자들임을.

"그런데 왜 저를 찾으셨죠?"

"저희보다 신분이 높은 분께 인사를 드리는 것은 당연한 일 아니겠습니까."

그녀의 말에 한 가지 예측할 수 있는 건, 내가 이들보다 신분이 높은 사람이라는 것이었다. 내가 왜 신분이 높은지에 대한 궁금증이 밀려왔으나 그보다 저 많은 여자를 보고 있는 것 자체가 피곤했다.

"그래요. 만나서 반가웠어요. 그만 돌아가세요."

그녀에게 됐으니 나가라는 손짓을 했다.

"네."

작게 대답하고는 나가나 싶었는데 내 앞에 일렬로 길게 서서 한

278

사람씩 각자의 이름을 말하고 건강하시라, 영광이다, 잘 부탁한다 등등의 말과 함께 인사를 했다.

스무 명까지 세다가 포기했다. 도대체 몇 명이야? 처음에는 인사에 대꾸해주다가 나중에는 지쳐서 고개만 겨우 까딱했다. 어림잡아 족히 일흔 명은 넘을 것 같다.

그녀들이 방을 빠져나가고 나는 의자에 늘어지듯이 앉았다.

"힘드시죠?"

로아의 걱정스런 물음에 힘없이 웃었다. 그녀는 나와 이름이 비슷해서인지 주아가 생각났고, 로아라는 이름만으로 마치 자매 같았다. 언니라고 부를까 보다. 나보다 한참이나 나이가 많으니 왠지 잘 받아줄 듯싶었다.

"요기하실 거라도 준비해드릴까요? 현께서 간식을 보내오셨습니다."

"네."

얇게 저민 과일과 약과처럼 보이는 과자를 내놓았다. 그리고 무카 한 잔. 과자를 하나 입에 넣으니 달콤한 맛이 입안을 가득 채웠다. 쌉싸름한 무카와 잘 어울렸다.

"매일 이렇게 인사를 받는 것은 아니죠?"

"네. 오늘은 처음이라 모두 온 것입니다. 하지만 개인적인 방문도 하실 겁니다."

"아시겠지만 저는 다른 나라에서 와서 룩센에 대해 잘 몰라요. 좀 물을게요. 왜 제게 인사를 온 거죠? 신분이 높다는 건 또 뭔가요?"

"방금 만나셨던 분들은 모두가 나라 간의 협정을 위해 주변국에서 왔거나, 충성하는 마음을 담은 룩센의 고위관료들이 현과 림께

바친 여인들이죠. 신시아 님처럼 현께서 여인을 직접 데리고 왕궁
으로 들어오신 일은 처음입니다. 그것이 신분의 차이를 만듭니다."

대충 무슨 말인지 이해는 하겠다. 다들 정략적인 관계에 지나지
않지만 나는 다르다는 뭐, 그런 이야기. 칸의 신분을 알았을 때, 신
분의 차이 때문에 절대적으로 엮일 수 없을 줄 알았는데 의외였다.

하지만 차라리 그녀들이 나보다 낫다는 생각이 든다. 지금까지
그렇게 살아왔고 교육받았으니 형제의 여인이 되는 것이 일상처
럼 받아들여지겠지만, 내겐 너무 충격적이었다. 아아, 이런 게 문
화적 차이겠지? 암튼 룩센이라는 나라도, 여자들도 칸과 헤크란이
다 해 먹는구나.

"쉬어야겠어요."

로아에게 나가라고 손짓을 했다. 몸도 좋지 않고, 어젯밤 잠을
설친 탓인지 침대에 누운 지 얼마 되지 않아 까무룩 잠이 들었다.

로아가 틈틈이 들어와 나를 깨웠다. 정확하게 기억이 나지는 않
지만 식사하라는 말 같았다. 잠에 취해 싫다고 했던 것만 언뜻 떠
오른다.

'정말 보내기 싫다.'
'아, 진짜 헤어지기 싫어 미치겠다.'
'다녀올게. 너를 믿는다. 기다려줘.'

칸이 하이겐으로 떠나기 전에 했던 말들이 꿈인 듯 아닌 듯 머
릿속을 맴돌고 있었다. 나를 믿는다면서 왜 말하지 않았던 거야?

이마에서 부드러운 감촉이 느껴졌다. 그 느낌이 볼을 타고 내려와 입술을 쓸었다. 천천히 눈을 뜨니 칸이 손가락으로 만지고 있었다.

"칸?"

그의 이마가 찌푸려지고, 입술을 만지던 손가락의 움직임이 멈췄다. 슬픈 눈이었다. 슬픈 건 난데, 왜 당신이 그러고 있어? 어떤 변명 좀 해봐. 아니면 무릎이라도 꿇고 싹싹 빌어. 그럼 내 마음이 조금은 누그러질 텐데. 조금은 이해하려 노력할 텐데.

하지만 그는 내게 미안하다는 말을 하지 않았다. 여전히 입술 위에 머물러 있는 그의 손을 잡았다. 그가 잠시 내 손을 보더니 다른 손을 그 위에 얹어 포갰다.

"칸, 왜."

'왜 그랬어요.'라고 묻고 싶었다. 떨어지지 않는 입술을 떼며 겨우 말하려던 그때였다.

"절대, 손대지, 말라고 했을 텐데?"

문 쪽에서 들려오는 목소리. 낮게 으르렁거리는 음성.

화들짝 놀라 손을 뿌리치고 침대에서 몸을 일으켰다. 이런. 내가 칸이라고 착각한 이 사람은 헤크란이었다.

신경을 쓰면 두 사람의 구분이 가능한데, 잠결이라서 그랬나 보다. 그래, 칸은 그런 슬픈 눈을 하지 못하는 사람이다.

칸은 조용하지만 사나웠다. 헤크란을 향해 보이지 않는 이빨을 드러내고 금방이라도 잡아먹기 위해 달려들 기세였다.

반면에 헤크란은 이런 상황이 익숙한 듯 여유로웠다. 둘만 대화할 때도 헤크란에게 존대하던 칸이었는데 오늘은 그럴 생각이 없어 보였다.

"어떻게 손도 대지 않고 삽니까?"

헤크란은 칸에게 존대했다. 이 인간은 내가 '칸'이라고 불러도 가만히 있었으며 또 날 속이려 했던 주제에 오히려 칸에게 반문하고 있었다.

"감히 현의 명령을 받지 않겠다는 것이냐?"

헤크란에게 하대하는 칸. 아, 역시 뭔가 익숙하지 않다.

"그럴 리가 있겠습니까."

헤크란은 나를 한 번 더 보고는 밖으로 나갔다.

두 사람의 눈빛이 마주치며 불꽃을 튀길 듯하더니 헤크란이 먼저 눈을 돌렸다. 아무리 동생이라지만 왕은 왕이니까 별수 없을 것이다.

이 두 형제를 대체 어떻게 해야 한단 말인가. 한 여자 두고 쌍둥이가 싸우는 꼴이라니.

칸과 헤크란에 대한 걱정은 아주 잠깐이었다. 내가 형제의 일로 머리 아파할 필요는 없었다.

칸은 내가 1년 전에 만났던 사람이 자신이 아닌 헤크란임을 알면서도 의도적으로 나를 곁에 뒀다. 솔직히 더 일찍 털어놨으면 충격이야 좀 받았겠지만, 이렇게 배신감은 들지 않았을 것이다.

그러니 그를 가장 많이 물어뜯어주겠다.

눈에 그 마음을 가득 담아 칸을 향해 쏘아댔다. 헤크란이 나간 뒤에도 칸은 문에 비스듬히 기대어 팔짱을 낀 채 나를 보고 있었다.

"같이 있다 보면 손도 잡을 수 있고 어깨도 잡을 수 있는데 억지부리지 마요. 그리고 당신이 무슨 권리로 헤크란더러 날 만지지 말라고 하는 건데요?"

그의 미간이 좁아지며 주름이 갔다.

"권리 따윈 필요 없다. 나는 현이니까."

딱딱한 말투. 오만한 눈빛. 최고의 위치에 있는 왕다웠다.

복도의 밝은 빛을 받고 있는 그는 여전히 멋졌다. 이 와중에 감탄이나 하고 있는 내가 한심스러워, 억지로 나를 찾아왔던 수십 명의 여자들을 떠올렸다. 넘어가지 말자고 다짐했다.

"문 좀 닫죠? 자야 하는데."

이불을 확 뒤집어쓰고 다시 누웠다. 마음이 참 이상했다. 어서 빨리 그가 나가길 바라기도 했지만 내게 말을 걸어줬으면 하기도 했다.

"그를 헤크란이라고 부르지 마."

어느새 칸이 침대 옆으로 다가왔는지 목소리가 가까이서 들렸다. 머리 위까지 뒤집어쓴 이불을 확 젖히며 일어나 그를 노려봤다.

"왜요? 현이니까? 무조건 현의 말에 따라야 하니까? 룩센에선 당신 말이 곧 하늘이고 신일지 모르겠지만 내게는 아니에요! 그러니까 내게 명령하지 마요!"

후훗. 그가 낮게 실소를 터뜨렸다.

"그건 명령이 아니라 림을 위해서다. 엄연히 림이라는 신관의 자리에 있는 사람의 이름을 룩센인도 아닌 타국 사람인 네가 부른다면 그가 곤란해져."

곤란해지긴. 물론 곤란해질 수도 있지만 그는 내가 헤크란의 이름을 부를 것 자체가 싫은 것이다.

"그거 잘됐네요. 헤크란이 곤란해지길 너무 바라고 있으니까요.

당신이 곤란해질 일도 알려줘요."

날카롭게 쏘는 말에 칸은 말없이 나를 내려다보고 있었다.

"아, 림도 이름을 부르면 안 되니까 현인 당신의 이름도 부르면 안 되겠네요, 칸!"

"그건 상관없지. 어차피 시아 네가 내 여자인 걸 모두가 아는데."

웃고 있네. 누가 당신의 여자라더냐? 그와 나의 위치가 바뀐 것 같았다. 그에게 밀리고 있는 기분이 불쾌했다.

"누가 당신 여자래요? 하긴 당신 여자이기도 하죠. 헤크란의 여자이기도 하고."

그의 눈빛이 사납게 번뜩였고, 눈썹이 일그러졌다. '헤크란의 여자이기도 하다'는 말에 저렇게 반응하고 있었다. 물론 의도한 바였다.

"왜 네가, 헤크란의 여자야?"

칸이 내 어깨를 거칠게 잡아 돌려 자신을 마주 보게 했다. 어깨에서 느껴지는 손가락의 힘이 어찌나 센지 잇새로 비명이 새어 나올 뻔했다.

"몰라서 물어요?"

그의 힘이 더욱 강하게 어깨의 살로 파고들었다.

아프다. 그보다 더 아픈 건 내 마음이다. 당신은 알고 있을까.

"나는 헤크란과도 잤······!"

헤크란과도 잤으니까 그의 여자도 된다는 말을 하려 했다. 일순간 그의 황금색 눈동자에서 번쩍이는 번개를 보았다.

어깨를 잡고 있던 손 하나가 뒷덜미를 끌어당겼고, 다른 팔로 허리를 강하게 죄어왔다. 동시에 입술에 그의 입술이 닿았다.

거부하기 위해 발버둥을 쳤지만 사자 앞의 쥐처럼 그에게 나의 몸짓은 아무것도 아니었다. 거칠었다. 안으로 들어오지 못하게 이를 물어버리자 칸이 내 아래턱을 깨물었다. 턱에서 느껴지는 찌릿한 아픔에 벌어진 입술 사이로 뜨거운 혀가 들어왔다. 불덩이 하나가 들어와서 입안을 헤집고 다니는 것 같았다.

조금의 틈도 허락하지 않고 빨아들이는 입술과 혀에 숨을 쉴 수가 없었다. 아무리 그를 밀어내려 애를 쓰고, 주먹으로 가슴을 세게 내리쳐도 그의 움직임을 멈추게 하지 못했다. 도망치는 혀를 자꾸만 낚아채더니 뿌리까지 뽑을 듯이 강하게 휘감았다. 결국 힘이 빠져 그가 하는 대로 가만히 두었다. 호흡만 제대로 할 수 있게 해줬으면 좋겠다.

내 생각을 눈치챈 칸은 간간이 자신의 거침없는 혀를 빼내고 입술만 베어 물었다. 때로는 부드럽게 핥았다가 때로는 쪽 빨아들이기도 했다. 쓰라렸다. 짧은 그의 키스만으로 몸이 달아오르던 때가 있었는데, 아무런 감흥이 없었다.

그때가 그립다.

그냥 칸으로만 알았을 때.

아무것도 모르고 그와 함께 있었던 때.

끝내는 헤어져야 하는 사이인 줄 알면서도 그가 좋았던 때.

떨어져 있으면서 얼마나 보고 싶어 했고, 얼마나 안기고 싶어 했는데 이게 뭐야! 서 있으면 급소라도 찰 수 있겠지만 침대에 앉아 밀착된 상태에서 내 힘은 아무짝에도 쓸모가 없었다.

"윽!"

황급히 떼어낸 그의 입술에 작은 핏방울이 맺혔다. 큰 입과 파도처럼 밀려드는 혀에 가로막혀 이를 움직일 수가 없었는데, 기회가 와서 냉큼 입술을 깨물었다.

생각 같아선 살점이 떨어지게 물어버리고 싶었지만 룩센의 왕인 그의 몸에 상처를 냈다간 어떤 일을 당할지 몰라 무는 순간 소심해져버렸다. 그래도 이 정도면 나쁘지 않았다.

자신의 입술을 손가락으로 지그시 누르며 피가 얼마나 나는지 확인하는 칸. 내 입안에서도 비릿한 피 맛이 느껴졌다. 인상을 쓰며 나를 보길래 생긋 미소를 지어줬다. 칸은 '하!' 하고 실소를 터뜨렸다.

"오늘 이 일, 후회할 거야."

불같이 화낼 거란 예상과 달리 그의 말은 부드러웠다.

"처음 하는 후회도 아닐 텐데요."

나의 대답에 그는 됐다는 듯 손을 저으며 고개를 절레절레 흔들었다.

"어쨌든 넌 헤크란 따위의 여자는 아니다. 시작은 그와 했을지 몰라도 내 여자가 된 이상 아무에게도 갈 수 없어."

목 끝까지 욕이 차올랐다. 사과를 먼저 하는 것이 일의 순서인 것을 모르나. 하긴 그가 알았다면 처음부터 일을 이렇게 만들지는 않았겠지.

이 남자는 왜 이렇게 오만방자한 거야!

화가 나서 목소리를 높였다.

"난 어디든 내 마음대로 갈 수 있어요. 룩센의 사람도 아니고, 당신의 여자는 더더욱 아니에요. 지금 내가 이 궁에 있고 싶어서 있는 줄 아나 보죠? 헤크란에게 볼일이 있어서 머무는 것이지, 그 것만 해결되면 바로 나갈 테니까 내가 당신의 여자니 뭐니, 그런 헛소리 집어치워요!"

순간 칸이 내 턱을 단단하게 잡았다. 그리고 얼굴 가까이 다가와 날이 선 눈빛으로 내 눈을 직시했다. 눈길을 돌리는 것도, 마주하는 것도 어려웠다. 섬뜩했다. 그에게서 이런 느낌을 받은 적은 처음이었다.

이래서 백사자라고 부르는 건가.

숨을 들이마시지도 내쉬지도 못하겠다. 그가 내 목을 죄였을 때도 이런 기분은 아니었는데. 호흡하는 것을 멈추고, 손을 말아 쥐었다.

"네 나라로 돌아간다면 그건 막지 않겠어. 하지만 룩센에 있는 이상 내게서 벗어날 방법은 없을 것이다. 어디를 가도 너는 카르카노의 여자라는 꼬리표를 달고 있을 테니까. 명심해."

미동도 없이 앉아 있는 내게 짧은 입맞춤을 하고는 씩 웃었다. 사악하다, 정말.

"헤크란이라고 부르는 것, 오늘까지만 허락하는 거야. 내 귀에 한 번만 더 그 이름 들리기만 해봐."

"들리면 어쩔 건데요! 내가 하면 어쩔 건데!"

"궁금하면 해보든지. 어떻게 되나."

한참 동안 내 눈을 보던 칸이 돌아서서 걸었다. 다리가 길어 문까지는 금방일 텐데 그의 걸음이 유난히 느리다고 느낀 것은 내 착각일까.

빨리 나가라. 제발.

그가 문을 닫고 나가자, 참고 있었던 숨을 내쉬며 어깨가 내려왔다.

하아!

짧은 순간이었지만 호흡을 멈춘 채 그의 섬뜩한 눈길을 받은 터라 긴장했는지 등줄기에서 식은땀이 흘러내렸다. 오소소 소름이 돋았다. 잠시 가라앉았던 화가 솟구쳐 베개와 쿠션을 손에 잡히는 대로 집어 문을 향해 던졌다.

원래 인간의 본성이 하지 말라면 더 하고 싶은 법. 설사 내가 돌아갈 수 없다 해도 절대 그의 곁에는 있지 않을 것이다! 헤크란에게서 돌아갈 방법만 알아내봐라. 뒤도 안 돌아보고 내가 살던 세계로 갈 테니까!

칸 때문에 잠시나마 마음 아파했던 내가 바보처럼 느껴졌다.

어젯밤 칸과 헤크란이 다녀간 뒤 처음으로 얼굴을 보는 건데 그것이 하필 아침 식사라니. 모두에게 곤혹스러운 일이었다.

두 사람 사이에서 음식을 먹고 있는 내 자리가 그들과 나의 관계를 보여주고 있는 듯해서 씁쓸하기도 하고 불쾌하기도 했다.

두 사람 모두 싫었다.

1년 전 칸인 줄 알았던 헤크란에 대한 마음은 어느 순간 사라지고 없었다. 헤크란을 만나면서 느끼지 못했던 감정들을 칸에게서는 느껴서겠지만 이제 와서 그런 것이 무슨 소용인가 싶었다.

칸이 가지고 있는 나에 대한 마음은, 내가 그에게 가진 마음과는 다른 것 같았다.

갖고 싶은 소유욕. 그것도 사랑의 한 종류라고 여길 수 있어도 내 마음을 들여다보지 못하고 배려하지 않는 사랑이라면 사절이었다. 그가 한 번이라도 나를 소중하게 생각했다면, 나를 진실로 아꼈다면 일이 이렇게까지 오지는 않았으리라.

솔직히 칸에게 두 마음을 가지고 있었다. 그가 진심으로 사과한다면 못 이기는 척 받아줄까 하는 마음과, 너무 미워서 두 번 다시 보고 싶지 않은 마음. 이제는 결정해야 했다.

"림? 오늘 시간 내줄 수 있나요? 물어볼 게 있어서요."

접시에서 눈을 떼지 않은 채 칼질을 하며 헤크란에게 물었다. 헤크란이라는 이름을 불러주지 않아서인지 그의 입에서 작은 실망의 한숨이 나왔다. 그의 부탁을 들어주고 싶은 마음은 없었는데 기대했던 모양이다. 반면에 칸의 얼굴에 살짝 웃음이 어렸다.

헤크란을 용서하지 않는 것이 칸에게는 기쁨이고, 칸을 용서하지 않는 것이 헤크란의 기쁨일 것이다. 나와 주아 사이에서는 절대 상상할 수 없는 일이었다. 이 형제는 원래부터 사이가 안 좋았던 것일까. 나 때문에 이렇게 된 것일까. 만약에 나 때문이라면 내게도 책임이 있는 건가 하는 심각한 고민에 잠시 빠졌다가, 속인 두 사람이 문제지 나완 상관없다는 결론을 지었다.

"신시아라면 언제나 환영이에요."

"그럼 오후에 찾아가죠."

웃고 있던 칸의 얼굴이 굳어졌다. 내가 림이라 불렀을 때 가졌던 기쁨은 헤크란을 만나러 간다는 사실에 사라진 것 같았다.

내가 당신의 여자라고 해서 사람도 못 만나게 할 수는 없겠지.

시간이 흘러 어느덧 해가 뉘엿뉘엿 넘어가고 있었다. 로아에게 헤크란의 방을 안내해달라고 부탁하자 그녀는 림이 신전에 있을 수도 있으니 알아보고 오겠다며 자리를 비웠다.

얼마의 시간이 흐르고 노크 소리가 들려 로아인 줄 알았는데, 들어온 사람은 그녀가 아닌 칸이었다.

저 인간은 또 왜 온 거야.

"이제 반겨주지도 않는 건가?"

그를 확인한 내 눈이 말없이 창밖만을 향하고 있자 성큼성큼 긴 다리로 걸어 들어와 맞은편 자리에 앉았다.

아무리 생각은 자유라지만, 어떻게 내가 자기를 반길 거라 생각하고 있는지 이해가 되지 않았다. 뭐가 예쁘다고 반기길, 반겨.

"반길 만한 사람이라야 반기죠. 그리고 이렇게 함부로 들락거리지 마요."

"잊은 모양인데, 너는 내 여자야. 남자가 자기 여자 방에 자주 들어간다 한들, 혹은 들어가 나오지 않는다 해도 이상하게 생각할 사람 아무도 없어."

"그래서 이 방에서 안 나가시겠다? 일 없어요?"

"일은 끝내놓고 왔고, 설사 일을 안 끝내고 놀러 왔다 하더라도 그 누구도 아무 말 못 해. 오히려 후사를 만들 생각조차 안 한다고 다들 걱정이니 두 손 들어 환영할지도 모르겠군."

왜 저렇게 당당한지, 왜 저렇게 여유가 있는지. 나만 힘들고, 나만 아프고, 짜증 나고 억울했다.

"림을 만나러 간다고? 무슨 일이지?"

"그런 것까지 말해야 하나요?"

날이 선 대화가 오가는 중에 로아가 돌아왔다. 칸을 발견한 그녀가 밖으로 나가려 하기에 불러 세웠다.

"로아, 옷 갈아입어야겠어요."

"네?"

갑자기 옷을 갈아입는다는 말에 영문을 모르는 로아의 눈이 동그랗게 커졌다. 동시에 칸의 눈이 가늘어졌다.

"안으로 들어가죠. 여긴 방해꾼이 있으니."

자신들의 현을 '방해꾼'이라고 칭해서인지 로아의 낯빛이 어두워졌다. 어쩌면 그가 무서워서 그랬는지도 모르겠다.

상관하지 않고 방으로 들어가 가장 노출이 심한 옷으로 골랐다.

"이게 좋겠네."

검지로 가리킨 그 옷은 검정색과 붉은색으로 이루어졌다. 전체적으로 몸을 드러내게 만들어져 상체와 하체의 중요 부위는 붉은색으로 가리게끔 되어 있고, 검정색 망사로 만들어진 상의는 겨우 어깨에만 걸쳐 팔을 가렸다. 그래 봤자 속살이 다 비쳤다.

길이는 가슴 바로 아래에 멈춰 하얀 허리가 그대로 드러났다. 망사로 된 하의가 발목까지 긴 랩 스커트 형식으로 되어 있었다. 그것만으로 충분히 노골적으로 야했지만 약하다는 생각에 밑에서 허벅지까지 세로로 찢어 올렸다. 이왕 하는 거 이렇게 해야 하지 않겠어. 왼쪽만 찢을까 하다가 오른쪽도 찢어버렸다.

걸을 때마다 허벅지가 보여서 민망했으나 칸을 자극하기 위한 거라면 더한 것도 할 마음이 있었다. 유치하다 하여도 어쩔 수 없었다. 지금의 내가 그에게 할 수 있는 최고의 방법이었다.

나에 대한 감정이 소유욕일지언정 헤크란에게 손도 대지 말라는 명령을 한 것을 보면, 다른 남자에게 안겨 있는 내 모습이 칸의 마음에 작은 생채기 정도는 만들어줄 수 있을 것이다.

그렇게 바이바이 하고 주아에게 돌아가면 된다. 내가 자신의 것이라 생각한다면 나는 더더욱 그의 것이 되지 않을 테다.

룩센에 와서 처음으로 이렇게 진하게 화장을 한 것 같다. 이곳의 여자들과 다른 피부색 때문인지 입술이 유난히 빨갛게 보였다.

로아에게 혹시 향수가 있냐고 물으니, 향유가 있다고 했다. 그녀가 손가락 끝에 묻혀 귀 뒤와 손목의 안쪽, 목을 지나는 경동맥과 쇄골 등에 발라줬다. 허리 뒤쪽 척추를 따라 길게 한 번 향유로 쓸어줬고, 머리카락에도 발랐다.

하, 이거 참. 거울을 봤는데 모르는 여자가 서 있었다. 지나치게 화려했다.

한편으로는 걱정도 되었다. 이런 차림으로 헤크란의 방까지 가야 하는데, 남자들의 눈을 어떻게 견디지. 절로 한숨이 나왔다.

"걱정 마십시오. 궁내의 어떤 사내들도 현의 여인을 함부로 볼 수 없습니다."

내 마음을 읽은 로아가 답해줬다.

"내가 정식으로 칸의, 아니 현의 여자인가요? 사람들이 다 알고 있어요?"

"궁에 오시던 날 공표하셨습니다."

일찍도 했다.

"만약에 나를 보면 어떻게 되는 건데요? 또 매질?"

"매질에서 그치지 않을 것입니다. 목숨을 내놓아야 하지요."

겨우 한 번 봤다고 죽인다니. 이건 분명 칸이 만든 벌이다.

"보여서 봤는데 그걸 어쩌라고 죽인다는 거야."

혼잣말로 중얼거렸다.

"봐도 못 본 척하는 것이 맞습니다."

중얼거림을 들었는지 로아가 궁금증을 풀어줬다.

"궁 안의 남자들은 못 본 척해야 하는 여자들이 많아서 힘들겠네요."

"많지 않습니다. 신시아 님만 해당 사항입니다."

"네? 아니, 왜 저만 해당 사항인가요? 저번에 봤던 그 많은 여자들은, 현의 여자들은 그렇지 않아요?"

수십 명의 인사를 받고 녹초가 되었던 날을 떠올렸다.

"아아! 신시아 님, 모르셨군요."

얼굴을 찌푸리고 자신의 손을 마주 잡은 로아는 잠시 생각에 잠기는 듯했다. 고개를 몇 번 갸웃거리던 그녀가 살며시 미소 지었다.

저 미소의 의미가 뭐지?

"현의 여인은 지금까지 신시아 님 한 분이십니다."

"나 혼자라고요? 저번에 분명히 현과 림의 여자들이라고 인사를……."

"그렇게 불리기는 하지만 엄밀히 따지자면 림의 여인들뿐입니다. 현께서는 지금까지 여인을 곁에 두지 않으셨습니다."

칸이 여자를 가까이하지 않았다니, 이건 또 무슨 말일까. 장담하건대 그는 여자를 많이 접해본 인물이었다. 아, 그럼 그냥 즐기는 정도로 만났던 것인가?

"지금까지 여자를 만나지 않은 건 아니죠?"

"현께서는 현명하신 분입니다. 함부로 분란의 씨앗은 만들지 않으실뿐더러 순간의 쾌락을 위해 마음에도 없는 여인을 안지는 않으셨습니다. 반대로 리……"

로아는 무언가를 더 말하려다 얼버무렸다. 그것은 중요치 않았다.

"칸이 한 번도 여자를 안지 않았다고요?"

나도 모르게 그를 현이라 부르지 않고 이름을 부르고 말았지만, 로아는 상관하지 않았다.

"네. 제가 아는 한 단 한 번도요."

"밖에 나가서 몰래 만난다거나……"

"이번 일이 있기 전까지 궁 밖에서 밤을 보내지는 않으셨습니다."

'후사를 만들 생각조차 없다고 다들 걱정이니 오히려 두 손 들어 환영할지도 모르겠군.'

조금 전, 칸이 했던 말이 머리를 스쳤다.

아닌데. 여자 경험이 없는 남자가 어찌 그리 나를 만족시켰단 말이야. 헤크란보다 훨씬……. 이런 말 참 뭣하지만 능숙했다.

여러모로 나를 놀라게 하는 남자다, 칸은.

왠지 모를 불안이 엄습해왔다.

"혹시 그럼 현의 여인이 된다는 건……"

"현의 아내가 되신다는 건, 룩센의 왕비가 되시는 겁니다."

아! 설마설마하며 속으로만 삼켰던 말을 로아가 대신 해줬다.

룩센의 왕비라니. 이 세계에서 왕비 놀이 따위 하고 싶지 않지만 칸이라면 내가 아무리 싫다고 말해도 상관하지 않을 것이었다.

어쩐다. 되도록 빨리 헤크란에게 돌아갈 수 있는 법을 알아내라고 재촉해야겠다.

"근데 정말 칸, 아니 현은 여자와 밤을……. 그러니까 잠자리를 한 적이 없는 거 맞아요?"

문을 향해 걷다가 도무지 이해가 안 돼서 다시 로아에게 물었다. 기억을 더듬어봐도 그가 처음인 남자라고 믿기는 어렵다.

"네."

"궁 밖에서 밤을 보내지 않았더라도 그 뭐냐, 낮에도 가능한 일이고……. 궁 안이라도 모르는 것일 수도 있고……."

"궁 안이든, 궁 밖이든, 낮이든, 밤이든 간에 한 번 잠자리를 가지게 된다면 그 즉시 현의 여인이 되기 때문에 알 수 있습니다. 늘 현의 곁을 지키는 페론은 호위 기사의 역할도 있지만 그와 함께 현의 여인을 놓치지 않기 위함입니다. 왜 자꾸 의심하십니까?"

"아니, 내가 알기로 그가 한 번도 경험 없는 남자 같지는 같아서요."

"신시아 님께서는 그것을 어떻게 아시는지 여쭤도 되겠습니까?"

"그거야 내가 현과 잤으니까 알죠!"

이런. 로아가 자신도 모르게 슬쩍 웃더니 금방 표정 관리를 했다.

처음 봤을 때 그녀는 지나치다 싶을 정도로 내게 깍듯했다. 어린 내게도 그리 대하니 윗사람 모시는 데 소질이 있나 보다 싶었다. 어쩌면 지금까지 그런 삶이었을지도 모른다.

어쨌든 그녀는 이제 보니 나를 놀리는 데도 일가견이 있었다. 일부러 이런 답을 유도해냈으리라. 그렇게 짐작함에도 불구하고 얼굴이 벌겋게 달아오르는 것은 어쩔 수 없었다. 그녀를 한 번 쏘아보고는 몸을 돌려 문을 열었다.

동시에 의자에 앉아 있던 칸의 눈이 나를 보았고, 눈썹이 치켜 올라갔다. 내 옷차림 때문이겠지.

의자에서 벌떡 일어난 그가 천천히 나를 위아래로 훑어봤다. 이미 눈빛에서 어떤 말이 나올지 짐작했지만 모르는 척하며 옷매무새를 정리했다.

"지금 그 모양을 하고 림을 만나러 가겠다는 건 아니겠지?"

"안 될 건 뭐예요?"

"일부러 날 자극하기 위해서라면 그만두는 것이 좋아."

"알아주니 다행이네요."

그가 화가 난 듯 빠르게 다가왔다. 가까워질수록 긴장이 되었지만 짐짓 아무렇지도 않게 눈길을 돌리지 않고 그를 노려봤다.

그의 이맛살이 찌푸려졌다. 내게서 나는 향유의 냄새 때문인 것 같았다.

"좋지 않아."

"뭐가요?"

"네게서 나는 향."

"좋기만 한데, 뭘."

"네 살갗에서 나는 향이 훨씬 더 좋아."

뒤에서 로아가 다 듣고 있는데도 그는 민망한 말을 잘도 쏟아냈다.

문득 그 말에 내가 그에게 첫 여자라는 사실이 떠올랐다. 직접 물어봐서 확인하고 싶은데, 이걸 어떻게 물어본담? 머리를 굴려봐도 당장에 답이 나오지 않아서 우선 림을 만난 다음에 생각하기로 했다.

"난 헤크란에게 가봐야 하니까 여기 있든지 말든지 알아서 해요!"

"헤크란이 아니라 림이라니까."

차분하게 말하며 칸이 내게 바짝 가까이 다가왔다.

"한 번만 더 그 이름 불러봐. 가만 안 둘 거야."

"가만 안 두면 어쩔 건데요?"

"정 궁금하면 또 불러보든지."

그의 부드러운 음성과 다르게 말투는 위협적이었다. 뭘 잘했다고 이러는 거야. 로아만 없었다면 칸의 정강이를 걷어차고 싶었다.

딸랑. 방울 소리가 들렸다. 금빛으로 빛나는 방울 몇 개가 그의 손에 들려 있었다.

"발목에 매달아놔."

"이게 뭔데요?"

"궁 안에서 이 방울 소리를 내는 사람은 너뿐이야. 모두가 방울 소리를 듣고 알아서 고개를 숙일 테니 걱정 마."

"내가 무슨 걱정을 한다고 이래요?"

"너, 너를 보는 남자들의 눈길이 싫다고 하지 않았나?"

그는 예전에 내가 남자들의 눈길 때문에 이곳에서 살고 싶지 않다고 했던 것을 기억하고 있었다. 이걸 나를 생각하는 자상함이라고 봐야 하나, 자기만 보고 싶은 욕심을 포장한 것이라고 봐야 하나.

칸이 무릎을 굽히고 앉아 자신의 허벅지에 내 다리를 올려놓고는 방울을 매어주었다. 그의 손가락이 발목을 스치자 묘한 짜릿함이 올라왔다. 감흥이 사라진 줄 알았더니 그것도 아니었나 보다.

그러면서 또 드는 생각은 내가 그의 첫 여자라는 것. 아직까지 마지막 여자인 것도 맞을 것이다. 하이겐에서 다른 여잘 안지 않았다면.

절대 용서하지 않을 것이라고 다짐했던 게 슬슬 풀리려 하고 있었다. 정말 웃기다. 이런 말도 안 되는 이유 하나로 나를 속인 이 인간에게 느슨해지려 하다니.

그를 볼 때마다 나를 속였다는 짜증과 함께 그에게 내가 첫 여자라는 쓸데없는 뿌듯함을 동시에 느낄 듯했다.

자신의 처음을 내게 줬으니 그의 마음이 진심이지 않을까 하는 생각도 들었다.

칸이 능숙하게 방울 끈을 매듭지었다.

"자, 다 됐다. 걸어봐."

그의 정수리를 보며 생각에 빠져 있다가 다 됐다는 말에 정신을 차렸다.

제자리걸음을 걷자 발목에서 차가운 금속의 느낌과 함께 딸랑 딸랑 맑은 소리가 퍼졌다. 조그마한 것이 울림이 상당했다.

"그럼 나는 헤……. 림에게 가요."

나도 모르게 헤크란이라고 말하려 칸이 정말 무슨 일을 벌일지 몰라 급하게 림으로 정정했다. 그는 만족한 모양인지 잘 다녀오라는 말을 하고는 먼저 나가버렸다.

칸을 자극하기 위해 옷을 갈아입었지만 막상 이 꼴을 하고 나가려니 막막해졌다. 아무리 다들 나를 못 본 척한다지만 헤크란, 아니 림은 볼 것이 아닌가. 하긴 갈아입기 전의 옷이나 지금의 옷이

나 크게 다를 바도 없다. 차라리 드레스를 입는 세계에 갔으면 이렇게 민망한 옷은 입지 않았을까. 그게 아니면 추운 곳? 에이, 추운 것은 싫다. 그래, 벌거벗고 사는 원시시대로 안 간 것이 어디야.

"신시아 님."

로아가 조용히 불렀다.

"네?"

"아까 말씀드렸던 현의 여인을 보면 죽는다는 법, 말입니다."

"네."

"원래 그런 법은 없었습니다."

"그럼 칸이 그 법을 만들었다는 거예요? 아, 잠깐만 여기서 미리 말 좀 해둘게요. 우리 둘이 이야기할 때는 내가 현이라 부르지 않고 칸이라고 불러도 이해해줘요. 워낙에 입에 달라붙어서 나도 모르게 나올 때가 많네요."

"알겠습니다. 말씀하신 대로 현재 현께서 만드신 법입니다. 선대 현까지는 그런 법이 없었지요."

그랬구나. 어쩐지 그런 말도 안 되는 법을 칸 말고 누가 만들겠는가.

혼란스럽다. 그의 첫 여자라는 말에 나를 진심으로 대해줬나 싶다가도 아무도 날 못 보게 했다는 말에는 자신만 소유하고 싶은 장난감 취급당하는 기분이었다.

"로아."

"네."

"지금 계속 칸 편드는 거 같아요."

"제가, 그런다는 말씀이십니까?"

로아의 눈이 어색하게 커지며 목소리도 과했다. 일부러 어깨를 으쓱하는 것조차도 어색해서 못 봐줄 지경이었다.

연기 무지 못하는구나, 로아.

"됐어요. 거짓말 마요. 거짓말에 진절머리가 났으니까. 근데 로아는 아무래도 거짓말은 못하는 거 같으니 그냥 하고 싶은 말해요. 얼굴에 다 드러나는데, 뭐."

"아…… 그렇습니까?"

머쓱한지 그녀가 자신의 볼에 손을 대며 배시시 웃었다. 거짓말 못하는 로아가 좋았다.

"현께서 겉으로는 거칠고 사나워 보이시나 좋으신 분입니다."

"그거야 로아에게나 그러죠."

"며칠 동안 두 분을 보니 무슨 일이 있었다고 짐작합니다. 그리고 그 일은 현께서 신시아 님께 어떤 잘못을 한 거라 생각했지요. 주제넘은 말씀인지 모르겠습니다만 한 가지는 말씀드릴 수 있습니다. 현께서 무언가를 잘못했다면 거기에는 분명 이유가 있을 것입니다."

"충성스럽네요."

"저만 그런 것이 아닙니다."

"그만해요. 그를 옹호하는 말은 더 이상 듣고 싶지 않아요. 림에게나 가보죠."

손사래를 치며 밖으로 나갔다. 그가 아무리 당신들에게 잘했다 한들 내게는 못할 짓을 했다. 그건 분명한 사실이었다.

긴 복도를 따라 발목의 방울 소리가 울려 퍼졌다. 진한 녹색의 융단이 깔린 복도에서 가끔 사람들을 마주치기도 했는데, 남녀 구분하지 않고 나와 마주치기도 전에 허리와 고개를 숙이며 내가 지나가길 기다렸다.

편하기도 하지만 불편하기도 했다. 괜히 나 때문에 이 사람들 고생시키는 것 같다.

"신시아 님께서 오셨습니다!"

로아가 헤크란의 방문 앞에 있는 남자에게 속삭이자 그가 큰 소리로 외쳤다. 문이 활짝 열렸다. 환한 미소를 짓고 있던 헤크란의 얼굴이 나를 보고 놀랐다.

"아, 신시아. 아름다워요."

어색했다. 불편하기도 하다. 칸과 닮은 이 남자가. 나는 가볍게 인사를 하고는 그의 방으로 들어갔다.

"아까와는 다른 옷인데 날 위해서 갈아입고 왔나요?"

그의 입이 함박만 하게 커지며 싱글벙글 웃었다.

착각하지 마라. 내가 칸이 제일 나쁜 놈이라고 여긴 것은 그를 향한 내 마음이 컸기 때문이지, 네가 더 나아서는 아니다.

"미안하지만 림을 위한 건 아닌데요."

실망한 표정을 보며 계속 실망하기를 바랐다. 당신이나 칸이나 별다를 바 없는 인간이야.

그의 방을 둘러봤다.

"짐작했을지 모르겠지만 난 이 세계의 사람이 아니에요. 사람들이 모르는 다른 나라가 아닌, 사는 세계 자체가 달라요."

그는 반응이 없었다. 마치 알고 있었다는 듯이 담담하게 고개를 끄덕였다.

방 안을 둘러보니 많은 그림이 걸려 있었다. 익숙하게 다가와 자세히 보니 샤이크의 집에서 봤던 그림들임을 금방 알 수 있었다.

기괴한 형체로 자세를 잡고 있는 괴물들. 룩센의 전설 속에 등장한다고 했던 걸로 기억하고 있는데, 그 그림이 헤크란의 방에도 있었다. 샤이크의 집에서 봤을 땐 몰랐는데 유난히 눈길을 끄는 그림이 있었다. 고구려 벽화에 그려졌다는 사신도의 현무처럼 생겼지만 현무는 아니었다. 그 그림을 유심히 보고 있자 헤크란이 다가왔다.

"시간 모래의 신이에요."

"시간 모래?"

"네. 룩센을 포함한 사막의 나라에는 모래를 관장하는 신들을 모십니다. 첫 번째는 바람 모래의 신, 두 번째는 공간 모래의 신, 세 번째는 생육 모래의 신, 네 번째가 시간 모래의 신이지요. 그 아래로 그들을 보필하는 다른 신들이 있고, 모래를 관장하는 신들 위에 다른 신들도 있어요."

"많네요."

"그렇긴 해도 가장 높은 신은 따로 계십니다. 유일한 분이시죠. 이들은 그냥 그분을 도울 뿐입니다."

시간 모래의 신이라는 그림을 유심히 봤다. 어쩌면 이 녀석이 나를 이곳으로 끌고 왔을지도 모르는 일이었다.

"그럼 이 시간 모래의 신이 저를 이곳으로 데려온 것일까요?"

"흐음, 시간 모래의 신만의 능력으로는 불가능합니다."

"그럼?"

"시간 모래의 신과 공간 모래의 신의 합작품이겠죠. 거기에 바람 모래의 신도 함께 가세했을 수도 있고요."

간단한 설명임에도 불구하고 그에게서 신관의 아우라가 풍겼다. 그가 신관이라 보통 사람들이 모르는 것도 잘 안다지만 이해되지 않는 부분이 있었다.

내가 다른 세계에서 왔다는데도 왜 조금도 놀라지 않을까. 나 같은 사람이 종종 있는 건가.

"그들이 왜 절 이곳으로 불러들였을까요?"

"그건 저도 모르죠. 사실 룩센에서는 그들의 힘이 그다지 필요치 않아서 신접해본 일이 거의 없어서요."

"저처럼 다른 세계에서 온 사람이 또 있나요?"

가능성이 적다는 걸 알면서도 희망을 걸었다. 하지만 곧 여지없이 깨졌다.

"아뇨. 설사 왔다 하더라도 숨어서 산다면 잘 모르겠지요. 어쨌든 저는 신시아 말고는 본 적이 없습니다."

잠깐 직접 찾아볼까 하는 생각도 했다. 하지만 룩센에 나와 같은 사람이 있는지 뒤지고 다닌다 해서 찾을 수 있을지도 미지수였다.

"그럼 내가 돌아갈 수 있는 방법은요?"

"이들과 신접을 해봐야 알 수 있어요."

"언제쯤 가능해요? 빨리 안 되나요?"

"제가 2년이나 쉬었으니 시간이 좀 걸릴 것 같군요."

그의 말에 신뢰가 가지 않았다. 나를 속였다는 부분을 제외하고 객관적으로 헤크란만 봤을 때, 그는 칸에 비해 성격도 좋아 보이고 친절한 편이었다.

그러나 1년 전에는 몰랐던 불길한 기운이 그에게 감돌았다. 처음부터 이름을 속인 일 때문이기도 하고, 그가 지금도 내게 무언가를 숨기고 있기 때문이었다.

"그래서 얼마나 걸리는데요?"

"글쎄요. 쉬었던 기간만큼?"

핫! 웃기고 있다. 역시 어쩔 수 없는 건가. 그가 2년이나 쉬었다는 이유로 신접하는 데 다시 2년이라는 시간을 소비해야 한다면, 그는 한 나라의 신관이 될 수 없었을 것이었다. 충분한 능력을 검증받은 사람이니 '림'이라는 자리에 올랐을 텐데 또 속이려고 들었다. 나를 뭘로 보고 저런 소리를 하는지.

"됐어요. 100일 안에 가능하도록 만들어요."

"신시아! 그건 힘들어요!"

"그럼 지금 나보고 2년이나 기다리는 말인가요? 내가 미쳤다고 2년이나 신접도 못하는 사람을 찾아 헤맸을까요. 나를 더 이상 속이려 하지 마요."

몸을 휙 돌리자 발목의 방울이 딸랑 소리와 함께 움직였다. 그를 노려보며 다시 한 번 강조했다.

"100일이에요. 당신이 내게 용서받는 길은 그것뿐이에요."

헤크란의 눈에서 알 수 없는 슬픔이 느껴졌지만 나는 그것마저도 거짓 같았다. 그에게서 느껴지는 불길한 기운을 떨쳐낼 것이 아니라 정확하게 알아보는 것이 마음이 편할 것 같았다.

그를 지나쳐 문으로 향했다. 적막감이 도는 방에 방울 소리만 울려 퍼져 유난히 크게 들렸다.

"정말 100일 안에 해내면 용서해줄 건가요?"

"네."

짤막하게 대답하고는 문을 나섰다. 빠른 걸음으로 앞서 나가자 문 앞에서 기다리던 로아가 뒤따라왔다. 아무래도 헤크란만 믿고 있을 수는 없었다.

"로아."

"네, 신시아 님."

나의 부름에 옆으로 오며 그녀가 발을 맞추었다. 조용한 복도를 따라 우리의 발소리와 방울 소리만 들리고 간간이 맞은편에서 오던 사람들이 이마가 바닥에 닿도록 고개를 숙였다.

"혹시 궁 안에 도서관······. 아니, 도서관이 아니라, 그래. 서고! 서고가 있나요?"

도서관이라는 말에 로아가 잘 모르겠다는 눈빛을 보여서 단어를 바꿔 나지막한 목소리로 그녀에게 물었다.

"물론입니다."

다행히 서고라는 말을 알아들었다.

"하지만 현께서 주로 사용하시는 공간이라 허락이 필요합니다."

젠장. 왜 또 칸이 사용하는 곳이냔 말이다.

"다른 곳은 없어요?"

"없습니다. 필요하다면 현께 여쭈어보겠습니다."

"그래요. 부탁해요."

헤크란처럼 신접은 불가능하겠지만 룩센이라는 나라에 대해서 좀 더 상세하게 알아볼 필요성을 느꼈고, 고서적을 찾다 보면 내가 어쩌다 이곳에 오게 되었는지 알 수 있을 것 같았다.

하다못해 나처럼 다른 세계에서 온 사람이 과거에도 있었는지 알아봐야 할 것 같았다.

헤크란에게 100일 안에 해결하라고 종용했으나, 솔직히 그가 내게 제시했던 2년은 짧은 기간이었다. 아마 처음 계획대로 돈을 모아, 림을 만났다면 2년이 훨씬 넘는 기간이 소요되었을 확률이 컸다.

2년이 다 뭐야. 10년은 각오하고 있었다. 하지만 다행인지 불행인지 칸을 만나 그 기간이 현저히 줄었다. 그와 만남을 후회했는데…….

고마워해야 될 입장이었다. 우리의 인연은 참 아이러니했다.

칸에게 서고 사용을 허락받아달라고 부탁한 것을 끝으로 로아가 다시 내 뒤로 물러가며 나를 따랐다.

그때 저 멀리 고개를 숙이고 있는 남자 하나가 눈에 들어왔다. 그는 다른 사람과 확연히 차이가 나는 고급스러운 옷을 입고 있어 시종급이 아니란 것쯤은 금방 알 수 있었다.

내 눈길을 끌던 그의 앞에서 결국 걸음을 멈추고 말았다. 그는 나의 처분을 기다리는 사람처럼 말없이 더 고개를 바닥으로 내렸다.

무얼 어찌하자고 그의 앞에 서 있는 것은 아니다. 이 기분을 어떻게 설명해야 할까.

낯설지 않다, 이 남자가.

얼굴을 보지 않았는데도, 지금 내 앞에서 머리를 조아리고 있는 자세마저 익숙했다.

도대체 누구지?

로아가 놀란 눈으로 나를 바라보고 있는 것이 느껴졌다. 남자에게 고개를 들어보라고 말할까 하다가 발걸음을 가던 길로 옮겼다. 몇 발자국 가다가 뒷목에서 찌르르하는 당김이 느껴져 다시 뒤를 돌아봤다. 그는 아직 그 자리에 엎드려 있었다.

"로아, 저 사람은 누군가요?"

"누군지 아시는 것이 아니었습니까?"

로아가 옆으로 다가왔다.

"내가 궁 안의 사람을 어떻게 알아요."

"아문 재상님이십니다."

"재상?"

"네. 현과 림을 보필하는 분으로, 그분들 다음으로 높은 자리에 계시지요."

아무리 생각해도 재상인 그를 알 리 없는데 왜 익숙하다고 느꼈을까.

아문이라고 했지. 다시 만난다면 얼굴을 봐야겠다.

방으로 돌아와 로아가 준비해준 간식과 무카를 마시는데 문이 벌컥 열렸다. 놀랍지도 않았다. 궁 안에서 그럴 수 있는 사람은 오직 칸뿐이니까. 헤크란과 나눴던 이야기로 그렇잖아도 머리가 아파 죽겠는데 그의 등장은 나를 더 복잡하게 만들었다.

"서고를 사용하고 싶다고?"

아, 그 문제로 왔구나. 로아가 벌써 말한 것 같았다. 칸이 맞은편에 앉자 그의 앞에 무카가 놓였다.

"사용하는 건 상관없지만 룩센의 글을 읽을 줄은 아나?"

"배웠어요. 잘은 아니어도 천천히는 가능해요."

룩센에 처음 왔을 때 나를 돌봐준 자매에게 배웠다. 이 나라의 글은 한마디로 정의해서 정말 못생겼다. 빨랫줄에 털지 않고 대충 널어놓은 빨래 같은 모양새를 하고 있었다.

배우느라 고생했지만 그 덕에 룩센에서 살아가기가 더 편했다. 걸핏하면 거래했던 상인들이 속이려 들었기 때문에 계약서를 작성한 것이 룩센의 글을 더 빨리 배울 수 있는 계기가 되었다.

"왜 갑자기 책을 읽겠다는 거지?"

그의 눈이 가늘게 뜨였다. 아마도 내게 다른 의중이 있다고 생각하는 모양이었다.

"지루해서요. 언제 돌아갈 수 있을지도 모르고."

돌아가는 문제에 대해서 이야기를 꺼내자 그가 낮게 숨을 뱉으며 무카를 마셨다.

"그래, 림은 뭐라는데?"

"신접하는 데 2년이 걸린다고 하더군요."

무카를 마시던 그의 한쪽 눈썹이 치켜뜨였다. 픽 하는 웃음소리가 들렸지만 이내 그런 적이 없는 척하고는 다시 잔을 입에 댔다.

"림이 고마울 때도 있군."

칸이 림과 어떤 사이인지 궁금했다. 둘은 분명 친형제인데 형제가 아닌 것 같았다. 이웃사촌만도 못한 남남처럼 보였다.

"바빠서 이만 가 봐야겠다."

"그러게 왜 왔어요. 서로가 불편하게."

"너는."

테이블을 돌아서 내 앞에 서는 칸. 허리를 숙이고 나와 눈을 맞쳤다. 가까이에서 그를 보는 것이 어색하기도 하고, 짜증도 나고, 불편하기도 해서 고개를 돌리려 하자 손가락 두 개가 턱을 잡았다.

잠시 바라보기만 하더니 입을 맞춰왔다. 무카 때문일까. 그의 입술에서 무카 향이 났다. 입술만 맞대는 가벼운 입맞춤을 한 그가 더 이상 말을 하지 않고 나갔다.

그를 자주 보지 않았으면 좋겠다. 자꾸만 흔들리는 마음이 치욕스러웠다.

"로아, 서고로 안내해줘요."

마음이 복잡해지려 해서 칸의 허락도 떨어졌겠다 당장 서고에 가서 책을 보고 싶었다.

커다란 문 앞으로 가니 그곳을 지키는 두 사람이 고개를 숙이며 인사를 했다. 로아가 자신은 들어갈 수 없다며 밖에서 기다릴 테니 필요하면 언제든지 부르라고 했다.

"아, 신시아 님."

서고에 들어가기 전에 로아가 불렀다.

"서고의 가장 안쪽, 맨 끝의 책장에는 특별한 책들이 있습니다."

"특별한 책? 내가 읽어야 할 책인가요?"

"읽어야 할 것이라 말하기는 좀 그렇습니다만……. 궁금해하실 것 같아서요."

"뭔데요?"

"그러니까…… 저어……."

로아의 얼굴이 붉어졌다. 그녀가 내게 손짓을 하며 귀를 가까이 대라고 했다.

"헌께서 잠자리 일에 능숙하신 이유를 아실 수 있습니다."

이 언니가 진짜! 그녀의 말에 나까지 얼굴이 빨갛게 상기되었다. 아무리 내가 칸이 동정남인 것을 이해할 수 없다는 듯 말했다지만, 그렇다고 그 까닭을 알 수 있는 방법을 알려줄 줄은 몰랐다.

그녀를 한 번 흘겨보고는 서고를 지키고 있는 자들에게 문을 열어달라고 했다.

안으로 들어가자 하나의 문이 또 나왔고, 들어가기 전 좌측에 책상이 놓여 있었다. 그 앞에 앉아 있던 남자가 인사를 하며, 책에 관해 궁금한 것이 있으면 물어보라고 했다. 알았다는 나의 말에 그가 일어나 문을 열어줬다.

들어가서 안을 보는 순간 눈이 휘둥그레지며 입이 벌어졌다. 내가 지금까지 봐왔던, 책이 가장 많은 곳은 대학 도서관이었다.

그러나 이곳은 대학 도서관과는 비교조차 되지 않았다. 학교 운동장만 한 넓이에 아파트 오륙 층은 족히 되는 높이로 만들어진 원형의 방이었다.

벽을 따라 책장이 있고 안에는 빽빽하게 책들로 가득 채워졌으며, 그것은 층층이 계단을 따라 올라갈 수 있도록 되어 있어 천장까지의 책들을 읽는 데도 어렵지 않게 설계되었다.

1층 책장의 사이사이 길이 있어 안으로 들어가 보니 같은 형태로 겹겹이 책장이 있었다. 천장에는 크게 창이 있어 서고의 구석구석까지 빛을 비춰주어 어둡지 않았다.

이걸 어디서부터 어떻게 찾아서 읽는단 말인가.

순간 로아가 말했던 것이 생각나 그것부터 볼까 싶은 마음이 들었다. 그녀의 말대로 궁금하긴 하니까. 가장 안쪽, 맨 끝 책장이라고 했나?

갑자기 가슴이 두근거렸다. 그깟 책 하나 본다는데 왜 이렇게 심장이 뛰는 거야. 서고의 안쪽을 향해 계속 들어갔다. 생각보다 깊었다.

그때였다. 저 앞에 한 남자가 뒷짐을 지고 나타났다. 짧은 갈색 머리에 탄탄한 체격을 가지고 있는 남자였다.

그는 룩셴의 남자들과는 다르게 얼굴이 흰 편에 속했지만, 그렇다고 나처럼 동양인은 아니었다. 잘생긴 외모를 가진 남자는 얼핏 중년쯤 되어 보였다.

나는 그가 누군지 알아봤다. 복도에서 만났던 재상, 아문이었다. 자세히 얼굴을 본 건 처음이지만 옷차림은 복도에서 봤을 때와 같았기 때문에 금방 알아볼 수 있었다.

그런데 그는 복도에서 봤을 때와 달리 지금 얼굴을 똑바로 들고 나를 보고 있었다. 혹시 내 발목에 방울이 없나 잠깐 흔들어봤다.

딸랑딸랑. 방울 소리가 나는데도 그는 여전히 나를 응시했다.

그의 입가에 곧 알 수 없는 웃음이 지어졌다. 아마 잠깐의 시간이었을 것이다. 그와 내가 서로를 마주 보고 있던 것은.

주고받는 대화도 없이 서로를 탐색하고 있었다. 아니, 탐색하는 쪽은 나였다.

그의 눈에서 나를 향해 내뿜는 기운은 지금까지 나의 얼굴을 본 룩셴의 남자들과 달랐다. 욕망의 눈빛이 아니라 그것은 적대감 같았다.

그의 입술이 움직였다. 뭐라고 말을 하는데 들리지가 않았다.

두려움이 느껴져 심장이 떨려왔다. 알지도 못하는 아문이라는 저 남자를 멀리하라고 마음과 머리에서 외치고 있었다.

"그대는, 누구기에 나를 몰라보고 그리 얼굴을 들고 있는 것인가?"

내 입에서 어쩌자고 이런 말이 나왔는지 모르겠다. 입이 마음대로 움직였다.

아문의 눈은 매섭게 나를 노려봤고, 입술이 일그러지며 웃는 것도 아니고 화내는 것도 아닌 이상한 표정이었다. 서고를 울리는 나의 큰 목소리에도 변화를 보이지 않았다.

"고개를, 숙이지 못할까?"

처음에는 입이 제멋대로 움직여서 나온 말이었다면 이번에는 그에게 조금 위협을 주고자 한 말이었다. 내가 누군지 분명히 알고 있을 그가 왜 저렇게 고개를 빳빳이 들고 노려보는지 알 수가 없다.

혹시 칸의 왕위를 노리는 사람? 책이나 드라마에서 보면 그런 인간들이 종종 등장하던데, 현재 아문의 위치라면 충분히 그럴 만도 했다.

나의 말에 그가 어이없다는 듯이 코웃음을 치고는 한 걸음 다가왔다. 그와 나 사이에 어느 정도 거리가 있었지만 뛰어온다면 금방이었다.

몸이 긴장됐다. 밖에 사람이 있었으나 이 넓은 공간에서 소리친다 해도 과연 밖에서 들을 수 있을지 싶었다.

그가 몇 걸음 더 걸어왔다. 나도 모르게 그의 발에 맞춰 뒷걸음질을 쳤다. 두려움에 심장이 세게 요동을 치기 시작했다. 점점 가까워지는 그를 보면서 몸을 돌리지도 못했다. 왠지 이대로 돌아서 달린다면 그가 뒤에서 덮칠 것만 같았기 때문이었다.

그가 다가오는 속도보다 나의 뒷걸음질의 속도가 더 느렸다. 이 상황을 어떻게 모면해야 할지 두뇌를 풀가동했다.

순간 그의 걸음이 멈췄다. 낯빛이 창백하게 변하더니 그 자리에 앉으며 황급히 무릎을 꿇었다. 그러나 나는 멈추지 않고 뒤로 물러났다. 그때 무언가 단단한 것이 뒤에서 느껴졌다.

칸이었다. 안도의 한숨이 나왔다. 그는 눈을 내려 나를 힐끔 보고는 아문을 싸늘하게 주시했다.

"재상은 신시아에 대해서 듣지 못했나?"

그 말과 함께 칸이 나를 돌려 세우며 자신의 가슴에 얼굴을 묻게 했다. 내 얼굴을 아문에게 보이지 않기 위해서였다.

그러고는 걸치고 있는 얇은 망토로 내 몸을 덮고 꽉 껴안았다. 그것 역시 옷차림 때문에 드러나는 몸매를 아문이 못 보게 하기 위해서였다.

"내가 신시아에 대해서 공표했을 때 바로 옆에서 듣던 사람이 재상이었던 거 같은데? 궁 안에서 방울 소리가 들리면 어떻게 하라고 듣지 못했는가?"

"죄송합니다, 현이시여. 죽여주십시오."

"죽을 마음도 없으면서 죽여달라니, 웃기는군."

칸이 비웃었다. 얼굴을 약간 돌려 아문이 어떻게 있는지 봤다.

"제가 어찌 현께 거짓을 말하겠습니까. 신시아 님이 너무 아름다우셔서 저도 모르게 그만 결례를 범하고 말았습니다."

아문이 머리가 바닥에 닿도록 고개를 숙였다.

"내 재상이니 한 번은 봐주지. 절대 두 번 다시 이런 일은 일어나지 않아야 한다. 당장 나가라."

칸의 말에 아문은 고개를 숙이며 빠른 걸음으로 우리를 지나쳐 갔다.

"재상, 밖의 문지기에게 전하라. 신시아가 서고를 이용할 때는 아무도 들이지 말라 하고, 만일 이런 일이 또 발생하면 그때는 문지기는 물론 재상도 무사치 못할 것이다."

"예, 명심하겠습니다."

잠시 후, 쾅. 문이 닫히는 소리가 들렸다. 문소리가 저렇게 큰데 왜 칸이 들어오는 소리를 아문도 나도 듣지 못했을까.

아마도 나는 무서워서였을 테고, 아문은 내게 집중하고 있었기 때문이라 생각했다. 아니면 칸이 미리 와 있었을지도.

"많이 놀랐나? 심장이 너무 빨리 뛴다."

칸이 나를 안은 채 물어왔다. 꽉 껴안고 있으니 내 심장의 박동이 그에게도 느껴졌나 보다.

8장

따뜻하고 편안하게 느껴지는 그의 품이 원망스러웠다. 그에게
서 이런 기분을 느끼면 안 되는데…… 몸에서 떨어지기 위해 움직
였지만 그가 더 강하게 힘을 줬다.

몸을 흔들며 칸에게 놓아달라고 요구했다. 그러나 그는 꿈쩍도
하지 않았다.

"그런 말도 할 수 있는지 몰랐네."

"무슨 말이요?"

"그대는, 누구기에 나를 몰라보고 그리 얼굴을 들고 있는 것인
가?"

내가 했던 말을 그대로 따라 하고는 키득키득 웃었다. 언제부터
서고에 있었던 거지?

"들었어요? 언제 들어온 거예요?"

고개를 들어 그를 보자 그도 얼굴을 숙여 나와 눈을 맞췄다.

"진작 와 있었지. 네가 서고 사용에 대해서 허락을 구했으니 언젠가 올 것이다 생각하면서 기다렸다. 이렇게 빨리 올 줄은 몰랐다만."

"아……."

그는 나와 만나기 위해서 미리 서고에 와 있었구나.

"재상이라는 사람은 언제 들어왔어요?"

"그러게 말이다. 나도 그것이 의문이야. 어쨌거나 내가 먼저 발견해서 다행이지. 큰일이야 없었겠지만, 네가 너무 놀랐잖아."

내 머리를 쓰다듬던 손이 볼에 닿았다. 양손으로 볼을 감싸 안고 나를 바라보는 그의 황금색 눈동자가 차츰 짙어지며 붉게 물들어가고 있었다. 그것이 무엇을 뜻하는지 알기에 마음이 두 개로 나뉘었다.

이대로 그의 손길에 나를 맡기고 싶다는 마음과 세차게 그를 거부해야 한다는 마음. 결국 후자의 마음이 이겨서 그의 손을 밀쳐내고 몸을 뗐다. 이번에는 칸도 억지로 힘을 주어 나를 안지 않았다.

어색한 침묵이 감돌았다. 헛기침을 하던 칸이 먼저 말을 걸었다.

"보고 싶은 책을 찾았나?"

"아뇨, 아직. 너무 넓어서요."

"따라와."

그가 긴 다리로 성큼성큼 앞서갔고 나는 뛰듯이 그를 따랐다. 보폭을 맞추기 힘들어하는 나를 발견했는지 어느 순간부터 느릿하게 걷자 따라가기가 한결 수월했다.

따라오라던 칸은 한쪽에 마련되어 있는 테이블로 가더니 옆의 책장에서 책을 하나 꺼냈다. 곁눈질로 얼핏 읽어보니 서고 안내도였다.

"주제별로 나뉘어 있다. 찾는 게 뭐지?"

"룩센의 역사나 전설……. 여러 가지요. 딱히 찾는 건 없어요."

"역사나 전설이라면 안내도에서 찾을 필요가 없어. 앞줄의 전면에 있는 책들이 모두 룩센의 역사에 관한 것들이야. 전설은 뒷줄의 3층에 있고."

그가 손가락으로 가리키며 알려줬다.

"여기에 있는 책들을 모두 읽었나 봐요?"

"읽기만 했나. 백 번도 넘게 반복했지."

말도 안 된다는 눈으로 바라보자 그가 피식 웃었다.

"전부는 아니고, 적어도 역사에 관한 것은 백 번 넘었다. 현의 자리가 그냥 얻을 수 있는 것이 아니야."

"얻어요? 아들이기 때문에 물려받는 것이 아니고요?"

"룩센에 관한 책을 읽다 보면 알게 될 거야. 현의 아들이라고 해서 무조건 후대 현이 될 수 있지는 않아."

아, 맞다! 들었다.

어렸을 적부터 함께 신관과 왕위 교육을 받고, 맞는 사람을 선별해서 각각의 자리에 앉힌다고 했다. 같은 아들인데도 헤크란은 현이 아닌 림이 되었다. 어쩌면 둘은 형제가 아닌 라이벌 관계였을지도 모른다는 생각이 들었다.

또다시 어색한 침묵이 흘렀다. 우리가 이런 사이가 아니었는데, 씁쓸했다. 그래서 이번에는 내가 먼저 말을 꺼냈다. 남자의 고집인

가. 내가 먼저 그 일에 관한 이야기를 하지 않으면, 그는 영영 입을 열지 않을 것 같았다.

"왜 내게 미안하다고 하지 않나요?"

순간 움찔하는 칸을 봤다. 자신을 똑바로 보고 있는 내 눈을 피하며 몸을 돌렸다. 그가 짧은 한숨을 뱉었다.

"내가 왜 너에게 미안해해야 하지?"

이건 또 무슨 말이야. 왜 미안해해야 하는 거냐고? 이건 너무 뻔뻔하잖아. 차분하게 가라앉았던 마음이 부글부글 끓어올랐다.

"하! 미안하지 않다는 건가요?"

"그러니까 왜. 내가 1년 전에 만났던 칸이 아니라고 밝히지 않아서?"

적반하장도 유분수지, 기가 막혀서 말도 안 나왔다.

당연한 것을 묻고 있는 그의 모습이 어이가 없어 놀란 표정으로 보고만 있을 뿐 입은 어버버 하는 이상한 소리만 냈다.

"시아, 나도 너에게 하나 묻자. 1년 전의 칸…… 그러니까 헤크란과 내가 너에게 다른 사람이었나? 너는 헤크란도 사랑하지 않았고, 나도 사랑하지 않았어. 그러면서도 정사를 나눴어."

"그, 그게."

"그게 무슨 문제가 있냐고 말하고 싶은 건가? 나는 적어도 너를 좋아하는 것인지는 모르겠지만 원한다고 말을 했어. 그러면 너는? 너에게 난 무엇이었는데? 그저 즐기기 위한 대상이 아니었나? 그런데 굳이 미안하다고 말해야 할 필요가 있는 거냐?"

칸의 말에 머리가 멍해져왔다. 이 남자가 하는 말들이 머리에서 빙글빙글 돌기만 할 뿐 이해가 되지 않았다.

"처음에는 의심 가는 일을 벌이다 사라진 헤크란이 내가 아끼는 이름을 사용하고 다닌다는 분노와 왜 그랬을까 하는 호기심에서 시작했다. 그러다 너를 통해 헤크란의 행방을 알 수 있지 않을까 싶었는데, 그사이 걷잡을 수 없이 빠르게 네게 빠져들고 말았어."

등을 보이고 있던 칸이 돌아서며 나를 봤다. 그의 눈 속에 잔잔한 파도가 일렁였다.

"헤크란은 너와 살고 싶을 정도로 너를 사랑했다지만 너는 어떤 마음이었어? 그는 너를 사랑해서 잠자리를 가졌는데 너는 왜 그와 잔 거지? 사랑하지도 않는 남자와 그저 즐겼을 뿐이잖아. 그러면 나는! 너에 대한 관심을 드러내는 나와 다르게 넌 내 마음만 알아보려 했을 뿐 너의 마음을 내게 보이지 않았지. 그뿐이었어? 항상 네가 살던 곳으로 떠난다고만 했다. 나는 너의 마음을 원했는데 너는 내 마음을 원했던 적이 있어? 시아, 네가 원했던 것은 너의 세계로 돌아가는 데 도움을 줄 신관인 립뿐이지 않았나?"

조금 전에 했던 질문을 정리하며 다시 쏟아내는 그의 물음에 멍해지는 머리를 잡았다. 정신을 차리려 눈을 감고 진정하기 위해 숨을 고르게 가다듬었다.

"그, 그렇지만 당신과 헤크란은 형제잖아요. 나는 속아서 형제와 잠자리를 했어요."

"말뿐인 형제가 다 무슨 소용이야. 쌍둥이만 아니었다면 형제인지도 모르고 컸을 텐데. 남과 다름없어. 네가 사는 곳에선 어땠는지 모르겠지만 룩센은 달라."

둘의 사이가 별로인 것은 어느 정도 예감했지만 이 정도일 줄은 몰랐다. 아무리 그래도 그렇지, 내게 미안해해야 할 필요성을 못 느낀다는 것은 문제가 있었다. 다른 때는 미안하다는 말을 잘만 하더니, 가장 사과가 필요한 이 일에는 왜 이러는지.

한편으로는 아무래도 내가 그에게 상처를 준 것 같았다. 생각해보니 그에게 내 마음을 전한 적이 한 번도 없었다. 물론 내 마음에 대한 확신이 없었기 때문이었으나, 칸의 입장에서는 변명일 뿐이었다. 그에게 상처가 됐을 수도 있겠다는 판단이 들었다. 그래서 그는 내게 미안하다는 말을 하지 않았나 보다.

아니다! 그건 그거고, 이건 이거지. 같은 문제가 아닌데 그걸로 통치려 하다니. 망할 인간.

"넌 들으려고 하지 않았어."

"그 상황에서 내가 당신 이야기를 듣고 싶었겠어요?"

"기회를 주길 바랐다."

바랐으면 어떻게든 나를 붙잡고 용서를 빌든 해명하든 했어야지. 기회를 주기만을 기다리고 있으면 내가 어떻게 알아. 독심술을 하는 사람도 아니고.

"당신은 날 속였어요."

"넌 내 감정을 이용했지."

"이용한 적 없어요. 확신이 없었을 뿐이에요."

"널 끝까지 속일 마음 없었어. 때가 되면 직접 말하려 했는데 일이 이상하게 흘러가 버렸지."

"마지막으로 물을게요. 정말, 내게 미안하지 않아요?"

칸의 앞으로 한 발자국 다가섰다. 그만큼 그가 뒤로 물러섰다.

"마지막으로 묻겠다. 너에게 나는 무엇이지?"

남자는 아이 같다는 말이 괜히 있는 것이 아니었다. 어쩌면 칸은 지금까지 동정을 지켰던 것만큼 남녀 간의 관계에 있어서는 고지식한 사람일 수도 있었다.

그가 나를 좋아하는지 잘 모르겠다고 해서 자신의 감정을 인정하지 않으려 든다고 생각했는데, 그는 진짜로 몰랐던 것이다.

그가 하이겐으로 가기 전, 억지로 감정을 인정하려 들지 않은 사람은 나였다. 뒤늦게 깨닫고 나서야 그가 나를 속였다는 사실에만 분노했다. 분노한 이유 또한 그에 대한 마음이 커진 탓이었다.

이 일을 어떻게 푼다.

제발 그가 미안하다고, 한마디만 해준다면 이런저런 복잡한 생각하지 않고 받아들일 텐데……. 솔직히 받아주고 싶었다. 미련한 생각이란 걸 알지만, 그와 예전으로 돌아가고 싶었다.

당신, 이런 내 마음 알아주면 안 돼요?

속상해서 한숨이 절로 나왔다.

그때였다.

"미안하다."

그가 눈을 옆으로 내리깔고 나지막이 말했다. 칸의 목소리가 환청 같았다.

"뭐, 뭐라구요?"

"미안하다. 많이 미안해."

나를 피했던 눈동자가 내 눈을 직시했다.

"조금 전에도 말했듯이 처음엔 헤크란의 행방을 알아내려고 그랬는데 점점 시간이 지나면서는 두려웠다. 혹시라도 내가 헤크란이 아니란 것을 알고 떠나버릴까 봐. 넌 1년 전에 만났던 그에게 호의적이었잖아."

인정했다. 헤크란에게 호의적이어서 칸을 만나는 내내 비교를 했었다. 물론 내가 모르고 그랬다지만 시시때때로 두려웠겠지. 굳은 얼굴로 1년 전과 비교하지 말라고 했던 그를 이제야 이해할 수 있었다.

바보 같아, 정말. 아니, 바보인 건 그가 아니라 나였다. 결국 죽어도 용서하지 않으리라는 마음이 녹아내리고 말았다. 몰래 나를 챙기는 모습 때문이었을까. 내가 그의 첫 여자라는 사실을 알았을 때부터였을까. 나로 인해 상처받은 그의 마음 때문일까. 내가 떠날까 봐 두려웠다던 말 때문일까.

정확한 이유를 알 수 없지만 한 가지는 확실했다.

칸이 너무 좋다. 어쩌면 이제 진심으로 사랑하는지도 모르겠다.

"용서하지 않을 거예요."

칸이 희미하게 웃었다. 마치 기대하지 않았다는 듯, 그럴 줄 알았다는 표정을 지으며 나를 스쳐 지나갔다.

"……좋아해요."

드디어 내 안에서 토해내고 말았다. 등 뒤에서 들리던 그의 발소리가 멈췄다.

"당신이 좋아요. 헤크란과는 상관없이 카르카노가 좋다고요! 룩센의 왕! 현! 칸! 당신이 너무 좋아서…… 용서하지 못하겠어요."

빠르게 다가오는 발걸음이 바로 뒤에서 멈추며 그가 나를 휙 돌려세웠다. 황금색 눈동자가 강렬한 빛을 뿜는다. 마치 금가루를 뿌려놓은 것처럼 아름다운 눈동자에 물기가 어렸다.

"다시, 다시 한 번만 말해줘."

그가 애원에 가깝게 부탁했다.

못할 것도 없지. 열 번, 스무 번, 백 번, 만 번이라도 말할 수 있었다.

"좋아해요, 칸."

허리가 세게 당겨져 그의 품으로 들어갔다. 어찌나 힘을 주는지 숨이 막힐 것 같았으나, 아무 말 하지 않고 그의 어깨를 안았다. 목덜미에 얼굴을 묻었는지 그의 뜨거운 숨결이 맨살을 간지럽혔다.

"미안해, 시아. 힘들어하는 널 보면서 정말 많이 후회했다. 그러면서도 네가 떠나버릴까 봐 전전긍긍하며 어떻게 해야 할지 몰랐어."

얼굴을 들어 올린 칸이 나의 눈을 바라보고 부드럽게 말을 했다. 그에게 안심하라는 듯 미소 지으며 턱을 두 손으로 감싸 안았다.

허리에서 느껴지는 그의 팔이 좋았다. 내 몸과 밀착되어 있는 그의 몸이 좋았다. 나를 바라보는 황금색의 눈동자가 좋았다. 매끄럽게 흩날리는 하얀 금발이 좋았다. 부드러운 저음의 목소리가 좋았다. 그의 모든 것이 좋았다.

나더러 바보라고 해도 그가 좋았다.

"사랑해."

꿈결 같았다. 공기 중의 미세한 소음들이 뭉쳐 말하는 것이 아닌가 하는 착각이 들었다. 또 한 번의 환청인가 싶기도 했다. 그러나 듣기 좋은 소리의 주인은 칸이었다.

내게 사랑한다고 고백한 그의 입술이 내 입술에 포개어졌다. 조심스럽게 아랫입술을 베어 물었다가 다시 윗입술을 베어 물기를 반복했다. 나도 그의 입술을 물며 목에 팔을 휘둘렀다. 그러자 그가 주저하지 않고 입안으로 혀를 밀어 넣었다. 거침없이 입안을 유영하는 혀를 따라 함께 움직였다.

미끄덩한 혀가 입천장을 훑고 지나고, 볼을 쓸었다. 아랫배가 찌릿했다. 그를 기억하는 몸의 세포 하나하나가 일어나기 시작하고 있었다.

칸의 손이 옷 안으로 들어와 허리를 쓸고 가슴으로 올라왔다. 보일 듯 말 듯 하게 가리고 있는 천을 들춘 그가 가슴을 가볍게 움켜쥐자 나도 모르게 작은 신음이 나오고 말았다.

"자, 잠깐, 칸. 여기 서고예요."

그에게서 입을 떼고 당황한 목소리로 말했지만 그는 개의치 않았다.

"그게 어때서."

낮게 귓가를 속삭이는 간질거림에 몸에 힘이 빠진다. 벌써부터 이렇게 반응하면 어쩌자는 건지. 그에게 민감한 몸이 원망스러웠다.

"잠깐, 잠깐."

겨우 이성을 찾으며 등줄기를 만지작거리는 그의 손을 잡아 내리고, 가볍게 몸을 떼어냈다.

"다시 한 번 말해줘요."

"뭘?"

"조금 전에 했던 말."

"조금 전이라니? 그게 어때서?"

"아니, 아니. 그 전에 했던 말요."

"아아."

알았다는 듯이 손뼉을 탁 친 그가 허리에 손을 얹고 장난스럽게 나를 노려봤다.

"사랑해?"

"그렇게 말고 조금 전에 말했듯이 해줘요."

"사랑해."

입가에 보기 좋은 미소를 지으며 다정하게 말했다.

"또 해줘요."

"사랑해."

"정말이죠?"

확인하고 싶은 마음에 물었다.

"사랑한다는 말 외에는 내 감정을 더 이상 표현할 말이 없는 것 같다."

"흐음."

의심하는 눈초리로 그를 보자 손바닥을 보이며 어깨를 으쓱했다.

"너는?"

돌연 되묻는 질문의 의미가 파악되자 당황스러웠다. 그가 좋은 건 맞는데, 사랑도 맞나? 사랑일 수도 있겠다 생각은 했어도 사랑인 줄 정확히 모르겠다. 갑작스러운 공격에 정신이 멍해져왔다.

"이거 봐, 내 이럴 줄 알았지."

"……뭘요?"

"또 내가 졌어."

깊게 한숨을 내쉰 그가 허공을 향해 눈을 들었다. 이성을 향한 감정에 이기고 지는 것이 어디 있느냐고 따지려다 그것을 말할 입장이 아님을 깨닫고는 입을 다물었다. 나를 사랑한다고 말하는 그에게 같은 말로 되돌려줄 수 없었으니까.

왠지 이번에는 내가 미안하다고 말을 해야 할 것만 같았다.

"그렇다고 해서 널 향한 내 마음이 바뀌지는 않아."

"어찌 됐건 좋아한다고 먼저 고백한 사람은 나였어요."

그나마 내가 먼저 말해서 다행이었다.

"나는 전부터 말만 하지 않았을 뿐이지 충분히 표현했어."

"모르겠다고 그랬으면서!"

"네가 눈치챘으면 좋았잖아."

"지금 누가 더 잘했나…… 흐읍!"

다시 칸이 입을 맞춰왔다. 조금 전과는 달리 거칠게 침입해온 그는 나를 잡아먹을 것처럼 키스를 해댔다. 나 또한 그를 열렬히 환영하며 대응해줬다. 타액을 주고받는 질척한 소리가 마치 사랑의 행위를 나눴을 때처럼 서고에 울렸다.

그가 입술을 떼어내자 거친 숨이 가슴에서 오르락내리락했고, 그런 나를 가만히 응시하더니 번쩍 들어 올려 한쪽에 마련되어 있는 책상에 눕혔다.

"행동으로 계속 표현할 거야. 내가 하이겐으로 떠나기 전이 마지막이었어."

"응, 알아요. 그동안 다른 여자는 안 만났어요?"

"하이겐으로 가면서는 림 찾느라 바빴고, 여기 와서는 너 때문에 정신이 없었는데 그럴 시간이 어디 있었겠어? 그리고 내가 다른 여자를 왜 만나지?"

그는 내 몸을 주르륵 잡아당겨 엉덩이를 테이블 끝에 맞게 걸쳐

놓고, 다리 사이로 들어와 섰다. 다리가 테이블 아래로 떨어져 대롱대롱 매달렸다. 몸 위로 덮쳐 온 그가 상의를 위로 말아 올렸다.

문득 내가 그의 처음이라는 로아의 말이 떠올랐다.

"칸! 잠깐, 잠깐!"

가슴에 키스를 퍼붓던 그가 '왜 또?' 하는 눈빛으로 나를 바라봤다.

"당신, 정말 내가 처음이었어요?"

예상치 못했던 질문이었는지 그의 미간에 주름이 갔다.

"이 순간에 그게 중요하나?"

"그 사실을 알게 되면 내가 더 잘해줄지 알아요?"

"싫어. 나중에 말해줄게. 지금은 급해."

"아, 그래도…… 흣."

칸이 찢어진 치마 사이로 손을 넣어 은밀한 곳을 손바닥으로 가볍게 눌렀다. 닿을 듯 말 듯 하게 스쳐 지나가자 그곳부터 시작되는 쾌감이 온몸으로 퍼지며 허리가 뒤틀렸다.

그는 치마와 그 안에 입은 속옷을 빠르게 벗겨냈다. 사실 벗길 것도 말 것도 없는 차림이었다. 아무래도 오늘 이 옷은 그를 위한 것이었나 보다.

"다 먹어 치울 거야."

"내, 내가 음식이에요? 먹, 게? 하앗."

칸의 손가락이 은밀한 정점을 꼬집었다. 어떻게 이렇게 잘 알 수가 있지? 언젠가는 로아가 알려준 '그 책'을 꼭 읽고야 말 것이다.

하체가 칸 앞에 적나라하게 드러났다. 그는 기분 좋은 웃음소리를 내더니 상체를 덮고 있는 거추장스러운 천들을 거칠게 벗겨냈다. 그 바람에 부욱 찢어지는 소리가 났다. 천창에서 들어오는 빛이 내 몸 구석구석 숨김없이 비추자 부끄러우면서도 묘한 흥분을 증가시켰다.

칸도 자신의 몸을 감싸고 있는 천들을 벗었다. 오랜만에 보는 그의 멋진 나신에 절로 탄성이 나왔다.

가슴에 얼굴을 묻은 그가 가벼운 키스를 하더니 혀로 핥아가기 시작했다. 전신에 소름이 돋으며 엉덩이가 들썩였다. 그러자 그가 한 손으로 납작한 나의 아랫배를 살짝 눌렀다. 하지만 진정이 되지 않는 엉덩이가 계속 꿈틀대고 허리가 멋대로 움직였다. 오랜만이라서 그런가. 기대감으로 벌써부터 솟구치는 흥분에 숨을 할딱였다.

가슴을 한입에 담고 빨았다 물었다를 반복하던 그가 여성의 입구에 손가락을 댔다. 이미 축축하게 젖은 그곳을 그림을 그리듯이 문질렀다. 작게 솟아오른 봉우리를 스칠 때마다 숨이 턱턱 막히는 것 같았다. 벌써부터 아랫배의 안쪽이 조였다, 풀어졌다를 반복하고 있었다.

"아아, 칸."

이물질이 들어오는 느낌에 나도 모르게 허벅지를 조이자 칸의 허리에 닿았다. 단단하게 솟아오른 그의 것이 피부를 찔렀다. 참지 못하고 다리로 그의 허리를 감아 당겼지만 그는 꼼짝도 하지 않았다.

"기다려. 더, 느껴봐."

급하다면서 왜 또 기다리래.

삼키지 못해 때때로 터지는 숨소리가 그도 최대한 기다림을 시행하고 있는 중이라는 걸 알려주었다.

하나가 천천히 들어왔다가 나갔다. 미칠 것 같았다. 만족되지 않았다. 급한 건 그가 아니라 나였다. 더한 것을 원했다. 그러다 갑자기 두 개가 되어 내벽을 긁고 제일 민감한 곳을 찾아 찔러댔다.

동시에 그가 가슴 정중앙에 꼿꼿하게 선 유두를 입에 물고 굴렸다. 잘근잘근 씹기도 하고, 달래듯이 부드럽게 입을 맞추기도 했다. 견딜 수 없는 쾌감에 마음에도 없는 말이 나왔다.

몇 번의 반복되는 움직임에 작은 비명과 함께 허리가 휘어졌다. 벌써 느끼고 말았다.

"안 돼. 제발, 안…… 훗! 흐흑……."

휘몰아치는 황홀경에 울음이 터졌다. 내 안에서 나온 맑은 물이 바닥으로 뚝뚝 떨어지는 소리가 들렸다. 칸이 자신의 것을 밀어 넣었다. 이미 절정을 두 번이나 경험해서 충분히 풀어져 있었지만, 오랜만이라 버거웠다. 아프면서도 기대감이 부풀어 올랐다. 천천히 밀려들어 오는 그의 것에 숨이 막혔다. 질벽이 그의 크기에 맞춰 벌어졌다.

"시아, 힘을 빼."

"모, 모르겠…… 어요. 훗. 그냥, 그냥 넣어……. 아아……."

"안 돼, 너 다쳐."

내부의 깊숙한 곳에 빨리 닿기를 원해서 계속 그를 졸라도 소용없었다. 그는 끈질기게 참아가며 천천히 넣었다. 분명 1분도 안 될 짧은 시간일 텐데 내겐 지독히 길었다.

마침내 그가 완전히 들어왔고 예민해져 있는 내벽이 그를 강하게 물었다. 늘어졌던 몸이 빠르게 쾌락을 좇으며 일어났다.

"크흡! 시아, 시아."

그가 느릿하게 움직였다. 더 빨리 해달라고 채근해도 그는 아랑곳하지 않고 원을 그리다가 찔러 넣었다. 그럴 때마다 몰려오는 전율에 짧은 비명이 터졌다.

"칸, 칸."

"더, 애원해봐. 어떻게 해줘?"

"더 빨리. 빨리해줘요. 응? 응?"

울먹이며 대답하자 그가 기다렸다는 듯 거친 동작으로 전진과 후퇴를 반복했다. 한곳으로, 한 방향으로 움직이는 단순하기 짝이 없는 같은 동작인데 들고 나는 순간순간 매번 다른 쾌락을 선사했다.

짓이기듯이 찌르는 빠른 허릿짓에 함께 맞춰 엉덩이를 움직였다. 끼익! 끽끽!

책상이 움직이는 소리가 들렸지만 멈추지 않았다. 그의 땀방울이 턱 끝에 맺히자 상체를 들어 올려 그것을 혀로 핥았다. 신음을 내뱉던 그가 가슴을 강하게 물어오자 더 물어주길 바라는 욕구에 그의 입으로 가슴을 밀착시켰다. 갑자기 갈증이 났다.

"아, 칸. 이, 입술. 입술, 줘요."

그가 빠르게 입술을 겹치자 기다렸다는 듯이 혀를 밀어 넣고 빨아댔다. 그의 타액을 모두 마셔주리라.

절정을 향해 달리는 그의 움직임이 맞출 수 없을 만큼 빨라졌다. 몸이 녹아내리는 것 같아 영원히 지속되길 원하는 마음과 어서 끝을 맞보고 싶은 마음이 동시에 머리를 어지럽혔다.

곧 나의 환희에 찬 비명이 서고에 울렸고, 그가 마지막으로 강하게 내 안을 찔러오며 뜨거운 것을 쏟아냈다. 그리고 저녁이 될 때까지 내 비명은 끊이지 않았다.

뻐근한 몸의 통증에 눈을 떴다. 서고에서 몇 차례 나눈 사랑이 성에 차지 않아 내 방으로 돌아와서 새벽까지 서로를 탐하다 잠이 들었다.

오랜만에 그의 잠든 모습을 가만히 지켜봤다. 여전히 매력적이고 멋진 남자였다. 오늘은 사랑스럽기까지 했다.

날 사랑한다는 고백에 감동이라도 받을 것일까.

그의 매끄러운 하얀 금발을 손으로 쓸어 올리자 손가락 사이로 빠져나가는 느낌에 저릿했다. 그리고 동시에 헤크란이 떠올라 기분이 불쾌해졌다. 칸의 말에 의하면 형제가 아닌 것처럼 자랐다고 했지만 어쨌거나 형제는 형제였다.

헤크란을 그저 칸을 만나기 전의 남자라고 생각하려 애를 써도 가슴 저 밑에 한 줄기 남아 있는 양심이 외치는 소리가 들렸다.

둘이 형제라는 것을 알았다면 너는 지금 칸과 잠자리는 하지 말았어야 했다고, 이제는 그들이나 너나 다를 바 없는 인간들이라는 외침.

아아, 어쩌면 좋을까. 난 칸이 너무 좋은데.

아무래도 내가 남자에게 빠져서 제대로 판단도 못 하고 미친 것 같은 기분이었다.

칸과 헤크란, 샤이크에게 미친놈들이라고 욕할 것도 없었다. 그들은 자신들의 익숙한 문화의 한 부분이라서 그랬다고 치자.

그럼 나는? 정말 미친 건 나였다.

　이대로 지내다가는 주아에게 돌아가고 싶은 마음이 조금도 남지 않을 만큼 그에게 더 빠져들지도 모를 일이었다. 사실 얼마 전까지 그런 마음이 없잖아 있기도 했다.

　하지만 만약 그렇게 된다면…….

　"용서하지 않을 거예요."

　나지막이 중얼거렸다. 나에게 하는 말이었다.

　"정…… 말?"

　어느새 일어난 칸이 나의 입술에 가볍게 키스했다.

　"그러니까 나에게 잘해요."

　이 역시 그와 함께하는 한정된 시간을 가지고 있는 내게 하는 말이었다.

　"응. 잘할 것이다."

　로아가 늦은 아침을 준비하는 동안 나는 옷을 입고 칸이 준 방울을 발목에 달았다. 딸랑딸랑. 오늘따라 유난히 맑은 소리가 기분을 좋게 해줬다.

　"매번 발목에 방울 다는 것 귀찮지 않나?"

　맞은편에 앉아 음식을 입에 집어넣던 그가 물었다.

　"당신이 줬잖아요. 하지 말아요?"

　"흠. 아니. 해야 돼."

　"귀찮지 않아요. 이 정도로 귀찮아하면 숨 쉬는 것도 귀찮아야죠."

　"그래? 그럼 다행이고."

웃으며 다시 음식을 먹는 칸. 나도 음식을 입에 넣으려다 방울 이야기에 아문을 떠올렸다.

"저…… 칸."

"응?"

"아문 재상 말이에요."

"응."

"어떤 사람인가요?"

나의 질문에 의외라는 표정을 짓던 칸이 잠시 생각을 하다 이윽고 답해줬다.

"내가 알기론 나보다 서너 살 더 많지."

"어? 겨우 그것밖에 차이가 안 나요? 훨씬 더 먹어 보이던데?"

"아문 재상이 좀 그렇게 보이기는 해. 어렸을 적에는 그러지 않았는데 어느 날부터 얼굴이 급속도로 변했다. 그래도 일은 잘하는 사람이라 나이 들어 보이는 거야 크게 중요치 않으니까. 꽤 믿음직한 신하야."

"네에."

얼핏 중년으로 보였는데 칸과 별 차이 안 났구나.

"그런데 어제는 왜 그랬나 모르겠군. 그럴 사람이 아닌데."

아문이 내 앞에서 얼굴을 들고 있었던 일에 대해 이해가 안 된다는 듯이 말했다.

"혹시 어제 일 때문에 아문에 대해서 궁금해졌어?"

"그렇기도 하고, 그냥 재상이 어떤 자리이고, 그 자리에 앉아 있는 사람은 어떤 사람인가 궁금해서요."

"아문에 대해서는 헤크란이나 샤이크가 나보다 더 잘 알걸."

"샤이크요?"

헤크란이야 그런다 치지만 샤이크는 어떻게 안다는 것일까?

"샤이크가 원래 전(前) 재상의 아들이었어. 그가 죽은 후에 잠시 공석이었다가 아문에게 넘어갔지. 헤크란과 샤이크, 아문. 세 사람이 어렸을 적부터 많이 친했다고 들었어."

어라? 어렸을 적부터 셋이 친했다니. 나의 예상이 빗나갔다. 칸과 헤크란, 샤이크가 친했다고 생각했는데 칸이 아니라 아문이었다.

또 머리가 복잡해지고 계산이 되지 않았다. 그럼 일이 어떻게 되는 건가. 샤이크가 사랑했다던 여자와 칸의 첫사랑 소녀는 다른 사람? 아아, 돌겠네. 다시 원점이었다.

아니다. 이로써 나와는 상관없는 일이 된 것이다. 그런데 마음에서 올라오는 답답함이 목구멍까지 꽉 채워버린 기분이었다. 갑자기 입맛이 뚝 떨어져서 들고 있던 포크를 접시 옆에 놓았다.

"왜?"

"그냥 좀……. 나중에 천천히 먹을게요."

"다른 거 준비하라고 할까?"

칸이 걱정스러운 눈으로 물었다.

"아니에요. 필요하면 내가 말할 테니까 걱정 말고 칸은 마저 먹어요."

안심하라는 듯 미소를 지었지만 그는 본인 먹는 것도 잊은 건지 나를 보고만 있었다. 할 수 없이 포크를 들자 그가 씩 웃는다.

"못 말려, 정말."

"여기 들어오고 나서는 그동안 제대로 못 먹었잖아. 억지로 조금이라도 먹어.”

“근데 칸, 혹시 샤이크를 만날 수 없을까요?”

이 질문을 하는 순간 칸이 어떤 표정을 지을지, 어떤 대답을 할지 예상은 했지만 물어볼 수밖에 없었다. 뭔지 모를 답답함을 풀고 싶었다. 어차피 이제 칸은 그들 사이에서 상관없는 사람이 된 것이고, 헤크란에게 물어본다 한들 감추기에 급급해 알려줄 리 만무했다. 그렇게 되니 남은 사람은 샤이크뿐이었다.

따지고 보면 굳이 내가 정확하게 짚고 넘어가야 할 문제는 아니었다. 그러나 또 상관없다고 할 수도 없지 않은가.

샤이크와 헤크란은 내게 분명히 잘못한 것이 있었다. 그것을 모른 상태에서 그 둘과 친했다던 아문이라는 사람을 만났는데, 그는 나를 이상하게 바라봤다. 마치 날 잘 알고 있는 사람처럼.

샤이크와 헤크란의 일에 아문도 포함되어 있을 거라는 예감이 잘못된 것인지도 모르겠지만, 어쨌거나 나는 알아야겠다. 어쩌면 그들의 잘못이라는 것이 만에 하나, 내가 룩센으로 오게 된 이유일지도 모른다.

꼬리에 꼬리를 무는 생각으로 머리에서 쥐가 나려 하는데 칸이 단호하게 선을 그었다.

“샤이크와는 만날 수 없어.”

“만날 수 있게 해줘요.”

“왜?”

“그냥 궁금하기도 하고. 아, 그 뭐냐, 샤이크 줬던 차도 마시고 싶고.”

말도 안 되는 핑계였다.

"그 차라면 여기도 있다."

역시나 먹히지 않았다.

"칸, 만나게 해줘요."

"그러니까 이유를 정확하게 말해야지."

"궁금한 게 있어서 그런다고 했잖아요. 혹시 내가 다른 마음이 있을까 봐 그래요? 난 샤이크의 집에서도 당신 잘 기다렸어요."

"뭐가 궁금한데? 내가 말해줄게."

"당신이 모르는 거면?"

'흐음.' 하는 작은 한숨과 함께 칸이 가늘게 눈을 뜨고 나를 봤다. 나는 꼭 만나야 했다, 절대 포기하지 않을 것이라는 눈빛을 보냈다.

"그럼 고려해볼게."

"고려하는 것으로는 안 돼요. 만나게 해줘요."

"……좋아."

절대 굽히지 않을 것을 짐작이라도 한 건지 생각보다 빨리 허락했다.

"약속했어요! 나중에 딴말하기만 해봐."

그가 어깨를 으쓱이며 그럴 일은 없다고 대답했다. 이왕 이렇게 된 거, 칸에게 첫사랑 이야기도 물어볼까 싶었지만 우선은 참기로 했다.

"헤크란, 샤이크, 아문. 혹시 이 세 사람이 동시에 좋아했던 여자가 있었어요?"

"왜 하필 궁금한 것이 그 세 명에 관한 이야기야?"

"내 질문에 당신이 답하기로 했지, 당신이 질문하기로 한 적 없어요! 빨리 말해줘요."

"이런, 첫 질문부터 막히는군."

칸은 팔꿈치를 세워 주먹을 쥔 손에 머리를 기댔다.

"이래서 내가 샤이크를 만나게 해달라고 했잖아요."

나도 그를 따라 똑같은 자세를 취했다.

"그런데 왜 몰라요? 당신과 친하지는 않았더라도 보고 자랐을 거 아니에요?"

"당연히 보고 자랐지. 단지."

"단지?"

"내 기억에 없는 부분이라서 잘 몰라."

"기억에 없어요?"

별일 아닌 것처럼 대답하는 그의 말에 놀란 사람은 나였다.

"응. 예전에 우리 처음 만났을 때 내가 기억을 잃었다고 했잖아. 물론 당시 내가 너에게 기억을 잃었다고 말한 기간과 실제 기억을 잃은 기간이 많이 다르지만."

칸의 말을 들으며 지난 시간을 떠올렸다. 나를 기억하지 못하는 칸에게 왜 모르냐고 추궁하자 아팠고 고열로 기억을 잃었다고 했다. 시기만 일치하지 않는다 뿐, 그가 아파서 기억을 잃은 부분이 분명히 있다는 것이다.

어디서부터 어떻게 짜 맞춰야 할지 모르겠다.

"암튼 당신은 질문에 대답을 못 했으니까 샤이크를 만나게 해줘요. 알았죠?"

"샤이크는 궁에 들어올 수 없어."

못마땅한 얼굴로 칸이 대답했다.

"그렇다고 네가 궁 밖으로 나가는 것도 싫어."

칸의 이런 반응에 짜증이 날 것 같다가도 내심 기분이 좋아졌다. 어찌 됐거나 내가 좋아서 샤이크에게 보이고 싶지 않다는 말이니까.

예전에는 그가 자신의 것이라는 이유로 나를 남에게 주는 것은 물론이고 보여주는 것까지 싫어해서 불만이 있었지만, 그의 마음을 알게 된 이상 내 고집만 부릴 수도 없게 됐다.

"그러니 당신이 적당한 방법을 찾아달라는 거잖아요."

한층 누그러진 내 말에 그가 미소를 지으며 답했다.

"며칠 뒤에 축제가 열려."

"축제요?"

"그래. 3년마다 한 번씩 열리는 축제로 백성들에게 궁을 개방하는 시기야. 그렇다고 여기까지 개방하는 것은 아니고 밖에서 볼 수 있는 정도지. 혹시 궁에 들어올 때 주위로 텅 빈 땅들 보지 않았나? 보통 때는 그곳도 아무나 들어올 수 없거든."

"네, 기억나요."

왕궁 주위로 얼마의 거리까지는 일반 백성들은 얼씬도 못 한다는 말을 익히 들었고, 칸과 함께 이곳에 들어오면서 그곳을 눈으로 확인도 했다.

"그 땅을 개방해서 모두가 즐기는 기간이야. 룩센의 백성들이 한자리에 모인다고 해도 과언이 아니지. 궁에서 음식도 제공하고, 여러 가지 놀이나 대회도 개최하고, 주변국에서도 많이들 오는 축제야. 그때 샤이크를 만나게 해줄게. 대신 내가 보는 앞에서."

"치잇, 순전히 자기 마음대로야."

"내게 적당한 방법을 찾아달라고 한 건 너였어."

"알았어요."

입술을 삐죽 내밀고 뾰로통한 찬 표정을 짓자 칸이 긴 팔을 뻗어 내 머리카락을 헝클어뜨려 놨다.

"아악! 왜 이래요!"

"어제처럼 옷 입지 마."

"예쁘기만 하던데요, 뭘."

"그것보다 더 예쁠 때가 있지. 아무것도 입지 않고 있을 때."

"칸!"

"어제처럼은 절, 대, 안 된다."

그는 남은 음식을 마저 먹고는 로아를 불러 치우도록 한 뒤 웬일로 무카가 아닌 차를 준비시켰다. 로아가 내온 차를 보자 그가 왜 그랬는지 알게 됐다. 샤이크와 마셨던 차에 대해 이야기를 꺼내서 그 차를 준비하도록 했나 보다.

오랜만에 맡아보는 향기가 친근하게 느껴졌다. 나와 칸의 앞에 찻잔을 놓은 로아가 주전자를 들어 따르자 쪼르르 맑은 소리가 나며 개나리색의 차가 담겼다.

"저 혹시 신시아 님께서 각(覺)의 차를 드셔도 되는지……."

"괜찮아요, 로아. 지금까지 꾸준히 마셔서 반 잔 정도는 거뜬해요."

염려의 말이 담긴 로아의 물음에 찻잔을 들어 보이며 한 모금 마셨다. 익숙한 향이 코와 입안에서 감돌다가 목으로 넘어갔다.

"네. 그렇다면 다행입니다."

그녀는 여전히 걱정이 담긴 눈으로 잠시 나를 보더니 주전자를 놓아두고 방을 나갔다.

"각의 차? 이 차 이름의 각이었어요?"

예전에 샤이크가 환각을 일으키는 차라고 했는데, 그래서 각의 차라고 부르나. 투명한 개나리색 차를 보고 있으려니 정말 환각이 일어나는 것처럼 머리가 어지러운 기분이었다.

"응. 정확한 명칭이 있는 거는 아닌데 다들 그렇게 부르더군. 난 이 묘한 향이 그다지 좋지 않아서 가끔 마셔."

지금까지 괜찮다고 생각했던 차의 향이, 이름을 듣는 순간부터 칸의 말처럼 좋지 않게 느껴져 찻잔을 테이블에 놓았다.

"그런데 샤이크는 왜 만나려는 거야? 그도 림처럼 네가 돌아가는 방법을 알려줄 수 있는 사람인가?"

내내 즐겁게 대화하던 그의 목소리가 가라앉았다.

칸과 사이가 좋아졌다 하더라도 내가 돌아가는 일은 벗어날 수 없는 문제였다.

"아니요. 샤이크는 내가 돌아가는 일과 상관없어요."

"그렇군. 하루 만에 마음이 변했을 리는 없겠지만 돌아가야 한다는 네 생각은 여전한 거지?"

"……네."

칸은 묵묵히 고개를 끄덕였다. 단단하게 굳어진 그의 턱을 보며 어쩔 수 없는 이 상황에 마음이 무거워졌다.

"동생 때문이라면 네가 돌아가지 않고 동생을 불러오는 방법은 어때?"

"동생에게도 가족이 있어요."

"가족이라……."

깊은 생각에 빠진 듯 칸은 한동안 말이 없었다. 가라앉은 분위기를 다시 끌어올릴 방법을 찾지 못해 내려놓았던 찻잔을 들어 홀짝였다.

헤어지기 전까지만이라도 열심히 서로를 아끼자는 말을 하고 싶었지만, 내가 그것을 칸에게 말할 수 있는 입장이 아니었다. 누가 마음이 덜 아프고, 더 아프고를 따지기 전에 남아 있는 사람은 칸이고, 떠나는 사람이 나니까.

다행히 조금 시간이 흐른 후에 칸이 아무 일도 없었다는 듯 말을 걸어와 분위기가 다시 좋아졌다.

"부탁이 있어요. 선생님을 구해줘요."

"선생님? 스승 말이야?"

"네. 룩센의 언어를 읽고 쓸 수 있기는 한데, 아직 미흡한 부분이 있거든요. 또 룩센의 전반적인 것에 대해서도 알고 싶기도 하고."

서고의 책만으로도 습득할 수 없는 것을 배우고 싶었다. 아직 글자를 완벽하게 익히지 않아 간혹 어려운 단어는 모르고 넘어간 적도 있었다. 칸에게 말은 하지 않았지만 돌아갈 방법에 대해 더 빠르게 모색하기 위함이었다. 이런 내 마음을 알면 그는 배신감을 느낄까. 하지만 손 놓고 있을 수는 없었다.

"말해두지."

"고마워요."

밀린 일을 보기 위해 그가 방을 나갔고, 나는 로아에게 종이와 펜을 가져다달라고 해서 샤이크와 헤크란, 아문의 이름을 적었다.

세 사람의 이름을 짚어가며 어떻게 된 것인지 추측을 해보려 해도 감은 오지 않았다. 머리에서 빙글빙글 돌기만 하여 뭔가 알 듯하면서도 떠오르지 않는 것이 답답했다. 샤이크와 헤크란은 분명 내게 잘못한 것이 있고, 처음 본 아문은 나를 아는 눈치였다. 나 역시 그가 낯설지 않았다.

뭐지?

그럼 아문도 혹시 샤이크와 헤크란처럼 나와 관련된 것이 있나. 아니면 아문이 그들과 함께 내게 무언가를 잘못했으려나.

아, 모르겠다.

"로아!"

나의 부름에 로아가 문을 열고 들어왔다.

"네, 찾으셨습니까."

"서고에 가야겠어요."

어제 서고에 간 목적을 잃고 칸과 시간을 보냈으니 오늘은 조금이라도 봐야 했다. 그 많은 책을 읽고 파악하려면 부지런히 움직여야 했다.

높다란 책장 앞에 서서 어느 것부터 읽어야 할지 고르고 있었다. 첫 번째는 역사? 이걸 읽어본다고 도움이 될까 싶기도 하지만 조금의 힌트라도 필요했다.

밖에 있는 문지기를 불러 책장 맨 위층의 책을 꺼내달라고 부탁했다. 책상에 높이 쌓아놓고 한 권씩 보는데 읽는 속도가 느려 시간이 걸렸다. 선생님의 필요성을 또 느꼈다.

겨우 두 권 읽고 책상에 널브러졌다. 이래서 언제 다 봐. 책 읽기를 포기한 나는 혹시 로아가 아는 것이 있지 않을까 싶어서 밖에 있던 그녀를 불렀다.

"로아가 아는 이야기 없어요? 룩센에서 나처럼 생긴 사람이 있었다거나 이상한 옷을 입고 다니는 사람……. 절대 룩센인처럼 보이지 않는 사람에 대한 이야기요."

"아주 오래전 이야기입니다만, 현께 먼저 여쭤보십시오."

로아가 칸에게 물어보라는 건 그도 알고 있다는 뜻이었다. 그가 알면서도 내게 말해주지 않을 가능성이 컸다.

"칸이 모른다고 할 거예요. 로아가 알려줘요."

"현께서 잊고 계셨을 수도 있습니다."

"잊을 사람이 아니란 건 로아가 더 잘 알지 않나요. 그럼 그 이야기의 주인공 이름이라도 알려줘요. 내가 물어볼 테니까."

"라리사 님이십니다."

로아가 간략하게 설명을 해주었다.

칸이 태어나기 훨씬 전의 현인 바라크의 연인으로 자세한 내용은 칸에게 들으라고 하였다. 그림과 기록이 남아 있다고 하면서 그 역시도 칸에게 물어보란다.

"그냥 로아가 찾아줘요."

그녀의 손을 붙잡고 부탁해도 매몰차게 거절했다. 내 밑에서 일하는 시녀이긴 했지만 그녀에겐 나보다 칸의 존재가 월등하게 컸다. 결국 거듭되는 나의 부탁에도 끝내 거절하는 로아에게 지쳐 포기했다.

"답답하니 우리 잠깐 밖에 나가요."

"네, 알겠습니다."

밖으로 나오자 푹푹 찌는 날씨가 실감이 됐다. 몰랐는데 궁이 잘 지어졌나 보구나. 시원하게 건물을 지을 수 있는 건축법이 따로 있나. 이렇게 더운데도 불구하고 안은 밖의 날씨를 짐작하기 어려울 만큼 서늘했다.

얼마 걷지 않았지만 너무 더워서 로아에게 나무 그늘로 가자고 했다. 로아를 따라갔는데 그늘에 아는 이의 모습이 보였다. 바로 아문이 서 있었다.

나를 발견한 그는 서고에서와는 다르게 허리를 숙여 인사를 한 뒤, 고개를 들지 않고 다른 곳으로 옮기려 했다.

"아문 재상."

그가 그대로 멈췄다.

"고개를 드세요."

"어찌 이러십니까. 혹여 지난번의 일로……."

"아뇨! 명령입니다. 고개를 드세요."

"신시아 님! 현께서 이 사실을 아시면 제게……."

"현께는 내가 말씀드릴 테니 빨리 고개를 드세요."

어제는 내 앞에서 그리도 당당하게 고개를 들고 있더니 막상 자리를 펴주니 어쩔 줄 몰라 했다. 그럴수록 마음에서 피어오르는 묘한 감정이 나를 부추겼다.

아문이 천천히 고개를 들었다. 서고에서 봤을 땐 그가 중년이라고 생각했지만 다시 보니 중년까지는 아니었다. 칸 못지않게 잘생긴 얼굴을 가지고 있었으나 그보다 서너 살이 많다고 하기에는 더 나이가 들어 보였다.

연한 다갈색을 가진 아문의 눈이 나를 보자 심장이 쿵 내려앉는 기분이 들었다. 갑자기 호흡이 가빠지고 현기증이 나서 손을 가만히 가슴에 댔다. 손끝까지 세차게 뛰는 심장의 펌프질이 느껴졌다. 이런 낌새를 알아차린 로아가 얼른 나를 부축했다.

"신시아 님! 괜찮으십니까?"

"괜찮아요. 잠시 앉을 수 있도록 해줘요."

로아의 손에 이끌려 나무 아래에 있는 의자에 앉아 마음을 진정시켰다. 아문의 얼굴을 본 순간 머리 저 안쪽에서 검은 기운이 나를 잠식하는 것만 같아 정신을 차릴 수가 없었다.

왜 이러지?

어쩌면 내가 샤이크와 헤크란에 대한 기억이 없는 것처럼 아문 역시 마찬가지일 수도 있다는 생각이 들었다.

대체 무슨 일이 벌어지고 있는 건지 알고 싶었다. 설마 나도 칸처럼 기억을 잃은 건가 의심했다. 문득 서고에서 그가 들리지 않게 무언가를 말했던 것이 떠올랐다.

"아문 재상, 어제 서고에서 내게 뭐라 말한 거죠?"

"서고에서 현과 잠시 대화를 나눈 것뿐 저는 신시아 님께는 아무 말도 하지 않았습니다."

"내가 듣지 못했다고 해서 당신이 했던 말이 사라지는 것은 아니에요."

"진실로 저는 그런 적이 없습니다."

잘못 본 것이 아니었는데, 왜 이 사람은 시치미를 뚝 떼는지.

헤크란은 내게 숨기는 것에 급급해 안절부절못하는 사람처럼 보인 것에 반해, 아문은 자신이 무엇을 숨겼는지 내가 모르는 이 상황을 차분하게 잘 대응했다.

궁금증이 더해만 갔다.

아문이라는 이 남자는 대체 뭘까. 어제 분명히 내게 뭔가를 말했는데 왜 모른다는 것일까.

어차피 그가 말해주지 않을 것을 알기에 그냥 가라며 손짓을 했다. 며칠 뒤면 축제고, 그때는 샤이크를 만날 수 있다고 했으니 아문이라는 사람에 대해서 꼭 물어봐야겠다.

그늘 아래서 기운을 차리고 로아에게 방으로 돌아가자고 하였다. 그리고 문 앞에서 나를 기다리는 헤크란을 만났다.

하루 만에 그의 얼굴은 상당히 초췌해졌다. 혹시 돌아가는 방법을 알아온 것인가 싶어 반갑기도 했으나, 한편으로는 벌써 돌아가야 하나 하는 아쉬운 마음이 동시에 찾아왔다.

"기다리고 있었어요, 신시아."

"들어오세요."

헤크란이 맞은편에 앉자마자 기다렸다는 듯이 그에게 물었다.

"돌아가는 방법을 알아 왔어요?"

"신시아가 내게 할 이야기는 그것뿐이로군요."

"그럼 뭐가 더 있을까요."

"100일 안에도 찾아내기 힘든 일은 어떻게 하루 안에 찾아냈겠어요. 그 이야기가 아니에요."

"그럼요?"

초조해 보였다. 목이 타는지 로아가 준 물을 벌컥벌컥 마셨음에도 연신 침을 삼키며 입술을 물었고, 눈동자가 불안하게 흔들렸다.

"카르카노를 용서했나요?"

아아, 그 문제였구나.

"용서한 것은 아니에요. 하지만 나도 그에게 잘못한 것이 있으니까 천천히 노력해보기로 했어요."

"신시아가 뭘 잘못했는데요?"

"그건 우리 둘의 문제예요."

헤크란의 표정만으로 그의 마음이 무너지는 것이 보였다. 그러나 이렇게 된 이상 그에게 조금의 여지도 주면 안 된다고 생각하기 때문에 냉정하다 싶을 정도로 현실을 정확하게 설명해주려 했다.

"그렇다면 나는 100일 안에 신시아가 돌아갈 방법을 찾아야만 가능한 건가요? 나도 칸처럼 천천히 노력해주면 안 되는 건가요?"

"아, 헤크란. 솔직히 이제 당신을 용서하고 안 하고의 문제는 중요치가 않아졌어요. 단지 우리의 지난날 때문이고, 당신이 칸의 형이기 때문에 불편할 뿐이에요. 칸도 내가 당신과 함께 있는 것을 신경 쓰는 것 같고요. 그가 싫다면 나도 그러고 싶지 않아요."

헤크란의 감정이 치솟아 오르는 것이 보였다. 숨을 몰아쉬는 어깨가 들썩였다.

"신시아! 나는 당신을……!"

"헤크란!"

그가 무슨 말을 하려는지 짐작이 되어 얼른 잘라버렸다.

"헤크란, 지금까지 내가 살아온 곳에서는 형제와 그런 관계를 가졌다는 것은 용납할 수 없는 일이에요. 그건 나도 마찬가지예요. 하지만 용납할 수 없음에도 불구하고 난 칸이 좋아요."

세게 쥐고 있던 헤크란의 주먹이 풀어졌다. 격하게 들썩이던 어깨도 축 내려앉았다.

그에게 미안한 마음도 있었으나 '그가 처음부터 내게 이름을 속이지 않았더라면 이런 일은 없었을 것이다' 하며 헤크란에게 책임을 전가하고 싶었다.

창백하게 질린 얼굴을 한 헤크란이 자리에서 일어나 문으로 갔다. 나가려던 그를 불렀다.

"헤크란! 칸이 아니더라도 난 어차피 내가 살던 곳으로 돌아가야 할 사람이에요. 그러니 더는 내게 마음을 주지 마요."

'훗.' 하는 소리와 함께 그는 밖으로 나가버렸다.

길고 긴 한숨이 나왔다. 이로써 문제 하나는 해결되었다는 안도감이 들었다. 적어도 그때는 그랬다.

밤에 침대에서 칸에게 '라리사'라는 여자에 대해서 물었더니 전혀 모르고 있었다는 얼굴을 했다.

"솔직히 말해봐요. 일부러 알려주지 않았죠?"

"설마."

그는 모로 누워 손으로 제 머리를 받치고 나를 바라보고 있었다. 내 머리카락을 만지며 그는 빙글거렸다.

표정에서 드러나는데 아닌 척은.

"누구예요? 라리사가?"

칸이 라리사에 대한 설명을 막힘없이 쏟아냈다.

"바라크의 비. 바라크는 워낙 오래전에 현의 자리에 앉았던 사람이라 기록으로만 알고 있어. 6살에 그의 숙부가 반란을 시도해 당시 현인 아버지를 죽여 왕위를 빼앗고, 비였던 형수를 본인이 취한 후 폭정을 일삼았어. 바라크는 모친과 유모에 의해 구사일생으로 살아 숨죽이며 살다가 왕위를 찬탈했지. 그때 바라크가 왕위를 되찾는 데 큰 공헌한 사람이 바로 라리사다."

당시 룩센의 신이 림에게 신탁을 내렸는데 '바람을 타고 나타난 여인'을 갖는 사람이 진정한 왕이라고 했고, 그래서 나타난 사람이 라리사라고 했다.

룩센이나 주변국 사람들의 외모와는 전혀 다른 라리사가 '바람을 타고 나타난 여인'임을 어떻게 증명했고, 그녀가 어떤 이유로 바라크 편에 섰는지는 알려지지 않았다. 다만 현명하고 지혜로운 여인인 것은 확실한 모양이었다.

바라크는 룩센의 역사상 최고의 전성기를 이끌었던 현이었는데 그것도 라리사가 있었기에 가능하였다. 실존한 인물인데도 마치 신화를 듣고 있는 것만 같았다.

"라리사가 이렇게 생겼어요?"

양손의 검지로 내 얼굴을 가리켰다.

"그림으로 봤을 땐 비슷하려나. 서고에 초상화가 있다."

"서고 어디에 있어요. 직접 찾아볼래."

"초상화는 2층에 있고, 책에 그림으로 남아 있기도 해. 찾아서 책상 위에 올려두라고 할게."

칸이 부드럽게 내 볼을 쓸다가 머리카락을 잡고 입을 맞추며 은근한 눈길을 보내자 그의 손을 잡았다.

"라리사에 대해 알고 있으면서 말 안 했죠?"

"그러면 안 돼?"

"어머! 어머머!"

자리에서 벌떡 일어나 앉았다. 이제는 아무렇지도 않게 대놓고 이야기하네.

"나는 네가 돌아가지 않길 바라고 있다. 그러니 말하지 않는 것이 당연하지. 정말 안 가면 안 되나."

차라리 억지로 나를 붙잡아둔다면 그러지 말라고 세게 나가기라도 하겠는데 저런 식으로 안타깝게 말을 하니 마음이 약해진다.

"나 좋자고 가족을 버릴 순 없어요."

"돌아가면 나를 잊고 행복하게 살 수 있어? 힘들어하는 모습을 동생에게 보여줄지도 몰라."

"……."

"여기서 나와 행복하게 산다고 해서 최악의 선택은 아니다."

달리 할 말이 없었다. 돌아가고 나서의 생각은 하지 않았다. 그의 말대로 나는 힘들어할까. 혹시 다시 룩센으로 오고 싶다는 생각을 하지 않을까. 겪지 않은 일을 미리 가늠하는 것만으로도 가슴이 아파왔다.

침대에 몸을 뉘이고 칸의 품으로 파고들었다.

맞은편에 앉은 젊은 남자를 흐뭇한 눈길로 바라보았다. 노란 금발의 고수머리가 귀여웠다. 나보다 서너 살 어린 얼굴을 하고 있는 이 남자는 나의 스승이었다.

"요하드입니다."

"안녕하세요. 알고 계시겠지만 제가 모르는 게 많아요. 잘 부탁드립니다, 스승님."

"요하드라고 불러주십시오."

한껏 휘어지는 눈웃음에 나도 따라서 함께 웃었다. 그는 친절한 스승이었고, 살가운 남자였다. 하루에 2시간. 요하드에게 받는 수업은 시간이 어떻게 흘렀는지 모를 정도로 즐거웠다.

글은 예상보다 쉽게 습득했다. 룩센에 와서 자매에게 배울 때 다소 시간이 걸렸던 것과 달리 제법 금방 이해했다. 확실히 가르침이 일인 요하드에게 배우니 속도가 엄청났다.

요하드의 수업을 받은 첫날. 잠들기 전 수업은 어땠냐고 칸이 물었다.

"재미있었어요. 좋은 스승을 소개해줘서 고마워요."

"다행이군."

그가 안으며 어깨에 은근한 입맞춤을 해왔다. 손이 가슴 근처를 배회하고 있었다. 부드러운 터치에 나른한 숨이 절로 뱉어진다.

"친절하고 자상해요. 아! 그리고 나이대가 비슷하니 말이 잘 통해서 좋아요."

"음?"

나의 턱 아래에 얼굴을 묻고 자잘하게 퍼붓던 그의 키스가 멈췄다. 상체를 세우고 내려다보는 눈빛에 의아함이 비쳤다.

"나이대가 비슷해?"

"몰랐어요? 요하드라고……."

"요하드? 그 녀석은 또 누구야."

"전 모르죠. 당신이 보내준 거 아니었어요?"

화를 참는 듯 눈을 감은 그가 꽉 다문 잇새로 나지막이 욕설을 뱉었다. 그러더니 급하게 침대에서 일어났다.

"어디 가요?"

나가려는 그의 옷자락을 붙잡았다.

"널 가르치는 사람, 다른 사람으로 바꾸자."

날 가르치는 사람이 요하드인지 칸은 몰랐나 보다. 원래 다른 사람으로 내정되어 있었는데 갑작스럽게 교체된 건가. 그렇다고 이 밤중에 확인할 일은 아닌데.

"당신이 모르는 사람이라서 그래요? 그럼 내일 확인해보면 되잖아요. 난 요하드가 잘 가르쳐줘서 좋은걸요."

솔직히 요하드가 좋기도 했고, 다른 사람으로 바꾸기 싫었다. 생면부지의 사람과 관계를 형성하는 일은 부담과 스트레스를 가져올 뿐이었다. 이미 요하드와 그 일을 마쳤는데 또 반복하고 싶지 않았다. 사실 요하드는 성격이 좋아 내가 스트레스 받을 일도 없었다.

"잘 가르치고 못 가르치고의 문제가 아니라!"

칸이 버럭 소리를 지르다 내가 영문을 모르는 표정을 짓자 곧바로 사과했다.

"미안."

후우. 그가 크게 숨을 고르고 다시 침대에 앉아 내 두 손을 잡았다.

"바꾸자."

"싫어요."

"바꿔."

"왜요. 그냥 요하드에게 배우면 안 돼요?"

"안 돼."

"그러니까 왜요?"

계속되는 질문에 그는 안 된다고만 할 뿐, 명확한 답을 해주지는 않았다. 잠깐 토라져 있기는 했지만, 이만한 일로 오래 끌 필요가 없어 그가 달래주자 금방 수긍했다. 하지만 다음 날, 바뀔 것이라고 생각했던 요하드가 내 수업을 담당했다. 칸이 내 부탁을 들어줬다.

일주일 동안 요하드의 수업을 받아보니 바뀌지 않아 천만다행이라는 생각이 들 정도로 잘 가르쳤다. 그는 학자답게 룩센의 역사와 지리는 물론이고, 주변국의 정세까지도 완벽하게 알고 있었다. 덕분에 전혀 몰랐던 사실도 알게 되었다.

"룩센에 강이 있었어요?"

수도교(水道橋)와 카투스의 목욕 시설을 보고 사막 환경에서 이 많은 물을 어디서 공급하나 궁금하긴 했다. 단순히 오아시스가 그 역할을 한다 여겼는데 강이 있었다.

"룩센의 곡창지대도 모르시겠군요."

"네에? 곡창지대요?"

놀랄 일이다. 사막에 곡창지대라니. 아, 강이 있다고 했으니까 가능하나?

그가 놀라서 입이 벌어진 날 보고 싱긋 웃었다. 그러더니 종이를 펼쳐 죽죽 그려나갔다.

"여기가 룩센입니다. 왼편으로 죽음의 사막을 건너면 바다가 있고, 오른편으로 한참을 가면 레인강이 나옵니다. 강의 상류가 룩센의 영역에 있습니다. 여기 중류부터는 유토라의 영역인데 상류와 달리 땅이 척박합니다."

유토라는 처음 들어보는 나라였다. 긴 강줄기 옆으로 룩센, 유토라가 자리 잡았다.

"아래로는 코아쿤, 위로는 자로입니다. 레인강은 룩센에 많은 도움이 됩니다. 여기는 모래가 대부분이지만, 강의 상류에는 다양한 생물이 서식하죠. 그곳에서 자라는 나무로 이 종이를 만들고요, 나머지도 버릴 것이 없어 많은 물건으로 사용됩니다. 또 땅이 비옥해 매해 농사도 잘됩니다."

요하드의 설명에 빠져 고개를 끄덕였다. 룩센이 작은 나라라고 짐작했던 나의 예상을 와장창 깨뜨렸다.

"레인강은 룩센의 젖줄과 같습니다. 인구가 많은 도시에는 수로시설이 갖춰져 있습니다."

"아, 저도 수도교를 봤어요. 카투스에서 지내본 적도 있어서 알아요. 그런데 이런 수로시설은 누가 만들었나요?"

잠시 칸이 만들었을까 기대했으나 그가 만들었다고 하기엔 시간적으로 맞지 않았다. 엄청난 노동력과 시간이 필요한 작업이었다.

"오래전 현과 비이신 바라크 님과 라리사 님입니다."

여기서 이야기를 또 듣게 되는구나. 라리사. 대단한 여자인 건 확실했다. 서고에서 초상화를 꼭 찾아봐야지. 나와 닮았다는 그 여자.

"이제 수업을 마칠 시간입니다. 내일 뵙겠습니다."

"요하드, 더 해주면 안 되나요? 완전 재미있는데."

"하하. 저도 재미있습니다만 수업시간을 초과하면 큰일 납니다."

하는 수 없이 알겠다고 했다. 아쉽지만 요하드가 큰일 난다고 하는데 굳이 강행할 필요는 없었다. 자세한 이유를 모르는 상태에서 억지 부리고 싶지도 않았다. 그래도 그깟 시간 조금 초과한다고 큰일이 난다는 건 뭐지. 이후에 중요한 일이 있겠다 짐작하면서도 궁금했다.

"근데 무슨 큰일이 나요?"

호기심을 참지 못하고 물었다.

"저…… 그것이…… 아시잖습니까."

아아. 그래. 칸이 올 시간이 됐지.

하나.

둘.

셋.

벌컥 문이 열렸다. 칸이 들어오자 자리에서 일어난 요하드가 허리를 접는 수준으로 인사를 했다.

"칸, 수업 중이에요."

이런 일이 벌써 일주일째였다. 마치 밖에서 시간을 재고 있는 것처럼 수업이 마무리될 때쯤이면 노크도 없이 문을 열고 들어왔다.

"끝날 시간이 넘었어. 요하드, 내가 수업시간 지켜야 한다고 분명하게 말하지 않았나?"

내게 짤막하게 대답한 칸이 날이 선 음성으로 요하드를 질책했다. 수업시간을 초과했을 때 나타나는 큰일이 이거였다. 긴장한 요하드의 관자놀이를 타고 땀이 흘러내렸다.

"내가 더 해달라고 졸랐어요, 칸."

"아무리 신시아가 요구했어도 지켰어야지."

그게 뭐 그리 큰 잘못이라고 이러는 걸까. 칸은 내 말은 듣지 않

룩셴의 연인 I 355

고 요하드에게만 뭐라고 했다. 그에게 미안해졌다.

"죄송합니다, 죄송합니다."

요하드가 거듭 허리를 굽혀 사죄를 했다. 순간 판단을 잘못한 내 탓이 컸다.

"나가봐."

요하드가 허리를 들지 못하고 굽힌 채로 방을 빠져나가자 이제는 내게 화살이 돌아왔다.

"왜 수업시간을 초과해?"

"하다 보면 그럴 수도 있죠. 어떻게 매번 딱딱 맞춰서 되나요."

"너 항상 시간을 넘겼어. 딱딱 맞춰 끝난 적 한 번도 없다."

대체 뭐가 문제라는 건가. 수업시간은 몇 번이나 넘겼는지 몰라도 내 기억으로 넘겨봤자 10분도 안 되었다. 초과수당이 있는데 그걸 주기 싫어서 그러나? 설마 칸이 그런 걸 아낄 리는 없었다. 요하드가 수업 다음에 정말, 정말 중요한 업무가 있는 건가. 그렇게 중요한 사람이면 처음부터 시간 조절을 하든지 내 수업을 맡지 않도록 했어야지. 자기가 해줘놓고는 심술이었다.

"오늘은 제대로 얘기해봐요. 뭐가 불만이에요?"

내게 불만이 있는 건 확실한데, 다른 쪽으로 표시를 하고 있었다.

"됐어, 선생을 하나 더 두든가 해야지. 아니다. 로아와 수업을 함께 받는 건 어때?"

답도 하기 전에 그는 '아니야, 아니야.' 하며 고개를 저었다. 다가와 내 볼을 잡고 짧게 입을 맞췄다.

"후회돼."

"……."

"네 부탁을 안 들어줄 수도 없고."

머리를 안아 자신의 가슴에 대는 칸. 두근두근. 빠르게 뛰는 그의 심장 소리가 들려왔다. 그가 나가고 곰곰이 고민해 도달한 결과는 하나였다. 내가 젊은 남자와 단둘이 폐쇄된 공간에 있으니 질투, 더하기 불안함이었으리라. 이에 대해 확실한 쐐기를 박아준 건 요하드였다.

'시간 엄수는 물론이고 신시아 님과 눈도 마주치지 말라 하셨습니다. 수업을 하다 어쩔 수 없이 명을 어길 수밖에 없었던 점 죄송합니다.'

그 말을 듣고 어찌나 웃음이 났던지. 차마 요하드 앞에서 웃을 수 없어 혼자 삼키느라 딸꾹질이 나서 애를 먹었다. 그리고 그 뒤로 나는 수업시간을 꼬박꼬박 지켰다.

9장

축제 준비로 다들 바빴다. 매일 창가에 턱을 괴고 앉아 시시각각으로 변하는 궁과 저 멀리에 보이는 땅을 구경했다. 가끔 칸을 따라서 궁 밖으로 나갈 때마다 새로운 것이 만들어져 있어 깜짝 놀라곤 했다.

"축제의 절정은 창 싸움이지. 나도 나갈 거야."

"네에? 그거 위험하지 않아요?"

"위험해. 진짜 창을 들고 하는 거니까. 그래도 괜찮다. 매번 축제가 있을 때마다 항상 내가 이겼어. 괜히 사막의 백사자라는 이름이 붙은 것이 아니야."

"그래서 이번에도 나간다는 거예요?"

"당연하지. 백성들에게 룩센의 현이 강하다는 것을 보여주는 의미도 있고, 주변국에 그것을 알리는 것도 있지. 걱정하지 마. 조금도 다치지 않고 이길 테니까."

"어떻게 될 줄 알고요!"

인상을 쓰며 답하는 내 코를 그가 가볍게 잡고 흔들다가 키스를 했다. 더 뭐라 해줄 심산이었는데 녹을 것처럼 달콤한 키스에 속절없이 빠져들고 말았다.

드디어 축제가 시작되었다. 텅 빈 공터였던 곳은 발 디딜 틈도 없이 사람들로 북적였다. 작게는 좌판을 벌여 시장을 만들었고, 크게는 경기장을 만들어 온갖 시합을 즐기기에 여념이 없었다. 나는 경기보다는 시장 쪽에 관심이 많았지만, 칸이 허락하지 않아 그를 위해 마련된 장소에 앉아서 그저 지켜보기만 했다.

궁의 정문 옆에 커다란 천막이 높게 쳐졌다. 계단에 올라가 앉으니 오가는 사람들의 구경 정도는 가능했다. 그러나 이것으로 만족하지 않고 계속 불퉁한 얼굴을 하고 그에게 투덜댔다.

"축제면 뭐 해요, 난 하나도 재미없어."

"어쩔 수 없잖아. 사람들이 널 가만두지 않을걸. 나중에 분명히 후회하면서 돌아올 거야."

"쳇. 얼굴 가리고 다니면 되잖아요."

"날씨도 평소보다 덥고 사람도 많아서 안 돼. 저번처럼 또 쓰러진다."

단호한 그의 말에 더 이상 따지지 못하고 의자에 앉아 로아가 주는 과일을 먹고 있었다. 가만히 앉아서 구경하는 게 무슨 축제야. 하지만 한편으로는 걱정하는 칸의 마음이 이해되기도 했다. 내가 이런저런 일을 좀 겪었는가.

"창 싸움은 언제 해요?"

"오후에."

"여기서?"

"경기장에서. 넌 나를 응원해야 해."

칸이 윙크하며 뒷머리를 끌어당겼다. 짧으면서도 진한 입맞춤을 마친 그가 살짝 쉰 목소리로 물어 왔다.

"우승하면 어떤 상을 줄 건가?"

"내가 당신에게 상을 줘야 해요?"

"당연하지. 난 오늘 오로지 너를 위해 싸울 건데."

"글쎄요. 매일 상 받으면서 또 뭘 바라시나."

밤새도록 들볶는 통에 아침에 로아 얼굴 보기가 민망해 방 밖으로도 못 나가게 만드는 사람이 또 상을 달라니.

나의 마음을 그에게 고백하고, 그가 자신의 마음을 내게 고백한 날부터 칸은 어린아이처럼 보채고 졸랐다. 밤마다 나를 안으면서도 늘 부족해했고, 신하들과 회의 시간을 제외하고는 앞에 나를 꼭 앉혀뒀다. 그런 그를 이해했다. 헤어짐이 예정된 채로 나를 보는 그의 열망은 언제나 뜨겁게 타올랐고, 목마른 것이었다.

물론 나 역시 마찬가지였다. 가끔, 아주 가끔 순간순간 룩센에서 그냥 살까 하는 생각도 했다. 주아에게 가족이 있으니 내가 돌아가지 않아도 괜찮지 않을까 하며 스스로 타협점을 찾을 때도 있었다. 결국 우려했던 일이 일어나는 것에 자괴감에 빠지기도 했다.

그러나 헤어짐을 생각하며 우울해지는 것보다는 그와 함께하는 이 순간을 소중하게 여겼다. 그것이 지금 내가 할 수 있는 최대한의 것이었다.

내게 어떤 상을 달라고 할까 고민하는지 칸이 검지를 들고 자신의 턱을 쓸어내렸다.

"음, 상은 뭐가 좋을까."

그런데 고민하는 그의 모습이 영 어색했다.

"아! 우리가 예전에 코아쿤의 카투스에 있었을 때 말이야, 네가 샤이크에게 가기 전날 마셨던 거."

턱을 매만지던 손가락이 어느새 관자놀이로 올라가 대단한 것을 생각한 것처럼 톡톡 두드렸다. 칸은 연기를 참 못했다. 내게 원하는 것을 미리 준비해왔으면서 아닌 척하는 모습이 귀여워 나도 그냥 속아 넘어가주었다.

샤이크에게 가기 전날 마셨던 거?

그게 뭘까 기억을 더듬다가 번뜩 떠올랐다. 핑크색 액체. 흥분과 체력의 강도를 높여주는 약.

이 사람이 왜 이래.

"미쳤어요? 그거 마시면 소리 지르느라 정신이 없는데. 다음 날 로아 얼굴을 어떻게 보라고 그러는 거예요?"

곁에 있는 로아가 듣지 않도록 목소리를 낮춰 말하고는 그의 어깨를 손바닥으로 때렸다. 찰싹! 아프지 않을 텐데도 그는 인상을 찌푸리며 내 손이 닿은 곳을 손으로 문질렀다.

"그게 무슨 상관이야. 궁은 내 집이야."

"안 돼요."

"그럼 창 싸움 중도에 나 다칠지도 모른다."

와, 이젠 애처럼 이런 걸로 협박을 하네.

"장난해요? 다른 것도 아니고 당신 몸 가지고?"

"그러니까 상을 걸란 말이다."

"아, 진짜!"

다친다는 것으로 협박하는 칸에게 결국은 지고 말았다. 얄미워서 한 번 흘겨보고 말았지만, 내심 걱정이 됐다.

지루할 것 같았던 시간이 흘러, 어느덧 창 싸움 경기가 있는 오후가 되었다. 경기장으로 자리를 옮겼다. 사람들이 경기하는 모습을 높은 곳에 세워져 있는 커다란 천막 아래에 앉아 칸과 함께 지켜봤다.

뿌우!

경기의 시작을 알리는 나팔 소리가 크게 울려 퍼지자 장내의 많은 사람들이 고함을 질렀다.

고막이 찢어질 정도의 큰 소리에 놀랐다. 그러나 곧 마음이 쿵쿵 요동을 쳤다. 개인적으로 스포츠를 즐기지는 않았지만 예전에 한국에서 월드컵을 할 때 시청 앞 광장에서 미친 듯이 응원하고 즐겼던 마음과 같았다.

오묘했다. 긴장되면서도 열광을 했다. 장내의 사람들도 나와 같은 마음이겠지.

창 싸움이란 경기장의 양쪽 끝에서 긴 창을 들고 달려와 마주오는 사람을 찌르는 것이다. 갑옷이라도 입으면 좋겠는데 그들은 맨몸으로 경기에 임했다.

처음에는 길고 날카로운 창에 찔리면 죽을 것 같아 걱정이었으나 다행히 찔려서 죽는 사람은 생기지 않았다. 다만, 상대의 창을 피하느라 말에서 떨어지는 사람이 생겼고, 그러면 패하는 게임이었다.

그러다 창이 피부를 스치거나, 말에서 잘못 떨어지면 달리는 말에 밟혀 피투성이가 되기도 했다. 그럴 때는 피투성이가 된 사람을 지켜볼 수가 없어 손으로 눈을 가렸다. 너무 끔찍했다.

잠시 쉬는 시간이 되었고, 어렵다는 것을 알면서도 칸의 팔을 붙잡고 부탁했다.

"칸, 창 싸움 안 하면 안 돼요? 너무 위험하잖아요."

"괜찮다니까. 나를 못 믿나."

"믿어요. 하지만 정말 위험해 보이는데……."

"나는 네 응원만 있으면 돼. 즐기는 마음으로 할 거야."

더 이상 경기에 나가지 말라는 것은 예의가 아니라고 생각했다. 그가 경기에 참여하는 것은 룩센의 전통문화이자 현의 의무와도 같은 것이었다.

칸은 내 볼에 입을 맞추고는 경기에 나갈 준비를 하러 갔다. 그가 지난 우승자였으니 이번 결승에 올라온 사람과 붙는 모양이었다.

말을 타고 긴 창을 든 칸이 천막 아래로 다가와 나를 불렀다.

"시아! 승리의 키스를 해줘야지!"

못 말려, 정말. 이왕 이렇게 된 거 그가 마음껏 경기를 즐기기를 바라며 진한 입맞춤으로 응원을 대신했다.

경기를 시작하기 위해 걸음을 옮기는 그의 모습은 혼을 빼놓을 정도로 멋졌다. 백금발이 햇볕에 반짝이며 바람에 나부꼈고, 구릿빛 탄탄한 근육에서 광이 났다. 말을 타고 끝에 자리를 잡은 그가 창을 높이 쳐들자 사람들이 그의 이름을 외치며 함성을 질렀다.

"카르카노! 사막의 백사자여! 영원하라!"

아직 시작 전인데도 손바닥에 땀이 흥건했다. 상대는 칸보다 젊은 남자인 것 같았다. 체격은 칸과 비슷했고, 룩센의 현이 싸움의 상대인데도 긴장하는 기색이 보이지 않았다.

뿌우우. 나팔 소리와 함께 두 사람이 달리기 시작했다. 말이 먼지를 일으키며 속력을 냈고, 오로지 서로에게 시선을 고정하고 달렸다.

마침내 경기장 한가운데서 두 사람이 만났다. 쳉! 긴 창이 서로 부딪치며 날카로운 금속의 소리를 냈다. 둘 다 말에서 떨어지지 않고 서로 비껴갔다.

눈을 감고 싶었지만 그럴 수가 없었다. 칸은 분명 경기 중에도 나를 보고 있을 것이다. 내가 그에게 힘을 실어줘야 했다.

"칸! 힘내요! 박살 내버려요!"

아차! '힘내요'에서 끝냈으면 좋았을 텐데, 박살 내버리란 소리는 왜 한 것일까.

내 목소리를 들은 칸이 웃으며 다시 창을 들어 보였다. 주위 사람들은 물론이고 경기장 안의 모든 사람들이 숨죽여 키득키득 웃었다. 마음 같아선 꺅꺅 소리를 지르고 싶었지만 참았다. 현의 여인으로서 품위를 지킨다는 것도 어려운 일이구나.

다시 나팔이 울리고 말이 달렸다. 먼지 속에서 두 사람의 창이 부딪쳤다. 이번에는 상대 남자가 중심을 잃었는지 몸이 옆으로 떨어질 뻔하다가 가까스로 다시 말 위로 올라왔다. 아, 그냥 떨어지지. 그럼 본인도 안 다치고 경기도 칸의 승리로 끝나고 얼마나 좋아.

곧 경기가 다시 시작되었다. 따가닥, 따가닥. 말발굽 소리가 멈추는 찰나 창이 거칠게 부딪쳤다. 그리고 상대 남자가 말에서 떨어졌다.

칸이 이겼다!

손을 번쩍 들고 만세를 부르는 대신 칸을 향해 힘껏 손을 흔들며 그의 이름을 불렀다.

"칸! 잘했어요! 이겼어! 이겼어!"

칸이 즉시 내게로 달려왔다. 천막 아래에서 나를 향해 손을 뻗자 몸을 밖으로 숙여 그를 안았다. 달콤한 땀 냄새가 좋았다.

"내가 이겼다. 상, 잊지 않았지?"

"알았어요."

그에게 찡긋 웃어 보이고는 우선 짧은 입맞춤으로 축하의 선물을 전했다. 짭짤한 땀 맛과 모래 먼지 맛이 느껴졌지만 아무래도 좋았다. 칸이니까.

그런데 갑자기 빠른 말발굽 소리가 들렸다. 불길한 예감에 고개를 들었다. 조금 전 싸웠던 남자가 칼을 들고 전속력으로 달려왔다. 눈에 불을 켜고 달려드는 남자를 보는 순간 칸의 위험을 느꼈다. 저대로 칼이 박힌다면 큰일이다!

"칸! 뒤를!"

나의 외침과 동시에 칸이 뒤를 돌았고, 페론과 그를 호위하는 무사들이 어디선가 우르르 쏟아져 나와 칸을 에워쌌다.

그와 함께 검은 복면을 뒤집어쓴 사람들이 여기저기서 용수철처럼 튀어나와 칸의 호위 무사들과 싸우기 시작했다.

"빨리 현을 보호해라!"

"어서 놈들을 죽여라!"

순식간에 아수라장이 되었다.

경기를 지켜보던 백성들은 자신들의 왕이 암살당할 뻔했던 상황에 놀랐고, 복면을 쓴 사람들이 칼을 들고 나타나자 경기장을 빠져나가느라 정신이 없었다.

사람들이 쓰러지고 뒤엉켰다. 내가 있는 천막도 사람들의 부딪침으로 흔들거리며 위태위태했다.

"신시아 님! 자리를 옮기셔야 할 것 같습니다!"

로아가 다급하게 나를 부를 때였다. 검은 복면의 사내 하나가 빠른 속도로 달려와 로아의 뒷목을 쳤다. 그녀가 맥없이 자리에 쓰러졌다.

사내의 목표는 나다.

목표가 나임을 알면서도 피할 도리가 없었다. 그는 나보다 훨씬 크고 빨랐다. 위험을 감지한 나는 즉시 칸을 향해 눈을 돌렸다. 그와 눈이 마주쳤다.

"안 돼! 시아! 시아를 보호해!"

칸이 날뛰었다. 자신을 에워싸고 있는 호위 무사들에게 명령을 내리며 내게 오려 했지만, 그들의 틈을 벗어나기가 힘들어 보였다.

"시아를 보호하라! 신시아를 지켜라!"

칸이 목청껏 외쳐도 호위 무사들은 자신들의 왕을 보호하기에 바빴다. 그 틈에서 페론이 움직임이 보였다. 조금만 빠르면 좋겠는데, 이미 로아의 목을 친 사내가 다가와 내게 칼을 겨눴다. 칭칭 감은 검은 복면 사이로 보이는 눈동자가 섬뜩하게 빛났다.

칼을 피해 뒷걸음질을 쳤다. 그러나 얼마 못 가 등에 벽이 닿았다. 더는 갈 곳이 없게 되자 눈을 감고 말았다. 이 상황에서 도망갈 방법이 없었다.

코와 입이 무언가에 막혔다. 눈을 뜨고 있는 힘을 다해 발버둥을 쳤지만 기분 나쁜 향이 코를 파고들자 몸의 움직임이 점점 느릿해졌다. 머리가 멍했다. 폐부 깊숙한 곳까지 들어간 향 때문에 결국 다리에 힘이 풀렸다. 정신을 차리기 위해 애를 썼다.

간신히 눈을 굴려 칸을 봤다. 그는 여전히 호위 무사들 사이에서 빠져나오기 위해 미친 듯이 몸부림을 치고 있었다. 마주친 그의 눈이 벌겋게 물들었다.

"으아악! 안 돼! 안 된다! 시아! 신시아! 시아아아아!"

애타게 나를 부르는 칸의 목소리가 점점 멀어졌고, 그대로 정신을 잃었다.

깨질 듯 아픈 머리 때문에 눈을 떴다. 커다란 육각형 모양의 천장이 보이고, 여러 개의 팬이 돌고 있었다. 눈동자를 움직이며 주위를 파악했다. 사람이 있는지, 이곳이 어딘지…….

조용한 것 같아 이번에는 고개를 돌려 주위를 살폈다. 사람은 보이지 않았고, 널따란 방의 구조가 눈에 들어왔다. 큰 테이블, 소파, 화장대, 그리고 여러 개의 창문. 밖에서 불어오는 바람에 흰색의 얇은 커튼이 펄럭였다. 자리에서 벌떡 일어났다.

"아야……."

몸을 너무 급하게 일으켜 세운 바람에 다시 머리의 통증이 느껴졌다. 내가 누워 있던 곳은 침대였다. 누가 나를 이곳으로 데려왔을까. 아니, 데려온 것이 아니라 납치지.

그나저나 칸이 어떻게 되었는지 모르겠다. 마지막에 그와 싸우던 남자는 왜 갑자기 돌변했고, 검은 복면의 사람들은 어디서 나타났는지 궁금해졌다.

나를 왜 납치했는지가 가장 궁금했지만 물어볼 사람이 없었다.

침대에서 내려가 창문으로 다가갔다. 납치를 해왔으니 밖에서 지키는 사람이 있을 법도 한데 아무도 보이지 않았다.

궁금한 것보다 여기서 벗어나는 것이 먼저라는 생각에 조심스럽게 주위를 살폈다. 다행인지 불행인지 사람의 그림자조차 없었다. 창문에서 뛰어내릴 만한 높이인지 보기 위해 아래를 내려다봤다. 내가 있는 곳은 3층 정도 되는 것 같은데 뛰어내리면 최소한 골절로, 도망가는 것은 무리일 것이다.

사람이 오기 전에 빨리 도망가야 했다. 어떻게 해야 할까 고민했다. 밧줄을 만들기에는 커튼이 너무 얇았다. 침대 위의 이불도 마찬가지다.

조용히 소리가 나지 않게 걸어 문에 다가가 귀를 대었다. 역시 조용하다. 아무도 없는 것인지, 있는데도 조용한지 파악할 수 없었으나 그냥 열어보기로 마음먹고 손잡이를 잡았다.

그 순간 문이 확 열렸다.

"헉!"

놀라서 손잡이를 놓고, 활짝 열린 문 앞에 샤이크가 서 있었다. 이 인간이 나를 납치한 거야?

"이 도둑놈."

낮게 욕하는 것처럼 중얼거렸다. 어디 할 짓이 없어서 사람을 도둑질하나.

샤이크는 특유의 장난스러운 표정과 함께 어깨를 으쓱했다. 매서운 눈초리로 그를 노려봤지만 신경 쓰지 않는 듯했다.

"오랜만에 봤는데 도둑놈이라니."

"지금 나를 도둑질해왔잖아요!"

빽 소리를 지르자 그가 눈살을 찌푸리며 귀를 막았다. 미친놈, 나쁜 놈, 죽일 놈 등등 내가 할 수 있는 욕을 총동원해 내뱉으며 그의 가슴과 어깨를 때렸다. 그가 몸을 움츠리긴 했으나 나의 주먹질이 얼마나 아프겠는가. 먹히지도 않을 엄살을 피워댔다.

"아얏! 신시아! 잠깐, 아파!"

"잠깐은 무슨 잠깐!"

"내 이야기를 들어보고 때리든지 하라고!"

"이 상황에서 무슨 이야기를 들어요!"

샤이크가 양 팔목을 잡자 이번에는 발길질을 했다.

"지금 뭐가 잘났다고, 으씨! 으씨!"

"아, 좀! 진정하고 들어보라니까!"

발길질을 멈추고 씩씩대며 그를 노려보자 잡은 내 손을 놓아줬다. 진정하라는 듯이 자신의 손을 들어 가만가만 허공에 두드렸다. 내가 지금 진정하게 생겼냐.

"내가 묻는 것에 먼저 대답해요. 칸은 어때요?"

"아~ 무런 해도 끼치지 않았어. 카르카노에게 그렇게 한 건 너를 데려오기 위한 눈속임?"

"당신이 나를 납치한 것, 칸은 모르고 있어요?"

"흐음."

샤이크가 소파에 가서 풀썩 앉았다.

"지금쯤이면 알걸. 아니면 조금 뒤나."

"어떻게요?"

"내가 걱정하지 말라고 서신을 보내줬지."

자랑스럽게 말하는 그를 보니 또 주먹이 날아갈 것 같아 힘을 줬다. 이 남자는 도대체 매사에 왜 이러는지 몰라. 진지함은 어쩌다 한 번만 있을 뿐이다.

"그럼 이제 얘기해봐요. 왜 나를 납치했는지."

샤이크의 맞은편에 앉으며 물었다.

"우리…… 차 마시지 않을래?"

그가 내 눈치를 보는 사람처럼 말했지만 속지 않는다.

"지금 차 마실 여유 없거든요!"

"내 얘기를 들으면 차가 마시고 싶어질지도 몰라."

"빨리 시작하죠!"

"궁에서 아문 만난 적 있어?"

그의 입에서 아문의 이름이 나오자 입술을 물었다. 그렇잖아도 샤이크를 만나면 아문에 대해서 물어볼 참이었다. 이로써 확실해졌다. 분명 아문과 나는 관계가 있었다. 샤이크와 내가 텔레파시가 통한 것도 아니고 괜히 아문을 내게 묻겠는가.

"만난 적 있어요."

"그에 대해서 알고 싶지 않아?"

"알고 싶어요."

"그러니까 차를 마시면서 천천히 얘기하자고."

고개를 끄덕였다. 원하는 답을 얻은 그는 박수를 치며 만족스러운 표정을 지었다.

무슨 이유인지 모르겠으나 분명 칸은 내게 샤이크를 만날 수 있도록 해준다고 했다. 그럼 편하게 만났으면 될 걸 왜 이런 납치극을 벌여서 날 데려왔을까. 거기다 나를 납치했다고 칸에게 서신까지 보냈다고 했다.

아문과 샤이크, 그리고 헤크란. 그래, 너흰 친한 친구들이 맞는 것 같다. 이상한 인간들.

시녀가 들어와 테이블 위에 차를 준비해줬다. 각(覺)의 차였다. 마시지 않고 찻잔만 물끄러미 봤다. 샤이크는 이 차를 좋아하는 모양이었다. 아니면 만일의 사태에 대비하기 위함인가. 기억해보면 그는 늘 각의 차를 마셨다.

"안 마셔?"

"좀 이따요. 빨리 이야기나 해요."

"신시아. 천천히."

"오늘 저와 만나기로 한 것 아니었어요?"

"했지. 그런데 왜 납치를 했냐고 묻고 싶은 거지? 너와 이야기하는 자리에 카르카노가 있을 것이 뻔하잖아."

나와 단둘이 얘기하기 위해 납치를 강행했다는 건데, 대체 무슨 이야기를 하려고 그러지. 그의 목적은 아문에 관한 것만이 아는 듯하였다.

"차 안 마셔?"

화난 내 심정과 달리 그는 너무나 여유롭고 태평했다. 가슴이 답답해 앞에 놓인 찻잔을 들어 마셨다. 익숙한 향기가 코를 자극했고, 밋밋한 맛이 목구멍으로 넘어갔다. 유난히 차의 향기가 진했다.

"아문이랑 친했다죠?"

"응."

"그럼 예전에 들려줬던 '여자와 세 친구 이야기'의 주인공은 정확히 누구인가요?"

"이미 알고 있지 않아? 나, 헤크란 그리고 아문."

칸이 끼어 있지 않아 안도했다.

"아문은 어떤 사람인가요?"

"머리 좋고, 욕심 많고, 철두철미한 사람."

찻잔을 내려놓은 그의 감청색 눈동자가 내게 무언가를 말하고 있었지만 샤이크는 입 밖으로 꺼내지 않았다. 그는 지금 말을 빙빙 돌리기만 하고 있었다.

"당신의 아버지가 전 재상이었다죠?"

아버지라는 단어에 그의 눈동자가 흔들렸다.

"내 아버지는······."

목이 메는지 그가 말을 하다 말고 헛기침을 했다. 슬픔이 느껴졌다. 그를 보며 문득 칸의 아버지도 궁금해졌다.

"선대 현을 모셨던 재상이 맞아. 불명예스럽게 그 자리에서 물러나셨지만."

조금 전 슬퍼 보이던 모습은 사라졌다. 남의 이야기를 하듯이 턱을 괴고 심드렁한 표정이었다.

"룩센에는 중요 도시에 다섯 개의 곡물창고가 있어."

요하드에게 룩센에 곡창지대가 있다고 배우지 않았다면 샤이크를 믿지 않았을지도 모른다.

　"가뭄을 대비한 창고로, 해마다 거둬들이는 곡식의 일부분을 따로 모아두고 있다. 그런데 우리 아버지가 그 곡물창고에서 곡식을 훔쳐다 다른 나라에 팔았대. 그것도 몇 년 동안이나. 아버지는 억울하다고 절대 그런 일은 없었다고 하셨지만, 증인이 너무 많았어. 내 생각엔 선대 현께서도 억울함을 풀어주시기 위해 노력하신 것 같아. 현의 곡물창고에 손을 대는 것은 사형감이야. 온전히 현의 것만이 아닌 룩센의 것이기도 하거든. 그나마 선대 현께서……. 그러니까 카르카노의 아버지께서 선처를 베푸셔서 죽음만은 피할 수 있었지. 그렇지만 아버지는 늘 억울하다 말씀하셨고, 평생을 그렇게 보내셨어. 결국 선대 현께서 돌아가시고 얼마 뒤에 따라가셨어."

　그의 아버지에 관해 물었을 때 슬퍼 보였던 이유가 있었다. 누명을 쓰고 억울함을 가슴에 담은 채로 눈을 감는 아버지의 모습을 보기 힘들었겠다.

　나는 부모님에 대한 기억이 없어 그 마음을 온전히 이해하기 힘들었지만, 만약 유일한 가족인 주아가 그랬다면 샤이크보다 더 괴로워했을 것이다.

　"아버지가 모함으로 그렇게 되셨다고 생각해요? 그래서 도둑이 된 거예요?"

　"자식이 부모를 믿어야지 누가 믿겠어. 나는 아버지를 믿어. 냉정하게 봤을 때도 아버지는 정직하고 성실하신 분이었어. 도둑이 된 건 아버지가 그렇게 되시고 힘든 이유이기도 하지만 전부 그것만은 아니야. 예전에 말해줬던 여자 있지? 우리 셋이 사랑했다던 그 여자."

"네."

칸도 사랑했다고 오해했던 여자.

"그 여자도 이유의 반을 차지해."

샤이크의 저택에서 지낼 때, 그에게 들어서 알고 있는 내용이었다. 여자 때문에 목에 문신한 그라는 걸.

"아문도 그 여자를 사랑했어."

샤이크 아버지 이야기를 듣느라 잠시 잊고 있었다. 내가 그를 만나려 했던 목적은 아문이었다.

"너는 아문이 어떤 사람 같아?"

샤이크가 내게 물었다.

"글쎄요. 이야기를 많이 해본 것도 아니고, 두세 번 마주쳤는데 솔직히 좋은 느낌의 사람은 아니었어요. 뭐랄까. 어둡다고 해야 하나, 속을 알 수 없다고 해야 하나. 칸은 그가 일을 잘하고 믿음직한 신하라고 했지만 저는 오히려 그 반대였거든요. 참, 이 이야기는 아직 칸에게 하지 않았어요. 내가 괜히 느낌만으로 이러는 걸 수도 있어서요."

"그래."

그를 따라 차를 마셨다. 이렇다 할 맛이 없는 물이 목구멍을 따라 흘러들어갔다.

"한 가지, 네게 거짓말을 했어."

놀랍지도 않았다.

"처음도 아니잖아요."

"그렇게 생각해준다면 더 편하게 말할 수 있겠네. 그녀는 우리 셋 중 한 명이 아닌 다른 남자를 사랑했어."

뭐지, 이 느낌은? 기분 별로였다.

샤이크가 여자 이야기를 꺼내는 순간 짐작하고 있었다. 셋을 뒤흔들어놓고 세상을 떠난 여자는 이들을 사랑하지 않았고, 세 명과 칸은 연결되어 있었다. 그럼 답은 뻔하지 않겠는가?

"눈치챘지? 그 남자가 바로 카르카노라는 거."

친절하게 샤이크가 답을 해줬다.

젠장, 다시 원점이었다. 도대체 얼마나 예뻤으면 네 남자에게 사랑을 받았을까 보고 싶어졌다.

"카르카노도 그녀를 사랑했지."

"알고 있어요."

그렇게 콕 집어 말해주지 않아도 알고 있었다. 카르카노 대신 칸이라는 이름을 불러줬던 소녀. 목이 바싹바싹 타들어 차를 한입에 마셔버렸다.

"그리고…… 너는 그녀를 너무 닮았어."

칸과 샤이크, 헤크란을 친했던 세 명으로 착각했을 때, 내가 그들이 사랑했던 그녀와 닮아서 좋아하나 잠시 고민에 빠졌었다. 다들 별말이 없어 금방 잊고 말았는데, 짐작이 들어맞았다. 그래서 헤크란은 날 보자마자 사랑한다 했고, 칸도 다를 바가 없었다. 샤이크는 또 어떠한가. 그럼 아문도 마찬가지겠구나. 그 역시 날 보고 놀라서 그런 행동을 했던 모양이었다.

"으아아!"

머리를 쥐어뜯으며 비볐다. 너무나 쉽게 풀렸는데, 되레 복잡해졌다.

"그럼 이제 본격적으로 말해요. 나를 납치하면서까지 칸 몰래

하려고 한 이야기."

"좋아."

샤이크가 종이로 만들어진 봉투를 내밀었다. 테이블 위로 쭉 밀어 내 앞에 두었다.

"이게 뭐죠?"

A4 용지만 한 봉투를 집어 들고 열었다. 안에는 여러 개의 작은 종이가 접혀 있었다. 그중 하나를 꺼내니 무언가를 싸고 있는 것처럼 두툼했다. 접힌 종이는 하얀 가루를 싸고 있었다.

"어렵게 구했어. 각(覺)의 차와 함께 마시면 돼."

하얀 가루가 마약을 생각나게 하여 기분이 나빠졌다.

"예전에 내가 말했던 것 기억나? 각의 차를 마시다 보면 환각을 일으키기도 한다고 했었지."

환각을 일으키면 정말 마약 종류 같은데, 대마나 코카인 이런 건가? 본 적이 있어야 알지. 그나저나 이걸 왜 내미는 건지 알 수 없어 기분이 점점 불쾌해졌다.

"그거 거짓말 아니고 진짜였어요?"

"넌 왜 내 말은 죄다 거짓으로 듣냐."

"한두 번 속았어야죠. 암튼 그런데요?"

"각의 차에 이 가루를 넣어서 마시면 자각의 효과가 있어."

각의 차에 마약처럼 보이는 가루가 섞여 일으키는 작용은 환각이 아니라 자각이라고 하였다.

"나더러 이걸 먹으라는 거예요?"

"너 말고 카르카노."

샤이크의 입에서 한숨과 함께 칸의 이름이 나왔다.

"칸이 왜요."

"카르카노의 기억을 되찾기 위해서야."

"되찾아야 하는 이유가 뭔데요?"

"카르카노가 기억을 잃은 기간 동안 모든 일이 일어났어. 내 아버지와 그녀에 관한 일이."

칸이 그녀에 대해 기억하지 못하는 부분이 있다는 말이었다. 하긴 칸에게서 들은 것은 그저 그녀가 '첫사랑'이라는 것밖에 없었다.

샤이크 아버지의 누명. 그들이 사랑했던 여자의 죽음. 그리고 칸의 기억상실.

대체 이들에게 무슨 일이 있었던 거지.

"내가 당신을 어떻게 믿고 이걸 칸에게 먹여요?"

"내 아버지에 관한 일이야. 아버지를 두고 거짓말하지 않아."

"흐응."

작은 종이 위에 펼쳐진 하얀 가루를 보면서 고민에 빠졌다. 과연 칸에게 먹이는 것이 맞는 일인지 판단이 서지 않았다. 혹시 칸의 건강을 해칠까 염려도 됐지만 만약 정말 기억을 되돌아오게 하는 각성의 효과가 있다면 그것도 걱정이었다. 잃어버린 기억을 되찾는 것이 칸에게 좋은 일일까.

"한 가지는 약속할 수 있어. 카르카노에게 해가 되지는 않을 거야."

샤이크가 진지한 얼굴로 말했다. 장난스럽다가도 저렇게 변할 때가 있었다.

"해가 되지 않을뿐더러 결과적으로는 도움이 될 거라고 생각해."

"칸은 그녀의 마지막을 모르고 있지 않나요?"

설득하던 샤이크의 눈동자가 내 시선을 피했다.

그래, 칸이 그녀의 마지막을 모르고 있을 줄 알았다. 어쩌면 칸이 기억을 잃게 된 원인은 그녀의 죽음 때문일 수도 있었다. 만약 그랬다면 다시 기억을 찾은 칸은 분명 많이 괴로워할 텐데, 이게 왜 그에게 도움이 된다는 것인지 납득이 되지 않았다.

"카르카노는 모르고 있어. 그냥 잠시 자신의 곁에 머물렀던 사람이 있었다고만 알고 있지."

"그렇다면 기억을 찾는다는 것은 그녀의 마지막이 어땠는지 알게 된다는 거잖아요. 그게 칸에게 어떻게 도움이 된다는 건가요?"

"부탁해, 신시아. 한 번만 믿어줘. 그럼 네가 원래 살던 곳으로 되돌아갈 수 있게 해줄게."

"룩센의 림도 못하는 일을 당신이 어떻게 한다고 그래요? 뭐, 그것도 그거지만 칸을 놓고 이런 거래는 하고 싶지 않아요."

샤이크의 간절함을 못 느끼는 바는 아니었다. 지금만큼은 거짓이 아닌 진심을 이야기하고 있는 듯 보였다. 그러나 칸이 걸려 있었다. 차라리 하얀 가루를 먹어야 하는 대상이 나였다면 훨씬 덜 망설였으리라.

"아버지 다음, 차기 재상은 원래 나였어."

내 마음을 움직이기 힘들다고 생각했는지 샤이크가 갑자기 차기 재상 이야기를 꺼냈다.

"잠깐만요, 차기 재상이 당신이었어요? 지금 재상은 아문이 잖……."

말을 끝맺지 못하고 손으로 입을 막았다. 설마 아문이 샤이크의 아버지를 모함해 재상의 자리에서 끌어내리고 자신이 그 자리에 앉은 것인가?

내 생각에 샤이크가 동의했다.

"정확하진 않아. 하지만 그일 가능성이 가장 높지. 그리고 내가 아는 아문이라면 절대 재상에서 만족하지 않을 거야."

세상에. 어쩐지 그 인간에게서 영 기분 나쁜 기운이 느껴지더라니. 재상에 만족하지 않는다면 룩센 현의 자리까지 넘본다는 뜻이었다.

"재상을 처벌할 수 있는 사람은 현뿐이야. 개인적인 입장에서 아버지의 억울함을 풀어드리기 위한 것도 있지만, 룩센의 백성으로서 현의 자리가 아문 같은 놈에게 넘어가지 않기를 바라는 마음이지."

"혹시, 혹시 말인데요. 당신이 재상이 되고 싶어서 하는 거짓말 아닌가요?"

만일의 경우도 염두에 두어야 했다.

"정말 나를 믿지 못하는구나. 그럴 마음 절대 없어. 내가 재상의 자리를 탐낼 사람으로 보여? 행동의 제약이 많은 그 자리에 조금도, 아주 조금도 생각 없다. 난 자유로운 영혼이야. 쳇!"

"그래요, 틀린 말은 아니죠. 수많은 여자를 거느려야 직성이 풀릴 텐데 재상이 되면 그러지도 못하겠죠. 그 말을 듣고 보니 이제 믿음이 좀 가네요."

"고, 맙, 다!"

내 말에서 비아냥거림을 눈치챈 그가 입술 끝을 올렸다. 결정을 지어야 했다.

"카르카노의 기억이 빨리 돌아와야 그 녀석에게 도움이 돼. 그렇게 되면 너도 빨리 네 자리로 돌아갈 수 있고."

"한 번 마실 때 이거 하나씩 넣으면 되는 건가요?"

결정을 내리고는 샤이크에게 물었다. 잘하는 짓인지 모르겠지만 일단은 약을 가져가기로 했다.

"아니, 많아. 두 번에 나눠서 넣도록 해."

"네, 믿어볼게요. 내가 샤이크 당신을 미워하는 일이 생기지 않았으면 좋겠어요."

"그럴 일은 없다고 약속해. 아, 카르카노가 마실 때 너도 같이 마셔."

"내가 왜요?"

"나중에 혼동이 올지도 몰라. 종이에 담아둔 양이 워낙 적어서 반만 쓰고 남은 걸 특별히 표시해두지 않으면 온전한 양이랑 구분이 잘 안 돼. 한 포가 하루에 먹는 양인데 잘못해서 그 이상 먹으면 큰일 나. 그러니까 차라리 찻잔을 두 개 놓고 하나를 반씩 나눠 넣는 습관을 하도록 해. 뭐, 너야 자각할 일도 없으니까 마셔도 상관없어."

망설이다가 이내 알았다고 고개를 끄덕였다. 어차피 내가 먼저 먹어볼 생각이었다. 샤이크에게 믿어본다고 한 건 거짓말이었다. 그가 나를 속였으니 나도 이 정도는 괜찮지 않겠는가.

"그럼 이제 가도 되는 거죠?"

"이렇게 빨리?"

"할 얘기 끝났으면 가야죠. 칸이 걱정할 거예요."

"그래. 헤크란에게 대충 이야기는 들었어. 카르카노를 사랑해?"

"들었다면서 왜 또 물어요?"

샤이크의 마음을 알고 있기에 미안했다. 그러나 헤크란에게 그 랬던 것처럼 단호하게 답해줄 필요가 있었다.

"처음부터 이렇게 될 줄 알았으면서……. 이 상황에서 무슨 미 련이 남은 것인지 모르겠다."

"당신도 좋은 여자 만날 거예요."

의례적인 인사였지만 진심으로 바라기도 했다.

"어차피 내가 그녀를 닮았기 때문에 좋아했던 거잖아요."

"그래, 그게 맞지. 나가자."

내가 앞서서 문을 열고 밖으로 나갔다. 3층에서 2층으로 내려오 는 계단은 나선형이었다. 그리고 내려와서 2층에서 1층으로 연결 된 계단은 집 넓이의 반을 차지할 정도로 컸다. 하긴 그는 코아쿤 에도 저택 수준의 집을 가지고 있었다. 물론 이 집 역시도 마찬가 지였다.

이제 몇 계단만 내려가면 1층이었다. 가슴이 답답해 문을 열고 빨리 바깥 공기를 맡고 싶었다. 어쩔 수 없이 잠시 머물렀지만, 샤 이크와 대화를 끝낸 지금은 더 이상 있고 싶지 않았다.

빠른 걸음으로 남은 계단을 뛰어 내려가려는 순간이었다. 갑자 기 샤이크가 뒤에서 내 허리를 감싸 안으며 목덜미에 얼굴을 묻는 것이 느껴졌다. 그의 뜨거운 숨이 훅 닿았다.

"샤이크!"

"잠시만! 잠시만 이렇게 있자."

허리를 안고 있는 그의 손을 잡았지만, 차마 모질게 떼어내지 못했다.

"신시아, 정말 나는 안 되는 거야?"

낮은 목소리가 젖었다. 한숨을 크게 내쉬었다. 더는 샤이크를 괴롭게 하고 싶지 않았다. 잡은 그의 손에 약간의 힘을 주자 쉽게 떨어져 나갔다. 샤이크 자신도 어떻게 될지 알고 있었을 것이다.

쾅! 별안간 1층 현관의 문이 열렸다.

"시아! 신시아!"

사자의 포효 같은 커다란 외침과 함께 칸이 들어왔다. 나를 발견한 그가 미소를 짓다가 뒤에 있는 샤이크를 보자 무섭게 변했다.

"이제 정말 안녕, 어디서나 빛을 잃지 않길 기도한다."

쿵, 쿵, 쿵. 칸이 발소리를 내며 계단을 올라오는 사이, 샤이크가 뒤에서 작게 속삭였다.

칸의 표정으로 보아 이번엔 그냥 넘어가지 않을 것이었다. 납치당하는 나를 보며 그가 느꼈을 공포가 짐작이 되었다. 한바탕 싸움이 붙겠구나. 딱히 말리고 싶은 생각은 없다. 어쨌거나 샤이크가 잘못했으니까.

"시아, 괜찮아?"

내 팔목을 부드럽게 잡고 자신 쪽으로 당겨 품에 안았다.

"네, 아무 일도 없었어요."

칸이 제 등 뒤로 나를 세워놓고 샤이크에게 다가가 멱살을 움켜쥐었다. 샤이크가 픽 웃으며 어깨를 으쓱인다.

"진정해, 카르카노. 그래서 내가 서신을 보냈잖아."

"그 난리를 피우며 시아를 데려갔는데 진정하게 생겼어? 도대체 무슨 속셈인 거지?"

"그런 거 없다. 그렇지, 신시아?"

샤이크는 자신과 내가 공유한 비밀을 확인하며 물었다. 그의 시선을 피해 눈을 돌려 다른 쪽을 봤다. 뒤이어 칸의 주먹이 공중을 가로지르는 것이 보였다.

퍽! 내가 이럴 줄 알았다.

둔탁한 소리와 함께 샤이크가 저만치 날아가 쓰러졌다. 칸이 손을 탁탁 털었다.

"봐주는 것도 오늘까지야."

"네 탓이다, 카르카노."

인상을 쓰며 입가에 묻은 피를 닦는 샤이크.

"뭐?"

"내가 너에게 신시아와 잠깐 둘만 이야기할 시간을 달라고 했는데 거절했잖아. 넌 신시아를 믿지 못해."

칸이 실소를 터뜨리며 샤이크에게 다가갔다. 바닥에 앉아 있는 샤이크 앞에 몸을 낮췄다.

"착각하지 마. 그녀를 못 믿는 것이 아니라 너를 못 믿어. 이 룩센에 널 믿을 사람이 몇이나 될까?"

"아아, 그래그래."

기분 나쁠 법한 칸의 말에도 샤이크는 전혀 그런 기색을 보이지 않았다. 오히려 손뼉을 치며 쉽게 인정했다. 언제나 느끼는 거지만 샤이크는 종잡을 수가 없다.

밤이 되어서야 궁에 도착했다. 다행히 로아는 이상이 없었다. 나를 지키지 못했다는 죄책감에 떨던 그녀는 보자마자 눈물을 글썽이며 안았다. 괜찮다 안심시키고 피곤함이 몰려와 침대에 누웠다.

칸이 옆에 누워 팔베개를 해줬다. 종일 정신이 없이 보내고 그의 가슴에 안겨 있으니 편안했다. 익숙한 체취를 느끼며 막 잠이 들려던 순간이었다.

"샤이크와 무슨 이야기 했어?"

"궁금해요?"

"당연한 거 아니냐? 넌 내가 다른 여자와 단둘이 이야기를 나눴다면 궁금하지 않겠어?"

"역시 샤이크의 말처럼 날 못 믿는 거였군요. 아얏!"

코가 아파서 비명을 질렀다. 칸이 코를 잡고 세게 당긴 것이다.

"심술부리지 마."

"아이 씨."

농담이지 무슨 심술이야. 통증이 가라앉지 않은 코를 손가락으로 문질렀다.

"궁금하지 않아. 됐지?"

"알았어요! 말해요, 말해. 당신 첫사랑 이야기 했어요."

그가 몸을 일으켜 세우고 날 내려다봤다. 마음에 들지 않는다는 표정이 얼굴에 그대로 드러났다.

"내 첫사랑 이야기를 왜 샤이크가 해?"

"내가 알아요? 또 모르죠, 칸에게서 내 마음을 멀어지게 하려고 그랬는지도……."

킥킥대며 그에게 말하자 이번엔 볼을 잡고 흔들었다. 아프지는 않았지만 발음이 새서 우스꽝스럽게 말을 했다.

"으어. 아꾸요우. 느와요오."

"뭐라고?"

칸이 손으로 볼을 꽉 눌러 붕어 입처럼 만들고는 쪽 소리 나게 키스를 했다. 미간을 찌푸리며 그를 노려보자 큰 소리로 웃고는 볼을 잡은 손을 놨다.

"귀엽네."

"쳇."

좋으면서 짐짓 싫은 듯 툴툴거렸다.

"당신이 이야기해봐요. 그 첫사랑."

나와 닮았다던 여자. 네 명에게 사랑을 받았고 그중에 당신을 택했다던 그 여자.

"이야기하고 말 것도 없어. 얼굴도 기억이 나질 않아. 단지 그 시절 그런 마음을 갖게 해줬던 사람이었다는 것만 기억하는 거지. 이상한 건 다른 부분에선 특별한 마음이 없는데 '칸'이라고 이름을 불러주는 게 뭔가 애틋해."

"당신, 그래서 날 사랑하는 거 아니에요? 내가 그 여자처럼 당신을 불러줘서?"

칸이 손가락 끝으로 내 이마의 머리카락을 정리했다. 볼에 붙어 있는 머리카락도 정리하며 귀 뒤고 넘기고는 볼을 살살 문질렀다.

"질투하는 거야?"

"당신이 날 사랑하는 이유가 혹시 내가 그 여자랑 닮은 부분이 있으니까 그런 건가 싶어서요. '칸'이라는 이름을 불러준 것도 그렇고."

"질투하냐고."

그걸 꼭 내 입으로 확인하고 싶어 하는 이 남자.

"질투해요. '과거는 과거일 뿐이다' 하고 넘기려고 했지만, 어떻게 해요. 내가 속이 좁아터……. 흐읍!"

그가 입술을 덮쳐왔다. 볼을 만지작거리던 손이 머리카락 속으로 파고들었다. 매끄럽고 부드러운 혀가 들어와 날렵하게 움직이며 입안을 휘저었다. 혀를 감았다 풀어주며 곳곳을 탐색했다. 그의 손이 목덜미를 타고 내려와 상의 안으로 들어왔다. 이미 키스만으로 흥분된 터라 그가 가슴을 가볍게 움켜쥐자 허리가 휘어졌다.

입술을 뗀 그가 흐릿한 눈으로 나를 봤다. 그의 손은 여전히 옷 안에서 가슴을 주무르다 손가락으로 살며시 꼬집기도 했다.

"예쁘다."

그의 손이 내려와 옆구리를 반복해서 스쳤다. 오늘따라 그 부분이 민감하게 반응했다.

"시아, 나의 시아."

그가 입술을 떼지 않은 채로 나를 부른다. 소리 없는 신음이 터졌다.

"왜 신시아라고 부르지 않고, 시아라고 불러요?"

"그게 더 좋아."

촉촉한 그의 혀가 내 입술을 핥았다.

"'칸'이라는 이름이 의미가 있는 건 맞아. 하지만 그 이름은 네가 불러줬을 때, 가장 특별해진다. 네가 아닌 다른 사람이 불러주는 '칸'은 중요치 않아."

다시 키스를 해왔다. 여전히 혀와 입술을 사용해 내 입술을 핥고 빨기만 할 뿐 안으로 넣지 않았다. 이상하게 마구잡이로 입안을 쓸어낼 때보다 더 자극적이었다.

"아무것도 의심하지 마. 너이기에 사랑하는 거야."

숨을 몰아쉬며 고개를 끄덕였다. 내가 그녀와 닮았다는 사실이 찜찜하기는 했지만 난 샤이크보다 칸을 더 믿고 싶었다. 의심하고 싶지 않았다.

하긴 샤이크도 나와 그녀가 많이 닮았다고만 이야기했지 닮았다는 이유로 나를 좋아한다는 말은 하지 않았다. 어떻게 해서든 합의점을 찾고 있는 내가 한심했다. 그러면서도 칸을 믿고 싶었다.

"언제부터 날…… 사랑했어요?"

손을 들어 칸의 볼을 감싸자 그가 잡아내려 손바닥에 가볍게 키스를 해줬다.

"네가 날 불러줬을 때부터?"

"치, 거짓말. 죽이려고 했잖아요."

"죽일 마음 없었다는 거 네가 더 잘 알고 있었잖아. 네 목을 조이고, 칼을 댔던 건 내 나름대로의 발버둥이었어. 그때 너는 내게 늪이었거든. 벗어나기 위해 발버둥 칠수록 더 깊이 빠지는 늪."

혀가 손바닥을 간지럽혔다. 혀끝이 붓이 되어 섬세하게 터치를 했다. 자꾸 비틀어지는 허리에 힘을 주고 간신히 버텼다.

"첫눈에 반했어요?"

"글쎄. 틀린 말은 아니지. 너를 만나고부터 나는 비상식적으로 생각하고 행동했어. 내가 이런 사람인가 수백 번은 고민했다는 걸 넌 모르지?"

"말을…… 안 해줬잖아요."

칸이 손가락 끝을 하나씩 자신의 입에 넣었다 뺐다. 말랑한 혀가 손가락을 감싸는 감촉에 스르르 눈이 감겼다.

"네가 살아온 이야기를 해주던 날, 나도 모르게 너의 보호자가 되어주고 싶다는 생각을 했었다."

새벽에 갑자기 주아가 아파서 응급실 갔던 이야기를 들으며 그는 그런 생각을 했었구나. 내 보호자가 될 수 있는 기회를 주지 못할 것 같아서 미안했다.

그의 혀와 입술이 손바닥을 벗어나 손목 근처를 배회했다. 조금씩 위로 올라가고 있었다.

"샤이크에게 너를 두고 하이겐으로 림을 찾으러 가며, 그를 찾으면 꼭 너와 만나게 해주리라 다짐했어. 뒤늦게 내가 왜 그런 다짐을 했을까 많이 고민했지."

그를 단단히 오해하고 있었다. 나에 대한 소유욕만 앞섰다고 여겼는데, 그때에도 그는 나를 사랑하고 있었다. 만약 나를 사랑하지 않았다면, 그저 갖고 싶은 여자일 뿐이었다면 림을 만나게 해주지 않았을 것이다. 살던 곳으로 돌아가야 한다고 누누이 말하는 내게 철저히 감췄을 법도 한데 나를 위해서였다.

"후회하지 않아요?"

"후회해. 하지만 만나게 해주고 싶었어. 네가 어쩔 수 없이 이곳에 남게 된다면 괴로워했겠지. 그건 나도 싫거든."

팔에 키스를 퍼붓는 그의 얼굴을 잡아 올렸다.

"그거 알아요?"

"어떤 거?"

"당신, 내게 아직 상 못 받았어요."

"······상?"

내가 어떤 상을 말하는지 그가 떠올리는 데는 긴 시간이 걸리지 않았다. 축제의 창 싸움에서 우승하면 주기로 했던 상. 그리고 핑크빛 약.

"아아, 상?"

"네. 지금 주고 싶어요."

"너 피곤하잖아."

이걸 좋다고 해야 하나 싫다고 해야 하나. 아마 기대되는 상황이라 그가 쉽게 긍정의 말도, 부정의 말도 할 수 없는 듯했다.

"내가 괜찮다면요? 근데 약은 안 될 거 같아요."

천천히 상의의 끝을 잡고 위로 들어 올렸다. 그의 얼굴 앞에 가슴이 적나라하게 드러났다. 부끄러움으로 얼굴에서 열이 나도 참았다.

칸이 손을 뻗어 가슴을 만졌다. 단번에 그를 알아본 돌기가 꼿꼿하게 일어선다. 열기에 가득 찬 그가 한입에 힘껏 물었다.

"흐읏."

날렵한 혀의 움직임에 작은 신음이 새어 나왔다.

"정말, 괜찮겠어?"

그가 내 상태를 확인하면서 치마 아래로 손을 넣었다. 종아리를 매만지다가 허벅지를 쓸어내렸다. 뜨거운 날숨이 가슴에 흩뿌려지고 있었다.

"네. 대신 한 번만."

언제나 한 번으로 끝나지 않는 그를 알기에 부탁했다.

"응. 한 번만 할게. 길게."

허벅지가 연결된 사이로 들어와 속옷 위를 문지르기 시작했다. 끈적끈적한 액이 흘러 속옷을 적셨다. 그의 움직임에 짜릿함이 온몸으로 퍼져 나가자 여성의 내부가 움찔거렸다.

"우리 사이에 약이 꼭 필요치는 않았지만 말이야, 다시 보고 싶었어."

무얼 보고 싶었냐고 물어보려 했으나 말이 나오지 않았다. 빠른 동작으로 옷을 모두 벗겨낸 그가 자신의 옷도 벗어 던졌다. 다리를 벌려 사이에 자리 잡고 몸 위로 올라왔다. 맞닿은 살의 느낌이 좋았다. 그의 구릿빛 피부는 여전히 섹시하고 나를 자극하기에 충분했다.

그의 어깨를 잡으며 싱긋 웃었다.

"내일…… 핫. 내일 봐요."

그러자 그가 고개를 끄덕이며 키스를 해왔다. 거칠게 움직이는 혀처럼 허벅지 사이를 문지르던 그의 손가락도 망설이지 않고 안으로 들어왔다. 목구멍에서 신음이 올라왔지만 그에게 입이 막혀 소리로 나오지는 않았다. 그가 입술을 떼고 귀를 물었다. 혀를 말아 안으로 넣자 신음과 함께 엉덩이를 조였다.

"하아."

목덜미를 세게 빨아들이고, 내 안에 들어왔다 나갔다 하는 손가락 때문에 질척이는 소리가 들려 더욱 흥분됐다. 빙글 돌리며 긁어대는 그의 손가락으로 허리가 비틀어지고 엉덩이가 들썩였다.

그가 내 무릎을 세워 옆으로 벌렸다. 한참 동안 가슴을 물던 그의 입이 점점 아래로 내려갔다. 옆구리를 탐하던 혀가 움푹 파인 배꼽을 지나 아랫배를 핥았다. 더 아래로 내려간 그가 여린 허벅지 안쪽 살을 흡입하였다. 머리가 은밀한 곳을 쓸어 나도 모르게 허벅지를 움츠렸지만 그의 손에 제압됐다.

기묘한 감각들이 여기저기를 들쑤신다.

"아아."

시트를 세게 움켜쥐고 신음을 질렀다.

가장 예민한 곳에 부딪치는 머리, 그곳을 파고드는 손가락, 여린 살을 흡입하는 입술과 혀. 다른 손으로 가슴을 주물거리는 통에 정신을 차릴 수가 없었다. 더는 견딜 수가 없어 마지막으로 잡고 있던 이성의 끈을 놓았다.

"아아! 칸, 칸."

세 곳에서 동시에 느껴지는 열기에 허리가 휘고, 절정에 도달했다. 정신이 몽롱했다. 몸을 위로 올린 칸은 내게 짧게 입을 맞추더니 힘없이 늘어진 다리를 넓게 벌렸다.

"아앗!"

몸을 가르며 들어온 그의 것 때문에 다시 한 번 열기에 휩싸였다. 한두 번 그를 받아들인 것도 아닌데, 매번 처음은 아팠다. 하지만 이미 절정을 경험했기에 민감하면서도 부드러워진 내부가 금세 적응했다. 자꾸 엉덩이와 허벅지에 힘이 들어가 그를 조여댔다.

"헛, 시아. 아직, 안 돼."

그가 힘겹게 말했다. 허리를 움직이기 시작하자 표현할 수 없는 쾌감이 모락모락 피어올라 혈관을 타고 돌았다. 천천히 여유롭게 찔러오며 내 눈을 바라봤다. 대화 없이 오고 가는 거친 숨소리만으로 충분히 서로의 마음을 알 수 있었다. 그가 살며시 미소 짓자 나도 따라서 미소 지었다.

입을 크게 벌려 내 입술을 함빡 문 그의 움직임이 점점 빨라졌다. 입술을 뗀 그가 내 얼굴에 키스하며 정신없이 핥았다. 뺨, 입술, 코, 눈, 턱, 이마 그의 혀가 스치지 않은 곳이 없다.

"예뻐. 너무 예뻐서, 죽이고 싶을, 정도야."

살 부딪는 소리와 서로의 신음만이 방 안에 울렸다. 갑자기 그가 자신을 확 빼내더니 나를 안고 몸을 한 바퀴 굴렸다. 그가 아래에 깔렸다. 무얼 원하는지 알겠다. 해본 적이 없어 머뭇거렸다.

"한 번 해봐."

망설이고 있는 내 표정을 읽은 그가 조용히 말했다.

몸을 일으켜 칸의 허리 위에 엉거주춤하게 앉았다. 어떻게 해야 하나 고민하다 여전히 위로 솟구쳐 있는 남성을 잡았다. 칸의 옅은 신음이 들렸다.

손에 힘을 줬다. 더 거칠어진 칸의 숨소리와 신음을 듣자 뭔지 모를 정복감이 느껴졌다.

"장난 그만하고, 빨리."

그가 재촉했다. 마른 입술을 혀로 축이고 손에 잡은 그의 것을 여성의 입구에 맞췄다. 그대로 조심스럽고 느릿하게 앉았다.

"훗."

안으로 밀려들어 오는 그가 느껴지자 목이 뒤로 젖혀졌다. 아, 깊숙한 안쪽까지 꽉 채워져 숨이 막히고 머리가 하얗게 비워져갔다. 칸의 가슴을 손으로 짚고 움직였다.

"아아, 칸."

황홀한 자극이 척추를 타고 머리끝까지 관통했다. 목이 타고 입안이 타서 바싹바싹 타들어가는 느낌이었다. 입술을 깨물고 점차 속도를 냈다.

칸도 밑에서 치고 올라왔다. 나무에 쾅쾅 박히는 못처럼 깊게, 더 깊게 안으로 그가 들어왔다. 빨라진 속도를 멈출 수가 없었다. 몸이 쾌감을 주체하지 못하고 뒤로 넘어가려 하자 그가 급하게 내 손을 잡아 끌어당겼다. 칸의 몸 위로 힘없이 쓰러졌지만, 움직임은 멈추지 않았다.

몸이 다시 한 바퀴 굴려져 그가 내 위로 올라탔고, 나는 아래로 깔렸다.

"아, 어떡해! 어떡해!"

칸의 신음과 허리 움직임이 박자를 맞췄다. 반면에 나는 아무렇게나 터져 나와서 엇박을 이루었다. 시트를 잡고 있던 손과 침대 위에 고정되었던 다리가 멋대로 휘청였다. 움직이지 않도록 엉덩이를 꽉 쥔 그의 손 때문에 아픔이 느껴졌다. 땀에 젖어 미끈거리는 피부가 그대로 느껴졌다.

"……너무 좋아."

빠르게 드나드는 움직임에 미칠 것만 같았다. 그가 엉덩이를 더욱 세게 움켜쥐고 내 안으로 강하게 마지막까지 밀어붙였다. 결국 눈앞에서 환한 별들이 쏟아지는 순간 비명을 지르고 말았다.

테이블에 앉아 샤이크에게 받아 온 종이봉투를 물끄러미 보다가 로아에게 깨끗한 종이 몇 장을 부탁했다. 종이를 작게 잘라 하나하나 소분을 했다. 포장된 종이 하나를 반으로 나눠 먹으면 된다고 했으니까 대충 눈짐작으로 반씩 나눠놓기 위함이었다.

앞에 있는 각(覺)의 차에 하얀 가루를 쏟았다.

샤이크에게 이것을 받아 든 순간부터 나는 칸과 함께 먹을 생각이 전혀 없었다. 샤이크가 진심처럼 보이기도 했지만 여전히 미심쩍은 부분이 남아 있었다. 내게는 아무런 반응이 나타나지 않을 거라고 했으니 먼저 먹어보고 이상이 없으면 칸에게 줄 것이다.

어디서 이런 용기가 났는지 모르겠다. 어쨌든 그가 위험해지는 건 싫었다. 한 모금 마셨으나 특별히 다른 점은 못 느꼈다. 약간 향이 진하다는 생각만 들 뿐.

아, 그러고 보니 어제 샤이크 집에서 마셨을 때도 향이 진하다고 생각했는데, 이 인간이 그때도 이걸 넣었나.

찻잔을 노려보다가 한 번에 들이켰다. 제발 샤이크의 말이 진실이기를 빌었다.

차에 하얀 가루를 넣어 마신 지 며칠이 흘렀다. 몸에 이상은 나타나지 않았고 도리어 머리가 맑아졌다. 그러나 시간이 흘러 칸에게 먹여도 되겠다 싶을 때쯤 악몽을 꾸기 시작했다.

꿈은 시작은 언제나 좋았다. 넓은 잔디밭 위로 크고 좋은 집이 보였다. 나는 잔디 위에 앉아 햇볕을 쬐며 나른함을 즐겼다.

'신시아, 잠깐 나와 함께 갈까?'

누군가 말을 걸어왔다. 상대의 얼굴은 보이지 않았지만 내가 그를 보고 웃었던 것으로 보아 친근한 상대였다.

'어딜 가? 나 나가면 안 되잖아. 그런데 여긴 어떻게 들어온 거야? 들키면 혼나. 빨리 돌아가.'

나는 그에게 안 된다며 고개를 저었다. 하지만 그는 설득을 멈추지 않았다.

'아냐, 같이 나가자. 여기에 갇혀만 있으면 답답하지 않아?'

'그렇긴 하지만……'

'잠깐이면 돼. 아무도 모를 거야.'

상대가 손을 내밀었다. 망설이던 나는 그의 손을 잡고 일어나 따라나섰다. 어딘지 모를 곳을 걸으며 즐거웠다.

하지만 어느 순간 커다란 어둠이 괴물 같은 모습으로 변해 나를 덮쳐왔다. 벗어나기 위해 발버둥을 치며 도와달라고 외쳤으나 아무도 없었다. 괴물이 나를 집어삼켰다. 비명조차 나오지 않는 공포였다.

며칠씩 간격을 두고 찾아왔던 악몽은 어느 순간부터 매일 나를 괴롭혔다. 꿈에서 남자의 얼굴은 여전히 볼 수 없었다. 그러나 목소리는 익숙했다. 알 것 같으면서도 모호한 음성을 기억해내려 애썼다.

밤마다 식은땀으로 범벅되어 일어나는 나 때문에 칸도 잠을 제대로 이루지 못했다. 안쓰러운 눈으로 나를 품에 안아주는 그가 있어 다행이었다.

시간이 지날수록 확실해졌다. 분명히 이 악몽은 샤이크가 준 하얀 가루와 연관이 있고, 어쩌면 그가 자각되기를 원하는 대상은 칸이 아닌 나였을지도 모른다는 생각도 들었다. 분명 나는 지금 자각을 하고 있는 중이었다.

샤이크가 준 가루를 먹지 않을까도 했지만 뭔지 알아내고 싶었다. 그 끝이 궁금했다. 샤이크의 목적도 궁금했고, 무엇보다 내가 자각해야 하는 것이 무엇인지도 알아내야 했다.

그가 알고 있는 진실을 내게 속 시원히 말해주면 좋으련만. 그의 방식에도 이유가 있다 생각했다. 샤이크를 완전히 믿지는 않았다. 그러나 그가 나를 해치지 않을 것이라는 믿음은 있었다.

이러다 주아에게 돌아가지 못하면 어쩌나 걱정됐다. 한편으로는 나의 자각이 주아에게 돌아가는 데 도움이 되지 않을까 싶기도 했다. 돌아갈 수 있다면 이 정도는 참을 수 있었다.

수면 부족으로 오는 두통과 식욕부진으로 인해 저하된 체력을 제외하면 견딜 만했다. 그러나 돌아가야 한다는 마음 뒤엔 항상 칸에 대한 생각으로 가슴이 아팠다.

"이대로는 도저히 안 되겠다."

오늘도 악몽에서 깨어난 나를 칸이 안고 토닥이며 말했다. 악몽 때문에 힘들어한 뒤로 그는 자신의 욕심을 채우려 하지 않고, 내가 편안하게 잘 수 있는 것에만 신경을 썼다.

"뭐가요? 하긴 당신 많이 참았어요. 근데 지금은 너무 힘들어요."

힘없는 목소리로 킥킥거리자 그가 콧등을 가볍게 건드렸다.

"너는 내가 매일 그 생각만 하는 줄 아는 모양이지? 네가 힘들 땐 나도 힘들어."

길게 내뱉는 숨에 이마가 간질거렸다. 매일 일에 시달리는 그라도 편안하게 자야 하는데, 미안했다.

"그럼 뭐가 도저히 안 되겠다는 거예요?"

"림에게 말해야지. 절대 부탁하고 싶지 않았지만 지금 그런 거 따질 때가 아니니까."

"림에게 뭘 말해요. 내 악몽을 그가 없앨 수 있는…… 것도 아니고."

그의 자장가 같은 따뜻한 음성에 졸음이 조금씩 몰려오기 시작했다. 눈앞이 가물거렸다.

"괜히 신관이 있는 게 아냐. 이런 날을 대비해서 있는 거지."

"부탁하고 싶지 않다면서요."

"네가 괴로운 것보단 그편이 훨씬 낫다. 지금도 이런 너를 보고만 있어야 해서 힘든데, 네가 더 괴로워진다면 나를 용서하지 못할 거야."

"당신 탓이 아니잖아요."

무거운 팔을 들어 그의 턱을 쓰다듬었다.

"내 탓이야. 널 지키지 못한 내 탓. 널 납치한 놈이 샤이크이기에 망정이지, 만약 다른 놈이 널 해쳤다면 나 자신을 용서하지 못했을 거야. 미쳐버렸을지도 모른다."

"샤이크는 아무 짓도 안 했어요."

"알아. 그래서 주먹질로 끝낸 거야."

감기는 눈을 겨우 뜨며 그에게 나른하게 미소를 지었다. 그의 턱을 계속 만지고 싶은데, 쏟아지는 졸음을 더는 못 참겠다.

"졸려요, 칸."

"그래. 그만 자."

창문을 통해 들어오는 살랑거리는 바람과 머리를 쓰다듬는 그의 손길이 부드러워 까무룩 잠이 들었다.

여자가 보였다. 나를 등지고 있어 얼굴은 보지 못했다. 그녀의 앞에는 세 명의 남자가 즐거운 얼굴로 그녀에게 집중하고 있었다. 하나같이 눈빛들을 반짝이며 그녀에게서 시선을 떼지 못했다.

이번에는 남자들의 얼굴이 보일 듯했다. 눈을 가늘게 뜨고 자세히 보기 위해 한 걸음씩 조심스럽게 다가갔다. 그들은 아직 나를 발견하지 못하고 싱글벙글 여자만 봤다.

헉! 샤이크였다. 지금보다 많이 어렸지만 검은 머리카락과 감청색 눈동자가 분명 샤이크다. 목에 문신이 없는 걸로 봐서 그가 문신을 새기기 전이었다.

그리고 그 옆은 칸? 아니, 헤크란이었다. 부드럽고 상냥한 얼굴은 헤크란이었다. 헤크란 역시 지금보다 많이 어렸다.

또 그 옆은 누굴까. 어디서 본 것 같은데……. 곰곰이 생각하다가 어떤 한 사람과 겹쳤다.

아문? 정말 저 사람이 아문인가? 저 때는 멀쩡했는데, 지금 그는 왜 샤이크나 헤크란보다 훨씬 늙어버렸을까?

의문에 잠겨 있을 때 저기서 누군가 들어왔다. 은빛의 금발을 나부끼며 환한 미소를 지었다.

헤크란과 똑같이 생겼으나 내가 누군지 확실하게 구분할 수 있는 사람. 비록 지금보다 젊지만 한눈에 알 수 있는 그는 칸이었다.

"너희 또 왔어? 헌께서 아시면 어쩌려고 그래? 나중에 들키면 도움 주지 않을 거다."

걸어 들어오는 칸이 외쳤다.

"에이, 그러지 마. 난 네가 도와줄 거라 믿어. 카르카노."

샤이크가 키득대며 장난스럽게 답했다. 그는 예전에도 지금과 같은 성격을 가지고 있었구나.

"아무리 카르카노의 신부가 될 거라지만 너무 꽁꽁 감춰두셨어요."

불만이 가득 찬 헤크란이 말했다. 목소리와 다르게 여자를 보고 있는 그의 얼굴은 여전히 밝았다.

칸의 신부? 아, 이제 알겠다. 여자는 칸이 말했던 '소녀'임에 틀림없다. 그녀 앞에 앉아 있는 세 사람을 봐도 알 수 있었다. 사랑에 빠진 젊은 청년들이었다. 여자는 네 남자가 함께 사랑했던 '그녀'였다.

칸이 긴 다리로 성큼성큼 걸어와 그녀 옆에 앉았다. 입가에 미소가 떠나질 않았다. 문득 칸이 나를 볼 때도 저런 얼굴일까 싶었다. 이미 세상에 없는 그녀인데, 마음 깊숙한 곳에서 유치한 질투가 조금씩 올라왔다.

갑자기 화가 나려 했다. 꿈인 줄 알면서도 가슴의 저릿함이 싫었다. 칸은 내 남자였다. 이제 그가 환한 미소를 보내야 할 상대는 세상에 없는 그녀가 아니라 나였다. 이런 꿈보다는 차라리 괴물에게 먹히는 꿈이 나았다.

"칸."

그를 불렀다. 아무도 듣지 못했나 보다. 누구 하나 미동도 하지 않았다.

"칸!"

더 크게 그의 이름을 불렀다.

나를 봐요. 그녀가 아닌 나를 보란 말이야!

나의 절절한 마음이 전달됐나. 그가 나를 향해 고개를 돌렸다. 곧이어 샤이크와 헤크란, 아문도 얼굴을 들었다. 칸의 미간에 주름이 일그러지며 눈꼬리가 올라갔다.

그리고 그녀가 천천히 고개를 돌렸다. 심장이 세차게 뛰었다. 주먹에 힘이 들어가고, 침을 꿀꺽 삼켰다.

하지만 그녀의 얼굴을 보는 순간 비명을 지르고 말았다.

"아아아아악!"

그녀의 얼굴은 까맣게 뻥 뚫려 있을 뿐 눈, 코, 입이 없었다.

"나를 기억해내요."

입이 없는데 그녀의 목소리가 들렸다. 놀라서 뒷걸음질을 쳤다. 그녀의 얼굴이 커지며 점점 나를 향해 다가왔다.

"나를 기억해내요, 제발."

까만 얼굴이 나를 덮쳐왔다.

-2권에 계속-